Playlist

Voici une sélection musicale qui accompagne et prolonge votre lecture. Retrouvez les morceaux sur le site www.folio-lesite.fr/playlist.

GERRY MULLIGAN, *Wallflower*
HERBIE HANCOCK, *Maiden Voyage*
MILES DAVIS, *Blue in Green*
JANIS JOPLIN, *Summertime*
APHRODITE'S CHILD, *Rain and Tears*
PAUL MCCARTNEY, *Let it be*
SARAH VAUGHAN, *There Will Never Be Another You*
STAN GETZ, *Here's That Rainy Day*
ART TATUM, LIONEL HAMPTON et BUDDY RICH, *What Is This Thing Called Love?*
NINA SIMONE, *Everytime We Say Goodbye*
JOHN COLTRANE, *Everytime We Say Goodbye*
BILL EVANS, *Time Remembered*
BLOSSOM DEARIE, *Someone to Watch Over Me*
NAT KING COLE, *What Can I Say After I Say I'm Sorry?*
MILES DAVIS et JOHN COLTRANE, *On Green Dolphin Street*
HELEN MERRILL et GORDON BECK, *Bye-bye Blackbird*

Wallflower

En d'autres temps, d'autres lieux, elle aurait été la jeune femme accoudée au demi-queue qui ne le quittait pas des yeux pendant qu'il jouait. Où qu'elle fût toujours en exil, toujours funambule sur le fil de la musique — qui sait où il conduit ? Le bout incandescent de sa cigarette se reflétant sur la laque noire du piano comme un phare au milieu de l'océan. Comme de très lointaines et muettes explosions au bout d'une plaine rase et déserte. Cette guerre qu'elle aurait fuie et qu'elle emporterait partout avec elle. Dans sa tête. Secrète. Jusque dans les moments les plus doux. Elle aurait porté un simple rang de perles et une paire de boucles d'oreilles assorties. Peut-être une broche discrète sur son cœur. La belle et mystérieuse inconnue : en disant cela, on aurait tout dit et rien dit.

Mais ni ces temps ni ces lieux n'avaient jamais existé. N'existeraient jamais.

Parmi les restes calcinés, on avait pu identifier son corps grâce à une couronne en or. Fondue.

1

— On y est ?

— On y est.

— Où ça ?

— Au juste, j'en sais rien. Quelque part sur la côte. À un bout du monde. On ne peut pas aller plus loin, fils. Ou alors faut mettre les voiles.

— Et elle est où, la flotte ?

— Là, devant.

— Excuse-moi, mais je vois que dalle.

— Normal, il fait nuit.

— Dis plutôt que ton pare-brise est dégueulasse.

— T'as qu'à imaginer. Tout ce noir devant toi, c'est l'océan. Aussi loin que porte ton regard.

— C'était pas la peine de se taper trois cents bornes dans ta poubelle juste pour imaginer.

— J'adore ta façon de dire merci. Qui c'est qui m'a tiré du lit à une heure du matin pour une subite envie d'aller « faire un tour à la mer » ?

— Tu ne dormais pas. C'est toi qui devrais me remercier de t'avoir évité les affres d'une nouvelle nuit d'insomnie.

— Ben, voyons… Tu sais quoi ? Au fond, je devrais te faire payer les courses, comme tout le monde.

— Tout le monde ? C'est qui, tout le monde ? Je ne

sais même pas si j'étais né la dernière fois qu'un type a posé ses fesses dans cette épave. Les seuls clients que tu puisses encore espérer, c'est les aveugles ou les tordus. Les fétichistes du siège défoncé. Et encore, même ceux-là, si tu veux qu'ils te paient, t'as intérêt à faire changer ton compteur.

— Quoi, mon compteur ? Il marche très bien, mon compteur.

— Il marche, ouais. C'est juste que le tarif est toujours affiché en francs.

— Tu pinailles, Mister.

— En *anciens* francs, je précise.

— D'accord. T'as gagné, fils. Je continuerai à te trimbaler à l'œil. Et maintenant, puisque nous sommes là, laissons couler la grâce.

— Qu'est-ce que ça veut dire ?

— Ça veut dire : prends. Ouvre-toi. Laisse-toi envahir. Profite de l'instant. Il est pas beau, le tableau ? La nuit, le silence, la nature à l'état brut, et nous, rien que nous, isolés du reste du monde, dressés au sommet de cette falaise telles deux vigies à la proue d'un formidable vaisseau de granit…

— Et qui voient que dalle.

— … avec la ligne de l'horizon pour unique frontière, et le vaste océan déroulant à l'infini son épais tapis de vagues saupoudré d'écume virginale.

— Yeah ! Ce type est un vrai poète : on lui donne trois poils de cul, il en fait une balayette.

— C'est un don, j'y peux rien. Alors ?

— Alors quoi ?

— Qu'est-ce qu'on se met pour l'occasion ?

— Choisis.

— Mmm… Qu'est-ce que tu dirais de Freddie Hubbard ?

— Je dirais que c'est pas l'heure.

— Bud Powell ?

— Pas l'endroit.

— Lester ?

— Tu chauffes, mec.

— T'es sûr que c'est moi qui choisis ?

— Tu m'as parlé d'un tableau : respecte l'harmonie.

— OK… Gerry Mulligan ?

— Tu vois, quand tu veux.

— Gerry, Gerry, c'est parti !

Réb/Mib Do/Ré Dob/Réb Sib/Do

Lam7/b5 Ré7 Solm7 Sibm6 Fa Fa7 Sib

— On a vieilli, Bob.

— Ouais.

Mim7/b5 La7

— C'est tout ce que tu trouves à répondre ?

Mim7 La7

— Qu'est-ce que tu veux que je te dise ? Que le temps passe ?

— Ce serait la moindre des choses.

Rém7 Sol7 Do

— Le temps passe, fils. Et nous avec.

Sib/Do Lam7/b5

— C'est vrai… Écoute ça. La quinte diminuée. Tu l'entends ? La quinte bémol.

— Si tu le dis.

— Eh bien, c'est ce qui fait toute la différence.

— La différence… Ouais. Quelle différence ?

Ré7

— L'essentielle, mec. Je ne sais pas si tu en es conscient, mais nous ne parlons que de choses essentielles.

— Ah.

Solm7

— Il va de soi qu'il s'agit là de la différence entre le beau et le sublime. Entre l'éphémère et l'éternel. Tu me suis ?

— De loin.

Sibm6

— La différence entre l'inspiration d'un visage pâle de ton espèce et celle d'un homme de ma race, descendant d'esclaves cueilleurs de coton. Cela dit sans vouloir t'offenser.

Fa Si7

— J'ignorais que tes aïeux avaient cueilli le coton. Au Mali ?

— Mon cher Bob, dans la généalogie d'un nègre il y a toujours quelque part un cueilleur de coton ou un coupeur de cannes. N'oublie jamais ça.

MiM7 Mi6

— Ouais… Enfin, je te rappelle quand même que Gerry Mulligan était blanc. Du moins, à ma connaissance.

Mim7

— Oh-oh ! Je m'étonne qu'un type comme toi se laisse aussi facilement abuser par les apparences. Écoute ça…

La7 Ré Lab7

— … Alors ? Hein ? Peux-tu réellement affirmer, en toute bonne foi, ne pas percevoir là-dedans l'écho de toutes les souffrances accumulées par l'Homme Noir depuis sa création ? Bob, mon frère ! Si Mulligan est blanc, alors moi je suis l'arrière-petit-fils du général Custer !… Écoute encore. Écoute cette plainte déchirante. Serais-tu devenu aussi sourd que tes ancêtres colons ?

Rém7

— Je t'emmerde, Mister, mon ami. Et mes ancêtres aussi, depuis la toute première génération. En fin de compte, tu es bourré de lieux communs.

— Je ne suis jamais bourré, tu sais bien.

Sol7

— J'eusse aimé ne pas avoir à te rétorquer que mon grand-père descendait à la mine dès l'âge de huit ans. À quatre cents mètres sous terre. Et qu'il en ressortait plus noir que toi et tous les sorciers de ton village. Lui, c'était pas le soleil qui lui donnait sa couleur. Tu la vois, la différence ?

Do Sib/Do

— Et ta mémé, elle s'appelait Gervaise, c'est ça ?

— Elle s'appelait Léonce et elle priait Dieu chaque soir pour avoir de quoi donner à bouffer le lendemain aux onze marmots issus de son ventre fécond. La pauvre, elle y croyait dur comme fer, à son Dieu. La veille du jour où mon paternel devait passer son certif, elle a brûlé onze cierges. Toutes ses économies.

Lam7/b5

— Et il l'a eu ?

— Quoi ?

— Son certif.

Ré7

— Non. Ni lui ni aucun de ses frères et sœurs. Plus tard, il est allé tenter sa chance à Paris. Il a fini conducteur de métro. Plus bas que terre, toujours.

Lam7/b5 Ré7

— Papa rame et fiston fait le taxi. On reste dans la lignée.

— Ce qui me dépasse, c'est que malgré ça, la grand-mère n'a jamais perdu la foi.

SolM7 DoM7

— On n'y peut rien. En train de crever dans les champs de coton, ils chantaient encore la gloire du Seigneur. Dans les bananeraies, ils chantaient Son incommensurable amour. C'est un mystère.

SolM7

— Coupeurs de cannes et mineurs de fond : même combat.

— Le swing en moins, si je puis me permettre. Et la quinte bémol. N'oublie pas.

— Hmm…

Sol#m7/b5 Réb7 SolbM7

— Gerry Mulligan est mort, Bob.

— Je suis au courant. Ça doit bien faire une dizaine d'années ou quelque chose comme ça.

SiM7 Sib7sus4 Sib7

— Parker est mort. Et Dizzy, et Trane, et Mingus, et même ce bon vieux Duke nous a laissés en rade.

— La liste est longue, où veux-tu en venir ?

— On n'écoute que des morts.

— C'est peut-être qu'ils ont encore des choses à dire.

Ré7

— Et nous, on va y passer aussi. Tu peux comprendre un truc pareil, toi ?

— Il n'y a rien à comprendre.

Solm7 Sibm6

— Il fut un temps, figure-toi, où je me croyais immortel. Je crains que ça ne me soit passé. Définitivement.

— On appelle ça la sagesse.

— Moi j'appelle ça le renoncement.

Fa Fa7

— La sagesse inclut le renoncement. La vie, tu sais, on en fait toute une histoire, mais c'est vraiment pas grand-chose en réalité.

— C'est de qui, ça ?

— De moi. Et d'autres.

Sim7 Mi7

— Tu le penses sincèrement ?

— Faut voir.

Lam7 Ré7/b9

— On nous oubliera, Bob. Au bout, tout au bout, il ne restera rien de nous. Absolument rien. Tu le crois, ça, mon frère ?

— Je ne le crois pas, j'en suis sûr.

— De cet instant, il ne restera rien.

— Rien.

Sol7 Do7sus4

— Aucun souvenir.

— Non.

— Aucune trace.

— Non.

Fa/Do Sib/Do Fa

— Fait chier…

Lam7 Ré7

— N'empêche que tu vas pas me la faire à moi, Mister. Je sais ce que t'as en tête. Tu penses à elle, c'est ça ? Tu penses toujours à elle.

Solm7 Sibm6

— Elle aurait aimé cette ballade. *Wallflower*. Une giroflée. Un mur de fleurs.

Fa Fa7 Sib

— Ouais. Peut-être bien qu'elle l'aurait aimée.

Mim7/b5 La7 Mim7 La7 Rém7 Sol7 Do Sib/Do Lam7/b5 Ré7 Solm7 Sibm6 Fa Si7 MiM7 Mi6 Mim7 La7 Ré Lab7 Rém7 Sol7 Do Sib/Do Lam7/b5 Ré7 Lam7/b5 Ré7 SolM7 DoM7 SolM7 Sol#m7/b5 Réb7 SolbM7 SiM7 Sib7sus4 Sib7 Ré7 Solm7 Sibm Fa Fa7 Sim7 Mi7 Lam7 Ré7/b9 Sol7 Do7sus4 Sibm7/Mib Lab Fa

— Démarre, Bob. On rentre.

2

Ils prirent le large en sens inverse. Le vaste océan s'en trouva d'abord réduit à une modeste flaque noire aux dimensions du rétro, puis, très vite, à la seule idée qu'ils avaient pu s'en faire. Ils n'étaient même pas sortis de la voiture. Ils n'avaient pas goûté aux embruns.

La lune se montrait par à-coups et l'on réalisait alors que la faune du ciel ne dormait pas non plus. Des nuages migraient en douce, des étoiles n'en finissaient pas de s'éteindre, sans parler des planètes et des entités qui les peuplent, sans parler des comètes et des météores. Dans les hautes sphères la vie continuait.

Mister s'était rencogné contre la portière. Un coude replié, le menton dans la conque de sa main. Il sentait les vibrations de la vitre contre sa tempe. Hormis le blanc de ses yeux, on ne distinguait de son visage qu'une forme vague et le subtil halo qu'irradiait sa peau sombre. Plus une aura qu'autre chose. Il aurait aimé étendre ses jambes. Il aurait aimé que le sommeil le foudroie.

Quant à Bob, il avait cessé de lutter contre la double couche de buée qui couvrait le verre du pare-brise et celui de ses lunettes. Le chauffage ne marchait plus. Il eût été vain de faire le décompte de tout ce qui ne marchait plus dans cette caisse. Bob se contentait de ne pas perdre de vue les lueurs faiblardes de ses propres phares. Il avait confiance. La 404 avait tant roulé qu'elle pouvait tracer sa route n'importe où. Un vieux cheval, dit-on, est capable de vous ramener à la maison les yeux bandés.

La légende voulait que cette voiture fût la première qu'il eût acquise après l'obtention de son permis, il y avait quarante ans de cela. La réalité jetait un méchant doute sur sa possession d'un quelconque permis.

Un cas, Bob. Le bonhomme cachait bien son jeu. À le voir assis au volant de son tacot, sa casquette à carreaux vissée sur le crâne, on avait du mal à imaginer qu'il maniait sans sourciller pas moins de dix-sept langues, dont certaines oubliées de Dieu lui-même. Dans une autre vie, il avait été également agrégé de philosophie. Une passion qu'il avait tenté, deux décennies durant, de faire partager à quantité de petits cons insolents et bornés. Au final, le dilemme avait été soit de passer tous ces merdeux au lance-flammes, soit d'aller couler le restant de ses jours dans un de ces nombreux pavillons psychiatriques, annexes de l'Éducation nationale.

Bob s'était reconverti en chauffeur de taxi. Pourquoi pas. De temps en temps il chargeait un client. Rarement. Il n'avait pas de gros besoins, ni aucun sens de l'orientation. Ce qu'il aimait c'était rouler, la nuit. Seul. Ou avec ce Black immense qu'on appelait Mister.

Comme tout bon dinosaure qui se respecte, la 404 fonctionnait encore aux cassettes. À vue de nez il devait y en avoir deux bonnes centaines disséminées dans l'habitacle. Partout, en tas, en piles, en vrac, dans les moindres recoins, les moindres rangements, sur le tableau de bord, dans la boîte à gants, sous les sièges : à peu près tout ce que le jazz avait donné de meilleur depuis trois quarts de siècle se trouvait ici réuni sous le label du taxi. C'était la portion congrue. Chez lui, Bob avait consacré une pièce entière, du sol au plafond, à la musique. L'autre pièce était bourrée ras la gueule de livres. Il s'était juste gardé une petite place pour un lit en fer et un fauteuil club en cuir sur lequel la chatte Betty se faisait les griffes. Bob n'était pas l'archétype de l'homme moderne.

Ils laissèrent défiler l'album de Mulligan dans son intégralité sans prononcer une parole. Rien à redire là-dessus. Ils croisèrent durant ce temps deux voitures et un chien errant aux allures de chacal. On se dirigeait doucement vers les cinq heures et la nuit commençait à ôter ses dessous noirs. Le baryton exhala un dernier souffle. Suivit un silence rauque, suave, que Mister apprécia à sa juste valeur. Puis, quand tout se fut dissipé, il dit :

— Je n'y crois pas.

Bob ne dit rien.

— Je ne crois pas à leur version, dit Mister. La version officielle. C'est du pipeau.

Bob eut un imperceptible mouvement de tête. Il s'attendait à un truc dans ce genre. Il continua à fixer ses phares.

— Il y a quelque chose derrière, insista Mister. Quelque chose de pire. Une dégueulasserie encore plus immonde. Et j'aimerais bien savoir laquelle.

Cette fois, Bob prit une large et bruyante inspiration. Puis il recracha l'air d'un coup en disant :

— Y avait longtemps…

Il remua les fesses pour se recaler. Il était obligé de s'asseoir sur deux gros coussins à cause du siège tellement défoncé que le fond raclait le plancher. Il lui arrivait parfois de perdre les pédales.

— Et tu voudrais savoir quoi, au juste ? dit-il.

— La vérité, dit Mister.

— La vérité ? répéta Bob.

Sans doute s'apprêtait-il à enchaîner mais le grand Black bloqua le processus en dressant une de ses mains tentaculaires.

— S'il te plaît, ne me sors pas un couplet philosophique sur la vérité, avec Platon et Spinoza aux chœurs, ou je sais pas qui encore. J'ai pas besoin de ça. « Qui » et « pourquoi », c'est tout ce qui m'intéresse.

On ne badinait plus. Bob avait l'oreille affûtée et il perçut dans la voix de Mister les nuances de l'indignation et de la colère. Peut-être une réelle souffrance. Son ami était plus marqué qu'il ne l'aurait cru.

— Ce dont tu as besoin, c'est de certitudes, dit Bob.

— C'est ça, dit Mister.

— « La conformité de l'intellect et de la chose », dit Bob.

Ça lui avait échappé. Mister tourna lentement la tête vers lui et Bob sentit peser tout le poids de son regard, qu'il prit soin d'éviter.

— Saint Thomas… souffla-t-il en manière d'excuse.

Il éjecta la cassette de Mulligan. Il en piocha une autre au milieu d'une pile, sans regarder, et l'introduisit dans le poste. C'étaient les frères Adderley dans tous leurs états. Nat et Julian « Cannonball ». Il baissa légèrement le volume.

— Et si ce que nous savons était déjà la vérité ? dit-il. La seule et unique.

— Non, dit Mister.

— Si c'était juste que tu refuses de l'admettre ? Parce qu'elle ne te convient pas. Parce qu'elle fait tache sur la belle image que tu t'étais forgée. Reconnais que tu ignorais à peu près tout de cette fille, dans le fond.

Le ton de Bob était un poil plus agressif qu'il ne l'aurait souhaité. Mister mit un certain temps avant de répondre.

— Apporte-moi des preuves, dit-il, et je m'inclinerai.

— Des preuves ? La police a coincé les coupables, et ces salopards ont avoué. Qu'est-ce qu'il te faut de plus ?

— Conneries, tout ça. De la poudre aux yeux — c'est le cas de le dire. Vera n'avait absolument rien à voir avec ces petits dealers de merde.

— La réalité n'est souvent qu'une pauvre petite chose avec une sale gueule, Mister.

— De ce côté-là, elle était clean. J'en mettrais mes deux mains à couper. À mon avis, elle n'avait même jamais fumé un joint.

— Ils ont avoué ! assena Bob une nouvelle fois.

Il avait conscience de se faire l'avocat du diable et il n'aimait pas particulièrement cela. Mais ce n'aurait pas été rendre service à Mister que d'abonder dans son sens par seul souci de solidarité. Si Bob ne demandait qu'à être convaincu, il lui fallait pour ça autre chose que des opinions ou des impressions. Il lui fallait des arguments objectifs. De la matière. Une vérité qui reposerait sur des bases scientifiques (Descartes).

— C'est pas le problème, reprit Mister. Que ces deux types l'aient assassinée, je veux bien le croire. Ce sont eux qui ont commis l'acte. Mais certainement pas pour les motifs évoqués. Cette histoire de dette, c'est du flan. Des « représailles » qui auraient mal tourné ? Mon cul, oui.

Bob s'octroya quelques secondes pour envisager cet aspect de la question. Puis il fit la moue.

— Et quand bien même ils l'auraient tuée pour une autre raison, qu'est-ce que ça changerait ?

— Tout, dit Mister.

— Réponse facile, dit Bob.

— Si on admet que cette affaire de drogue n'est qu'un faux prétexte, ça veut dire que ces deux petites frappes ne sont que des hommes de main. Des sous-fifres. Des exécutants. Et ça veut dire qu'il y a quelqu'un, au-dessus, qui tire les ficelles. Moi, je dis que ça change tout. Cherchons le vrai mobile et on trouvera le vrai coupable.

— Et qu'est-ce qui te permet ne serait-ce que d'envisager cette hypothèse ? D'un côté de la balance il y a le boulot des flics, validé par les aveux des tueurs — ce qui fait plutôt lourd. Et toi, qu'est-ce que tu proposes en contrepoids ?

— Mon pif, dit Mister.

Peut-être qu'il voulait dire son cœur, en tout cas c'était bien le nez qu'il se tapotait du bout de l'index.

— Ton pif ? répéta Bob.

— Je le sens, dit Mister.

— Oh ! misère… souffla Bob.

Dans la catégorie des arguments scientifiques, ce n'était pas tout à fait ce qu'il espérait. À ce rythme-là, ils allaient bientôt caresser une boule de cristal ou faire tourner les verres.

Break. Bob essaya de se reconcentrer sur la musique. Nat Adderley était en plein chorus. Un tempo à filer des crampes, mais ça n'avait pas l'air de le gêner. Il déboulait trompette en tête et si ça dérape tant pis. Tant mieux. C'était le principe même de l'improvisation : à l'intérieur d'un cadre donné, tout remettre en question.

Tout chambouler. Tout recréer. Une fraction de seconde avant d'être lâchées à l'air libre, les notes n'existaient pas encore. Leur histoire n'était pas écrite. Et une fois libérées, leur tracé ne pouvait suivre que sa propre logique, au fur et à mesure. En dehors de la pure technique instrumentale, cet exercice requérait spontanéité et sensibilité, ainsi qu'une bonne dose d'inconscience. Aucune espèce d'élément rationnel ne pouvait rivaliser avec ça.

— Ils l'ont brûlée vive, Bob, reprit Mister. Ils l'ont aspergée d'essence et lui ont balancé une allumette comme à un vulgaire tas de pneus. Comment tu crois que ça se passe, dans ces moments-là ? Pendant ces quelques instants où tu te vois mourir. Où tu sens ta propre chair en train de fondre comme de la cire. Comment tu crois que ça se passe, hein ?

Sa voix sonnait grave. Une demi-octave en dessous de sa tessiture habituelle. Les mots étaient lourds.

Bob ne répondit pas.

— C'était calculé, dit Mister. Ils voulaient la réduire en cendres afin qu'on ne puisse pas identifier le corps. J'en suis convaincu.

Bob se racla la gorge.

— Il y avait d'autres moyens, dans ce cas. Des moyens plus sûrs. Ils pouvaient l'enterrer au fin fond d'une forêt ou la larguer dans un fleuve avec un bloc de béton en guise de palmes. Ça s'est déjà vu.

— Ils pouvaient, oui. Ils ont fait une erreur. C'est pour ça que ces deux ordures sont en taule. Mais si j'ai raison, Bob, si j'ai raison le véritable assassin est toujours en train de se balader quelque part peinard sur cette putain de planète.

C'était un truc à ruminer.

L'aube se pointait, à présent — puisqu'il fallait

bien donner un nom à cette lueur blême qui rognait les pourtours du ciel. Les profils des deux hommes s'arrachaient sans heurt à l'obscurité. Ils avaient à cet instant la même couleur mal définie. Le contraste se réglerait plus tard.

Ils laissèrent derrière eux la rase campagne pour aborder les zones de la grande banlieue. ZUP, ZAC, ZEP, les trois petites cochonnes. Des carcasses démesurées de centres commerciaux étalées dans la plaine. Des hectares et des hectares de parking. Des entrepôts. Des sièges sociaux. Des sigles. Au loin les îlots des cités, barres d'immeubles concentrées, Manhattan pour nabots. À voir le décor on comprenait mieux pourquoi certains mômes se réfugiaient dans les mondes virtuels des consoles. Ou dans la grande gueule des ogres prophètes.

Le trafic était plus dense. La Peugeot ne dépassait pas les quatre-vingts au compteur. Personne là-dedans n'était pressé.

— Souviens-toi, dit Mister. On rêvait d'un monde de justice.

— Ouais. On rêvait d'un monde sans horodateurs, aussi.

La réplique était idiote et déplacée et n'importe quel autre interlocuteur en aurait pris ombrage. Mais Mister connaissait le bonhomme. Un sourire effleura ses lèvres sans y prendre racine.

— Concrètement, qu'est-ce que tu proposes ? enchaîna Bob.

Mister renifla un petit coup sec.

— Je ne sais pas.

— Tu ne sais pas.

— On pourrait reprendre l'enquête. C'est comme ça qu'on dit, non ?

— On peut dire aussi « remuer la merde ».

— Ne te sens surtout pas obligé, mon frère.

— Ben, voyons… lâcha Bob.

Il en était à se demander s'il pourrait au moins servir de métronome dans cette histoire d'impro. Un garde-fou. Il avait déjà eu l'occasion de voir Mister à l'œuvre : pareil que les frangins Adderley, ça pouvait monter haut et fort.

— Pourquoi pas ? dit doucement Mister.

Bob ouvrit la bouche, puis se ravisa. Il poussa un bref soupir. D'agacement. D'impuissance. De reddition. Ses doigts se crispèrent sur le volant. Il avait bataillé un peu, pour la forme, pour user ses cartouches et s'en débarrasser au plus vite, mais dans le fond il savait de quel côté était son camp. Bien sûr. Aucun doute là-dessus. Un monde de justice… Qui se soucie encore de ça ?

Il secoua la tête et reporta son attention sur la route.

La lune avait changé d'air. Les deux hommes firent à nouveau bon nombre de bornes sans desserrer les lèvres. Les bretelles et les voies se multipliaient sous leurs yeux comme des petits pains d'asphalte. Ils se rapprochaient de la vraie ville. Quand ils attaquèrent le périphérique, Mister lança un long regard circulaire et murmura :

— C'est vrai que c'était pas mal, l'océan. Même dans le noir.

3

Bob le largua au pied de son immeuble. Il faisait jour. Matin d'avril. Un petit vent frisquet. Mister resta debout sur le trottoir à regarder s'éloigner le taxi. Il enfonça les mains dans ses poches et serra les poings. Se geler les doigts était pour lui une hantise. Par deux fois il tenta de composer le code d'entrée avec la pointe du menton mais dut finalement y renoncer et il en fut quitte pour ressortir un bout de paluche.

La cage était déserte. Ses pas rendirent un son mat dans l'escalier. Trente-huit marches. Deuxième palier. Quand il poussa la porte de chez lui personne ne vint l'accueillir, ni femme, ni enfant, ni animal domestique. Pas même un piranha dans un bocal pour frétiller de la nageoire. Il lâcha la clé dans le ventre creux d'une calebasse non prévue à cet effet. Il y avait de la moquette par terre et sur la moquette des tapis africains. Mister traversa lentement la pièce principale en marquant une courte pause à mi-parcours, sans raison apparente. Son regard était vague. Il poussa jusqu'au coin cuisine et ouvrit le frigo. Un choix restreint. Il prit un yaourt qu'il mangea debout les reins calés contre l'évier. Juste pour avoir un autre goût dans la bouche. Il jeta le pot vide dans la poubelle et la cuillère dans l'évier.

Et maintenant ?

La fatigue commençait à se faire sentir. Il n'avait pas joué la veille au soir parce que le club faisait relâche le lundi, mais ce soir, cette nuit, il devrait à nouveau tenir sa place sur la scène du Dauphin Vert. Il avait besoin de dormir. Un tant soit peu.

Il gagna la chambre, alluma la chaîne, régla le volume en sourdine puis enclencha la touche lecture. Herbie Hancock et sa clique l'attendaient sur la platine. *Maiden Voyage*. En entendant les premières mesures du morceau, la ligne rythmique aux syncopes si singulières, Mister éprouva une curieuse impression. Dieu que c'était beau. Et triste. La musique était à peine plus forte que sa respiration.

Le voyage de la jeune fille… Est-ce vraiment ainsi que cela se traduit ?

Il se refusa à y voir un signe quelconque mais sa gorge se serra malgré lui. Durant une poignée de secondes il demeura figé entre les étagères et le lit, puis il se força à réagir. Il ôta ses pompes et sa veste et s'étendit sur le matelas.

Longtemps il garda les yeux ouverts.

Maiden voyage

Elle était venue en France avec l'intention de jouer la comédie. Brûler les planches. France, patrie de Racine, de Molière, d'Edmond Rostand : pour elle cela n'était pas sans signification. Elle aurait pu choisir l'Angleterre pour Shakespeare mais elle maîtrisait moins bien la langue. Le français était en quelque sorte sa langue maternelle puisque sa mère avait passé les vingt-cinq premières années de sa vie à Bruxelles avant de rencontrer son futur ex-Yougoslave de père et de tout plaquer pour le suivre là-bas, sur les rives du Danube. C'était de l'amour, sa mère ne regrettait pas.

Quand on parle des filles de l'Est, on ne parle pas de la même chose. Elle, elle se trimbalait de sac en sac un vieil exemplaire de Cyrano de Bergerac *qui ne la quittait jamais. Elle avait surligné au stabilo jaune toutes les répliques de Cyrano. Elle connaissait le rôle par cœur. Elle aurait adoré l'incarner. Elle s'imaginait peut-être que le monde était capable de voir au-delà des apparences. En réalité, il y aurait eu peu de chances que le public s'attachât à découvrir son âme, entière et pure, derrière le monstrueux postiche de son appendice nasal. Il aurait plutôt reluqué ses seins.*

Quant au personnage féminin, il ne l'intéressait pas. Un rôle d'ingénue au balcon. Roxane ne pesait pas lourd dans cette affaire. Quand on a passé un certain nombre d'heures dans une cave à répéter Le Roi Lear *entre deux tirs de mortier, on est en droit d'attendre un peu plus de profondeur.*

Il lui restait beaucoup à apprendre mais elle était prête à bosser dur. À cette époque elle estimait encore avoir sa chance. Comme tout un chacun. En débarquant ici, elle s'était donné cinq ans pour réussir. Les cinq années s'étaient écoulées. « Et alors, où en êtes-vous ? » lui avait-il demandé. Sûrement qu'il n'aurait pas dû mais on ne contrôle pas toujours. Elle avait pris son temps, puis elle lui avait répondu : « On peut dire que je joue la comédie... » Soulignant sa réplique d'un sourire si las, si désenchanté, si exempt d'espoir, qu'il avait su à cet instant qu'elle ne se relèverait pas à la fin du dernier acte.

4

Il se trouva d'un coup réveillé, le front soucieux, l'esprit en alerte. Fixant le plafond sans le voir. C'était vers l'intérieur qu'il lui fallait concentrer ses recherches. Introspection en règle. Il devait se souvenir de quelque chose. Une idée qui lui paraissait de génie l'avait traversé durant sa phase de sommeil. Une forme de révélation. Une réponse. Mais laquelle ? Pour l'instant, il ne parvenait même pas à se rappeler la question.

C'était pourtant tout proche, tout proche. À portée de synapse. Il le sentait. Une simple connexion à rétablir. Raccorder les deux extrémités de ce fil qui relie conscient et subconscient.

Oui mais tellement fragile, ce fil. Mister n'osait pas remuer d'un pouce, il n'osait pas cligner des paupières de crainte que le moindre mouvement pût rompre le lien définitivement. À voir ainsi posée sur l'oreiller sa face contractée, tourmentée, on aurait pu la prendre pour le masque d'un sorcier atrabilaire sculpté dans l'ébène. Dans son crâne les rouages tournaient à fond mais à vide.

Il était sur le point d'abandonner quand la jonction se fit enfin, non sans crépitement et pluie d'étincelles, et la solution lui revint sous forme de deux mots irradiant du fin fond du néant telle une enseigne au néon fluo sur son fronton interne.

« Atelier Lazare ».

Il se permit de respirer. Relâcha ses maxillaires et referma les yeux. C'était clair.

Avant de s'endormir, il avait beaucoup réfléchi à la façon de s'y prendre. Il ne s'agissait pas seulement de faire le mariolle devant Bob, maintenant il fallait passer aux actes. Comment ? Tout un monde entre la théorie et la pratique, entre la conviction et la réalisation. Reprendre l'enquête, c'était autre chose qu'un idéal.

Mister avait repensé à elle. Vera. Il avait tenté de voir plus loin que les yeux couleur de thé brun de la jeune femme. Se remémorer leurs conversations afin d'en retirer le maximum d'enseignements ; rassembler les éléments dans l'espoir d'en extraire la perle rare, celle qui pourrait servir de point de départ. Un nom, un lieu, un détail, n'importe quoi. Sur ce plan-là, Bob, le vieux renard à casquette, avait foutrement raison : ce qu'il savait d'elle était à deux doigts de que dalle.

Le sommeil avait fini par le happer au cours de ses réflexions. Mais son subconscient avait dû prendre le relais et ce qu'il en ressortait, au bout du compte, c'était cette paire de mots d'un rouge fulgurant : « Atelier Lazare ». Des charbons ardents sous ses paupières.

Mister jeta un œil sur le réveil. 14 h 42. Il avait le temps. Il se leva, se déshabilla, prit une douche, se rhabilla. Il mit à réchauffer un reste de quiche lorraine qu'il ingurgita ainsi que deux nouveaux yaourts et un bol de café. Ensuite il fit la vaisselle et du rangement dans l'appartement, l'esprit vacant. Puis il chercha et trouva un annuaire de la ville qu'il consulta en buvant un second bol de café. L'annuaire était vieux et délabré, le café était tiède. Il nota une adresse et un numéro de téléphone sur un bout de papier qu'il glissa dans sa poche.

À seize heures et des poussières il s'engouffra dans une bouche de métro parmi quelques milliers de ses semblables. Il en émergea environ vingt-cinq minutes plus tard en croyant apercevoir un coin de ciel bleu. Illusion passagère. La grisaille persistait. Il étudia un plan du quartier, prit ses repères et se remit en marche.

L'Atelier Lazare se situait au fond d'une impasse. Le nom avait été peint un jour au pochoir sur un des deux battants de la porte. Il manquait désormais le « i » à Atelier et le « e » à Lazare. On ne peut plus sobre. Il n'y avait aucune autre indication, rien qui renseignât le visiteur sur la raison sociale du lieu : il pouvait aussi bien être question d'un atelier de menuiserie ou de mécanique ou de confection. Limite clandestin. Il n'y avait pas de sonnette non plus.

Mister frappa à la porte une première fois, puis une seconde. Sans résultat. Il se tâta un court instant puis posa la main sur la poignée et tira. Le battant s'ouvrit. Il coula sa grande carcasse à l'intérieur et fit halte sur le seuil. Un mur se dressait face à lui à moins de un mètre de distance. Idem sur sa droite. L'unique voie possible était un escalier qui descendait sur sa gauche. Une volée de marches en béton. Au-delà, ce n'était pas à proprement parler les ténèbres mais ça y ressemblait.

Il tendit l'oreille. Au bout d'un moment, il finit par percevoir une série de bruits dont il ne put déterminer l'origine. La bienséance aurait voulu qu'il donnât de la voix pour signaler sa présence, mais il ne le fit pas. Il laissa la porte se refermer sur lui. Ne subsista que la faible clarté d'une ampoule en train de s'épuiser sous un globe en plexiglas, éclairage de secours fixé haut sur la cloison — pareil à un hublot sale juste au-dessus de la ligne de flottaison. Mister s'accorda une demi-minute, le temps d'accommoder sa vue, avant de s'engager vers le fond de la cale.

5

Au pied de l'escalier tombait une épaisse tenture noire qui obstruait le passage. Mister tâtonna un peu avant de trouver l'ouverture entre deux pans, puis il risqua un regard à travers.

Ce qu'il vit ne fut pas sans lui rappeler de prime abord le propre club où il exerçait ses talents. Une sorte de cave. Sans le charme des vieilles pierres et des voûtes et toutes proportions gardées. Ici, la salle n'excédait pas les quatre-vingt-dix mètres carrés. Un tiers de cet espace était réservé à une estrade en bois qui tenait lieu de scène. Une vingtaine de chaises dépareillées s'éparpillaient au sol sur les deux tiers restants. Cela donnait une impression de terrasse de bord de mer abandonnée à l'entrée de l'hiver. Et ces quelques silhouettes que Mister devinait dans la pénombre devaient être des touristes égarés, des gens qui s'étaient plantés dans l'ordre des saisons. Il y en avait neuf ou dix assis plus un couple debout appuyé au mur côté cour. Ils lui tournaient le dos, apparemment accaparés par ce qui se déroulait sur la scène.

Seule l'estrade était éclairée. Sur les planches trônait un vélo d'appartement chevauché par une fille d'une vingtaine d'années. La fille pédalait sur place comme une enragée. Elle portait la tenue adéquate pour ce genre d'exercice, collant, justaucorps, baskets, un bandeau en tissu éponge ceignait son front et son regard exorbité fixait un point dans le vide droit devant elle. Un sacré coup de pédale, ça c'est sûr, elle ne faisait pas semblant.

Et pendant qu'elle s'escrimait ainsi comme à vouloir remonter le cours du temps, un type marchait à pas lents en dessinant des cercles autour d'elle et sans la quitter des yeux. Celui-là était plutôt grassouillet. Sans qu'on sût trop pourquoi il faisait penser à un jeune empereur romain lubrique et pédéraste. Il tenait une télécommande à la main.

Leur manège dura encore une bonne minute, puis le type balança soudain une réplique d'une voix forte qui fit tressaillir Mister.

LUI *(sévère)* : Qu'est-ce que tu vois, maintenant ? Dis-moi.

ELLE *(voix hachée par l'effort)* : Je vois une grange… Une étable… De la paille souillée de sang… Je vois un enfant qui naît dans la douleur…

LUI : Ah ! Nous y voilà. Ça commence. Un futur martyr, c'est ça ?

ELLE : Je vois des rois qui accourent pour lui faire allégeance… Je vois la foule… La foule qui grossit, la foule qui déjà se lève, prête à le suivre aveuglément…

LUI : C'est le mot. Des moutons, des brebis, des chèvres. Des idolâtres bêlants. On connaît le dicton : « Au royaume des aveugles… ce sont les chiens qui guident. »

ELLE : Je vois son corps blessé… Je le vois qui meurt et ressuscite…

LUI : Et allons donc ! Le retour des morts-vivants. Où est la caméra ? Shoote, mon pote, shoote, qu'on immortalise l'exploit. « Immortalise », ha ! ha ! c'est le mot. Direct dans la boîte pour le JT de vingt heures. Et voilà comment débute la première énorme supercherie de l'histoire. Un ruffian à l'échelle planétaire. Allez, on zappe ! En avant !

D'un geste vif, le type tend son bras armé de la télécommande et appuie sur une touche. La fille s'active de plus belle sur son destrier d'alu. Un temps.

LUI : Et maintenant, que vois-tu ? Je brûle de savoir.

ELLE : Je vois la terre…

LUI : Formidable.

ELLE : Terre ! Terre !

LUI : Hourra !

ELLE : Le Nouveau Monde.

LUI *(déçu)* : Ah, non ! Pas cette terre-là !

ELLE : L'Amérique.

LUI : Ou l'art de transformer les bisons sauvages en vaches à lait.

ELLE : Je vois la civilisation en marche…

LUI : C'est ça. Demande donc aux Sioux ce qu'ils en pensent, de ta civilisation. Demande aux Comanches et aux Iroquois. Demande aux Arapahos. Demande aux Nez-Percés.

ELLE : Je vois des larmes et des larmes et des larmes de mauvais whisky…

LUI : Qu'est-ce que je disais ? Épargne-nous la suite, va. Certaines scènes sont susceptibles de heurter la sensibilité du jeune public. On zappe !

Il pointe la télécommande mais la fille interrompt son geste.

ELLE : Oh ! Mais je vois la lumière…

LUI : La lumière ? Où ça ?

ELLE : Là-bas, de l'autre côté… Sur l'autre rive du fleuve sans fin… La lumière de l'Esprit…

LUI : Qu'est-ce que c'est que ce charabia ?

ELLE : C'est le siècle qui le veut… Je vois Rousseau, je vois Voltaire… Je vois Diderot…

LUI : Tu te fiches de moi ? Personne s'appelle Rousseau. Personne s'appelle Voltaire. Ce sont des opossums qui ont pris des noms de rues ou de quais. Des noms de boulevards. Fais gaffe, boulevard Chateaubriand y a toujours des morts. L'autre jour j'en ai vu un qui s'est encastré comme un pot de yaourt. Et c'était pas le premier. C'est à cause de la viande, tu saisis ? Chateaubriand, steak tartare… Et toi, tu viens me parler de lumière ! Tiens !

Il zappe.

ELLE : Je vois une ombre planer, à présent…

LUI : C'est hélas plus réaliste.

ELLE : L'ombre gagne… L'ombre s'étend au-dessus de nos crânes… Le ciel s'obscurcit… L'aigle noir a déployé ses ailes gigantesques…

LUI : Mauvais présage.

ELLE : Je le vois qui fond sur nous, toutes serres dehors…

LUI : Fallait s'y attendre. Un aigle à petite moustache : la pire espèce.

ELLE : Et avec lui, le déluge… La pluie d'éclairs… La pluie de feu et de cendres…

LUI : Et après la pluie, vient ?

ELLE : Un champignon…

LUI : Boum ! Et après le champignon ?

ELLE : Un autre champignon…

LUI : Re-boum ! J'en étais sûr. Le terreau est bon. C'est fou comme ça pousse bien sur la pourriture, ces choses-là. Trompettes-de-la-mort. Mais pas d'omelette aux champignons sans casser des œufs, pas vrai ? Ah ! On peut dire qu'on a été gâtés. Vous féliciterez le commandant en chef de ma part, sa recette était mémorable. Allez, hop, on zappe !

C'est à ce moment-là que quelqu'un écarta d'une vingtaine de centimètres le pan du rideau qui cachait Mister, et que celui-ci se trouva pris en flag dans la position inconfortable du valet de pied en train de lorgner par le trou de la serrure.

D'après ce qu'il pouvait en distinguer dans la pénombre, ce devait être une jeune femme. Menue. Elle se tenait devant lui et le toisait. Passé le premier instant de confusion, il ouvrit la bouche afin de se justifier, mais elle posa un doigt en travers de ses propres lèvres d'un geste péremptoire. Puis elle le saisit par le bras, lui fit franchir la tenture, et l'entraîna sur le côté de la salle telle une ouvreuse plaçant un retardataire. Après quoi elle le relâcha et reporta son attention vers la scène sans plus se soucier de sa personne.

Mister resta planté à côté d'elle sans trop savoir que faire. Faute de mieux, il se décida au bout d'un moment à regarder lui aussi la suite du spectacle.

Sur l'estrade la fille venait de franchir le cap de l'an 2000 à grands coups de pédales dans le vide.

ELLE : Je vois une île… Je vois une île féerique hérissée de mille pics resplendissants…

LUI : Zoome, ma fille.

ELLE : Des gratte-ciel, des tours… Deux tours identiques… Deux tours jumelles…

LUI : Zoome !

ELLE : Crash !

LUI : Aïe !

ELLE : Les tours se ratatinent et c'est un cimetière qui naît… C'est une nécropole…

LUI : Allah est grand ! God bless you ! Les dieux se

divertissent. Les dieux s'affrontent par l'entremise de leurs représentants de commerce. Tout l'enjeu consiste à savoir si le monde entier portera le voile ou des bottes de Texan. Qui réussira à imposer sa griffe ? Quelle sera la future tendance du marché ? Ridicule quand on songe que tout, bottes comme voiles, voiles comme bottes, tout sera fabriqué par de délicieux petits androïdes aux yeux bridés. Crois-moi : la révolution culturelle n'a pas fait les choses à moitié. On attend le prochain épisode. Zappe !

Un temps.

ELLE : Je vois…

Un temps.

ELLE : Je vois…

LUI : Oui ?

Un temps. La fille ralentit progressivement l'allure.

ELLE : Je vois…

LUI : Tu vois ?

Un temps.

ELLE : Rien… Je ne vois plus rien.

Elle cesse de pédaler. Le type s'immobilise à son tour. Il appuie sur la télécommande.

LUI : Pub.

Ils restent tous deux sans bouger à fixer le même point d'un même regard éteint. Un long moment.

Puis une voix étrangère, et presque incongrue en la circonstance, se fit tout à coup entendre.

— C'est mou… C'est mou…

Paradoxalement, cette sentence était exprimée sur un ton des plus las, sans énergie aucune.

Sur scène les deux comédiens semblèrent alors s'affaisser comme si le marionnettiste au-dessus avait relâché les fils. Le grassouillet se tassa sur lui-même et la fille s'accouda au guidon de son vélo, tête basse.

Elle reprenait son souffle. Malgré le bandeau sur son front, son visage était en sueur.

— C'est mou, réitéra la voix. Vous effleurez le texte. Vous ne faites que l'effleurer. Il faut lui rentrer dans le lard. Pas de nuances. On se fiche des nuances, pour l'instant. On verra ça plus tard.

Mister scruta la pénombre, cherchant à situer la source de ces critiques. Il finit par repérer une silhouette assise sur un fauteuil en osier au centre de la salle — le seul fauteuil parmi la vingtaine de chaises.

— Et vous, vous en pensez quoi ? fit une autre voix tout près de lui.

À l'instant où il se retournait, la salle se ralluma et il dut plisser les paupières afin de découvrir le visage de la jeune femme qui l'avait fait entrer. Elle était jolie, fine, très brune, probablement d'origine turque ou maghrébine — deuxième ou troisième génération — et mesurait deux têtes de moins que lui.

— Ce que j'en pense ?

Elle acquiesça. Une esquisse de sourire flottait sur ses lèvres.

— C'est… c'est… physique ! lâcha Mister.

— Physique ?

— Surtout pour celle qui pédale.

La brunette s'esclaffa en silence, dévoilant des dents très blanches et étonnamment larges en proportion du reste.

— C'est vrai, dit-elle. Sylvie perd au moins un kilo chaque fois qu'ils répètent cette scène.

— Ça ne m'étonne pas. D'ailleurs, peut-être qu'ils devraient inverser les rôles de temps en temps, suggéra Mister.

Il ponctua sa phrase d'une mimique comique. C'était bien agréable de voir ce petit bout de femme rigoler.

La voix en provenance du fauteuil continuait de dispenser ses remarques. Mister fit un geste dans cette direction.

— Je suppose que c'est lui, le boss ?

— Non, ce n'est pas lui. C'est « elle », rectifia la jeune femme. Madeleine Stein. Notre illustre professeur.

À ce moment-là elle souriait encore. Puis elle détourna un bref instant les yeux et ce qu'elle aperçut éradiqua d'un seul coup toute trace de gaieté sur son faciès.

— Elle ? s'étonnait Mister.

La jeune femme ne sembla pas l'entendre.

— Excusez-moi, souffla-t-elle précipitamment. À plus tard, peut-être.

Elle laissa Mister en plan pour se diriger du côté opposé de la salle. Là-bas contre le mur se tenait une caricature d'étudiant des années Peace and Love. Le garçon ne devait même pas être né à cette époque mais il avait dû s'inspirer de photos d'archives pour façonner son look — à moins qu'il ne se fût agi d'un authentique berger en transhumance dans le XVe arrondissement. Sur sa maigre carcasse flottait un ersatz de chandail en laine, incolore et informe ; sa figure émaciée était prise en tenaille entre une tignasse en bataille et un collier de barbe mal taillé ; une petite paire de besicles rondes façon John Lennon complétait le portrait.

La jeune femme avançait vers lui, mais il ne la regardait pas. Son regard passait au-delà d'elle pour aller se planter droit dans celui de Mister. Et son regard ne recelait rien qui évoquât, de près ou de loin, l'amour ou la paix.

Mister en ressentit un certain malaise. Mais son attention fut à nouveau détournée par la comédienne sur l'estrade.

— Qu'est-ce qu'on fait ? lança la fille. On reprend ?

Elle était descendue de son vélo. Elle avait les mains aux hanches et cherchait encore son souffle. Son intonation laissait filtrer l'espoir d'une réponse négative. À ses côtés, le grassouillet examinait le plancher d'un air abattu, la télécommande pendouillant au bout de son bras.

— Non, lâcha Madeleine Stein de son fauteuil. Laissons décanter. Préparez plutôt la scène du zoo.

Là-dessus, les quelques personnes qui étaient assises sur les chaises se mirent en branle. C'étaient pour la plupart des jeunes gens entre vingt et vingt-cinq ans. Ils s'égaillèrent autour de l'estrade.

Madeleine Stein se dressa à son tour. Mister nota qu'elle s'aidait d'une canne. Elle lui tournait toujours le dos et tout ce qu'il voyait d'elle était l'arrière d'une veste noire au sommet de laquelle tranchait une chevelure d'un blanc immaculé. Les cheveux étaient coupés très court. Mister se rapprocha.

— Madame Stein, dit-il.

Elle se retourna sans hâte. Elle leva sur lui des yeux clairs, presque transparents, et le considéra sans surprise ni curiosité.

C'était bien une femme. Même si rien, dans ses traits, dans ses formes, rien ne le laissait plus paraître. Ce qui avait gommé chez elle toute trace probante de féminité était le temps. L'âge. Toutes ces foutues années, les bonnes comme les mauvaises, avaient poli son corps jusqu'à ce point de neutralité quasi parfaite. Peut-être avait-elle été belle par le passé. Peut-être pas. Aujourd'hui elle était simplement érodée. Sa peau était d'une pâleur extrême et cela ne changerait plus jusqu'au tombeau. La seule différence entre elle et son futur cadavre était cette lueur persistante dans le fond de l'iris.

Mister se rendit compte qu'il la dévisageait depuis un bon moment et il en fut gêné. Pas elle. Sans doute était-elle rompue à ce genre de réaction. Elle affichait cet air que seuls peuvent avoir ceux qui sont revenus de tout. Les deux piliers de sa sagesse étaient le pommeau de sa canne dans une main et une cigarette dans l'autre.

Mister fit l'effort de s'arracher à sa contemplation.

— Madamc Stein. Désolé de vous déranger. C'est bien vous qui dirigez cet atelier ?

— Diriger est un grand mot, répondit la vieille femme au bout de quelques secondes.

Mister hocha bêtement la tête comme s'il était de son avis. Il attendit la suite mais il n'y en eut pas. Il jugea que la réponse voulait dire oui.

— Eh bien, j'aurais aimé vous parler d'une de vos anciennes élèves, reprit-il. Une fille qui s'appelait Vera.

Madeleine Stein ne broncha pas.

— Vera Nad, insista Mister. Vous vous souvenez d'elle ?

— Bien sûr, dit la vieille femme.

Le timbre de sa voix était rauque, fêlé. À savoir si son esprit ne l'était pas aussi. Elle tira une bouffée de sa cigarette et la recracha lentement.

— Vous savez qu'elle a été… assassinée ? demanda Mister.

— J'ai appris ça, oui.

— Vous la connaissiez bien ? Je veux dire : en dehors des cours qu'elle prenait ici.

— Non, dit la vieille femme. (Elle porta son regard clair vers le groupe d'élèves qui s'affairaient sur scène.) Hors de cette salle, je ne sais pas qui ils sont, ni ce qu'ils font. Et je ne tiens pas particulièrement à le savoir. (Ses yeux revinrent sur Mister.) Pourquoi ?

— Parce que moi, je tiens à savoir, dit Mister.

Il avait durci le ton. Malgré le respect dû aux aînés, l'indifférence de la momie commençait à l'agacer.

— Je croyais que c'était vous qui deviez me parler d'elle, répliqua celle-ci.

Puis elle ajouta :

— Vous êtes flic ?

Dans sa bouche le mot sonnait comme une incongruité. Elle posait la question en ayant l'air de connaître la réponse.

— Non, dit Mister. Je suis pianiste.

Par réflexe, elle jeta un coup d'œil à ses mains.

— Vera aimait la musique, poursuivit Mister. C'est grâce à ça que je l'ai connue.

— Vous en savez déjà plus que moi.

— Je sais aussi qu'elle voulait devenir comédienne. Depuis quand était-elle inscrite à vos cours ?

— C'était sa troisième année.

— Comment se débrouillait-elle ? Sincèrement. Elle était douée ? Vous pensez qu'elle avait sa chance ?

— Tout le monde a sa chance.

— Elle en rêvait, dit Mister.

— Rêver ne suffit pas.

— Elle y travaillait dur, dit Mister.

— Cela ne suffit pas non plus.

Mister sourit, sans joie. La vieille lui rappelait un prof de piano qu'il avait eu dans son adolescence. Un type capable de tenir le même genre de discours, sur le même mode, cynique et froid. Des manières de sentences qu'on laisse tomber du haut d'une chaire, avec tout le poids d'une prétendue expérience. Ça pouvait apporter quelque chose au disciple mentalement solide et déterminé. Ça pouvait démolir les autres.

— Je parie que si je vous demande maintenant quel

est le secret de la réussite, reprit Mister, vous allez me répondre que nul ne le connaît sinon la planète ne serait peuplée que de Jean Gabin et de Louis Jouvet. Ou quelque chose dans ce goût-là, pas vrai ?

Madeleine Stein lâcha son mégot par terre et posa le pied dessus.

— Qui est Jean Gabin ? fit-elle.

Mister accentua son sourire. Il hocha encore une fois la tête.

— D'accord... abdiqua-t-il dans un murmure.

Sur l'estrade, les apprentis comédiens poursuivaient l'installation du décor. Le vélo avait débarrassé le plancher, à la place se trouvait un énorme bloc de polystyrène peint en beige et figurant un rocher. Il était encadré par quatre hautes plantes en pot aux allures de palmiers. Deux garçons déployaient une fausse grille à barreaux sur le devant de la scène.

Une cage, songea Mister.

Il fut pris d'un brusque coup de cafard ; l'impression que le sol se dérobait sous lui, comme s'il avait raté une marche. Il aurait dû s'arracher de là mais il restait. Peut-être parce qu'il craignait la lumière de ce jour.

La vieille femme alluma une nouvelle Dunhill. La flamme du briquet fit ressortir un instant son teint de cire. Elle souffla la fumée et dit dans le même temps :

— Vous n'êtes pas obligé de me croire, mais je suis désolée de ce qui est arrivé à cette petite.

Elle planta ses yeux dans ceux de Mister. Il la crut. Il était juste étonné qu'elle revînt sur le sujet. Elle ajouta :

— Puis-je vous demander ce que vous étiez pour elle, exactement ? Ou ce qu'elle était pour vous.

Mister prit une longue inspiration.

— Ça fait partie des choses que j'aimerais bien savoir, fit-il en recrachant l'air.

Elle hocha la tête à son tour, puis lâcha de sa voix éraillée :

— Alors, je vous souhaite bon courage.

Cette fois, la discussion était close. La vieille femme se détourna et s'éloigna, raide comme la canne sur laquelle elle prenait appui.

Il y avait beaucoup d'autres questions à poser. Mister en était conscient. Il en avait préparé des tas avant de venir. Enfuies, évaporées à présent. Il n'en retrouvait plus aucune. Il demeura muet.

De l'autre côté, près du mur, la brunette et son acolyte n'avaient pas bougé. Ils ne participaient pas à la mise en place du décor. La jeune femme s'adressait au hippie de pacotille. Elle parlait bas mais avec animation ; ses mains voletaient à hauteur d'épaules. L'autre l'écoutait peut-être, mais il continuait à tirer sa gueule de ténébreux et derrière les cercles dorés de ses lunettes son œil de serpent était toujours braqué sur Mister.

A priori, il ne le portait pas dans son cœur.

Mister fut tenté d'aller lui en demander la raison, mais il y renonça. Petit con, se contenta-t-il de lui balancer sur le mode télépathique. Puis il retourna vers la sortie. D'un geste qu'il pensait théâtral, il écarta les pans de la tenture et remonta à la surface sans faire ses adieux au music-hall ni à personne.

6

Il marcha sur quelques dizaines de mètres, puis s'arrêta net au milieu du trottoir. Pour réfléchir. Cela dura une bonne minute. Peut-être deux. Des passants firent un écart afin de l'éviter, croyant avoir affaire à l'un de ces nègres groggy, épouvantail cloué sur place par l'alcool ou la came ou la folie — un noir fantôme hanté.

Si tu n'avais droit qu'à un souhait, un seul et unique souhait pouvant être exaucé, quel serait-il ?

Question délicate.

Trop.

Mister s'accorda un délai de réflexion supplémentaire d'environ un demi-siècle et poussa la porte d'une brasserie.

Il commanda un café. Laissa errer son regard sur la rue à travers la vitre. Il n'était pas là par hasard. Il avait judicieusement sélectionné l'établissement et la table qu'il occupait. D'ici, il avait une vue imprenable sur l'embouchure de l'impasse. Quiconque entrerait ou sortirait de l'Atelier Lazare ne pourrait lui échapper.

C'était une idée comme une autre. Éclose d'un goût d'inachevé. Sa courte visite à l'Atelier ressemblait fort à un coup de tromblon dans l'eau. Juste de quoi produire quelques rides à la surface et faire rigoler les poissons. Aucune prise. Aucune touche. S'il ne voulait pas rentrer bredouille il avait intérêt à changer ou d'arme ou de cible.

Il ne voulait pas rentrer bredouille.

Patience.

Il enclencha de nouveau la touche mémoire. Vera. Vera Nad. C'était curieux, parce que dans son esprit la jeune femme ne cadrait pas du tout avec ce qu'il avait vu et entendu sur la scène de l'Atelier. Les quelques fois où elle avait évoqué son art, elle citait plutôt des auteurs classiques, des œuvres du répertoire, des standards du théâtre comme qui dirait. Mister la voyait mal en train de cracher des visions apocalyptiques à cheval sur un vélo d'appartement. Mais qu'est-ce qu'il y connaissait en théâtre ? Après tout, ça devait faire partie de l'apprentissage, une manière de faire ses gammes.

Il continua à penser à elle et machinalement ses doigts se mirent à pianoter sur le guéridon de marbre. Premières mesures de *Blue in Green*. Tempo très lent.

Si les anges n'entendent qu'une voix, que ce soit celle de Miles.

Il en était à son troisième expresso quand ils débouchèrent de l'impasse. Un petit groupe qui se scinda en deux, puis en trois. La brunette partit de son côté. Elle était toujours accompagnée par le même jeune type, résurgence des seventies. Mister avait espéré la cueillir seule, mais tant pis. Pas le choix. Il déposa un billet sur la table et se leva.

Il traversa la rue en trottinant, les aborda de biais. La fille eut un léger sursaut en le voyant débouler. Mister lui décocha un large et franc sourire de bon Noir. Il savait faire.

— Salut. Je vous attendais.

— Moi ? fit-elle, sur la défensive.

— Oui. On n'a pas vraiment eu le temps de finir notre conversation, tout à l'heure. Mais je ne voulais pas vous déranger davantage pendant le cours, alors je me suis dit que je vous attendrais à la sortie. Ça me ferait très plaisir de vous offrir un café. Ou autre chose. Vous voulez bien ?

La fille jeta un bref coup d'œil, inquiet, vers son compagnon. Ce fut le premier d'une longue série. On aurait dit qu'elle parlait sous le contrôle du garçon, ou pour le moins qu'elle cherchait son assentiment à chacune de ses paroles.

L'autre ne lui accorda même pas un regard. Il s'était tout de suite remis à toiser Mister d'un air franchement hostile. Mister prit le parti de l'ignorer.

— C'est-à-dire… hésitait la fille, nous sommes assez pressés…

— Cinq petites minutes, dit Mister. Pas plus. J'ai besoin de quelques renseignements et je suis sûr que vous pouvez m'aider. S'il vous plaît. C'est… c'est très important pour moi.

Il avait failli dire que c'était une question de vie ou de mort, mais cette question avait déjà été tranchée.

La jeune femme se mordilla l'intérieur de la lèvre. Nouveau coup d'œil au garçon. Mister jugea le moment opportun pour forcer la main.

— Regardez, il y a un bar juste là. (Il fit deux pas dans cette direction, puis se retourna.) Vous venez ?

Il ne regardait qu'elle, droit dans les yeux.

— Cinq minutes, alors… souffla la jeune femme sans grande conviction.

Ils prirent place tous trois autour d'une table. Le gars traînait la patte. Il n'avait toujours pas ouvert la bouche. Même quand le serveur s'approcha, il se contenta de remuer la tête en signe de refus. La fille commanda un Perrier et Mister un quatrième café.

— Je m'appelle Mister, se présenta-t-il ensuite.

— Karima, dit la jeune femme.

— Merci beaucoup d'avoir accepté, Karima.

— Mister, c'est votre vrai nom ?

— Disons que c'est comme ça qu'on m'appelle.

— Ça sonne comme un nom de scène.

— C'est un peu ça, oui.

— Vous êtes artiste ?

Mister leva les deux mains dans un geste de défense.

— Dieu garde ! comme dirait ma voisine.

La jeune femme arqua les sourcils.

— Pourquoi ? Vous avez quelque chose contre les artistes ?

— Je n'ai que respect et admiration pour eux, dit Mister. Du moins, pour les véritables artistes. Le problème, c'est que j'ai l'impression qu'à notre époque n'importe quel guignol peut être considéré comme tel : suffit qu'on voit sa trombine à la télé. Que ce soit un animateur, un présentateur de jeux, une Miss Pétaouchnock… Merde. Tous ces gugusses ont tôt fait d'être élevés au rang d'artistes. Alors, est-ce que ça signifie encore quelque chose ? Au risque de paraître élitiste, j'ai quand même une plus haute opinion de l'art.

Fin de la diatribe. Mister esquissa un sourire, la fille esquissa une moue.

— Et vous estimez être au-dessus du lot ?

— Pas au-dessus, non. En dehors. J'espère.

— Qu'est-ce que vous faites, alors ?

— Je ne suis qu'un simple interprète, dit Mister. Pianiste.

Elle ne lui demanda pas quel genre de musique il jouait. Ce fut lui qui la relança :

— Vous aimez la musique, Karima ? Le jazz ?

— Je ne sais pas, dit la jeune femme. Je n'y connais pas grand-chose.

— Vera adorait ça, elle, dit Mister.

Petite offensive délibérée. Il guettait la réaction. Karima la brune eut un imperceptible mouvement de recul, puis se figea. Elle s'efforça d'éviter un nouveau coup d'œil vers le garçon mais n'y parvint pas tout à fait.

— Vera ? souffla-t-elle enfin.

— Vera, répéta Mister. Vous deviez la connaître, elle était élève à l'Atelier, elle aussi.

— Je vois, oui. Il m'est arrivé de la croiser quelquefois.

— Seulement croiser ?

— Oui. Il y a plusieurs cours à l'Atelier, avec des horaires différents. Nous n'étions pas dans le même groupe, elle et moi.

— Ah… soupira Mister.

Sa déception était visible. Le serveur apporta les boissons sur une plage de silence. Quand il se fut retiré, Karima reprit :

— Si c'est au sujet de… de Vera que vous cherchez des renseignements, j'ai peur de ne pas pouvoir vous aider.

— Même en ne faisant que vous croiser, vous avez bien dû avoir l'occasion d'échanger quelques mots, non ?

— Si, concéda la jeune femme. Peut-être deux ou trois fois, comme ça, en passant.

Mister se pencha en avant, avide.

— Et que vous a-t-elle dit ?

La fille se recula au fond de son siège.

— Comment voulez-vous que je m'en souvienne ? C'étaient des discussions banales, entre élèves. Rien d'important.

— Rien d'important… répéta Mister pour lui-même.

Il dépiauta un morceau de sucre, transforma le papier en une petite boule qu'il fit tourner un moment entre ses doigts, puis laissa tomber le sucre dans sa tasse. Il revint à la charge :

— Vous n'auriez pas, par hasard, perçu un changement dans son attitude, au fil du temps ?

— Un changement ? Comment ça ?

— Je ne sais pas. Des signes d'inquiétude, peut-être. D'angoisse. Ou simplement de la nervosité. Quelque chose qui la tracassait.

— Ça ne m'a pas frappée, non.

— Et lorsque vous la croisiez, avez-vous remarqué s'il y avait quelqu'un avec elle ? Je veux dire : quelqu'un qui se serait trouvé à plusieurs reprises en sa compagnie. Une copine, un fiancé, une personne dont elle semblait particulièrement proche.

— Franchement, je n'ai pas fait attention. Je vous ai dit : je la connaissais à peine.

— Vous n'avez aucune idée de ses fréquentations, que ce soit à l'Atelier ou en dehors ?

La jeune femme agita encore une fois ses boucles brunes pour dire non.

— Vous avez posé la question à Madeleine ? dit-elle.

— Votre prof ?

— Oui. Elle en sait sûrement plus que moi.

Mister se renversa contre son dossier.

— Non. Il semble que Mme Stein la connaissait à peine, elle aussi. Mme Stein ne s'intéresse qu'aux personnages, pas à ceux qui les incarnent.

Le ton était amer.

Cette deuxième tentative prenait de plus en plus la tournure d'un deuxième coup dans l'eau. Quelques remous avant que la surface inexorablement ne retrouve sa forme étale sous laquelle rien ne transparaît — et l'on coule, et l'on s'abîme, et l'on se perd dans les obscurs royaumes, et l'on se noie, et les poissons n'en finissent pas de se marrer en douce, et puis la vase devient pour nous une seconde peau.

Merde.

— Et vous ? fit la jeune femme.

— Moi ?

— Est-ce que je peux vous demander pourquoi vous vous intéressez à Vera ?

Mister but une gorgée de café, reposa sa tasse.

— Quel âge avez-vous, Karima ?

— Vingt-quatre ans.

Un court silence.

— Vera Nad en avait vingt-six, dit Mister.

Silence encore.

— On l'a tuée, dit Mister. Qui plus est, d'une horrible façon.

— Je sais…

— Non, dit Mister. Je ne crois pas que vous sachiez. Et moi non plus. Je crois que nous ne savons rien de rien.

Derrière la vitre du café le jour flanchait, sa pâle lumière aspirée vers d'autres hémisphères. Le gars posa une main sur le bras de la jeune femme. Elle tressaillit. Puis elle dit :

— Je suis désolée, il faut vraiment qu'on y aille.

Mister se pencha à nouveau, d'un mouvement brusque.

— J'ai pigé, lança-t-il. Vous êtes guide, c'est ça ?

— Guide ?

— Guide pour muets, fit Mister en montrant le garçon du doigt. Comme il y a des guides pour aveugles.

Elle le regarda, bouche bée, avant de piquer un fard. Puis elle détourna le visage et se leva sans répondre.

Mister se dressa à son tour. Il sortit une carte de visite de sa poche.

— Tenez. C'est l'adresse du club où je joue. Si jamais un détail vous revenait en mémoire… ou si l'envie vous prenait d'écouter de la bonne musique. N'hésitez pas.

Elle prit la carte, avec un bref hochement de tête qui voulait dire à la fois oui et merci et au revoir. Qui pouvait aussi ne rien vouloir dire du tout. Elle gagna la sortie. Le jeune type lui emboîta le pas après un ultime regard envers Mister — regard tellement mauvais que la bile débordait sur l'armature de ses petites besicles dorées.

La porte se referma sur le couple et Mister se rassit pesamment sur sa chaise. Il resta un long moment immobile à contempler devant lui sa tasse vide et le verre de Perrier intouché. Après quoi il resta un long moment à contempler les phares des voitures derrière la vitre.

Blue in green

Elle aimait les ballades. Les airs nostalgiques. Ceux qu'on peut fredonner lèvres closes et laisser dérouler, ceux qu'on peut étirer à sa guise, à sa propre mesure, le temps qu'il faut. Ceux qui réchauffent durablement.

Il semblait qu'elle eût vécu plus d'automnes que d'étés. Ne parlons pas de rose poussant sur le fumier mais plutôt d'un pur rayon de soleil qui force l'opaque et âcre nuage d'après bombardement pour venir se poser sur l'arbre aux branches dénudées.

Dans un silence de mort.

C'est alors qu'il faut faire appel à ces chants. Les laisser remonter. D'abord pour que s'apaisent le tremblement des mains et l'entrechoquement des os et pour éviter que l'âme ne se désagrège, qu'elle ne se liquéfie, qu'elle ne se répande comme cette flaque fétide sous la robe en coton. Ensuite pour se persuader que l'humanité n'a pas engendré que porcs et bouchers et ogres barbares, mais aussi quelques fées ou enchanteurs dotés du pouvoir de transformer le bruit en son, les cris en notes, les rafales en arpèges, les plaintes en mélodies, les sanglots longs en violons — la vie en harmonie.

Pour continuer à croire qu'il existe autre chose, autre part.

De tout cela elle ne parlait pas. Ou si peu. Des bribes. Des allusions. Des bouts de ruines. À lui de reconstruire, à lui de reconstituer à partir de ces infimes trous noirs dans ses yeux et des morceaux qu'elle lui demandait au piano. Don't Blame Me, Come Rain or Come Shine, Things Ain't What They Used to Be... *De la mélancolie, c'est vrai, dans ces airs-là. Mais c'était sous le couvert de l'art et de la paix.*

Elle aimait les ballades et il faisait de son mieux. Il jouait pour elle. Pour la soigner et pour la connaître. Tant de zones lui demeuraient inaccessibles. L'imagination a ses limites. C'est comment, en réalité, une ville en état de siège ? Une gamine recroquevillée dans la nuit à côté du cadavre de son papa ? Et se battre contre des rats pour les restes d'un chien crevé, ça fait quoi ?

Elle avait relégué l'enfer dans le puits de sa mémoire.

Son tort aura été de croire que les barbares ne sévissent que dans les pays en guerre.

7

Le Dauphin Vert. Un club dans la tradition. Pierre, bois et moleskine usée. Juste ce qu'il faut de tamisé dans la lumière, juste ce qu'il faut de poussière et de fumée. Entre ces murs on pouvait se croire à New Orleans dans les années vingt, à Chicago en trente, à Harlem en quarante ou cinquante, à Saint-Germain en soixante, tout en étant ici et maintenant. Un décor affranchi des barrières de l'espace et du temps. Un esprit commun. Pour ceux qui aiment à s'asseoir sur le même banc, au long du même fleuve, et regarder couler une eau sans cesse renouvelée.

Fin du premier set. Mister laissa ses doigts ancrés sur le clavier jusqu'au signal du batteur : un dernier coup de balai sur la cymbale. Applaudissements. Nourris, sincères, pas des mains molles. Pas des clap-clap par-dessus la jambe. C'est un public de fidèles, amateur et connaisseur. Ces gens-là viennent pour écouter de la musique, accessoirement pour boire un verre — et pas question de refaire le monde avant que les instruments soient rangés.

Il faut dire que si le lieu s'est taillé une certaine réputation, c'est grâce à la qualité des musiciens qui y sévissent. Pierrot Valenti à la contrebasse, Geoffrey Alexis dit « Timex » à la batterie, et Mister au piano :

depuis cinq ans c'est la formation de base, le trio de choc. But it's open. Il n'est pas rare qu'autour de minuit un pote ramène sa fraise pour faire le bœuf avec son sax ou sa trompette ou sa guitare et alors le troisième et dernier set ne s'achèvera qu'aux aurores, mais qui s'en plaindra ? Il y eut des nuits mémorables — putain ça, oui —, de purs orgasmes auditifs, d'inconcevables délires aussitôt nés aussitôt morts et dont le seul souvenir est celui qui restera à jamais gravé dans la cire des oreilles de ceux qui y étaient.

Et il y en aura encore.

Mister serra un paquet de louches en traversant la salle. Un petit mot à l'un à l'autre ; les habitués apprécient le pianiste et c'est réciproque. Il était en train d'amorcer une discussion sur le blues mineur avec un dentiste dingue d'Erroll Garner quand il aperçut Renato qui lui adressait de grands signes de derrière son comptoir. Il s'excusa et se dirigea vers le bar.

— Téléphone, fit Renato en lui tendant l'appareil.

— Pour moi ?

Le barman leva les yeux au ciel.

— Non, pour Dieu le père. Mais comme il s'est absenté, on s'en remet à son plus beau saint.

Mister conservait un air dubitatif. En dix ans de présence au club, ça devait être le deuxième coup de fil qu'il y recevait. Grand maximum.

— C'est qui ?

— Une fille, lâcha Renato, réussissant par sa seule intonation à faire passer et la jalousie et le dégoût que lui inspirait cette engeance.

Mister s'éloigna de quelques pas. Il se boucha l'oreille gauche et colla l'écouteur contre la droite.

— Allô ?

Il y eut un silence, un souffle, puis une voix féminine dit :

— Si j'étais vous, j'irais visiter la galerie Rankin. C'est une galerie d'art, rue Pascal-Garnier, dans le XVIe.

— Qui est à l'appareil ?

— Galerie Rankin, rue Garnier, répéta la voix. Notez-le.

Ce fut tout.

Les bips sonnèrent un instant au tympan de Mister avant qu'il ne se décide à son tour à raccrocher. Il se pencha par-dessus le comptoir et reposa l'appareil sur son socle. Dans le même mouvement il s'empara d'un stylo et d'un bout de papier sur lequel il inscrivit le nom et l'adresse indiqués. Puis il s'assit sur l'un des tabourets le long du bar. Pensif.

Il connaissait cette voix.

À l'évidence, on avait tenté de la maquiller, mais il était à peu près sûr de l'avoir déjà entendue quelque part.

— Quelle tête ! fit Renato en déposant un café devant lui. Une de tes nombreuses conquêtes qui vient te relancer ? Monsieur est peut-être du genre dont on ne peut plus se passer une fois qu'on y a goûté…

— Est-ce qu'elle s'est présentée quand tu as décroché ? demanda Mister.

Le barman pinça les lèvres.

— Absolument pas. Ni bonjour ni merde, si tu veux savoir. Et pas plus cette fois-ci que la première, d'ailleurs.

— La première ?

— C'est que mademoiselle l'impolie a déjà appelé tout à l'heure, pendant que tu jouais. C'est moi qui lui ai dit de rappeler plus tard, pendant la pause. J'aurais pas dû ?

— Si, si. Tu as bien fait. D'autant que ç'a dû être un effort terrible pour toi.

— Un supplice… susurra Renato.

Son œil luisait. Mister ne put s'empêcher de sourire. Des années qu'ils jouaient à ce petit jeu, tous les deux. Au point qu'il lui arrivait parfois de se demander si Renato Di Catanzarro, prince déchu du royaume de Calabre et barman attitré de la boîte en attendant son triomphal retour au trône, si Renato n'était pas réellement accro.

— Te fais pas de bile, dit Mister en terminant sa tasse, tu sais bien que mon cœur n'appartient qu'à toi.

— Ton cœur, garde-le pour tes minettes, dit Renato. Moi, je me contenterai du reste.

Là-dessus il pivota à la façon d'un torero, dos cambré, une cape torchon flottant sur l'épaule. À l'autre bout du comptoir, un aficionado attendait son cognac.

Mister relut l'adresse inscrite sur le bout de papier puis le fourra au fond de sa poche. Il se leva et traversa la salle en sens inverse pour reprendre sa place au piano. Ses deux compères n'étaient pas encore remontés sur scène. Il ne les attendit pas et attaqua *Summertime* en solo.

8

— C'est tout ce qu'elle a dit ?

— C'est tout.

— Et tu es sûr que c'était la fille que t'as rencontrée au cours de théâtre ?

— Karima. Non, je ne suis sûr de rien. Mais je ne vois pas qui ça pourrait être d'autre. Elle est à peu près la seule à savoir que je cherche des renseignements sur Vera.

— Elle a parlé de Vera ? Elle a mentionné son nom ?

— Non.

— Alors, qui te dit que ça a un rapport ?

— Mon p'tit doigt.

Peut-être qu'il voulait dire son pif, en tout cas c'était bien l'auriculaire de la main gauche qu'il agitait machinalement.

— Et ton petit doigt peut-il m'expliquer pourquoi cette jeune femme utiliserait ce subterfuge ? Elle pouvait très bien te parler de la galerie d'art la première fois que tu l'as vue. Tout simplement.

— On n'était pas seuls à ce moment-là. Je t'ai déjà raconté qu'il y avait un type avec elle. Un jeunot à l'air sinistre. Il n'a pas ouvert la bouche, mais j'ai eu le sentiment qu'il avait une certaine emprise sur elle. La fille n'était pas à l'aise. Je suppose qu'elle ne voulait pas, ou qu'elle ne pouvait pas parler devant lui.

— Ça n'explique pas pourquoi elle ne s'est pas présentée au téléphone. Elle te balance ça deux jours après, genre coup de fil anonyme, et démerde-toi avec ! Tu trouves ça normal, comme façon de faire ?

— Un sursaut de conscience, à mon avis. Elle a dû gamberger. Et le résultat, c'est qu'elle essaie de m'aider tout en refusant de se mouiller davantage. Parce qu'elle a la trouille.

— La trouille ?

— Oui. C'est comme ça que je l'analyse.

— La trouille de qui ? Du jeune type ?

— De lui ou d'un autre, j'en sais rien. Putain, Bob, si j'avais toutes les réponses, on ne serait pas là !

Les deux hommes dialoguaient sans se regarder. La 404 remontait la rue au ralenti. Bob scrutait les façades côté pair, Mister côté impair. Un 4 × 4 paramilitaire leur collait au cul, entravé dans sa progression conquérante. L'aryennasse qui le pilotait les bombardait d'appels de phares et de coups de klaxon.

— C'est là, fit soudain Mister.

Numéros 163 et 165. La devanture de la galerie s'étalait sur les pas de porte de deux immeubles accolés. Bob leva encore le pied tandis qu'ils passaient devant. Ils tordirent le cou pour tenter d'apercevoir l'intérieur mais les reflets sur les larges baies vitrées les gênaient.

— Essaie de trouver une place dans le coin, dit Mister.

Bob maintint l'allure au plus bas. La calandre du 4 × 4 lui bouffait tout le rétro. Il bifurqua au bout de la rue juste à l'instant où le char s'apprêtait à les laminer sous ses quatre roues motrices. Cinq minutes après il garait la Peugeot sur un emplacement libre et presque pas réservé.

— Je te préviens, grogna-t-il en coupant le moteur, si j'ai une prune, c'est pour ta pomme.

Ils marchèrent jusqu'à la galerie sous un ciel à la Baudelaire. Sur la porte vitrée était simplement inscrit : *Galerie S. Rankin.* Les lettres étaient taillées en relief à même le verre. Luxe raffiné. Mister entra le premier.

L'intérieur était probablement le fruit des lubies d'un jeune designer qui monte. Vaste espace, épuré à l'extrême. Tout en ocre et chrome. Ce n'était pas non plus sans rappeler le hall d'une clinique privée fraîchement inaugurée — gros beau gâteau dont un petit consortium de chirurgiens se taillerait les parts à coups de scalpel. Les seules taches de couleur provenaient des toiles exposées sur les murs.

Mister et Bob eurent un temps d'arrêt après avoir franchi le seuil. Ils lancèrent un long regard circulaire, puis levèrent tous deux la tête comme pour s'informer des horaires de trains sur un tableau d'affichage. Il y avait là-haut une mezzanine qui courait sur toute la largeur de la salle.

— Qu'est-ce qu'on cherche ? chuchota Bob du coin des lèvres.

— Aucune idée, fit Mister.

Trois autres personnes étaient présentes : un couple d'une soixantaine d'années et une femme en tailleur et chignon stricts. Ils discutaient debout dans une sorte de coin salon aménagé au fond de la galerie. C'est à peine s'ils avaient jeté un coup d'œil aux arrivants.

Mister et Bob se remirent en branle. En silence et lentement ils firent le tour de la salle. Les œuvres en exposition au rez-de-chaussée étaient pour la plupart un mélange de collages et de peinture à la bombe ; un univers assez touffu et confus d'où émergeaient des citations lancées sur le support comme autant de slogans ou de graffitis politico-poétiques. (« *You're talking to me ?* » … « *I had a dream* »…) L'artiste signait *Giaccobaxx*. Aux yeux de Mister, ce n'était ni beau ni laid. Cette forme d'art le laissait froid. Il s'obligea néanmoins à détailler chaque tableau dans l'espoir d'y découvrir quelque chose en rapport avec la vie ou la mort de Vera Nad. Une image. Un message. Codé ou pas.

Rien de tel ne le frappa. Après avoir laissé échapper un soupir, il commença à gravir l'escalier qui donnait accès à la mezzanine.

Lorsque Bob l'imita, une minute plus tard, il trouva son ami planté là-haut sur la dernière marche. Immobile. Transi. Fixant la toile qui lui faisait face.

Bob, à son tour, porta son regard sur l'œuvre exposée. Durant une poignée de secondes il demeura muet. Puis il fit :

— Ah…

Une syllabe, une seule.

Ce qu'il avait devant les yeux était bien plus que le signe espéré, plus qu'un quelconque message allusif : c'était le vif du sujet.

C'était elle.

Vera Nad ressuscitée.

Vera Nad immortelle.

Aucun doute possible.

La toile mesurait 80 × 100 cm. Comme les deux hommes n'allaient pas tarder à s'en rendre compte, il y en avait onze autres de format identique suspendues le long de la mezzanine. Soit douze au total. Douze portraits de la jeune femme, douze visions, douze variations autour du même thème. Une obsession.

Cela n'avait rien de comparable avec les compositions saturées qui ornaient le bas de la salle. Autre artiste, autre traitement. Ici, il aurait été plus juste de parler de « décomposition ».

Le tableau devant lequel ils étaient tombés en arrêt représentait Vera Nad en pied, au centre d'un paysage désolé où ciel et terre se confondaient. La jeune femme était nue. Pourtant sa nudité n'éveillait aucune espèce de pulsion érotique ; c'était celle d'une petite fille, d'une enfant dépourvue de tout, dépouillée, démaquillée, débarrassée, c'était celle d'un être qui n'a que cela à offrir : son innocence et sa pureté originelles. Plus qu'un corps, plus que des chairs, une âme était ici exposée dans son plus simple appareil.

Loin en arrière-plan, un corbeau aux ailes grandes ouvertes fondait droit sur elle.

Vera et l'oiseau étaient les seules figures présentes sur la toile. L'oiseau était noir, la jeune femme était pâle. Le reste se délayait dans un subtil dégradé de gris. D'apparence cela pouvait faire songer à une technique à l'encre, voire au fusain.

Le nom du peintre et le titre de l'œuvre étaient gravés sur une plaque argentée fixée au mur à côté du cadre : *J. Kristi — V 1.* La suite se déclinait en *V 2*, *V 3*, *V 4*…

« V » comme Vera ?

Mister et Bob longèrent la galerie en s'arrêtant à chaque étape, devant chaque tableau, et ils assistèrent ainsi à la progressive mais inexorable disparition de Vera Nad au profit du corbeau.

Au fil des toiles, le volatile prenait de plus en plus de place. Sa sombre silhouette se rapprochait, grandissait, s'épaississait, tandis que celle de la jeune femme à l'inverse s'amenuisait. Si bien que sur la toile intitulée

V 12, la dernière, l'oiseau noir avait envahi la moindre portion d'espace. Ne subsistait de Vera Nad qu'un double portrait en miniature inscrit sur les rétines mêmes du corbeau. Soit elle était devenue un simple reflet dans son regard, soit elle était sa prisonnière à part entière — l'oiseau avait dévoré son âme ; il la possédait.

Au bout, tout au bout, que restera-t-il de nous ?

Les deux interprétations, réaliste ou symbolique, étaient envisageables. Mais pour l'heure Mister ne cherchait pas à savoir. Il avait froid. Il respirait mal — thorax en étau, le souffle s'écoulant avec le bruit d'un filet d'eau le long d'une gouttière en métal.

Bob ôta lentement sa casquette et adopta devant la toile une attitude qui n'était pas sans évoquer celle du recueillement.

— Messieurs. Puis-je vous aider ?

La question émanait de la femme au chignon. Ils ne l'avaient pas entendue venir. Elle se tenait au sommet de l'escalier — à une certaine distance.

Mister ne quitta pas le tableau des yeux. D'une voix blanche, glaciale, il dit simplement :

— Combien ?

La femme avait pris le temps de les jauger. De pied en cap. Vu leur allure générale, vu leurs atours, vu leurs hures, elle s'était forgé une opinion. On pouvait lui faire confiance. La femme au chignon était une experte ; et sa plus grande qualité, en matière d'art, n'était-elle pas de savoir apprécier l'épaisseur du portefeuille d'un potentiel client ?

Elle accrocha un quart de sourire à ses lèvres, qui chez d'autres aurait pu exprimer la compassion. Elle n'avait pas davantage de temps à perdre.

— Les prix sont indiqués sur le catalogue, dit-elle.

Souhaitez-vous que j'aille vérifier ? Cependant, vous devez savoir que la cote de cet artiste ne cesse de grimper. Et je crains fort que la valeur de cette toile ne soit proportionnelle à sa renommée.

Ce qui, en substance, signifiait : allez plutôt faire un tour à la galerie Emmaüs, les charlots.

Mister eut alors un geste vague qui englobait la douzaine d'œuvres accrochées aux cimaises. Sans lâcher le corbeau du regard, sans changer le timbre de sa voix, il précisa :

— Combien pour l'ensemble ?

9

Il fut obligé de ralentir le pas, l'esprit accaparé par un laborieux calcul mental. Ce n'est qu'en arrivant à la voiture qu'il put en annoncer à Bob le résultat : à savoir que, pour s'offrir la série des douze toiles représentant Vera et l'oiseau noir, il lui faudrait contracter un crédit d'environ soixante-sept années. Sans apport initial.

— Et ça, c'est compris dans tes comptes ? demanda Bob en arrachant un PV au pare-brise de la 404.

Le pianiste haussa une épaule.

— Je ne suis pas à un mois près…

Les portières claquèrent. Bob mit le contact, enfonça sa casquette sur le crâne, une cassette de Wayne Shorter dans l'autoradio, et déboîta aussi sec sans même l'ébauche d'un regard dans le rétro.

La responsable de la galerie avait fini par céder. Mister avait fait montre d'une telle assurance que la dame s'en était allée quérir le fameux catalogue. Pro jusqu'au bout des ongles, on ne pouvait lui retirer ça. Elle était capable d'admettre ses erreurs et de revenir sur une première impression si le moindre doute s'immisçait. Malgré la noblesse de ses origines, elle s'autorisait même à régurgiter selon les circonstances quelques sentences issues d'une sagesse toute populaire, telles que : « L'habit ne fait pas le moine », ou encore « L'argent n'a pas d'odeur ». Sous sa veste griffée, la bosse du commerce pointait, culminant largement au-dessus de tout amour-propre. Seuls les chiffres comptaient.

Ceux indiqués sur le catalogue avaient des queues aussi longues que des comètes. Bob n'avait pu s'empêcher de se gratter la tête ; Mister n'avait pas tiqué.

Là où la femme au chignon était demeurée intraitable, c'était au sujet des coordonnées de l'artiste. Elle avait refusé de les communiquer. Mister ayant décrété qu'il était hors de question pour lui d'acheter les toiles sans en avoir au préalable rencontré l'auteur, la dame avait promis d'essayer de lui obtenir un rendez-vous. Ce n'était pas gagné d'avance. Selon ses propres termes, l'artiste était quelqu'un d'assez « particulier », à l'esprit « fantasque », « imprévisible ». Dans une traduction occulte, cela voulait dire : un ahuri capable de créer des comètes en or massif pour ensuite les laisser filer.

Mais Dieu merci elle était là, elle, pour les retenir, gardienne du trésor, garante du capital, bec et ongles crochetés dans la matière, arc-boutée, les talons de ses escarpins plantés au plus profond de la terre nourricière. Elle ferait son possible, avait-elle dit à Mister. Restait plus qu'à attendre.

— J'avoue que tu m'as bluffé, reprit Bob un peu plus tard. Je ne te connaissais pas ces talents de comédien. À un moment, j'ai vraiment cru que t'allais sortir ton carnet de chèques.

— Si j'avais eu les moyens, je l'aurais fait, dit Mister.

Bob lui lança un bref regard en coin. Incisif.

— Fais gaffe.

— Gaffe ?

— De ne pas verser dans l'idolâtrie. Je dis ça par rapport à Vera. Quand un être humain cesse d'en être un pour devenir une icône, c'est la porte ouverte à tous les fanatismes. Aucun saint, aucun martyr ne vaut qu'on lui sacrifie sa liberté d'esprit.

— Le sage a parlé.

— Méfie-toi, c'est tout, insista Bob sans tenir compte du sarcasme. Entre l'objet de mémoire et l'objet de culte, il y a un gouffre. Le problème, c'est qu'il est souvent invisible. Surtout pour les aveugles. Or, ce qui rend aveugle, ce n'est pas tant l'amour que l'adoration. Alors tâche de bien tâter le terrain avant de te précipiter.

Une poignée de secondes s'écoula, le temps que Mister encaisse et réagisse. Il avait la gueule de celui qui réalise soudain que le type en face tire à balles réelles.

— Putain, Bob, qu'est-ce que tu me fais, là ? De quoi t'as peur, au juste ?

— De rien. Je tiens seulement à m'assurer que certaines choses sont bien claires dans ta tête. Par exemple…

— Par exemple quoi ? gronda Mister.

— Par exemple le fait que tu auras beau lui construire un autel et faire flamber des milliers de cierges pour elle, ce n'est pas ça qui lui rendra la vie. En revanche, toi tu risques d'y perdre une partie de ton âme.

— Putain, souffla de nouveau Mister en s'affalant contre le dossier. Tout ça parce que j'ai dit que ces tableaux me plaisaient ?

— Tout ça parce que ton acharnement dans cette affaire me laisse dubitatif.

— Tu veux que je te dise ? C'est dans ta tête à toi que c'est pas clair, mec. Moi, je t'ai annoncé mes intentions, dès le départ, et elles n'ont pas changé : je veux juste choper le salopard qui a commis ce crime, ou qui l'a fait commettre…

— Si tant est que ce salopard existe.

— … et faire en sorte qu'il soit jugé.

— C'est tout ?

— C'est tout. Et il me semble que c'est le moins qu'on puisse faire pour elle.

— Pas d'autres motivations, t'es sûr ?

Mister reporta son regard devant lui, loin au-delà du pare-brise.

— Va te faire foutre, Bob, dit-il d'un ton neutre.

Une longue parenthèse s'ouvrit alors, et ce fut le temps des choses qui défilent : le torrent Wayne Shorter, la Seine et ses eaux vert-de-gris, Paris, ses flots d'automobiles, ses vagues de passants, tous ces gens, tous ces gens, tous ces rongeurs dans les courants souterrains, tous ces pigeons non voyageurs dans les squares et jardins de la ville et ces quelques ondées de noirs moineaux dans le ciel d'étain.

Bob ferma la parenthèse.

— Ça vaudrait peut-être le coup de retourner interroger la fille au cours de théâtre, non ?

— Non. Le peintre, d'abord. Ce Josef Kristi.

— Un nom à peindre des anges. Ou des martyrs.

— Recommence pas avec ça, Bob. S'il te plaît.

— OK, j'arrête.

Mister hocha la tête.

— Au moins on tient une piste.

— T'emballe pas trop, fils. Tout ce qu'on tient, c'est le nom d'un peintre pour qui Vera a servi de modèle. Tu savais qu'elle faisait ce genre de choses ?

— Quoi ? Poser pour des artistes ?

— Poser nue.

— Non, dit Mister. Je ne savais pas.

Bob pinça les lèvres. Puis lâcha dans un quasi-murmure :

— Décidément, sa part d'ombre ne cesse de s'étendre.

Mister s'adossa à la portière, de manière à avoir le profil de son ami dans sa ligne de mire.

— Sous-entendu ? fit-il. (Mais avant que Bob ait eu le loisir d'en placer une, il ajouta :) Je n'ai jamais prétendu que c'était une sainte qu'on avait brûlée.

— Tiens, tiens... C'est toi qui en reviens aux images pieuses, on dirait.

— Je m'adapte à ton langage. Et à ton mode de pensée qui me paraît digne, en l'occurrence, d'un curaillon de village.

Les yeux de Bob luirent dans l'ombre de sa visière comme ceux d'un chat surpris par l'éclair au milieu de la nuit. Un sourire étira ses invisibles moustaches. On sait que les joutes verbales n'étaient pas pour lui déplaire.

— Tu mens, fils, affirma-t-il d'un ton tranquille.

Mister eut un sursaut. L'arrière de son crâne heurta la vitre.

— Je mens ?

— Tu n'as peut-être jamais dit que Vera était une sainte, mais oserais-tu jurer que ce n'est pas là ton intime conviction ? La pureté, l'innocence de Vera. La blancheur immaculée de son âme... Tu le penses tellement fort que même tes oreilles en pâlissent.

Mister accusa le coup. Sa grande carcasse se raidit. Il ne chercha pas à nier. Sa voix se fit basse et vibrante.

— Apparemment, je ne suis pas le seul à ressentir ça.

Tu as vu les toiles comme moi, Bob. C'est frappant. L'oiseau noir qui s'abat sur la blanche colombe. Qui s'en empare. Qui la dévore. Les ténèbres qui recouvrent le jour… C'est le combat de l'obscurité contre la lumière. Du mal, du mal absolu, contre le bien. C'est le combat de la mort et du néant contre la vie. Le type qui a peint ça a tout compris. Il a capté l'essence même de ce qui est en jeu.

— Ou alors il a été subjugué, répliqua Bob. Comme toi. Envoûté. Ensorcelé. Phénomène assez courant. Les marabouts ne t'en ont jamais parlé ?

— Et toi ? C'est quoi, ton intime conviction à toi ? Y en a marre de vos sournoises allusions, mon père, livrez-nous donc le fond de votre pensée. Videz votre sac !… Tu penses que poser nue pour des peintres constitue une infamie ? Tu penses que ça fait d'elle une dépravée qui a largement mérité son sort ?

Un buffle brun dans l'habitacle de la Peugeot. Aux naseaux qui fument.

— Loin de moi cette idée, dit Bob. Tu le sais très bien.

— Je suppose que les fins de mois étaient difficiles, poursuivit Mister, et qu'elle se débrouillait comme elle pouvait. À mon sens, ce n'est pas un crime.

— Il n'est pas question de la juger. Au contraire. J'essaie précisément de rester objectif, alors que toi tu l'as déjà admise sans restriction aucune dans le camp des vierges immaculées. Peut-être que c'en était une, mais peut-être pas.

— Une petite putain, alors ?

Bob fit face au buffle.

— Possible, lâcha-t-il. Le fait est, une fois de plus, qu'on ne sait pas grand-chose sur son compte. Et si tu tiens vraiment à découvrir la vérité, commence par ôter ce voile devant ta propre face. L'existence de Vera était suffisamment floue à nos yeux pour qu'on puisse envisager toutes les hypothèses, y compris les plus sordides. Ta blanche colombe monnayait peut-être ses charmes à l'occasion, comme tu le dis. Elle pouvait aussi se shooter, ou encore revendre de la dope pour le compte d'une bande de trafiquants. Voilà ce que je m'efforce de te faire admettre. Tu veux mener une enquête digne de ce nom ? Alors, tu ne dois négliger aucune piste.

Les deux hommes se toisèrent un moment. Sous cloche. Autour d'eux s'était formée une bulle de silence que même le sax de Shorter avait du mal à pénétrer. Son phrasé sonnait comme le bourdon d'une guêpe folle se cognant aux parois.

Ce fut Mister qui céda. Il se détourna en inspirant une large rasade de cet air vicié. Son regard plongea de nouveau à travers le pare-brise, droit devant.

— C'est rouge, dit-il.

— Quoi ?

— C'est rouge.

Ils durent leur salut au fait que Bob dépassait rarement les quarante kilomètres à l'heure en ville. Cela lui laissa le temps de battre des paupières, de tourner la tête et de se mettre debout sur le frein. Le capot de la 404 pila à un cheveu d'un Master Renault.

— Merde ! cracha Bob.

Les coussins pendouillaient à moitié hors du siège, sous ses fesses, idem pour les lunettes au bout de son nez.

— Le voile devant ta face… ricana Mister.

Il sortit du taxi une demi-heure plus tard sans un mot de plus et en oubliant ostensiblement la contravention sur le tableau de bord, entre deux monuments du jazz.

Summertime

C'était une histoire de caves, finalement. Il y avait des caves où l'on écoutait Gershwin, il y avait des caves où l'on écoutait Racine ou Brecht, il y avait celles où l'on écoutait grincer ses dents. De cave en cave. Ligne directrice tracée par la force des choses. On a les repères qu'on peut. Dans un monde qui ne cessait de tourner, elle s'accrochait à un point fixe. Elle restait dans son élément. C'était une histoire de sous-sols, de tombeaux, de rats, de rêves. Une affaire d'enfermement tout autant qu'une manière de s'évader. Sauver sa peau et ses pensées.

Elle était âgée d'une dizaine d'années quand cela avait commencé. Elle avait vu le jour avant. D'autres, plus jeunes, n'avaient pas eu cette chance. Mais était-ce réellement une chance ? Elle avait eu le temps d'entrevoir le bleu du ciel. Le rouge, le rose du ciel. Elle avait eu le temps d'observer les saules qui pleuraient sur les berges du fleuve, des fausses larmes, larmes de fable, leurs longs doigts nonchalamment trempés dans l'onde fraîche du courant. Elle avait eu le temps de frayer parmi la foule les matins de marché. Saoule d'odeurs et de couleurs, de bruits et de mouvements. La main de sa mère qui ne la lâchait pas. Ne serait-ce que ça : marcher dans les rues de sa ville.

Sans se presser. Sans frémir. Sans paniquer. Sans courir en crabe pour déjouer les tirs. Sans bondir d'un pan de ruine à l'autre comme un lièvre traqué. Sans avoir le crâne éclaté en plein vol. Elle avait eu le temps d'étaler des couvertures dans des champs non minés où les seuls cratères dans le sol étaient ceux que creusaient les chiens dénichant les mulots.

Des jours tranquilles. L'âge d'or.

Et puis on lui avait brusquement retiré tout ça. Alors n'eût-il pas mieux valu qu'elle l'ignore ? Ceux qui n'avaient que quelques semaines, quelques mois, à l'arrivée des chars, ceux-là ne connaissaient rien d'autre. Ils n'eurent pas à souffrir du souvenir, à s'encombrer de regrets. Juste la peur, la faim et le froid. On prétend que certains enfants, nés pendant la tourmente, furent plus tard bien étonnés de découvrir l'azur. Eux qui avaient poussé comme des moisissures sous des toits de terre battue ou de béton, dans leurs abris humides, obscurs, eux qui n'avaient jamais levé les yeux que vers un ciel perpétuellement enfumé, constellé d'étoiles assassines.

Elle avait vu le jour avant. Elle craignait de ne pas voir celui d'après. L'été reviendra-t-il ?

Oui. Comme on l'a dit le monde ne cesse de tourner, et les saisons reviennent. Mais dans quel état.

Était-ce à cela qu'elle songeait lorsque son regard, parfois, se perdait ? Était-ce vers cela que les notes de Mister la portaient ? Était-ce son rêve familier dans cette cave familière ?

D'elle-même elle avait retrouvé le chemin qui descend sous la terre. Son nid, son ventre, son cocon. Volontairement s'y enfermer. Pour mieux s'échapper peut-être.

Nul n'a jamais croisé de dauphin vert. Pourtant, nul ne doute de sa beauté.

10

Au cours des nuits qui suivirent, Mister dormit encore moins et encore plus mal qu'à l'ordinaire. Repos chaotique. De façon systématique cela s'achevait par un réveil en sursaut, la sueur au front, le cœur au galop. Sous sa gorge battait une grosse veine gonflée de sang.

Bien qu'il ne conservât aucun souvenir précis des cauchemars qui le renvoyaient sans ménagement par-delà la ligne blanche du sommeil, il était persuadé que ceux-ci naissaient et s'épanouissaient sous l'aile maléfique du corbeau.

L'oiseau noir l'habitait, croyait-il. Le volatile avait planté ses serres dans la meuble matière de sa cervelle et n'aurait de cesse qu'il ne la becquetât tout entière. Ainsi qu'il l'avait fait pour Vera Nad. Ainsi qu'il était peut-être en train de le faire pour Josef Kristi.

Le cercle s'élargissait. De plus en plus, glissant sur la pente de l'empathie, Mister se sentait y appartenir. À son tour il entrait dans la danse, dans la ronde macabre où une place lui était retenue. Une main dans celle de la comédienne, l'autre dans celle du peintre. Qu'est-ce qui les unissait sinon une trop grande sensibilité ? Le charognard s'attaque d'abord aux morceaux les plus tendres.

Vera avait succombé la première. Quand Mister émergeait en nage du cloaque de ses mauvais songes, l'image qui s'imposait à son esprit hagard était le visage de la jeune femme. Son cou de cygne. Son teint pâle. Ses iris d'ambre foncé. Et ce n'était pas tout : même en état de veille il lui arrivait souvent d'entrevoir la gracile silhouette qu'entre toutes il croyait reconnaître. Ici ou là, parmi la foule dans le métro, sur un quai, sur un boulevard, à la lueur d'un réverbère ou à la faveur d'un phare, et combien de fois l'avait-elle visité le soir dans l'atmosphère enfumée du Dauphin Vert, apparaissant soudain, toute nimbée de ce brouillard délétère, et revenant à lui comme une défunte fiancée naguère injustement condamnée aux limbes et aujourd'hui enfin relaxée. Cloué sur scène à son piano, Mister la regardait s'approcher. Dans ces moments-là seuls ses doigts gardaient le tempo, son pouls allant crescendo jusqu'à défier une quelconque mesure.

Mais ce n'était pas elle, bien sûr. Juste un reflet, de faux airs, une esquisse qui s'avérait grossière.

Après le visage de la jeune femme, la seconde image qui frappait Mister au réveil était… le visage de la jeune femme peint par Josef Kristi. La série des douze toiles découverte à la galerie restait gravée dans sa mémoire. Il pouvait les faire défiler une à une et les contempler encore et encore dans leurs moindres détails. Il ne s'en privait pas ; et le trouble, et l'insidieuse et douloureuse angoisse que cette expérience distillait en lui ne cessaient de croître. Ce n'était pas tant que la ressemblance entre l'original et son portrait était à ce point bouleversante, c'était surtout que le peintre avait touché le fond de l'âme de la jeune femme. Au-delà des apparences, au-delà des masques, au-delà même de la chair et du sang, il avait su exprimer cette vérité nue que Mister n'avait pu qu'effleurer et dont la nature présentait à ses yeux quelque chose d'absolument terrifiant.

Le peintre avait percé à jour le secret de Vera Nad. Dans ses toiles coulait l'essence du mal.

Alors oui, la jeune femme avait succombé mais la danse continuait. Sinon par le corps, du moins par l'esprit, Vera était toujours en vie. Et cela durerait tant que les mains du pianiste et celles du peintre la soutiendraient.

Ne fût-ce qu'à cette fin, Mister avait besoin de Josef Kristi. Il se demandait si celui-ci n'était pas sur le point de lâcher prise, lui aussi. Au vu des œuvres de l'artiste, cette crainte était légitime. Mister ne voulait pas se retrouver seul. Il redoutait d'avoir à supporter seul le poids des morts. Il n'était pas sûr de ses forces. L'oiseau noir lui faisait peur. Que Mister ouvrît les paupières, qu'il ouvrît ses stores ou l'abattant de son clavier, il lui semblait que chacun de ces gestes s'accompagnait d'un sinistre froissement d'ailes.

Il devait à tout prix rencontrer le peintre avant qu'il ne soit trop tard. Mais il n'était pas maître de cette décision. Les jours passaient et il n'avait aucune nouvelle de la galerie Rankin. Le téléphone ne sonnait pas.

Ces journées et ces nuits furent lentes et difficiles.

Pendant ce temps, dans son coin, Bob plantait des clous. Virtuellement, cela va sans dire — car l'unique fois de sa vie où il avait tenu le manche d'un marteau, il y avait perdu du même coup l'ongle de son petit doigt et sa foi aveugle et juvénile en une certaine doctrine prônant la mise en commun des outils de production. Les pointes que Bob s'enfonçait dans le crâne ne servaient qu'à y fixer les divers éléments de l'affaire : infos, questions, déductions, hypothèses et cætera. Pléthore de bouts de papier volants griffonnés à la hâte et dont les cloisons de son cerveau se retrouvèrent bientôt tapissées de haut en bas et de long en large. Qui eût pénétré cet antre se serait cru dans une de ces bonnes vieilles MJC de quartier, devant la plaque de liège réservée aux petites annonces.

Bob appelait ça : rassembler ses idées.

Dès le premier soir, de retour de leur visite à la galerie, il s'était laissé choir dans son vaste fauteuil en cuir afin de faire retraite. Réfléchir. Ressasser. Keith Jarrett en boucle sur la platine.

C'est ainsi que Betty l'avait trouvé en rentrant à son tour de ses pérégrinations par le vasistas de la cuisine. Elle avait poussé au pied du fauteuil sa petite sérénade de famine, de misère, de pitié, puis de séduction, puis d'indignation : rien n'y avait fait. Son maître était ailleurs. À défaut de miettes de thon, elle s'était résignée à chercher un peu de chaleur au creux de ses cuisses. Nichée. Pelage contre côtes de velours. La chatte avait fermé avec indolence ses yeux verts.

Cet aparté s'était prolongé trois heures d'affilée. Bob épinglait ses fameux pense-bêtes.

Il considérait comme un avantage sur Mister le fait de n'avoir pas connu Vera Nad, ou si peu. Il l'avait croisée à trois ou quatre reprises. Il avait souvenir d'un visage d'ange, c'est vrai, d'une jeune femme sage, réservée. D'une fille en âge d'être sa propre enfant… Son esprit avait vagabondé quelques instants autour de cette dernière pensée. C'était amer et c'était doux. Un poids léger sur la poitrine. Bob n'avait pas d'enfant. Il avait eu Flint, il avait eu Casanova, il avait eu La Goulue et les presque jumeaux Stan et Laurel, il avait eu Lady Chattelaide. Aujourd'hui il avait Betty. (Sa main avait quitté l'accoudoir pelé et ses doigts s'étaient enfoncés dans le poil du félin d'un geste machinal.) Quand cela était devenu plus amer que doux, il avait resserré les boulons — toujours aussi virtuellement.

Autant Mister fonctionnait à l'affect et à l'instinct, autant lui, Bob, se devait de faire preuve de pragmatisme et de rigueur. Un métronome, oui. Sans fluctuation possible, sans relâchement dans le tempo.

Ce n'était pas un corbac de malheur qui allait l'impressionner.

Des faits. Des données. Qu'avait-on à se mettre sous la dent ?

Vera Nad, vingt-six ans, originaire de ce que l'on appelait encore, parfois, l'ex-Yougoslavie. Où exactement ? Quelle région ? (À vérifier.) Débarquée en France alors qu'elle avait une vingtaine d'années. Pas de famille recensée dans le pays. Pas de petit ami non plus (à vérifier). Consacrait la majeure partie de son temps à étudier l'art dramatique. Des cours réguliers à l'Atelier Lazare sous la férule de Madeleine Stein. Des petits rôles dans des petites productions indépendantes — quatre planches et deux tréteaux et on se lance, ça ne mange pas de pain, ça n'en donne pas non plus à manger, ça fait de l'expérience. À côté de ça, la course aux castings. Pub, télé, ciné. Il faut bien vivre. Plus souvent figurante qu'autre chose, simple apparition noyée dans la masse, en arrière-plan, limite hors cadre. Pas de texte, rien à répliquer. Cachetons. Divers petits boulots pour combler les creux parce qu'il en reste et de nombreux. Baby-sitting, ménages, prospection téléphonique, des demis et des quarts de SMIC. Quoi d'autre ? Modèle pour artistes peintres. Peut-être au singulier. La rencontre avec Josef Kristi. Où ? Quand ? Comment ? (À vérifier.) Elle pose pour lui. Elle se met à nu pour lui. Quoi d'autre ? La dope. Elle n'avait pas l'air d'y toucher mais c'est pourtant la thèse que défendent ses meurtriers. Selon leurs dires, la jeune femme dealait. Elle aurait tenté de les blouser. Les comptes qu'elle leur a présentés n'étaient pas justes : ils les ont réglés à leur façon. Ça n'aurait dû être qu'un avertissement mais les choses ont mal tourné. Voilà comment ils ont présenté l'affaire. Sales petites crevures. C'est leur parole contre son silence (à vérifier, bien sûr, mais toute l'histoire est précisément là).

Pour finir, Vera Nad avait été aspergée d'essence puis brûlée vive. On avait retrouvé ce qui restait de son corps dans un entrepôt abandonné du côté de Montreuil.

Quoi d'autre après ça ?

La chatte dormait depuis longtemps. Une boule tiède, vivante, sur les genoux de Bob. Il n'avait pas eu le courage de la réveiller, ce qui constituait un excellent prétexte pour ne pas bouger. Il ratissait le poil de la bête du bout des doigts. Ses yeux commençaient à le piquer. Ses pensées s'effilochaient. Il ne restait plus beaucoup à tirer avant le lever du jour.

Bob avait étendu les jambes et laissé reposer sa nuque sur le dossier du fauteuil. Il avait fermé les paupières à son tour. Keith Jarrett jouait désormais dans le noir. *Flying*. Part one. Part two. Keith planait, porté par ses deux acolytes, Gary Peacock, Jack DeJohnette. Trio lunaire. Ils avaient décollé, ils évoluaient dans leur pays imaginaire, et Bob avait fini par s'assoupir en caressant l'espoir de pouvoir les y accompagner.

11

À force de se gratter les couilles depuis son plus jeune âge, Milosav Pesic avait maintenant une petite partie du scrotum parfaitement lisse et comme dépigmentée. Une plaque de peau de la taille d'un médaillon, imberbe, douce au toucher, telle une rustine de velours sur une chambre à air crevassée. Entre deux chansons, il ne pouvait s'empêcher de glisser prestement une main par-dessous sa ceinture afin de prodiguer une caresse à ce talisman personnel. Ce que d'aucuns appelleraient un TOC. Après quoi le jeune homme se remettait dare-dare à gratter, les cordes d'une guitare cette fois.

Mister lui donnait entre seize et dix-huit ans. Il jouait mal et il chantait faux, mais il n'était pas difficile de passer outre car il se dégageait de sa personne quelque chose qui provoquait une entière et immédiate sympathie. Le bon feeling, en somme. C'était dans sa façon d'être, c'était dans son expression — ce mélange d'insouciance et de joie de vivre. Milosav Pesic semblait heureux d'être là. Il donnait le sentiment qu'il n'y avait pas de plus grand privilège ni de meilleure place au monde que celle-ci, c'est-à-dire dans la gueule du métro, station Châtelet, à l'intersection de deux boyaux d'apparence identique et crûment éclairés (Porte de Clignancourt d'un côté, Porte d'Orléans de l'autre), et sa force de conviction était telle que tout usager daignant lever les yeux au passage et lui accorder un regard ne pouvait dès lors que partager ce sentiment et croire à cette illusion et les emporter tous deux au long des couloirs dans son sac à dos ou dans sa mallette ou dans sa tête ou plus vraisemblablement dans la poche secrète de son cœur comme l'écho d'un modeste bonheur, non négligeable certes, mais éphémère, car allant hélas decrescendo le temps de cette traversée, l'espace de cette poignée de secondes qui le séparait de la prochaine rame, laquelle l'avalerait et le renverrait, solitaire à nouveau, frapper à la porte de sa propre destinée (Porte de l'enfer d'un côté, Porte du paradis de l'autre).

Quelque chose comme ça, oui. Et c'était pour cette raison à n'en pas douter qu'un petit pécule s'accumulait au fond de l'étui à guitare béant aux pieds du jeune homme. Menue monnaie, espèces sonnantes, les gens donnaient, mus non par une avilissante pitié mais par un véritable élan de gratitude, de reconnaissance. Pas une aumône : un échange. Quelques-uns parmi les plus fervents allaient jusqu'à verser leur tribut dans l'étui comme on lance une piécette dans la bouche d'un puits ou d'une oubliette, persuadés de voir bientôt exaucé le vœu qu'ils formaient simultanément en leur for intérieur. Ils pariaient sur l'avenir. Et l'on peut dire (ceci pour les amateurs de symboles) que Milosav Pesic était cet avenir, sinon radieux, du moins prometteur.

Le passé se tenait derrière lui. Forcément. Deux pas en retrait pour être précis. Le passé s'appelait Dobrica Pesic et portait un lourd accordéon diatonique au soufflet bouffé aux mites. Il se débrouillait beaucoup mieux avec l'instrument mais il avait une gueule beaucoup moins avenante que l'autre. En fait, il ressemblait à l'avenir, mais en plus vieux, plus petit, plus fluet, plus gris et plus abîmé. Le passé avait morflé. C'était une bonne chose pour le commerce que de le laisser en arrière-plan. Un même nom reliait ces deux-là. Un sang commun. L'un ayant indirectement engendré l'autre. Mais jamais ils n'auraient imaginé se retrouver ensemble, un jour, en un tel lieu et dans une telle situation.

Le passé avait déchanté. Il n'ouvrait guère la bouche. Il promenait ses doigts sur les boutons de nacre en gardant les paupières fermées la plupart du temps. Ce n'était pas qu'il refoulait à tout prix la réalité, qu'il cherchait à faire abstraction, ce n'était pas non plus l'effet d'une puissante inspiration musicale. C'était juste qu'il avait les deux yeux crevés.

Dobrica Pesic à l'accordéon, Milosav Pesic à la guitare et aux beuglements. Duo de choc.

Leur répertoire international tenait en cinq chansons, dont quatre signées des Beatles. La cinquième, Dieu seul sait pourquoi, était l'œuvre de Demis Roussos. Si bien que le jeune homme avec son organe massacrait à tour de rôle John Lennon, puis Paul McCartney, puis Lennon, puis McCartney, puis le gros Demis, puis recommençait. Sans oublier entre chaque un petit coup de paluche vite fait sous le caleçon. Ce manque de variété n'était pas un problème majeur dans la mesure où nul auditeur ne demeurait plus d'une minute à portée de sa voix. Les gens, comme souvent, ne faisaient que passer.

Sauf Mister.

Mister s'était déjà farci l'intégralité des titres, y compris l'inoubliable *Rain and Tears* (de la pluie et des larmes comme s'il en pleuvait) et il s'apprêtait à en avaler une seconde fournée. Ses tympans saignaient, ses dents grinçaient, alors même qu'un subtil sourire continuait de flotter sur ses lèvres. Signe d'indulgence ? D'amusement ? De nostalgie peut-être ?

Mister avait mis un moment à piger la raison qui l'avait poussé à s'arrêter. En entendant le jeune chanteur dans ses œuvres, quelque chose l'avait frappé. Ce n'était ni sa bonne humeur communicative ni l'affligeante fausseté de sa voix. Alors quoi ?

Son accent.

Un accent fort, prononcé, qui participait activement au gai carnage qu'était cette prestation. Un accent que Mister aurait qualifié de « slave », sans être tout à fait certain qu'il s'agissait du terme adéquat. Un accent, en tout cas, qui le ramenait irrésistiblement à… Vera.

Il y avait de grandes probabilités pour que les Simon and Garfunkel de la station Châtelet fussent des compatriotes de la jeune femme. Et pour cette seule et unique raison, Mister était prêt à endurer beaucoup.

La preuve : il était là depuis plus de vingt minutes, sans bouger, appuyé de l'épaule contre une affiche publicitaire pour un magasin d'électroménager, il subissait pour la seconde fois une version approximative et dissonante de *Let it be* (*« Laoût eût bêê »*, en la circonstance) et en plus il souriait.

Il faut bien admettre que le mal empirait.

Vera Nad était partout. En tout. Vera Nad le hantait.

Bob l'avait mis en garde — Fais gaffe — mais qu'est-ce qu'il pouvait y faire en réalité ? Il n'était même pas fichu de mettre un nom sur ce qu'il éprouvait à l'égard de la jeune femme défunte. Était-ce de l'amour ? Était-ce le regret d'un amour inachevé, tué dans l'œuf ? Était-ce de la compassion ? Était-ce de la culpabilité — le genre de remords qu'engendre inexorablement le regard de ces mômes en guenilles croisés aux carrefours des villes ? Était-ce si important de savoir ce que c'était ?

Help (*« Heûlp »*) attaqua soudain le chanteur, et ce fut comme par hasard à ce moment-là qu'ils déboulèrent. Deux types en cuir. Un brun, un fauve. Ils passèrent à côté de Mister sans qu'il pût distinguer leurs visages et se plantèrent quelques mètres plus loin, pile devant les musiciens. Milosav Pesic changea d'expression. Effacées d'un coup la candeur et la bonhomie. Sa voix s'altéra encore d'un demi-ton mais on n'était pas à ça près dans l'outrage. Il continua à brailler tandis que son regard, anxieux, passait d'un type à l'autre. L'aveugle derrière lui ne s'était rendu compte de rien. Mister, en revanche, perçut tous ces menus changements et son sourire s'en fut. Les deux inconnus lui tournaient le dos. Il pensa à des flics en civil, des spécimens de la BAC, un contrôle d'identité ou quelque chose dans ce sale goût-là. Il doutait que le duo eût le moindre papier en règle à présenter. Il se remit d'aplomb d'un mouvement d'épaule et attendit la suite.

« Weun't yu pleeûse, pleeûse, heulp mê ? » en était à implorer le jeune Milosav. *Won't you please help me.* La réponse lui fut donnée séance tenante : le type en cuir fauve balança la pointe de sa godasse dans l'étui à guitare posé par terre. Un coup rapide et discret. Les pièces tintèrent, le couvercle se referma d'un bloc en même temps que la mâchoire du chanteur. Les doigts du jeune homme se crispèrent sur les cordes de son instrument. Le dernier accord, encore moins orthodoxe que les précédents, résonna un instant sous la voûte. L'accordéoniste poursuivit sur sa lancée, cavalier seul. Il prit trois ou quatre mesures d'avance, que l'autre ne rattraperait jamais, puis ses sourcils se froncèrent au-dessus de ses yeux morts — qu'est-ce qui se passe ? — et il cessa de jouer à son tour.

Ce ne fut pas vraiment le silence qui retomba puisque la vie du métro continuait tout autour, les gens allaient et venaient, ils parlaient, ils toussaient, ils crachaient, leurs pas croissaient et décroissaient et les rames au loin arrivaient et repartaient dans le feulement et le crissement des freins, mais ce fut un vide, ce fut un manque brutal et flagrant pour Mister, quelque chose qui eut sur lui le même effet que le choc qui ponctue la chute qui ponctue le rêve. Juste avant, il était bien ; à présent, il ne l'était plus.

Là-bas le débat faisait déjà rage. Milosav tenait tête à Cuir Fauve. Il balançait des répliques d'un air bravache, à grand renfort de gesticulations malgré la guitare en bandoulière qui lui entravait l'abdomen. Le vieil aveugle tenta une première fois de s'interposer, avançant de deux petits pas, au jugé, mais d'un bras Milosav lui barra le passage. Le ton montait vite. Le jeune homme s'exprimait dans sa langue natale. Mister ne percevait que des bribes de phrases, des éclats dont le sens lui échappait. Il commença à se rapprocher et réalisa soudain que Cuir Fauve usait du même idiome que Milosav. Un étranger, lui aussi. De même origine. Ces types n'étaient pas des flics. Ils n'étaient certainement pas non plus des membres du groupuscule extrémiste « Sauvons Demis — Forever and Ever » missionnés d'urgence pour mettre un terme à cette agression caractérisée contre leur dieu grec. Non. C'était autre chose.

Brusquement, le volume des voix augmenta encore d'un cran. Milosav et Cuir Fauve se mirent à aboyer l'un sur l'autre. En retrait, l'ancêtre balbutiait. Seul Cuir Brun ne bronchait pas. Ce dernier n'avait pas desserré les lèvres et gardait les deux mains au fond des poches de son blouson et c'était peut-être le plus inquiétant de tout, à bien y songer. Quelques passants, intrigués par la scène, ralentirent l'allure. Mister, lui, se mit en marche.

Il n'avait pas fait trois pas qu'il vit le bras de Cuir Fauve se détendre. L'homme saisit Milosav pleine face, doigts écartés, comme s'il voulait lui arracher un masque. Puis il le repoussa vers l'arrière, d'un mouvement sec et violent. Le garçon bascula, recula, mais ne tomba pas.

— Hé ! lança Mister.

Quelques têtes pivotèrent dans sa direction. Il accéléra.

Le vieux Dobrica avait profité du déséquilibre du garçon pour prendre la place et mettre son corps en rempart. L'accordéon suspendu à sa poitrine, déployé tel un énorme éventail, un grotesque et dérisoire bouclier au vernis écaillé. Il avait lâché l'instrument. Il agitait ses deux mains, tâtonnant dans le vide, paumes en avant, sans qu'on sache trop si c'était dans le but d'apaiser cet ennemi qu'il ne pouvait voir ou dans celui de parer à ses coups. Milosav vociférait par-dessus son épaule. Cuir Fauve vociférait de plus belle. Mister cria une nouvelle fois « Hé ! » mais son cri n'eut aucun effet sinon celui de terrifier un couple de septuagénaires vaudois en visite dans la capitale, qui s'écarta vivement au passage de cet indigène. Il pressa encore le pas. Il n'était plus très loin de l'action et fut ainsi le témoin privilégié de la célérité de Cuir Brun, et de son adresse. L'homme, jusque-là impassible, sortit soudain de sa torpeur. Sa main droite quitta la poche de son blouson. La lame d'un cran d'arrêt jaillit. Cuir Brun la projeta droit vers l'accordéoniste. L'acier se planta dans le soufflet de l'instrument. L'homme fit alors remonter son poignet, lacérant le carton de bas en haut. Quand Mister arriva à sa portée, Cuir Brun retira la lame, pivota sur ses talons et brandit le couteau vers lui, bras tendu. Mister stoppa net. La pointe du cran d'arrêt se trouvait à moins de cinq centimètres de sa gorge. La main qui tenait le manche ne tremblait pas.

Cuir Brun ne dit pas un mot. Il dardait sur Mister un regard glacial. Des yeux couleur de mercure. Des yeux aussi ternes et inexpressifs que ceux de l'infortuné Dobrica Pesic. Mister ne douta pas une seconde que ce type pouvait lui crever la peau comme il avait crevé celle du soufflet.

Le jeune Milosav avait fermé sa gueule et Cuir Fauve aussi et ils demeuraient tous deux figés à l'instar de la plupart des gens autour qui assistaient à la scène. Seul l'aveugle continuait de remuer les mains et de donner de la voix. Il avait l'air de poser une question, dans sa langue, toujours la même question, il la répétait et la répétait et nul ne lui répondait.

Puis Cuir Fauve reprit la direction des opérations. Il pointa le doigt sur le chanteur et lui lança quelques phrases d'un ton lourd de menace. Après quoi il toucha l'épaule de son acolyte et tourna aussitôt les talons pour quitter les lieux. Cuir Brun le suivit, à reculons, la lame toujours tendue vers Mister ; et lorsqu'il se remit dans le sens de la marche, les deux hommes allongèrent le pas et s'évanouirent bientôt parmi la foule, au fond d'un boyau clair — Porte de l'enfer ? Porte du paradis ?

— Ça va ? demanda Mister.

On ne lui répondit pas. Le jeune Milosav cracha une ultime salve d'invectives vers le tunnel où leurs agresseurs s'étaient enfoncés. Puis il se rapprocha de l'aveugle, posa une main sur son épaule et prononça des paroles sur un ton qui se voulait rassurant. Le vieil homme ne réagit pas. Il fixait Mister sans le voir. Il psalmodiait. Lamentations, imprécations, comment savoir ? Il ne s'adressait à personne en particulier. En d'autres circonstances on aurait pu le prendre pour un prophète des rues, un prédicateur halluciné.

— Est-ce que ça va ? répéta Mister.

Cette fois, le garçon acquiesça.

— Ça va, ça va, dit-il.

Puis de nouveau il se pencha et chuchota à l'oreille de l'ancêtre, et Dobrica Pesic finit par se taire. Ses mains se posèrent sur l'accordéon. Il pressa les deux caissons l'un contre l'autre. Le soufflet éventré se recroquevilla sans émettre autre chose qu'un vague chuintement ; l'air s'échappait par la large plaie pratiquée au couteau, faisant voleter sur le pourtour des bouts de tissu bordeaux semblables à des lambeaux de chair sanguinolents. L'aveugle poussa alors le même soupir que l'instrument. Il laissa retomber ses bras le long de ses flancs ; son menton s'affaissa. Mister crut voir trembler des larmes au rebord de ses paupières, sur les berges des deux lacs blancs, laiteux, de ses yeux. Juste avant qu'il ne les referme.

Mister déglutit à sec. Il passa la main sur sa gorge comme pour s'assurer que la lame ne l'avait pas aussi transpercée. Ses jambes étaient molles. Il se secoua.

— Venez, dit-il en faisant signe à Milosav. Vaut mieux pas traîner par ici.

Il pensait aux caméras de surveillance, aux flics ou aux vigiles qui risquaient de débarquer d'une minute à l'autre. Milosav rassembla la monnaie éparpillée dans l'étui et la glissa dans sa poche. Il rangea sa guitare. Il pinça et tira la peau de ses bourses. Puis il saisit le coude de l'aveugle et l'entraîna vers la sortie, en douceur, sans le brusquer, accordant son pas à celui du vieil homme. Et Mister, comme si cela allait de soi, se mit lui aussi au diapason et les escorta jusqu'à la lumière du jour.

12

Le ciel était tout d'une pièce. Bleu. Vaste. Le soleil brillait. Même sales, même usés, le vernis et la nacre luisaient sous ses rayons. L'accordéon était posé sur un banc, à côté de l'accordéoniste. Tel un escargot sans sa coquille, Dobrica Pesic avait l'air encore plus nu et frêle sans son instrument. Plus vulnérable. Seules ses mâchoires remuaient. Il mangeait un sandwich au brie qu'il tenait à deux mains juste à l'orée de ses lèvres. Chaque bouchée lui coûtait un long effort de mastication.

Mister l'observait. Il se tenait debout devant lui, prenant garde toutefois à ne pas lui faire de l'ombre avec son corps. Il se demandait de quelle couleur était la chaleur sous les paupières du vieil homme.

— Il aimer fromage de la France ! dit Milosav en souriant. Roquéfort, et camembeûr, et grul… grullière. Tout !

Le garçon lui aussi était assis sur le banc, près du vieux. Sa mine joviale avait repris le dessus. Mister s'efforça de lui rendre son sourire.

— Je vois, dit-il.

Il voyait.

Milosav hocha la tête et mordit à belles dents dans son propre sandwich.

Après être sortis du métro ils avaient marché un moment tous les trois dans le quartier. Sans but apparent. Puis, en passant devant un snack, Mister avait eu l'intuition de leur proposer un truc à boire, un truc à manger — « Vous avez faim ? » Dans un premier temps, c'était peut-être seulement de sa part un moyen de briser le silence ainsi que de prolonger sa présence à leurs côtés. Il se doutait que le duo ne l'aurait pas suivi à l'intérieur d'un bar ou dans un restaurant. Milosav avait accepté des sandwiches. « Je payer », avait-il dit en tapotant sa poche remplie de monnaie. Mais Mister avait insisté. Il avait envie de leur offrir quelque chose. Tout ce que le jeune homme avait trouvé à lui donner en échange fut son prénom et celui de l'ancêtre. Une marque de confiance.

Plus tard ils s'étaient retrouvés sur cette place. Au soleil. Avec un brin d'optimisme on pouvait tabler sur une bonne heure encore de beau fixe.

— Tu parles très bien le français, reprit Mister.

Le garçon haussa une épaule, mi-fier, mi-modeste.

— Non, pas bien. Juste petit peu. Je… je apprendre à l'école, avant. Mais j'oublier beaucoup.

Il conservait un fort accent mais ses paroles étaient parfaitement intelligibles.

— Merci, fit-il. Merci pour aider nous.

C'était la troisième fois qu'il le disait.

— Je n'ai pas fait grand-chose, soupira Mister. J'aurais pu réagir plus vite. Désolé pour l'accordéon.

Le jeune homme fronça les sourcils.

— La cordion ?

— Accordéon, répéta Mister.

Il mima les mouvements des doigts voletant sur les boutons.

— Oh ! fit Milosav. C'est mieux le couteau dans la

cordion que dans le… dans le ventre de nous. La cordion se peut réparer, je pense. Le ventre ne se peut pas réparer.

Mister avait quelques doutes quant aux réelles possibilités de restauration de l'instrument, mais il les garda pour lui. À la place, il demanda :

— C'était qui, ces types ? Les deux hommes dans le métro. Qu'est-ce qu'ils voulaient ? Vous les connaissez ?

Avant de répondre, le jeune homme saisit une cannette de soda coincée entre ses cuisses et en but une longue gorgée. Puis il esquissa une grimace, comme si le liquide lui rongeait l'estomac.

— Fils de putains ! lâcha-t-il. Oui ? On dit comme ça ?

— Ça dépend.

— Des hommes pas bons. Mauvais… Fils de putains, oui, répéta Milosav en secouant la tête avec conviction. Mais je pas peur de eux. Moi, pas peur.

Il planta une nouvelle fois ses crocs dans le pain et en arracha un bon morceau.

— J'ai l'impression qu'ils vous menaçaient, insista Mister. Pour quelle raison ?

— Pas droit faire la musique, répondit le garçon, la bouche à moitié pleine. Pas droit gagner l'argent. Pas droit rien du tout ! Ils dire que ici, c'est à eux. Ici et ici, partout, toute la ville. Paris, c'est à eux. Ils croire ça ! Ils croire ils sont les maîtres. Les rois. Et toi, tu devoir dire « oui, oui, OK… ». Pas droit de rien. Ou tu travailler pour eux, ou tu ne travailler pas !

Dans son emportement il postillonna des bribes de pain mâchouillé qui combleraient d'aise les pigeons après leur départ, les miettes des uns profitant toujours aux autres.

— Quel genre de travail ? fit Mister.

Il perçut alors un infime changement dans l'attitude du jeune homme. Un peu d'hésitation. De réticence. Sans doute était-il en train de prendre conscience qu'il parlait à un inconnu et que cet inconnu posait beaucoup de questions. Cependant, Milosav ne voulait pas non plus se montrer ouvertement méfiant vis-à-vis de cet homme qui les avait secourus. Un dilemme se posait.

Ce fut le vieux qui, sans le vouloir, le tira d'embarras en intervenant à ce moment-là. Il prononça quelques mots dans sa langue. Hormis pour mastiquer, c'était la première fois qu'il rouvrait la bouche depuis l'incident.

— Qu'est-ce qu'il dit ? s'enquit Mister.

— Il dit toi avoir bonne voix, traduisit Milosav.

— Moi ? Une bonne voix ?

— Oui.

Le vieux parla de nouveau. Il se tenait toujours immobile, la tête droite, les yeux clos. Rien d'autre ne remuait que ses lèvres, au pli desquelles une minuscule miette de pain restait accrochée. Quand il eut terminé, le garçon prit le relais :

— Il dit toi être un homme… homme droit. Pas comme ça… (mimant des mouvements rapides et sinueux avec sa main). Pas comme le serpent. Tu comprendre ?

— Je crois, oui.

— Il dit on peut donner confiance à toi. Pas de problème. Il sait ça.

— Merci, souffla Mister en s'inclinant légèrement.

L'aveugle prit une fois encore la parole. Le timbre de sa voix avait quelque chose de nostalgique et monotone ; on n'aurait pas été étonné d'apprendre qu'il récitait ainsi un de ces poèmes du temps jadis qui traitent de roses qui fanent et de jours qui s'enfuient et de l'automne qui vient — l'éternel automne. Et en un sens on n'en était pas très loin.

Milosav s'efforça de traduire :

— Il dit quand il entendre parler toi, il pense à… Comment se dit : « Beûr » ?

— Beurre ?

— Non. « Beûr », in english.

En anglais, sa prononciation était vraiment épouvantable. Mister repensa furtivement au massacre en règle des Beatles.

— « Beer » ? proposa-t-il. De la bière ?

Le jeune homme secoua la tête.

— Non, non, pas bière. Beûr… (Il leva soudain les deux bras comme pour se grandir et se mit à pousser des grognements.) Beûr, comme…

— Bear ! Un ours, c'est ça ?

— Oui, approuva le garçon en rabaissant les bras et en exhibant un large sourire. Ours, c'est ça.

— Je lui fais penser à un ours ? Pourquoi un ours ?

Milosav eut une moue marquant son ignorance.

— Je ne sais pas. Mais c'est être une bonne chose. Lui connaître très bien ours. Il aimer ours.

Mister considéra le vieil homme. Ce dernier offrait aux rayons du soleil un visage impassible. Il ne mâchait plus. Creux et rides figés, la tiédeur, juste cette sensation de tiédeur sur la peau. À feu doux. Mister ne pouvait pas le savoir mais Dobrica Pesic s'était retiré. Étouffée la rumeur de la ville autour de lui. Le son coupé. Quant à l'image, l'aveugle était certes incapable de distinguer la rue et les immeubles et les voitures et les passants, mais ce qu'il voyait très nettement, en revanche, à cet instant, c'était l'éphémère parure de sang et d'or dont se couvraient les bouleaux aux abords de l'hiver. Ce qu'il voyait c'étaient des torrents qui fumaient au printemps. C'était la brume stagnante à l'aube au-dessus des lacs et des rivières et à l'entour des crêtes. Et c'étaient aussi et surtout ces hautes silhouettes qui se dressaient parfois entre le ciel et lui, pour lui, sur un signe de lui, ces ombres gigantesques, ces phénoménales masses de chair et de poil, ces colosses magnifiques, ces terribles et innocents géants qui l'avaient porté sur leurs épaules afin de cueillir les fruits et les étoiles. Ce que le vieil homme voyait défiler sur l'écran pâle de ses paupières, c'étaient ses compagnons, ses frères, c'étaient les ours de sa jeunesse.

Dobrica l'ours. N'était-ce pas le nom qu'on lui donnait en ce temps-là ? Pas le chasseur, pas le dresseur, pas le montreur d'ours. Dobrica l'ours. Il était l'un des leurs. Plusieurs avaient partagé sa vie. Et, nom de Dieu, il pouvait avouer sans honte qu'il avait éprouvé pour ces bêtes autant d'amour que celui qu'il avait éprouvé par la suite pour ses propres enfants. La plus impressionnante d'entre ces créatures atteignait les trois mètres de hauteur debout sur ses pattes et pesait facilement sa demi-tonne. D'une caresse, elle aurait pu lui arracher la tête. Petit homme de rien du tout. Et pourtant ils avaient dormi ensemble sur la même litière. Ils avaient pêché ensemble. Ils avaient fait la route ensemble. C'était un temps et c'était une contrée où l'on pouvait marcher huit jours et huit nuits d'affilée sans rencontrer âme qui vive ni même un foyer de braises froides ou quelque autre trace de passage. Dobrica et son compère Otac étaient deux ours sauvages en liberté, deux seigneurs sans sujet ni maître : c'est ainsi qu'il faudrait considérer les choses et s'en souvenir.

Mais il n'était pas insensé de penser que le vieil aveugle était le dernier témoin vivant, qu'il était l'ultime détenteur de ces images et de cette réalité — ces temps, ces lieux, ces faits. Cette parcelle de l'histoire ne subsistait plus nulle part en dehors de sa mémoire et elle s'effacerait avec elle.

Est-ce que tout ceci pouvait avoir le moindre lien, ténu, inconscient, avec Demis Roussos ?

Aujourd'hui Dobrica Pesic faisait l'ours savant loin de chez lui, dans les entrailles d'une terre étrangère et hostile.

C'est parfois très long, une vie.

— C'est ton grand-père ? reprit Mister au bout d'un moment.

Le jeune Milosav avalait sa dernière bouchée de pain. Il se lécha les doigts comme s'ils étaient maculés de sauce, mais ils étaient secs et sans goût.

— Non, dit-il. Pas grand-père. Lui, c'est… (Il réfléchit un instant, le front plissé.) Lui, c'est grand-père de grand-père.

La formule sembla le satisfaire.

Mister se la répéta en silence, une fois, deux fois, puis la tourna dans tous les sens, remplaçant les termes par d'autres termes équivalents… « Arrière-arrière-grand-père »… « Trisaïeul »… Ses yeux s'arrondissaient au fur et à mesure.

— Tu es sûr ?

— Sûr, affirma Milosav.

Mister se tourna de nouveau vers l'aveugle.

— Bon sang ! Mais… mais quel âge il a ?

Le garçon s'esclaffa, ravi de l'effet produit.

— Lui très ancien. Très, très ancien. Lui, immortel !

Mister aurait aimé le croire. Que certains en réchappent. Qu'ils passent à travers. Une pensée en entraînant une autre, son cœur se serra bientôt. Il attendit que s'estompât l'écho du rire de Milosav, puis il dit :

— J'avais une amie…

Ce mot lui causa une drôle d'impression.

— Une amie, répéta le garçon comme pour l'encourager.

— Oui. Une jeune femme. À peine plus âgée que toi. Elle est morte, il y a quelques mois de ça.

Il parlait lentement, en détachant chaque phrase. Il voulait que Milosav comprenne bien ce qu'il disait.

— Elle s'appelait Vera, poursuivit-il.

— Vera.

— Vera, oui. Elle n'était pas immortelle.

Le garçon le regardait en penchant la tête. L'air grave. Pas de doute, il comprenait.

— Je pense qu'elle venait du même pays que vous, dit Mister.

Milosav se redressa.

— Quel pays ?

La réplique prit Mister au dépourvu. Le premier mot qui lui vint à l'esprit fut « Yougoslavie ». Il n'eut pas le temps de le prononcer. Milosav enchaîna :

— Il n'y a pas de pays. Plus de pays. Fini. Tout éclater… (Il mima des deux mains une explosion et les éclats qui s'éparpillent.) Là-bas, c'est plein de pays. On ne sait pas lequel est nôtre. Un dit : « Ici, c'est chez moi » et un autre dit : « Non, ici c'est chez moi. Toi voleur, toi étranger, tu va-t'en ! » Qui le dit la vérité ? On ne sait plus. Qui peut savoir ?

Mister demeura un instant silencieux. Il se rendait compte à quel point il était ignorant à ce sujet. Comme tout le monde, quelques années en arrière, il avait suivi le conflit dans les Balkans à travers les ondes. Radio.

Télé. Il avait aperçu des images sur l'écran, il avait entendu claquer des mots, marteler des noms, *Serbes, Bosniaques, Croates, Musulmans, Sarajevo, Srebrenica, Milosevic, Radic, Mladic, snipers, charniers, mortiers, bombardements, victimes, destructions, ONU, OTAN, résolution, négociation, casques bleus, déploiement, guerre, guerre, guerre, accords, paix*, mais qu'est-ce que ça voulait dire exactement, qu'est-ce que cela signifiait ? Tout ça était si complexe, tout ça était si flou et embrouillé, un vrai bordel, il n'y comprenait rien ou presque rien, paumé qu'il était, il avait plaint ces gens, ça oui, sincèrement, ces pauvres gens, il ne savait pas trop lesquels, de quel bord, tous ceux qui souffraient d'un côté comme de l'autre sans distinction, il avait ressenti de la tristesse et un vague écœurement, il avait maudit la bêtise des hommes et leur atavique cruauté et il avait poussé de longs soupirs, ça oui.

Il ne comprenait pas plus aujourd'hui.

Il s'en voulait.

— C'est pour ça que vous êtes partis ? demanda-t-il. Tous les deux, c'est pour ça que vous êtes venus ici, en France ? Parce que vous n'aviez plus de pays ?

Question naïve. Un sourire, indulgent, affleura aux lèvres du jeune homme. Il regardait Mister comme si celui-ci était le Petit Prince débarquant sur cette planète et découvrant que les renards mordaient et que ces saloperies de bestioles avaient la rage. Un petit prince d'Afrique, pourtant. Un petit prince noir. Il aurait dû savoir.

— Nous venir ici pour travail, expliqua patiemment Milosav. Nous venir pour manger. Tu vois ? Là-bas pas de travail, pas l'argent, pas pouvoir de manger beaucoup. Nous, c'est comme toi : venir ici parce que c'est meilleure vie.

Mister était né à cinq kilomètres à vol d'oiseau de la place où ils se trouvaient mais il ne le contredit pas. S'il n'avait pas eu à effectuer en personne le difficile périple vers la Terre Promise, c'est que d'autres l'avaient fait à sa place. Son père, sa mère. Ils lui avaient épargné cette peine. Mais tous n'avaient pas sa chance. Ils étaient des dizaines, des centaines de milliers chaque année à tenter le coup. Pour eux-mêmes ou pour leur descendance. Parce qu'il faut toujours qu'il y en ait qui se sacrifient.

Il passa lentement en revue les deux hommes assis devant lui. Le jeune qui écrasait sa cannette vide entre ses mains, l'ancêtre qui s'était remis à mâchonner son sandwich. Et l'accordéon crevé exposé comme une relique à l'extrémité du banc.

Une vie meilleure, hein ? Une putain de vie meilleure…

— On l'a tuée, lâcha-t-il tout à coup.

Milosav leva la tête.

— Quoi ?

— Mon amie, Vera, quelqu'un l'a tuée, dit Mister. Elle a été assassinée.

Ça devenait un leitmotiv. Ces mots qu'il répétait. Il y avait des fois où il ressentait le besoin de les gueuler haut et fort. Clamer la nouvelle au monde entier. Que tous s'en imprègnent. Dans ces moments-là il trouvait sidérant que les choses puissent encore suivre leur cours sans s'arrêter. Sans même dévier d'un pouce.

Elle n'était pas morte là-bas sous les bombes au milieu des ruines. Elle était morte ici, en pleine ville, en plein cœur d'un pays prétendument en paix.

C'est ce que Mister expliqua à Milosav.

— Je veux savoir qui a pu faire ça, dit-il ensuite. Je veux savoir pourquoi.

Il marqua une pause, porte ouverte à d'éventuelles questions. Mais le jeune homme conserva le silence. Mister reprit :

— Je me disais que peut-être tu pourrais entendre parler de cette histoire autour de toi. On ne sait jamais. Peut-être que Vera fréquentait des… des anciens compatriotes. Je ne connais pas ces gens. Je ne connais pas ce milieu. Mais toi…

Sa phrase demeura en suspens.

— Moi ?… fit Milosav en le fixant droit dans les yeux.

Mister soutint son regard.

— Peut-être que Vera était menacée, elle aussi. Peut-être qu'elle avait refusé de travailler pour certaines personnes. Des types qui se prennent pour les maîtres, tu vois ? Des « fils de putains ». Peut-être qu'elle a eu affaire à ce genre de salopards et que c'est ce qui lui a coûté la vie.

Peut-être. Beaucoup de peut-être. Mister sondait au pif. Cette hypothèse n'en était même pas une, à peine une vague supposition qui lui était venue à l'esprit suite à l'incident du métro. Pourquoi pas cette piste, après tout ?

De l'impro, toujours.

Milosav s'était hissé sur le dossier du banc, les fesses sur l'arête, les coudes sur les genoux. La cannette froissée entre ses baskets. Il dodelinait imperceptiblement de la tête et on pouvait penser qu'il pesait le pour et le contre.

Mister tira une carte de visite de sa poche. La carte du club. Il n'en avait jamais autant distribué que ces derniers temps. Il la tendit au garçon.

— Rien ne t'y oblige, fit-il, mais si tu avais quelque chose à me dire, tu peux me joindre à cet endroit. C'est là où je joue. J'y suis tous les soirs sauf le lundi.

— Tu joues ? s'étonna Milosav.

Mister eut un fin sourire.

— Musicien, moi aussi. Piano.

Il effectua un arpège rapide dans le vide. Ensuite il glissa une seconde fois la main dans sa poche et en ressortit une mince liasse de billets. Il prit le plus gros qu'il avait et remit les autres en place. Milosav était déjà en train de faire signe que non mais Mister lui saisit le poignet et fourra de force le billet au creux de sa paume et replia les doigts du garçon par-dessus et il les maintint ainsi en disant :

— C'est pas pour toi. C'est pas pour le grand-père non plus. C'est pour l'accordéon, d'accord ?

Il serrait toujours le poing du jeune homme quand l'aveugle ouvrit de nouveau la bouche et prononça une phrase, une simple phrase dans sa langue maternelle. Milosav tourna brièvement la tête dans sa direction, puis son regard revint sur Mister. Il ne traduisit pas les paroles du vieil homme et Mister ne lui demanda pas de le faire. Ils restèrent encore un instant comme ça face à face en silence.

— Vera Nad… articula enfin Mister.

Après quoi il libéra le poignet du garçon, tourna les talons et repartit vers la station de métro la plus proche.

Flying

Pas de glace, merci. Juste une paille dans son Coca. Boisson américaine. Musique américaine. Cigarette américaine. Comédie-Française. Une certaine idée de la civilisation.

Elle aurait pu leur en vouloir à tous.

Où étaient-ils, tous, pendant le déluge ? Ceux qui ne savaient pas, ceux qui ne cherchaient pas à savoir, les naïfs, les insouciants, les innocents, coupables par inadvertance et légèreté. Et puis ceux qui savaient et qui ne voulaient pas savoir et qui détournaient ostensiblement le regard, vers leurs pantoufles, vers leurs petites affaires, vers leur verre de lait frais, vers leur crédit immobilier, vers leur prochain week-end à Rome, ceux qui se bouchaient les yeux, les oreilles et le nez. Entre le mépris et l'ignorance, entre l'indifférence et la lâcheté, le résultat était le même.

Nations unies : unies par quoi ? Par qui ?

On a beau jeu, une fois l'orage passé, de jeter l'opprobre sur quelque démon en uniforme ou costume-cravate, stratège, théoricien de l'infamie, aboyeur d'ordres, plus il a de galons plus c'est bon, le méchant petit diable sera jugé, condamné, exécuté en manière d'exutoire, on crachera sur sa dépouille et sa mémoire et on ira se gargariser en attendant le suivant.

Après coup, nous serons intraitables.

Mais nous qui jugeons, où étions-nous en ce temps-là ? Tous autant que nous sommes où étions-nous ? Que faisions-nous quand les eaux bleues du Danube se gonflaient chaque jour de nouvelles sources rouge sale, de ces centaines de ruisselets, de ces milliers de minuscules affluents de boue et de sang ?

Nous vaquions.

Mister jouait du piano. Mister enfonçait des touches de faux ivoire en cherchant la note juste. Bob tournait à vide dans son taxi, philosophait à vide derrière son pare-brise, trimbalait sa mélancolie sur les quais de la Seine, au ralenti. À l'image de son épave, la terre presque entière poursuivait sa course.

Rien ne justifiait notre absence.

Ce ne sont que des hommes. Ce ne sont que des hommes, se disait-elle pourtant. Qu'aurais-tu fait à leur place ? Aurais-tu autrement agi ? Hier, c'étaient ta ville, ton pays, c'était ton enfance qui était mise à sac ; aujourd'hui c'est un autre quartier du globe et d'autres existences, et demain d'autres encore, on en prend le pari. Mais ce ne sont que des hommes, ils ne peuvent pas sempiternellement prendre la défense de leurs prochains. Ils ne peuvent pas être toujours sur tous les fronts.

Elle ne leur en voulait pas. Elle avait passé l'éponge. Nettoyé la plaie, dissimulé au mieux l'odeur tenace de charogne. Elle avait pris de la hauteur. De corps, du moins. Mais l'esprit suivrait était-elle en droit d'espérer. Du haut de son exil elle survolait les décombres. On lui avait offert une seconde chance et elle avait à cœur d'en profiter. Une autre vie qui commence.

Alors pas de glace, merci : les hématomes s'effacent. Juste une paille, juste une paille dans son Coca.

13

Quand le téléphone sonna dans l'appartement à neuf heures et des poussières, Mister venait juste de se rendormir. Il s'était couché quatre heures plus tôt et s'était déjà réveillé deux fois dans l'intervalle. Il s'arracha du lit, sortit de la chambre et traversa le salon au radar, guidé par la sonnerie. Il était nu de pied en cap. Il s'assit sur un pouf en cuir et décrocha.

— Allô…

— Allô. Julie Demonjoux à l'appareil.

— Qui ? grimaça Mister.

Les voix, la sienne et celle de son interlocutrice, lui perforaient le crâne. Il pressa fortement ses globes oculaires avec le pouce et le majeur. Un feu d'artifice miniature explosa dans le noir sous ses paupières.

— Julie Demonjoux, de la galerie Rankin. Vous êtes passé la semaine dernière, vous vous souvenez ?

Mister relâcha la pression de ses doigts. Ses yeux s'ouvrirent en clignant. Les dernières fusées éclatèrent sans bruit et bientôt, parmi les résidus de lumière évanescents, apparut le visage de la femme au chignon.

— Oui, fit-il. Je vois, oui.

Il voyait.

— Bien. Vous étiez intéressé par le dodécatyque, n'est-ce pas ? Est-ce toujours le cas ?

— Le quoi ?

— Le cas. Est-ce toujours le cas ?

— Non, avant, vous avez dit… Enfin, vous parlez des portraits de Vera, c'est ça ?

— Vera ?

Mister se passa la main sur la figure.

— La jeune femme, dit-il.

Julie Demonjoux s'éclaircit la voix.

— Écoutez, cher monsieur, je parle du dodécatyque réalisé par Josef Kristi. Cette admirable composition en douze tableaux pour laquelle vous sembliez avoir eu le « coup de foudre » lors de votre visite. À juste titre, d'ailleurs. C'est une œuvre absolument remarquable, je le répète. Et je me permets de vous rappeler que vous aviez sollicité une entrevue avec son auteur, entrevue que vous disiez d'une importance capitale pour votre décision d'acquérir ou non cette œuvre. J'ose espérer que cela est toujours d'actualité ?

Au bout du fil il pouvait voir sa bouche et son cul pincés.

— Plus que jamais, dit-il.

— Parfait. J'ai donc le plaisir de vous annoncer que M. Kristi est prêt à accéder à votre requête. Il a accepté de vous rencontrer.

C'est à ce moment-là que Mister commença à ressentir le froid. Les premiers frissons sur sa peau nue.

— Allô ? fit la femme. Vous m'entendez ?

— Oui, dit Mister.

— Je vous avoue que cela n'a pas été sans mal. M. Kristi n'est pas coutumier du fait. J'ai dû batailler ferme pour obtenir un rendez-vous.

— Où ? demanda Mister.

— Pardon ?

— Où ça, le rendez-vous ? À la galerie ?

— Non. Au domicile de M. Kristi.

— Chez lui ?

— Tout à fait. C'était la condition sine qua non. M. Kristi ne se déplace guère. Si je vous disais que nous avons dû nous passer de sa présence lors de son propre vernissage !

— Où est-ce qu'il habite ?

— Je vais vous communiquer son adresse. Inutile de vous préciser que cela doit demeurer strictement confidentiel. Je pense que nous pouvons compter sur votre discrétion, n'est-ce pas, monsieur…

— Vous pouvez, dit Mister. Attendez une minute, je vais chercher de quoi noter.

Il posa le combiné, se leva, fouilla la pièce du regard. Tout ce qu'il put dénicher fut le vieil annuaire qu'il n'avait pas replacé et un moignon de crayon à papier. Il les rapporta près du téléphone, se rassit sur le pouf, ouvrit l'annuaire sur ses genoux, reprit l'appareil.

— Allez-y, je vous écoute.

Sur un coin de page il griffonna l'adresse que la femme lui dictait. Le peintre habitait Neauphle-le-Château, dans les Yvelines.

— Quand est-ce qu'on doit se voir ? demanda-t-il ensuite.

— M. Kristi vous attend ce matin même, à dix heures.

— Dix heures ? Mais…

— Je sais, c'est un peu précipité. Mais M. Kristi m'a fait part de sa décision il y a quelques minutes à peine, et je vous ai contacté aussitôt. J'espère que cela ne posera pas de problème. S'il fallait reporter ce rendez-vous, je crains fort que…

— J'y serai, fit Mister en raccrochant.

Il demeura une poignée de secondes assis sur le pouf, le regard sombre, les narines dilatées.

La garce. Elle mentait. Elle avait fait exprès de le prévenir au dernier moment. Juste histoire de lui montrer. Elle n'appréciait pas ses manières. Elle ne l'appréciait pas, lui. Elle n'appréciait pas d'être mise à l'écart — par un homme de couleur, Seigneur ! Elle ne pouvait pas prendre le risque de faire échouer la transaction parce qu'elle voulait sa part, normal, le pognon, le flouze, elle aurait bien aimé l'envoyer se faire foutre, l'animal, ou pour le moins le réexpédier direct en charter dans sa brousse mais cela lui était impossible à cause de sa commission, non négligeable, on ne crache pas dessus, pas sur l'argent, c'est sacré, alors tant qu'elle n'était pas fixée la seule chose qu'elle pouvait se permettre c'était un petit croche-pattes comme ça au passage, voilà qui était fait, ça soulage.

La chair de poule courait sur les cuisses de Mister et sur ses avant-bras. Il fit glisser le bottin ouvert sur le sol, se dressa et se dirigea tout droit vers une étagère apposée au mur de l'entrée. De dessous une pile de partitions il extirpa le seul dictionnaire qu'il possédait — *Petit Robert 1994* — et l'ouvrit à la lettre D. Il parcourut les colonnes à la recherche du mot « Dodécatyque ». Il ne le trouva nulle part. Il referma d'un coup le dico, produisant un claquement sec et mat qui n'était pas sans rappeler celui d'une gifle.

— Connasse, siffla-t-il entre ses dents.

Après quoi il retourna près du téléphone pour composer le numéro de son taxi préféré.

14

Durant la première partie du trajet, Mister relata le coup de fil de Julie Demonjoux. Il raconta également dans le détail sa rencontre de la veille avec les deux musiciens — guitare et accordéon. Bob ne posa aucune question et ne fit aucun commentaire. Il avait sa gueule du matin qui n'avait rien d'harmonieux. Voûté, le nez dans le volant, il ne quittait pas le capot des yeux. On lui donnait dix ans de plus que son âge. Sans hésiter. Ce ne fut que lorsque Mister en vint à l'altercation dans le métro avec les types en cuir et, par extrapolation, à la possible implication d'une organisation du genre « mafia yougoslave » dans l'assassinat de Vera Nad que Bob daigna enfin réagir : il tourna légèrement la tête vers son passager et lui décocha un regard oblique par-dessus ses verres. Ce fut tout.

Le monologue de Mister prit fin à ce moment-là.

Bob n'avait même pas mis de musique.

Durant la seconde partie du trajet, Mister vissa lui aussi ses yeux à l'avant du taxi et se contenta de fredonner à très bas volume *There Will Never Be Another You*, version Sarah Vaughan. À peine un bourdonnement dans l'habitacle. Mister s'était affublé du masque de la sérénité. Pourtant, en s'y penchant de plus près, on pouvait voir son talon marteler la cadence sur le plancher. Cent quatre-vingts à la noire — pas vraiment une ballade. À plusieurs reprises il se mordit la langue pour ne pas demander l'heure. Il avait la pénible impression de se trouver sur un tapis roulant en panne : tout se mouvait, excepté eux.

Les deux hommes franchirent l'invisible frontière de Neauphle aux alentours de 10 h 15. Ils s'enquirent du chemin restant auprès de trois autochtones différents mais pas un ne fut en mesure de les renseigner. Le quatrième fut le bon. « Ah, c'est la meringue ! » s'exclama-t-il après s'être fait répéter l'adresse. Mister et Bob échangèrent un bref coup d'œil qui en disait long. Cependant ils écoutèrent ses explications et le bonhomme leur traça dans l'air frais de la matinée un itinéraire qu'ils suivirent à la lettre et qui s'avéra d'une fiabilité exemplaire.

La maison était située à l'écart, dans un coin de campagne relativement isolé. De loin, ils aperçurent un dôme blanc émergeant au-dessus d'un mur d'enceinte. De près, ils n'en virent pas davantage. Le mur était haut, les deux vantaux du portail étaient en bois plein et ne laissaient rien filtrer. Bob s'arrêta devant l'entrée et consulta sa montre. Ils avaient vingt-cinq minutes de retard. Mister descendit de la voiture pour aller sonner à l'interphone. Il pressa le bouton puis attendit, planté là, repoussant l'idée que le peintre pût ne pas les recevoir. Au bout de quelques secondes, un déclic se fit entendre dans l'appareil. Mister s'apprêtait à décliner son identité mais on ne lui demanda rien. L'ouverture automatique s'était déclenchée et les battants commençaient à s'écarter. Il retourna au taxi et reprit sa place sur le siège et ils patientèrent, Bob et lui, jusqu'à ce que la voie fût libre. Ils n'auraient su dire pourquoi mais ils ressentaient l'un comme l'autre la même appréhension. Quelque chose qui leur pesait sur les bronches. Bob inspira un bon coup, puis il embraya et passa la première et la 404 pénétra à l'intérieur de la propriété.

Le domaine n'était pas immense. Du regard on pouvait l'embrasser dans son ensemble. Ce qui frappait de prime abord était l'absence totale de végétation. Pas un arbre, pas une plante, pas une fleur. La surface du parc était tout entière recouverte d'une couche de gravier blanc comme neige dont la réverbération, les jours de grand soleil, devait obliger à plisser les yeux. Saisissant contraste avec la nature alentour. En entrant ici, on quittait abruptement la campagne riche et verdoyante pour un monde minéral et nu. Cela aurait pu être un îlot de désolation, cela aurait pu faire figure de zone anciennement irradiée où nul organisme vivant n'était plus désormais en mesure de se développer, cela aurait pu inspirer tristesse, angoisse, terreur, mais tel n'était pas le cas. L'endroit ne manquait pas de charme. Tout au moins lorsqu'on était sensible à une certaine forme d'ascétisme et, disons-le, de pureté. Pour certains, cette vision pouvait même avoir un effet propice à l'apaisement du cœur — l'effet désert.

La meringue ne portait pas mal son sobriquet. Elle trônait en plein centre, blanche sur les cailloux blancs. Vaste demeure mais pas démesurée non plus. On pouvait la situer, de par ses formes et son dôme, quelque part entre le Reichstag et la basilique Saint-Pierre, en modèle réduit. Le taxi avançait vers elle, solennel et lent, seul dans la procession comme le dernier représentant, l'ultime rescapé d'une délégation officielle décimée au fil d'un long, long et périlleux voyage.

Bob fit halte à dix mètres du perron. Il coupa le moteur. Il regarda, dans le rétroviseur, le portail se refermer sur eux. Mister et lui restèrent assis sans bouger une bonne demi-minute. Puis, sans se concerter, ils ouvrirent chacun leur portière, sortirent du véhicule et posèrent les pieds au sol. Le gravier crissa sous leurs semelles. Ce bruit agaça Mister autant qu'il le rassura. Ils marchèrent côte à côte jusqu'au perron et en gravirent les trois marches larges et plates sans quitter un instant des yeux la porte d'entrée de la maison. La porte était blanche. Pas de sonnette ni de heurtoir. Ils ne frappèrent pas. Ils attendirent debout sur le seuil en silence. N'est-ce pas qu'ils ressemblaient au duo de l'esclave et du métayer en visite chez le riche propriétaire du comté ? Deux péquenots de moindre envergure, porteurs de mauvaises nouvelles.

Mister fit un demi-tour sur lui-même et observa encore une fois la surface plane et vierge du parc. Peut-être qu'il se présente ainsi, le royaume des cieux. Blanc, sans rien qui dépasse.

Le taxi faisait tache au milieu.

Il tressaillit en entendant la porte s'ouvrir dans son dos. Il se retourna.

Puis il se ratatina.

15

L'homme qui se tenait devant eux était un géant, un vrai. Un titan. Il comblait dans sa presque totalité l'embrasure de la porte. Sa longue chevelure noire, parsemée de filaments gris, lui couvrait les omoplates. Le bas de son visage s'ornait d'une moustache et d'un bouc de mousquetaire, taillés au cordeau. Il n'avait rien d'un domestique. Et s'il était le gardien de la demeure, personne ne pouvait songer à en forcer l'entrée.

Mister dépassait les cent quatre-vingt-dix centimètres mais il dut lever la tête pour s'adresser à lui. Il avala sa salive et dit :

— Monsieur Kristi ?

Sa voix même parut fluette.

L'homme ne répondit pas. Il posa sur l'un, puis sur l'autre, un regard aigu, puis il s'effaça sur le côté afin de leur céder le passage. Ce fut dans ce mouvement que Mister remarqua l'une des manches de la chemise. Elle flottait. Elle était vide. Le bras gauche de l'homme manquait. La chemise était blanche.

Bob réagit le premier. Il franchit le seuil et s'avança dans le hall. En passant près du colosse, il rentra imperceptiblement la tête dans les épaules. Mister lui emboîta le pas. L'homme referma la porte. Les murs du hall étaient blancs.

— Nous sommes désolés pour le retard, dit Mister.

Il était sur le point d'en donner la justification mais il leva de nouveau les yeux et rencontra de nouveau le regard de l'homme et alors il ne dit rien.

D'après les mises en garde de Julie Demonjoux, la responsable de la galerie, Mister et Bob s'étaient fait malgré eux une idée de l'artiste : quelqu'un de fantasque, d'excentrique, un histrion capricieux et déjanté. À présent, ils se sentaient complètement à côté de la plaque. Écrasés par la stature de Josef Kristi, par sa simple présence hiératique, comme on peut l'être face à un paysage à couper le souffle — on n'est rien et il est tout et ce n'est même pas dur à avaler, c'est ainsi.

L'homme leva son bras valide pour leur indiquer la voie. Ils ne bougèrent pas. Il prit alors les devants et ils le suivirent à distance respectueuse. Ils traversèrent une première pièce immense, salon ou salle de bal, totalement dépourvue de meubles hormis un piano à queue long comme un paquebot — un vaisseau fantôme échoué là depuis le dessèchement des océans. Le piano était blanc. Leurs pas claquaient sur les lames du parquet, le son frappait les murs nus et l'écho leur revenait avec un infime décalage, à peine une fraction de seconde. Le géant seul se déplaçait sans bruit. Ils passèrent ensuite une autre pièce, étroite et plongée dans la pénombre, quelque chose comme une antichambre ou un boudoir, et débouchèrent enfin dans une troisième pièce où Josef Kristi s'arrêta. Ses hôtes l'imitèrent. L'homme repoussa doucement la porte derrière eux. Bob jeta un regard circulaire et pensa aussitôt « bibliothèque ». Facile. Des rangées et des rangées d'étagères couvraient les cloisons du sol au plafond. Elles étaient vides. Pas le moindre livre dans les rayons. En vérité juste une carcasse de bibliothèque. Un squelette.

Josef Kristi avait suivi son regard. L'esquisse d'un sourire las affleura à ses lèvres.

— J'ai beaucoup lu, dit-il. Puis j'ai cessé.

C'étaient les premiers mots qu'il prononçait. Un semblant d'explication. L'oreille avertie de Mister réagit instantanément, non pas au timbre de la voix, profond et grave comme on pouvait s'y attendre, mais à son intonation. L'accent. Toujours le même. Celui de Vera, celui de Milosav et Dobrica, celui des deux lascars dans le métro. Un accent commun, puisé à la source balkanique. Mister ne put s'empêcher de repenser à ce qu'il nommait à part lui la « filière yougo ». L'idée creusait son chemin.

D'un signe, le peintre les invita à s'asseoir dans un long canapé en cuir, du genre sofa, sis au centre de la pièce. Mister et Bob y prirent place chacun à un bout. Le canapé était blanc. Bob retira sa casquette et la posa sur ses genoux. Il n'était pas homme aisément impressionnable, pourtant il faut bien admettre qu'en cet instant il était impressionné. Le géant était resté debout et les toisait à nouveau, tour à tour, sans un mot. Ses yeux noirs ne reflétaient aucune animosité. Ils jaugeaient, c'est tout. Et on sentait bien qu'ils ne s'arrêtaient pas à la surface, qu'ils plongeaient, qu'ils sondaient les régions inférieures, qu'ils cherchaient le cœur. Ils se fixèrent sur Mister un long moment. Puis Josef Kristi dit :

— Vous n'avez jamais eu l'intention d'acheter ces tableaux, n'est-ce pas ?

Mister remua les fesses comme pour mieux s'enfoncer dans le cuir. Il cligna des cils. Il se racla une nouvelle fois la gorge.

— Si, dit-il. L'intention, nous l'avons. Je l'ai. C'est les moyens que je n'ai pas.

— L'argent, dit le peintre.

— Oui, dit Mister. L'argent.

Josef Kristi hocha le menton. Il fit quelques pas sur le côté, lentement.

— Je comprends, dit-il. Le problème est réciproque, d'une certaine façon.

— Comment ça ? dit Mister.

— Je ne souhaitais pas me séparer de ces toiles, dit le peintre. Mais je ne peux pas me permettre de les garder. C'est toujours une question de moyens.

— L'argent ? dit Mister.

— Oui, dit le peintre. L'argent.

Mister arqua les sourcils, dans une expression de haute incrédulité. Josef Kristi devina ses pensées. Il eut son sourire las. Un geste flou dans l'air.

— Rien de ce que vous voyez ici ne m'appartient. Tout est propriété de ma femme. Mon ex-femme. Le lit où je dors, la table où je mange, le couteau, l'assiette, tout. Je suis un homme entretenu. Moi, je ne possède que ça.

Il leur présentait sa main droite, ouverte, doigts écartés. Une étoile solitaire à cinq branches. Bob s'efforça d'ignorer, sur l'autre versant du corps, la manche flottante. Il se demanda pour quelle raison Josef Kristi leur parlait ainsi — abordant d'emblée des sujets d'ordre privé, voire intime. S'agissait-il d'un élan sincère ou d'une ruse de marchand ?

Des gouttelettes de sueur pareilles à de minuscules cloques étaient apparues au front du géant. Il laissa retomber son bras et tira un mouchoir en tissu de sa poche. Sans le déplier il s'en tamponna le front. Le mouchoir était blanc.

— Pourquoi ? demanda-t-il.

— Pourquoi ? répéta Mister.

— Pourquoi ces toiles vous intéressent-elles ?

Mister et Bob échangèrent un coup d'œil. Puis Mister répondit :

— Pour Vera.

Lui aussi aurait pu montrer ses paumes grandes ouvertes et dire : Je n'ai que ça. Il perçut le soupir de Bob à l'autre extrémité du sofa.

Josef Kristi n'avait pas l'air surpris. Il garda le mouchoir plié entre ses doigts et fit encore quelques pas. Il leur tourna le dos, se planta devant la fenêtre comme pour observer le paysage au-dehors. Sauf qu'un rideau de coton s'étalait sur toute la surface de la vitre. Le rideau était blanc. Opaque.

— Alors, vous connaissez Vera, fit le peintre sans se retourner.

— Un peu, dit Mister.

Josef Kristi attendit la suite. Les deux hommes derrière lui avaient vue sur la montagne de son dos.

— Elle venait de temps en temps au club de jazz où je joue, dit Mister. Elle aimait bien la musique. Nous avons eu l'occasion de discuter ensemble quelquefois, pendant les pauses.

Il se tut. Il se rendait compte que ce n'était vraiment pas grand-chose. Il en ressentit une certaine gêne, presque de la honte.

— Et vous ? demanda-t-il. Vous la connaissiez bien ?

Il posait la question pour la forme, parce qu'il était déjà persuadé, au vu de la série de toiles que le peintre avait réalisée, que celui-ci connaissait la jeune femme mieux que quiconque. Qu'il avait tout saisi et tout compris d'elle.

Mais le géant répondit :

— Qui peut prétendre la connaître ?

Mister ignora délibérément le regard de Bob. Il aurait voulu que le tempo s'accélère mais il se sentait impuissant à l'influencer. Cette partition était nouvelle pour lui. Il ne maîtrisait ni le thème ni la structure, il déchiffrait à vue. Même pour l'impro c'était un calvaire. Il était bien obligé de se fier à son instinct parce qu'il n'avait rien d'autre à sa portée.

À son tour, il attendit la suite.

Josef Kristi pivota et revint vers eux. Il avait l'allure d'un tigre, toute de souplesse et de puissance et de trompeuse nonchalance. Le tigre était blanc.

— C'est mon fils qui me l'a présentée, dit-il. Ils ont le même âge, à peu près. C'était une amie à lui. Il l'a amenée ici. J'avais besoin d'un modèle, elle avait besoin d'argent. Il n'y a pas de hasard.

Tandis que le peintre parlait, Bob continuait à observer Mister, et ce qu'il voyait était un homme qu'il ne reconnaissait pas. Un homme au cou tendu vers le ciel. Un homme assoiffé. Un mendiant buvant aux lèvres d'un prince.

— Elle a accepté de poser pour moi, dit Josef Kristi. Nous avons commencé le travail. J'avais une idée en tête. Un projet. J'ai compris assez vite que je n'y arriverais pas. Pas avec cette fille-là pour modèle. Pas avec elle. Pourtant c'était une bonne idée et j'ai lutté quelque temps, j'ai fait semblant de ne pas savoir. J'ai joué l'ignorance. Puis j'ai joué la volonté, la force, j'ai voulu soumettre et faire plier, et c'était de pire en pire. Pour finir, c'est moi qui ai plié. Je me suis rendu à l'évidence.

— Qu'est-ce qui s'est passé ? demanda Mister. Qu'est-ce que Vera avait de si… de si particulier que vous ayez dû abandonner ?

— Je n'ai pas dit que j'avais abandonné. J'ai juste

dévié. Même pas : le cours des choses a dévié, tout seul, je n'ai fait que me laisser porter. Nous n'avons pas arrêté, non. Au contraire. Les séances se sont multipliées. Vera venait de plus en plus souvent ici. Je peignais très peu en sa présence. À peine quelques esquisses. Des croquis. Du vent. Elle le savait.

— Qu'est-ce que vous faisiez, alors, si vous ne peigniez pas ?

Tout au fond en résonance il y avait de la souffrance dans les inflexions de Mister. Comme si sa voix passait au crible d'une gorge serrée, d'un larynx à vif.

— Nous parlions, dit le peintre. Elle me parlait et je lui parlais. On se racontait. Il n'y avait rien de plus urgent à faire. Parce que ce que je savais, moi, c'était que ça viendrait d'un seul coup. Ça jaillirait comme l'éclair. Fulgurant. Et il faudrait que je sois prêt à ce moment-là. Prêt à recevoir, et prêt à rendre. Alors, je me tenais à l'affût. J'attendais. Je guettais. Et quand c'est venu, effectivement, je n'ai eu qu'à exécuter. Ma main n'a pas tremblé. Ma main savait déjà. Mon cœur savait déjà. Bien avant que cela n'atteigne mon esprit. Quand c'est venu il ne m'a pas fallu plus de quarante-huit heures pour tout réaliser. Toute la série. Toutes les toiles à la suite. Pas manger, pas dormir, peindre, peindre, peindre, tout peindre tout fixer avant que ça ne reparte. J'avais peur de ça : que ça s'en aille comme c'était venu, aussi vite, et que je me retrouve la main vide, le cœur vide, l'esprit déserté. J'avais peur de perdre ça. J'avais peur de la trahir.

Le géant ne les regardait plus. Ses yeux s'étaient perdus dans le vague. Sa voix s'était progressivement altérée. Son front luisait sous une nouvelle coulée de sueur. Pourtant ce n'était ni l'effort ni la chaleur.

— Mais sur ce point je me trompais, dit-il. Mes craintes étaient imbéciles. Cette chose-là ne repart pas. Elle ne se perd pas. Elle ne s'efface pas. Jamais. C'est une flèche qui vous a transpercé, et au bout de la flèche il y a le poison. Vous retirez la flèche, le poison reste. Une fois qu'il est entré en vous, il reste. Il se dilue dans votre sang. Il investit votre âme. Il s'épand. Maintenant il fait partie de vous et il n'y a rien qui puisse vous en débarrasser. Rien. Aucun recours. Il est là, à l'intérieur. Aujourd'hui encore il est là. Et je peux vivre cent ans il sera toujours là. Il ne vous tue pas, mais il faut bien savoir qu'il ne disparaîtra qu'à l'heure de votre mort.

Le géant se tut et s'épongea avec le mouchoir.

Bob accueillit le retour du silence avec un certain soulagement. Il prit conscience qu'il ne respirait plus. Mister et lui s'étaient recroquevillés chacun dans leur coin. Bob redressa le buste et remplit ses poumons. Mister ne broncha pas. Tête renversée, il continuait à fixer Josef Kristi d'un regard en principe réservé aux créatures célestes. Peut-être était-ce à ses yeux un dieu tout blanc dans un univers tout blanc. Un dieu manchot. Un dieu qui transpire. La foi est aveugle.

De quoi parle-t-on ? se demanda Bob.

Il cherchait un sens aux paroles confuses du peintre. Il n'avait même pas la certitude que c'était à eux qu'il s'adressait. Qu'étaient-ils censés comprendre ? C'était bien beau de parler de choses qui jaillissent, qui transpercent, de choses qui empoisonnent, mais quelles choses ? Flou, tout ça. Abscons. Bob voulait des noms précis. Des renseignements. Des indications qu'on puisse noter dans un calepin. Pas des impressions d'artiste. Ils menaient une enquête, ils avaient besoin de faits et de preuves, ou pour le moins de quelques éclaircissements. Or la nébuleuse ne faisait que s'épaissir. C'était son sentiment.

Mais peut-être que l'ami Mister y voyait plus clair, lui. Qui sait s'il ne discernait pas la petite lueur au milieu de la nuit. Une étincelle de compréhension. Qui sait s'il ne se trouvait pas exactement sur la même longueur d'onde que Josef Kristi.

Comme pour confirmer cette éventualité, Mister murmura à cet instant :

— Le corbeau…

Sa voix était blanche. Bob frissonna en l'entendant. Le géant acquiesça. Sa grosse tête ronde remua doucement de haut en bas. Puis le silence retomba dans la pièce. Temps mort.

Quand avez-vous vu Vera Nad pour la dernière fois ?

Êtes-vous au courant des circonstances de son décès ?

Lui connaissiez-vous des ennemis ?

Vous paraissait-elle menacée ?

A-t-elle déjà consommé de la drogue en votre présence ?

Vous en a-t-elle proposé ?

Aviez-vous des origines communes avec cette jeune femme ?

Voilà le genre de questions qu'ils devraient poser. Des questions de flics. Lieutenant Bob, lieutenant Mister, le gentil, le méchant : la paire implacable. Fins limiers lancés aux trousses de meurtriers abjects. Ils ne lâcheraient rien. Retors, efficaces avant tout, quitte à bousculer au besoin. Jouer des coudes, jouer du chantage, de la menace, des coups tordus, tout est bon quand il s'agit de faire cracher le morceau. La fin justifie. Poser les bonnes questions et puis aussi agir. Fouiller, inspecter la baraque du sol au grenier pour dénicher l'indice, se jeter à quatre pattes sur le plancher pour chercher la petite bête, l'empreinte, le bout de laine, le postillon séché, le microscopique dépotoir d'ADN. Ne pas négliger la science. De nos jours les rats de labo font des miracles, toutes les séries télé vous le diront. Des cracks, les gars. Des experts. À partir d'une rognure d'ongle ils vous déduisent un numéro de compte bancaire aux îles Caïman et vous démontent une filière de narcotrafiquants le tout en moins de cinquante-deux minutes.

Voilà ce qu'ils devraient faire. Au lieu de quoi ils restaient plantés là dans une bibliothèque déserte, englués dans un silence pesant et des discours vaseux — le corbeau, bon Dieu, manquait plus que lui !

Bob remonta ses lunettes. Il se gratta le sommet du crâne. Puis il ouvrit la bouche, décidé à intervenir. Le géant le devança :

— Venez, dit-il. J'ai quelque chose à vous montrer.

Mister fut debout en un clin d'œil. Droit. Au pli. Bob n'avait pas encore refermé la bouche. Durant quelques secondes il considéra par en dessous les deux hommes qui se faisaient face. Deux hautes silhouettes dressées devant lui. Deux totems. Il referma la bouche. Puis il saisit sa casquette et s'extirpa pesamment des profondeurs du sofa.

16

Toujours plus haut. Ils gravirent sans s'arrêter plusieurs volées de marches d'un escalier en spirale. Le géant allait en tête. Sa main valide tenait la rampe tandis que sa manche vide balançait mollement tel un drapeau en berne sous l'effet d'un vent ténu. Mister était sur ses talons. Bob suivait avec une sorte de réticence qui n'était pas due à l'âge de ses artères.

L'escalier débouchait directement sous la coupole, dans un vaste espace aménagé au sommet de la demeure. Les trois hommes émergèrent un à un. La salle se présentait comme un cercle parfait inondé de lumière. Une grande baie vitrée en faisait le tour, d'un seul tenant. L'horizon était partout, couvert à trois cent soixante degrés. Une vue tellement large qu'on ne savait plus à force où porter le regard — on pouvait tourner en rond jusqu'au bout de l'éternité, jamais on ne réussirait à tout englober d'un coup.

Cette pièce était le domaine réservé du peintre. Son atelier. Des dizaines de toiles s'agglutinaient le long de la cloison, sous la baie vitrée. Elles étaient posées à même le sol, sur leurs tranches, les unes contre les autres, face au mur. Seules les armatures en bois étaient visibles. Des châssis de différentes tailles. Les œuvres ne laissaient rien transparaître de leur nature. Peut-être que les toiles étaient blanches.

Côté ouest de l'atelier se trouvait un bureau : une planche sur deux tréteaux supportant tubes et pinceaux et tout un fatras d'ustensiles nécessaires à l'art de Josef Kristi. La planche disparaissait presque sous une constellation de croûtes sèches et colorées, comme si une nuée d'oiseaux indélicats avaient chié de la gouache dessus. Côté sud une lampe halogène faisait le pied de grue au chevet d'une méridienne alors qu'à l'opposé reposait une superbe psyché en acajou dont le miroir aux trois quarts incliné ne reflétait pour l'heure que la voûte intérieure du dôme.

Le peintre accorda à ses hôtes le temps de découvrir les lieux. Mister et Bob observaient sans mot dire. Mister avait le ventre noué. Il prenait pour honneur et privilège le fait d'être admis dans ce sanctuaire, et le moindre de ses gestes en était perclus de dévotion. En pénétrant dans cet endroit sacré, il lui semblait accéder à un autre statut que celui de simple visiteur.

Pas d'encens, mais une vague odeur de térébenthine imprégnait l'air.

Josef Kristi suait abondamment. Avant toute chose il reprit son mouchoir et s'épongea le front. Puis il se dirigea vers le centre de l'atelier. Car bien sûr c'était là, au beau milieu du cercle, que se trouvait l'essentiel : un imposant chevalet dressé sur ses trois pieds dans la lumière du jour. Un long voile noir le couvrait de haut en bas. On aurait dit la silhouette efflanquée d'un fantôme en deuil. Mister et Bob l'avaient repéré dès leur entrée. Mister brûlait de savoir, et pourtant dans le même temps il ne cessait de lutter pour en détourner les yeux. Comme si cela avait constitué une impardonnable indiscrétion — ou pourquoi pas un sacrilège, puisqu'on était dans cette veine — que de seulement laisser deviner qu'on avait remarqué sa présence.

Mais si grands que fussent ses efforts, l'objet aimantait son regard. Alors, quand il vit Josef Kristi s'en approcher, il se raidit. Quand la main du peintre souleva le noir linceul, il retint son souffle. Et quand fut entièrement dévoilée la toile sur le chevalet, une brusque et puissante montée de larmes lui enflamma les paupières.

Un long moment après, la voix du peintre s'éleva :

— J'ai pensé que vous aviez le droit de savoir, dit-il.

Mister ne parut pas l'entendre. Il fixait le tableau sans ciller, sans remuer, sans respirer. Son cœur continuait de battre probablement mais nul n'est en mesure de le confirmer.

Savoir quoi ? pensa Bob.

Ce dernier s'avança sans hâte, sa casquette sur le crâne. Il dépassa Mister et poursuivit jusqu'au chevalet. Puis il se mit à examiner la toile, le nez collé dessus, comme un expert qui aurait eu à juger de son authenticité. Dans le coin inférieur droit il remarqua l'inscription : *V — 0*. Il leva la tête vers Josef Kristi.

— C'est le premier de la série ? demanda-t-il.

Le peintre tenait toujours le suaire entre ses doigts.

— Le dernier, en réalité. Je l'ai peint plus tard. Après sa mort.

Bob pinça les lèvres. Une mimique de dépit ou de compassion, ou encore de reproche.

— Et celui-ci n'est pas à vendre ?

— Non, dit le peintre. Pas celui-ci.

Bob se retint de demander pourquoi. Il songea que cela en faisait treize en tout. Treize toiles. Une de trop, à l'aune des douze mesures du blues.

Il reporta son attention sur l'œuvre. S'il s'était retourné à cet instant précis, il aurait pu voir deux larmes couler sur les joues de Mister. Deux sillons clairs sur la peau sombre.

Le pianiste semblait reprendre pied dans l'espace-temps présent. Sa pomme d'Adam remonta trois fois d'affilée le long de sa gorge. Dieu sait ce qu'il essayait d'avaler. Il eut comme un hoquet, un sanglot sec qui fit tressauter sa poitrine. Cependant son regard demeurait rivé à celui de Vera Nad.

Le tableau représentait encore et toujours la jeune femme. Un portrait en plan serré. On voyait son visage, son cou, ses épaules, les lignes délicates de ses clavicules. On ne voyait qu'elle. Pas l'ombre d'un corbeau dans les parages. L'affreux volatile avait disparu de la toile et apparemment il avait aussi déserté le cœur et les pensées de Vera Nad. Comment expliquer sinon l'impression de profonde sérénité que dégageait la jeune femme ? Nulle menace ne planait plus au-dessus d'elle, nulle trace de peur ou d'angoisse n'entachait plus la surface mordorée de ses prunelles. Elle en était délivrée. Elle ne souriait pas mais elle était calme et tranquille, ses traits juvéniles reposés. Elle était désormais au-delà du mal. Elle avait dépassé le seuil fatidique et son regard disait : vous ne pourrez plus m'atteindre. Et Mister laissait couler ses larmes car il comprenait qu'il l'avait perdue à jamais, lui comme les autres, et il se consolait en sachant qu'en guise de compensation la jeune femme avait enfin renoué avec la paix.

C'était le véritable visage de Vera Nad. Le premier. L'original. Celui qu'on lui avait volé dès son plus jeune âge. Celui que Mister aurait voulu lui redonner. Josef Kristi y était parvenu. Le peintre avait su découvrir et recréer le visage de l'enfant et il l'avait rendu à la femme. Mais il n'avait pu le faire qu'après sa mort.

— « V » comme Vera ? demanda Bob en désignant une nouvelle fois l'inscription dans le coin de la toile.

Le géant s'ébranla. Il semblait avoir beaucoup vieilli durant ces dernières minutes. Il posa le voile sur le dossier de la méridienne.

— « V » comme Vukovar, dit-il.

— Quoi ? fit Bob.

— Vukovar, répéta Josef Kristi.

Au bout d'un instant, il ajouta : « Qui s'en souvient ?... »

Ce n'était pas réellement une question.

— C'est le nom d'une ville, dit Mister.

Bob se tourna vers lui, puis ses yeux revinrent sur Josef Kristi comme s'il attendait confirmation de sa part.

— La ville des chaussures, dit le peintre. Des milliers et des milliers de paires de chaussures. Savez-vous que la moitié du pays, peut-être davantage, portait des souliers fabriqués là-bas ? Spécialité locale. Tout comme les monuments baroques. Autre spécialité. Des godasses et des églises. C'était Vukovar. Qui s'en souvient ?

— Vera s'en souvenait, dit Mister.

— C'était sa ville, dit le peintre.

— C'est de ça que vous parliez durant les séances ?

— De ça, entre autres. Beaucoup de ça, oui.

— Que s'est-il passé à Vukovar ? demanda Bob.

Ce nom ne lui était pas inconnu. Il évoquait pour lui quelque chose de triste, quelque chose de terrible et d'infâme, mais il était inscrit au milieu d'une longue liste de choses terribles et infâmes et ne s'en démarquait pas dans sa mémoire.

Josef Kristi s'épongea le front.

— Rien de bien nouveau, dit-il. Rien de très original. La guerre.

— Vous parlez du conflit en ex-Yougoslavie ?

— Appelez-le comme bon vous semble. Certains ont même affirmé que Vukovar, à cette époque, avait été « l'enfer sur Terre ». (Il fit la moue et secoua la tête.) Pour ma part, je refuse ces termes. Cela sous-entend qu'il y aurait eu là derrière une volonté supérieure. Ce serait rejeter la faute sur une puissance suprême, impossible à maîtriser, et en faire ainsi un acte inéluctable. Cette bonne vieille habitude de dire : ce n'est pas nous qui commandons, nous n'avons fait qu'exécuter les ordres… Non. Trop facile. Cela était l'œuvre de l'homme. Lui seul. Le petit homme, avec son petit cœur et son petit cerveau et ses petites mains. Et son incommensurable ego. Le diable n'a rien à voir dans cette affaire. Ni le bon Dieu. Ces deux-là ont laissé faire, sans doute. Ils ont pris leurs billets et assisté au spectacle, tout là-haut dans leurs gradins. Ils ont compté les points peut-être. Sans intervenir. Mais qui est intervenu ?

Le géant regarda les deux hommes debout dans l'atelier. Ses yeux noirs s'étaient mis à luire comme sous l'effet d'un accès de fièvre.

— Vous voulez des faits ? lança-t-il brusquement.

Il n'attendit pas leur réponse et commença à débiter sur un ton plus vif, plus âpre.

— Août 1991. Au nom de la « Grande Serbie », l'armée fédérale populaire yougoslave est partie en campagne. Hommes et chars. L'armée est en marche. Vukovar se trouve sur sa route. Rapidement, la ville est encerclée. Assiégée. Nous sommes aux confins de la Slavonie orientale, sur les rives du Danube. À la frontière entre Croatie et Serbie. Le siège de Vukovar va durer trois mois. Quatre-vingt-sept jours pour être précis. Des chiffres, vous voulez des chiffres ?… Trente-cinq mille. Là, à l'extérieur, tout autour, ils sont trente-cinq mille. Les agresseurs. Militaires et paramilitaires, miliciens, mercenaires, vampires de toutes espèces. Ils ont des blindés par centaines, ils ont des chasseurs bombardiers, des hélicoptères de combat, des navires de guerre. Et ici, à l'intérieur, retranchés dans l'enceinte de la ville, ils sont mille deux cents. Mille deux cents combattants, équipés d'armes légères. Mille cinq cents au plus. Le reste, ce sont des civils. Des instituteurs, des plombiers, des conducteurs de bus, des fabricants de chaussures, des étudiants, des infirmières, des mères de famille, des enfants. Ils endurent. Ils souffrent. Ils tremblent. Ils meurent. Ou ils survivent et résistent. Trois mois. Trois mois ils vont tenir. Quatre-vingt-sept jours. Terrés, enterrés au fond des caves comme des rats. Seuls les morts pourrissent à l'air libre. Tous ces cadavres gisant au milieu des ruines, qu'il leur est impossible d'ensevelir. Car la ville est harcelée, pilonnée sans cesse par les tirs d'artillerie. Bombes, obus, roquettes : jusqu'à huit cents projectiles par jour. Huit cents. Une bombe toutes les deux minutes. En quatre-vingt-sept jours, Vukovar en aura reçu davantage que l'ensemble de la Yougoslavie durant la Seconde Guerre mondiale. Ce sont les chiffres. Quand arrive la fin du siège, la population est passée de quarante-cinq mille habitants à quinze mille. Ce sont les chiffres. Depuis longtemps il n'y a plus ni eau ni électricité. Plus de vivres non plus. Plus de munitions, plus de médicaments, plus d'espoir ni d'illusions. Le 18 novembre 1991, Vukovar tombe enfin. L'envahisseur envahit. Les soldats de l'armée fédérale investissent ce qui n'est plus qu'un tas de décombres, ils se déploient dans les rues crevassées en foulant la boue et la poussière, le sang et les cendres. À leurs côtés il y a les hordes : il y a les Tigres d'Arkan, il y a les Rapaces de Goran Sotorovic, il y a les Escadrons de la Mort de Radovan Stojicic, il y a les Aigles Blancs de Vojislav Seselj et les Loups Gris de Slobodan Miljkovic. Ils sont tous là et ils sont fiers, ils ouvrent grand leurs gueules et ils chantent : « Ce soir, ce soir il y aura de la viande, ce soir nous truciderons les Croates… » Ils viennent en braillant achever leur besogne. Et derrière eux encore, les derniers à arriver, il y a les camions de la Croix-Rouge et les représentants de l'ONU. Les émissaires du monde…

« Parce que le monde savait. Le monde ne pouvait pas l'ignorer. Le monde observait et attendait parce que le monde est patient, le monde est diplomate. Pourquoi se précipiter ? Des usines de chaussures, des églises baroques : il n'y a pas d'urgence. Et bien sûr quand il est trop tard les commis du monde débarquent aux basques des barbares. Ils viennent pour contrôler. Vous imaginez ça ? Des contrôleurs. Le respect des conventions, doux Jésus ! Chers amis tigres et loups et égorgeurs, voudriez-vous avoir l'amabilité de ne pas mettre vos coudes sur la table lorsque vous bouffez du Croate !

« Les contrôleurs contrôlent. Ils constatent. Ils comptabilisent. Ils font des croix. Tant de morts, tant de blessés, tant de disparus. Des chiffres encore et toujours. Et bon sang, à qui appartiennent ces corps ? Ceux qu'on déterre des mois plus tard dans la campagne à quelques kilomètres de là. Qui peut bien laisser traîner ses os dans ce charnier ? Les conventions, nom de Dieu !

Josef Kristi était en nage. Il avait beau s'éponger régulièrement à l'aide du mouchoir, la sueur réapparaissait aussi vite et ruisselait sur ses tempes et sur son front. Mister avait cessé de le regarder. Il écoutait la voix du géant mais c'était la toile sur le chevalet qu'il s'était remis à fixer. Le visage de Vera Nad. Les yeux de Mister étaient plongés dans ceux de la jeune femme et il tentait d'établir un lien entre ce qu'il voyait et le récit qu'il entendait. À deux ou trois reprises il avait senti un nouveau flux de larmes mais il était parvenu à l'endiguer.

Le peintre prit une forte inspiration et poursuivit :

— Les commis du monde civilisé doivent retrousser leurs manches. Ils se bouchent le nez et ils creusent. Des centaines de charognes resurgissent des fosses. Qu'est-ce que c'est ? Il s'avère que c'est tout ce qui reste de ces hommes qui s'étaient réfugiés dans l'hôpital de la ville durant les ultimes journées de siège. Des malades, des blessés, des membres du personnel médical, soldats et civils. Des hommes. Ils avaient entre quatorze et soixante ans. Tous portés absents dès le lendemain de la reddition. Les assaillants n'avaient pas tergiversé, eux. Ils avaient eu tôt fait d'embarquer ces hommes, au nez et à la barbe des contrôleurs. Ils les avaient séparés des femmes et des enfants, ils les avaient entassés dans des autobus, ils les avaient battus, ils les avaient torturés, ils les avaient emportés et on ne les avait jamais revus.

« Un an plus tard, le monde met le nez dessus et prend son air dégoûté. On remue la terre. Tout est mélangé là-dedans. Ça pue. Il faut recoller les morceaux et mettre des noms sur des étiquettes. Cocher les cases correspondantes. Le monde exprime son indignation. Le monde aboie mais les chiens sont passés. Et les tigres, et les loups. Au nom de la « Grande Serbie » les soldats de l'armée fédérale populaire poursuivent leur route. Ils ont déjà pris position à l'ouest autour de Vinkovci et d'Osijek. Là-bas, un autre siège a déjà commencé.

Josef Kristi s'épongea le front.

Devant les yeux de Mister l'oiseau noir décolla soudain dans un flappement d'ailes. Puis tout un essaim, une nuée entière de charognards. Ils s'égaillèrent au-dessus d'un champ boueux et s'éloignèrent dans un ciel de plomb. Chassés par un battement de cils. Cela n'avait duré qu'une seconde. Après quoi Mister retrouva la voûte, la baie vitrée, la lumière de ce jour, et le regard serein de Vera Nad au centre de l'atelier.

— Elle y était, dit-il.

Josef Kristi se tourna vers le portrait.

— Elle avait dix ans, dit le peintre.

Il se tut. Emplit son large poitrail d'une nouvelle bouffée d'air, avant de poursuivre :

— Son père est mort dès le premier jour, sous les premières bombes. Une chance pour lui. Ensuite, ç'a été le tour de sa mère. Quelques semaines plus tard. La mère était sortie, elle avait quitté leur abri pour essayer de trouver de quoi manger. Elle n'est pas revenue. Ensuite, ç'a été son petit frère, Nikola. Elle m'a dit qu'un soir il avait posé la tête sur ses genoux et qu'il s'était endormi. Comme ça. Il avait l'air paisible. Un petit garçon de six ans qui dort. Elle l'avait laissé dormir. Elle lui caressait la tête, les cheveux, doucement, pour qu'il se sente encore mieux. Elle n'osait pas se lever, elle n'osait pas bouger de peur que ça ne le réveille. Il ne s'était pas réveillé. Quand les Serbes sont entrés dans la ville, Nikola dormait encore. Et aujourd'hui, il dort encore. Elle m'a dit qu'elle l'avait beaucoup envié. Elle, elle n'avait pas réussi à s'endormir.

Elle fermait les yeux mais le sommeil ne venait pas. Ils l'ont envoyée dans un camp, avec sa grand-mère. Déportées toutes les deux. Il ne restait plus qu'elles. Les deux seules de la famille qui ne dormaient pas.

— Et vous ? lança tout à coup Bob.

On aurait pu croire qu'il s'était éclipsé tant il n'était plus, depuis quelques minutes, que silence et immobilité.

— Moi…

— Vous, monsieur Kristi. Vous étiez à Vukovar ? C'est là que vous avez été… blessé ?

Le géant baissa les yeux vers sa manche flottante. Considéra un instant cette absence comme un détail oublié, une anomalie que son interlocuteur viendrait juste de lui rappeler. Puis il dit :

— Oui, j'y étais.

Et tout de suite après, il dit :

— Non, je n'y étais pas.

Bob fronça les sourcils.

— Que voulez-vous dire ?

Le peintre souffla fort par le nez. Ses jambes fléchirent et il se laissa tomber lourdement sur la méridienne. Dans le mouvement, la manche vide de sa chemise se plia dans un angle impossible et pénible à voir.

— Kristicevic. Josip Kristicevic. C'est ainsi que je m'appelais à cette époque… (Il s'épongea le front.) Je suis issu d'une longue lignée de guerriers. Des tueurs officiels, patentés. Mon père était militaire de carrière, et avant lui son père, et le père de son père, et on pourrait remonter ainsi jusqu'au Kristicevic premier du nom. Tradition ancestrale. Grande, grande famille d'aristocrates barbares. Toujours à la botte du pouvoir, quel qu'il soit. C'est un principe. Mes ancêtres ont servi des princes et des rois, des présidents, des prophètes, des dictateurs, qu'importe ! Qu'importe celui qui trône. Qu'importe le maître, pourvu qu'on ait la place à ses pieds. Pour profiter de ses caresses. Et bouffer ses restes lorsqu'il est repu. Et monter la garde. Et mordre lorsqu'il l'ordonne. Brave bête, va.

Josef Kristi serra dans son poing le mouchoir trempé de sueur, si fort qu'il en exprima une goutte qui glissa sur la face intérieure de son poignet.

— J'étais de cette race, dit-il. Destin tracé, à l'image de tous les mâles de la famille. Chez nous se transmet de génération en génération le goût de l'uniforme et des galons, et le goût du sang. On nous éduque. On nous dresse. La vieille école. Mon père se chargeait lui-même de nous enseigner la lutte, le tir, l'escrime. Deux heures par jour. Aucune dérogation. Nous n'en espérions pas, de toute façon. Ni mon frère ni moi. Nous étions des élèves enthousiastes. De parfaits disciples. Nous aimions ça. Très tôt on nous avait mis entre les mains des instruments de mort. Le fusil, le pistolet, l'épée, le sabre. Nous adorions le sabre. Le sifflement quand il fend l'air. Le tintement clair du métal contre le métal. Le frottement des lames qui fait dresser les poils. Nous en redemandions. Ce n'étaient pas des jouets. Dans nos rêves d'enfants il y avait des têtes coupées, des ventres ouverts, des gestes exécutés avec toute la vitesse et la précision requises, des mouvements mille fois répétés, il y avait des viscères qui s'écoulaient dans nos rêves. Peut-on dire qu'ils ont été réalisés ? Nos rêves…

Le géant avait rejeté sa lourde tête en arrière. Sa crinière s'étalait sur le dossier. Il avait allongé ses jambes. Il parlait en fixant un point situé au plus haut de la voûte. Son visage ruisselait mais il ne tentait plus de l'essuyer. Le mouchoir blanc était toujours niché au creux de son poing.

— Un jour, dit-il, nous étions dans la salle d'entraînement avec mon frère Zoran. Seuls. Notre père était absent. L'heure des exercices était passée et nous n'aurions pas dû nous trouver là. Mais qui aurait osé dicter leur conduite à ces deux fougueux combattants ? Parce que c'est ce que nous étions à cet instant. Nous étions des soldats. Nous étions des guerriers, d'impitoyables guerriers sur un champ de bataille. Nous étions dans nos rêves… « En garde ! a lancé Zoran. Et pas de quartier ! » Mon sabre était déjà dans ma main. Mon cœur cognait. Dieu que c'était excitant ! Nous avions négligé les protections habituelles, le masque, la veste, les manchons, tous ces accessoires de mômes, ces trucs de femmelettes. Plus question d'entraînement, il s'agissait d'un combat d'homme à homme. Un vrai duel.

« J'avais douze ans, Zoran quatorze. J'étais le plus vif, mais il était le plus puissant. Il était sûr de sa force. Il ne prenait pas de risque : il frappait et rompait, frappait et rompait. Je me suis bien défendu. Longtemps. Et puis j'ai commencé à faiblir. Zoran l'a senti. Ses assauts ont redoublé. Un guerrier ne doit jamais faiblir. Un Kristicevic ne doit jamais faiblir. Je me rappelle avoir vu le coup partir, j'ai su qu'il allait m'atteindre mais je n'avais plus la capacité d'esquiver. Un coup terrible, un geste de bûcheron, c'était bien dans le style de Zoran. J'ai entendu la lame siffler. Elle s'est enfoncée sous mon épaule gauche, dans le gras du bras, avec une incroyable facilité. Elle a tranché la chair, les muscles, les nerfs, elle a brisé l'os. Pendant un bref instant on ne ressent rien. Je me rappelle le regard de Zoran à ce moment-là. Ses yeux brillaient. C'était une lueur intense, sauvage. C'était l'éclat de la victoire. Il avait terrassé l'ennemi et il en était fier. Je me souviens du sourire de vainqueur sur le visage de mon frère juste avant qu'il ne réalise ce qu'il venait de faire. Après ça le grand guerrier a lâché son sabre et s'est mis à hurler : « Maman ! Maman !… »

Bob s'obligea à bouger. Il détacha son regard du peintre et effectua quelques pas, les mains dans le dos. Il se sentait de plus en plus mal dans cette pièce, dans cette maison, face à cet homme. Un malaise indéfinissable. S'il l'endurait, c'était uniquement dans l'espoir qu'il y aurait quelque chose au bout. Une réponse.

— Vous ai-je dit que j'étais gaucher ? reprit le peintre. Gaucher de naissance. Il m'a fallu tout réapprendre. Tout, depuis le début. L'univers bascule d'une main sur l'autre et cette main est solitaire désormais. Nouvelle donne. Il faut tout recommencer. Mais ce n'est pas insurmontable. Savez-vous ce qui a été beaucoup plus difficile à supporter ?

Mister remua machinalement la tête de gauche à droite, avec une extrême lenteur. Il semblait enraciné dans le sol de l'atelier.

— La honte, dit Josef Kristi. C'est ça le plus terrible. Je parle de la honte du vaincu. La honte de celui qui n'a pas su se montrer à la hauteur. J'avais perdu le duel, j'avais perdu la face, j'avais perdu mon bras, et ce qu'il en résultait c'était que j'avais perdu d'un seul coup l'estime de mon père. À cause de cette blessure c'en était terminé de ma carrière promise de soldat. Pas de manchot dans les rangs de l'armée ! Pas de place pour les infirmes ! Ainsi je serais le premier de la grande lignée des Kristicevic à ne pas porter l'uniforme ? Impossible. Mon père ne pouvait pas avoir engendré autre chose qu'un guerrier. Un Kristicevic a le droit de mourir au combat mais il n'a pas le droit de vivre sans combattre !

« Il ne me l'a jamais pardonné. Je l'avais déçu. Trahi. J'avais trahi sa confiance et ses attentes. J'avais trahi son nom. Fils indigne. À compter de ce jour, mon très cher père m'a abandonné. Il m'a renié. Il n'a pas eu besoin de me le dire, je l'ai lu dans ses yeux. Qu'y a-t-il de pire que le mépris dans le regard de son propre père ?

Bob s'était approché de la planche sur tréteaux qui servait de bureau. Il considéra un instant le bazar qui y régnait. Puis, du bout de l'ongle il gratta doucement une croûte de peinture sèche. La peinture s'effrita, laissant une trace de couleur rouille sur son doigt. Il eut une subite et très forte envie d'entendre le vibraphone de Lionel Hampton. C'était, semblait-il, sans rapport avec le reste.

— Ce bras coupé m'a condamné, dit Josef Kristi. Et ce bras m'a sauvé. Sans cela j'aurais probablement suivi la voie qu'on m'avait tracée et je me serais trouvé moi aussi, le moment venu, sur les bords du fleuve à vouloir bouffer du Croate. Qui peut m'assurer du contraire ? Mon père était à Vukovar. Le vieux briscard. L'âge de la retraite dépassé, il avait fait des pieds et des mains pour en être. Une ultime campagne pour finir en beauté. « La Grande Serbie » : c'étaient des mots qui sonnaient doux à son oreille. Et la race, la pureté de la race, en voilà une noble notion. Le maître avait raison, il était grand temps de débarrasser la terre de nos ancêtres de tous ces bâtards et métèques qui la polluaient. Ah ! Le maître savait parler. Il savait ce qu'il voulait. Il avait de la poigne. C'était un bon maître. Et mon père était fier de le servir. Et Zoran, mon frère Zoran n'était pas moins fier. L'officier Zoran Kristicevic. Il était à Vukovar, lui aussi. Membre de la

Première Brigade motorisée de la Garde, unité d'élite, fleuron de l'armée fédérale populaire. Ils y étaient tous les deux, mon père et mon frère, aux premiers rangs, ils hurlaient avec les loups et les tigres et les faucons et j'aurais dû hurler avec eux, certainement, j'aurais dû être à leurs côtés, j'aurais dû mêler ma haine à leur haine parce que c'est le même sang qui coule dans nos veines, c'est le même esprit gangrené qui nous anime depuis des centaines d'années, c'est la même haleine de mort qui sort de nos bouches, n'est-ce pas ? Sans ce malheureux coup de sabre, sans ce merveilleux coup du sort qui a décidé pour moi, qu'est-ce que j'aurais fait ?

« C'est pourquoi je ne peux pas dire que j'étais à Vukovar mais je ne peux pas dire que je n'y étais pas. J'ignore où est la vérité.

Ce dernier mot fit écho sous le crâne de Bob. La vérité. Encore un qui la cherche, pensa-t-il. À croire que c'était une quête aussi répandue et exigeante que celle du Saint-Graal. Et aussi vaine ?

— On doit juger sur des faits, dit-il, non sur des suppositions. Vous n'étiez pas présent sur les lieux. Vous ne pouvez pas être considéré comme coupable d'actes commis par d'autres.

Il ne s'était pas retourné. Il raclait une autre croûte, bleu cobalt cette fois. Il avait une idée en tête.

— Vous croyez ça ? fit le peintre. En tout cas, c'est certainement ce dont chacun d'entre nous tente de se persuader : qu'il est innocent.

— Chacun d'entre nous aurait-il tort, monsieur Kristi ?

Le géant eut de nouveau son sourire las, qui ressemblait de plus en plus à une grimace.

— Vous-mêmes, messieurs, si vous ne ressentiez pas un tant soit peu de culpabilité, seriez-vous ici ?

Mister déglutit. Bob dut produire un effort pour rester stoïque. Il ne répondit pas. Son doigt était maintenant pigmenté de rouge et de bleu. Il s'attaqua à une troisième croûte, d'une teinte non définie.

— Mon père est mort, dit le peintre. Il est mort il y a deux ans, d'un vulgaire cancer du pancréas. Mon frère Zoran est toujours en vie. Toujours en poste dans l'armée. Il se porte bien. C'est une excellente situation. Fonctionnaire, plus ses petites affaires qu'il gère à côté. À aucun moment ils n'ont été inquiétés, ni l'un ni l'autre. Personne n'est venu leur demander des comptes. Et si demain le maître dit à Zoran de recommencer, il recommencera.

— Ils doivent être nombreux dans ce cas, dit Bob. Qu'est-ce qu'il faudrait faire à votre avis ? Passer en jugement tous les soldats ayant participé aux combats ? D'autant que vous parlez de Vukovar et des horreurs commises par vos compatriotes serbes, mais si j'ai bonne mémoire, les Croates ne se sont pas toujours conduits comme de tendres agneaux, eux non plus. Des massacres, des génocides, il y en a eu dans les deux camps. Tantôt victimes, tantôt bourreaux.

— Exact ! fit le peintre en pointant l'index de sa main droite. Les Serbes tapent sur les Croates et les Croates tapent sur les Serbes et les Serbes sur les Bosniaques et les Bosniaques sur les Croates et les Croates sur les Bosniaques et les Bosniaques sur les Serbes… (accompagnant sa litanie, son index dessinait un lent cercle dans le vide). Tout à fait exact. Mes compatriotes, hélas, n'ont pas l'apanage de la bêtise et de la cruauté. Je vous repose donc la question : qui peut se prétendre innocent ?

Il y eut un bref instant de silence. Puis la voix de Mister.

— Vera, dit-il.

Bob arracha ce qui restait de la croûte et fit volte-face. Au regard qu'il adressa à son ami on eût dit qu'il le maudissait pour cette intervention.

— Elle aurait pu être ma fille, fit Josef Kristi d'un ton rêveur.

Bob lui jeta le même regard qu'au pianiste.

— Les enfants. Les enfants sont innocents, dit Mister. Jusqu'à ce qu'on les corrompe.

Le géant hocha la tête comme s'il ne voyait rien à objecter à cela. Puis il ferma les yeux, peut-être à cause de la sueur qui lui dégoulinait entre les cils.

— Cette guerre est terminée, dit Bob. Depuis des années. C'était un drame, une tragédie, c'était tout ce que vous voulez, mais c'est du passé.

Le géant rouvrit les yeux.

— Une guerre n'est jamais finie pour ceux qui l'ont vécue.

— Qu'en savez-vous ? lâcha Bob, non sans perfidie.

— Voyez Vera, dit le peintre. Vera Nad est morte il y a seulement deux mois.

Bob fondit brusquement sur lui. Il traversa l'atelier comme s'il avait l'intention de choper le géant par le col et de lui faire cracher ses dents. Il s'arrêta au pied de la méridienne. Il avait toujours son idée en tête.

— Quel rapport ? dit-il. Quel rapport entre la guerre en Yougoslavie et la mort de cette jeune femme, ici, à Paris, des années plus tard ?

Même avachi, même à bout de forces ainsi qu'il semblait l'être, Josef Kristi en imposait davantage que Bob le taxi.

— Elle pensait leur avoir échappé, dit le géant. Mais ils ont fini par la rattraper.

— Ils ? Qui ça, ils ?

Josef Kristi haussa les sourcils.

— Ses fantômes ? dit-il.

Cette fois cela sonnait réellement comme une interrogation.

Bob se pencha au-dessus de la méridienne, mâchoires crispées, paupières fendues derrière ses lunettes. Il secoua la tête.

— Non. Non, ça ne marche pas. Trop facile, ça aussi. Personne ici ne croit aux fantômes. Pas plus qu'on ne croit aux corbeaux. Y en a assez de toutes ces métaphores à la noix. Vous avez dit vous-même que c'était l'œuvre des hommes, uniquement des hommes. Alors qui ? Qui est coupable ? Monsieur Kristi, qui a assassiné Vera Nad ?

Ils échangèrent un long regard. Dans les pupilles dilatées du géant, Bob décela quelque chose qu'il aurait qualifié de détachement, ou peut-être de résignation — en tout cas le fruit d'une perte irrémédiable et définitive. Il fut convaincu que Josef Kristi savait. Il abandonna dans le même temps l'espoir qu'il le leur dirait.

Il n'y eut pas de coup de gong pour marquer la fin de ce round, mais une simple sonnerie. Un bourdonnement amplifié qui fit tressaillir Mister comme si on avait tiré sur ses propres nerfs pour les faire vibrer. Le son se répéta trois fois, volume crescendo, puis cessa.

Après un court instant, Josef Kristi posa le mouchoir détrempé sur son ventre et glissa la main dans la poche de son pantalon. Il en extirpa un téléphone mobile. Il jeta un coup d'œil à l'écran puis leva de nouveau les yeux vers Bob.

— Pardonnez-moi, dit-il.

Bob n'était pas sûr de pouvoir le faire. Il se redressa lentement. Le géant appuya sur la touche appel et porta le téléphone à son oreille. Sa main tremblait juste assez pour que Bob le remarque. Ce dernier s'éloigna de quelques pas, se tourna et se planta devant la baie vitrée. Il ne profita pas du panorama. Toute son attention était concentrée sur la conversation téléphonique dans son dos. Elle dura moins de vingt secondes et se résuma à trois expressions distinctes que Josef Kristi prononça dans sa langue d'origine. Après quoi le peintre raccrocha et exhala un profond soupir.

— Veuillez m'excuser, dit-il encore, mais je dois vous demander de me laisser, à présent. Je vous raccompagne.

Il amorça un mouvement pour se lever mais Bob l'interrompit.

— Ne vous donnez pas cette peine, nous connaissons le chemin. Merci de nous avoir accordé de votre temps, monsieur Kristi.

Le ton était neutre. Le regard aussi. Il salua le peintre d'un signe de tête et se dirigea vers l'escalier.

Ce bref échange de civilités acheva Mister. Il était accablé par un fort sentiment de gâchis. Ses épaules se voûtèrent. Ses yeux balayèrent le sol, accrochèrent le mouchoir du peintre tombé au pied de la méridienne — le bout de tissu informe rappelant à cette heure la corolle écrasée d'une rose. Ses lèvres s'entrouvrirent mais aucun son n'en sortit. Il lutta encore une fois pour ne pas jeter un ultime regard sur la toile, mais il perdit encore une fois.

Au bout d'un moment, Josef Kristi dit :

— Je sais qui vous êtes. Elle m'avait parlé de vous. Elle vous surnommait « l'ours brun ». Un ours aux pattes de velours. Elle m'a dit que votre musique était du miel pour elle.

Mister ne répondit pas. C'était la deuxième fois en deux jours qu'on le comparait à un ours. Plus tard, il en viendrait à se demander si le peintre avait vraiment prononcé ces paroles ou si cela était à ranger dans son coffre à chimères.

— Ne l'abandonnez pas, dit Josef Kristi. Cherchez. Continuez à chercher. Levez la tête et regardez là-haut, tout en haut… Et souvenez-vous d'une chose : si élevé que soit le sommet de la montagne, son pied repose toujours dans la boue.

C'était peut-être un proverbe serbe.

Mister quitta l'atelier. Le géant écouta ses pas décroître. Il demeura seul dans sa tour. Son front, ses joues, ses tempes, son cou dégoulinaient. On aurait dit que sa peau était en train de fondre. Son bras unique pendait, inerte, hors du siège. Géant, géant, demi-géant, géant inachevé.

En repassant devant le long piano blanc, en bas dans le salon, Mister se demanda qui dans cette maison en jouait ou avait pu en jouer.

There will never be another you

La chanson disait :

There will be other songs to sing,
Another fall, another spring,
But there will never be another you.

Elle disait encore :

Yes, I may dream a million dreams,
But how can they come true
If there will never, ever be another you ?

L'évidence même.

Il y a la guerre avant la guerre. Il y a la guerre pendant. Et il y a la guerre après la guerre. Tous les morts vous le diront. Et les autres aussi, qui se croient vivants.

17

L'aiguille au compteur indiquait trente kilomètres à l'heure et n'avait guère oscillé depuis qu'ils étaient repartis. Par un rapide calcul on pouvait en déduire qu'ils avaient parcouru trois bornes en six minutes. À peine plus qu'une vache au galop.

Ils se trouvaient toujours dans la campagne de Neauphle. La route était dégagée, mieux valait ça car Bob ne lui jetait que la moitié d'un œil, parfois moins, trop occupé qu'il était à farfouiller parmi les monceaux de cassettes dont regorgeait la 404. À l'instant même il était en train de passer en revue le fatras de bandes jonchant le plancher à l'arrière. Joli numéro de contorsionniste : le bonhomme penché dans la direction contraire à la route, le haut du buste coincé entre les deux sièges avant. Seules les dernières phalanges de sa main gauche gardaient le contact avec le volant.

Mister ne semblait pas s'en émouvoir. Il fixait obstinément un point à travers le pare-brise. Quel que fût le paysage qui défilait, il ne le voyait pas. Sa rétine était encore tout imprégnée du portrait de Vera Nad et il faudrait du temps pour que cela s'estompe.

Bob se releva. Il rajusta sa casquette qui avait glissé sur son crâne puis entreprit d'explorer à nouveau le vide-poches de sa portière. Le taxi évoluait le long d'une ligne invisible située à environ dix centimètres du fossé.

— Qu'est-ce que tu cherches ? finit par demander Mister.

— Hampton, répondit Bob.

Cinq secondes plus tard une cassette apparut dans la main du pianiste sans que ce dernier eût fait le moindre geste apparent. Joli numéro de prestidigitateur. Les deux faisaient décidément la paire.

Bob s'empara de la bande avec un grognement de satisfaction. Il l'enfonça dans l'autoradio, se cala dans son siège, puis redressa la course du véhicule d'un léger coup de volant au moment où le pneu avant droit mordait la ligne.

Here's That Rainy Day. Tout de suite l'orgue Hammond étala dans le ciel une nappe de nuages, électrique et tremblotante. Et de là jaillirent les premières gouttes du vibraphone. Si claires, si rondes. Hampton, dieu de la pluie. C'est une averse pacifique et tendre, celle qu'on aime entendre chanter sur les feuilles des marronniers, celle qu'on aime cueillir sur le bout de la langue.

Bob laissa couler. Il semblait respirer mieux.

— Tu t'attendais à ça ? fit-il au bout d'un moment.

— Quoi, ça ? dit Mister.

— Ça. Tout ça. Cette maison, ce décor, ce type. Josef Kristi. Le colosse au pied d'argile.

Mister eut un imperceptible haussement d'épaules.

— Et son discours, poursuivit Bob. Plutôt fumeux. Il nous raconte ce qu'il veut. Il nous cache le reste… (Bob remonta ses lunettes sur son nez, puis fronça les sourcils.) Qu'est-ce qu'il a, tu crois ? T'as vu comme il transpire ? À mon avis, cet homme est malade.

— Cet homme est drogué, dit Mister.

— Drogué ?

Bob paraissait fortement étonné, mais le plus étonnant était peut-être qu'il n'eût pas songé à cette éventualité. À aucun moment cela ne lui avait effleuré l'esprit.

— À première vue, je dirais « héroïne », ajouta Mister.

Son expérience parlait. Il avait côtoyé une flopée de musicos sévèrement accros et, à l'instant même où il prononçait ces mots, des images, des visages surgirent du passé pour venir se crasher comme des moucherons contre le pare-brise de la Peugeot. Une bouille en particulier : celle d'un gamin de dix-neuf ans, clarinettiste surdoué. Mister ne se rappelait pas son nom mais il se rappelait son expression au moment où il l'avait découvert vautré dans un fauteuil à l'intérieur de la loge d'un cabaret. C'était la fin de l'entracte. Le môme avait l'aiguille encore plantée à la base du cou et la pompe de la seringue qui pendouillait sur son épaule. Une grande glace ovale était rivée au mur face à lui et on pouvait se demander s'il s'était vu crever. Posée sur une tablette devant la glace il y avait la clarinette soigneusement briquée, luisante de tous ses chromes, rangée dans son étui au couvercle relevé. Comme un bracelet dans son écrin. Comme une offrande à l'ultime et hypothétique déité qui daignerait l'accueillir en son royaume.

Ces images se superposèrent un instant à celle de Vera Nad puis elles disparurent et laissèrent à nouveau tout le champ libre à la jeune femme.

What is this thing called love ? What is this thing called love ? se demandait à présent Lionel Hampton.

Bob n'avait plus dit un mot ni fait un geste depuis une bonne minute quand soudain il appuya de tout son poids sur la pédale de frein. Sans prévenir. Le taxi pila. Mister fut projeté en avant et manqua de peu se manger le tableau de bord. Cela eut pour effet immédiat de l'arracher à sa torpeur. D'abord il scruta la chaussée à la recherche d'un quelconque obstacle — et n'en trouva pas. Ensuite il se tourna vers le conducteur et lui lança un regard où la fureur le disputait à l'incompréhension.

— Ça change tout, souffla Bob.

On peut considérer qu'il ne s'adressait qu'à lui-même. La voiture était plantée au beau milieu de la route. Le moteur ronronnait. Mister avait le bec entrouvert mais il ne savait plus par quoi commencer. Et tout à coup Bob entama une manœuvre destinée à faire demi-tour. Dans sa précipitation il omit d'embrayer, les vitesses craquèrent aux jointures et la vieille caisse émit un braiment de douleur et d'indignation.

— Putain, on peut savoir ce que tu fous ? cracha Mister.

Bob était reparti en sens inverse.

— Le voilà, le lien, dit-il.

— De quoi tu parles ? Quel lien ?

— Celui qui nous manquait. Celui qui relie Josef Kristi, Vera, et les assassins de Vera.

— Je pige toujours pas.

— La drogue. Tu viens de le dire. C'est ça, le lien. Si tant est que tu aies vu juste au sujet du peintre.

D'un mouvement brusque, le grand Black se plaqua contre son siège. Agacé.

— Je t'ai déjà dit…

— Je sais : que Vera n'y touchait pas. Mais primo, ça reste à prouver. Et secundo, elle a très bien pu servir d'intermédiaire entre les dealers et le peintre sans pour autant consommer elle-même.

— Et qu'est-ce que tu comptes faire, là ? Retourner

chez Kristi pour lui demander confirmation de ta théorie ?

Bob avait à présent les deux mains bien agrippées au volant. Le pied quasiment au plancher.

— D'après toi, il y a combien de temps qu'on a quitté sa baraque ?

— J'en sais rien, dit Mister. Cinq minutes. Dix minutes.

— Ça devrait aller, fit Bob.

— Qu'est-ce qui devrait aller ?

— Tu te souviens du coup de fil que Kristi a passé, juste avant de nous mettre dehors ?

— Et alors ?

— « Da », « Odmah », « Cyekatem » : ce sont les trois seuls mots qu'il a prononcés. Ce qui signifie, si je ne m'abuse : « Oui », « Maintenant », « J'attends ».

Mister accusa le coup. Il se tourna et dévisagea ce type assis à côté de lui. Bob le taxi. Bobby. Avec sa parka froissée. Sa casquette à carreaux avachie et élimée et sa paire de lunettes à la monture d'acier à cent pour cent remboursée par la Sécu. Un gus qui n'aurait pas dépareillé parmi une assemblée de turfistes au bar PMU du quartier. Et qui dans le même temps tutoyait Catulle et Platon et Pline l'Ancien. Dans l'ordre et le désordre. Qui déchiffrait les hiéroglyphes. Qui pouvait converser avec les neuf dixièmes des habitants du globe terrestre dans leurs idiomes respectifs. Dont le serbo-croate, assurément.

Où se niche le génie ? Où se niche la sagesse ? Où se niche le merveilleux ?

Mister avait parfois tendance à l'oublier. À cet instant il s'en souvenait. Non sans une certaine émotion.

— « Oui, maintenant, j'attends », récapitula Bob. Il me semble que ce sont des paroles que pourrait fort bien adresser un toxicomane à son fournisseur, non ?

Mister s'éclaircit la gorge. Lorsqu'il parla, ce fut avec aménité.

— Cela pourrait aussi bien s'adresser à un livreur de pizzas, dit-il.

— En serbo-croate ?

— Ou à un ami qui doit lui rendre visite. Ou à quelqu'un de sa famille. À n'importe qui, en réalité.

— D'accord, dit Bob. Le plus simple, c'est de vérifier. Et c'est justement ce que j'ai l'intention de faire.

— De quelle façon ?

— Facile. On trouve un endroit discret d'où on peut surveiller l'entrée de la maison, et on voit qui se pointe.

— Ça ne nous dira pas qui c'est.

— Quand le visiteur, ou les visiteurs ressortent, on les prend en chasse.

Mister retint l'air un instant dans ses poumons. Puis le relâcha.

— On les prend en chasse…

— Parfaitement, dit Bob. On leur file le train et on ne les lâche plus. On verra bien où ça nous mène.

Il se tourna vers son passager et exhiba un large sourire. Candide. Juvénile.

— Faut c'qu'y faut ! dit-il.

Mister garda les lèvres closes. Durant une poignée de secondes, il tenta d'imaginer la scène : Bob assis sur ses deux coussins au volant de son veau et lancé à la poursuite d'une bande de trafiquants… Il se dit que ça vaudrait le coup d'être grand-père, un jour, rien que pour raconter ça à ses petits-enfants et les faire marrer.

— Ce serait une drôle de coïncidence, tu ne trouves pas ?

— Quoi donc ? fit Bob.

— De tomber pile sur les types qui nous intéressent. Qu'ils débarquent chez le peintre le même jour que nous. Pratiquement à la même heure.

— Ah ! Le hasard… Sais-tu ce que disait Kierkegaard à propos du hasard ?

Mister sentit une grande lassitude l'envahir. Ses paupières tombèrent toutes seules. Il dut faire un effort pour les relever.

— Non, dit-il. Je ne sais pas.

— Dommage, dit Bob. J'aurais bien aimé connaître son avis sur la question.

Et toujours goutte à goutte dans la plaine de Neauphle une pluie de vibraphone. What is this thing, this funny thing called love ? continuait d'interroger Hampton.

Mais personne ne semblait en mesure de l'éclairer.

18

C’est à peine si Bob leva le pied avant de quitter la route. Il vira brusquement à droite, franchit le fossé en profitant d’un remblai et coupa à travers les labours. Un hectare de terrain au sol retourné. La 404 brinquebala sur une cinquantaine de mètres, prête, semblait-il, à se disloquer d’une seconde à l’autre. Lorsque Bob freina, les pneus chassèrent avant de s’immobiliser. Deux lignes improbables fuyaient dans leur sillage.

Mister était encore agrippé à la poignée. Il relâcha sa prise et fit jouer ses articulations en jetant un regard par la vitre. Ce qu’il voyait ne lui plaisait pas. Sous le ciel bas cette terre nue, meuble, grumeleuse, d’un marron brun triste à se pendre. La morne plaine que voilà. On pouvait songer en effet à des armées en déroute, à des batailles perdues, à des charniers nettoyés au passage des loups et des vautours. Là-dessus quelques vers du père Hugo n’auraient pas été de trop.

Sa première remarque fut d’un ordre moins poétique.

— C’est ça que tu appelles un « endroit discret » ? dit-il.

Bob coupa le contact.

— Quoi ? C’est un excellent poste d’observation.

La maison de Josef Kristi se trouvait à trois cents mètres environ, droit dans leur ligne de mire.

Mister coupa la musique.

— C'est un champ de betteraves, Bob.

— Et alors ?

— Et alors, à première vue, je dirais qu'on est à peu près aussi discrets là-dedans qu'un taureau mort dans une piscine.

À son tour Bob jeta un coup d'œil sur le décor.

— Qu'est-ce que tu en sais, d'abord, que ce sont des betteraves ?

— T'as raison, dit Mister, j'y connais rien. C'est peut-être bien des carottes, ou des navets. Ou des courges. Si tu veux, on pourra demander ça tout à l'heure aux types qu'on est censés surveiller. Parce que, à moins qu'ils soient complètement aveugles, ils n'ont aucune chance de nous louper.

— La réciproque est vraie : on ne peut pas les rater non plus. C'est le but, non ?

— S'ils nous repèrent, ils ne s'arrêteront pas chez le peintre. Ils vont tracer tout droit et nous filer sous le nez.

Bob secoua la tête.

— Tu te trompes, fils. Ils ne nous connaissent pas. Eux, tout ce qu'ils verront, c'est une voiture garée dans la nature. Pour quelle raison devraient-ils s'en méfier ? On pourrait très bien s'être arrêtés là pour pique-niquer.

— Pique-niquer ?

— Pourquoi pas ? Quoi qu'il en soit, je ne vois rien qui soit susceptible d'éveiller leurs soupçons.

Mister ferma les yeux et inspira à fond.

— Bobby, Bobby, Bobby… exhala-t-il. On est… comment dire ?… On est dans un putain de taxi jaune en plein milieu d'un champ de patates !

Les doigts de Bob se crispèrent autour du volant. Il laissa passer une poignée de secondes. Regard fixe, droit sur l'horizon. Dans sa caisse à l'arrêt il avait tout d'un homme concentré sur sa conduite.

— Des patates, maintenant... siffla-t-il entre ses dents.

Après quoi il tira d'un coup sec sur la visière de sa casquette, ouvrit tout grand sa portière et s'éjecta de son siège. Mister le vit se diriger vers l'avant du taxi en levant haut les jambes à chaque pas. Il le vit se pencher et relever le capot et disparaître un instant derrière cet écran. Puis le bonhomme réapparut et refit le chemin en sens inverse. Avant de réintégrer l'habitacle il balança deux coups de pieds dans le bas de caisse afin de décrotter ses godasses, puis il posa ses fesses sur les coussins et claqua la portière avec force.

— Et là, ça te va? On est en panne et on attend le dépanneur: est-ce que c'est un assez bon prétexte, pour toi, ou toujours pas?

Mister considéra un moment le capot resté béant. Non seulement le pan de ferraille leur bouffait la moitié de la lumière du jour, mais de surcroît il leur bouchait la vue. Dorénavant ils devraient se tordre le cou pour surveiller l'entrée de la maison.

Il reporta son regard sur l'ami Bob. Un coin de ses lèvres s'étira lentement.

— Une ruse de Sioux, hein?

Bob ne dit rien.

— C'est on ne peut plus crédible, renchérit Mister. Je peux même te raconter comment ça s'est passé.

Bob ne dit rien, mais son sourcil droit s'arqua.

— On était en train de rouler tranquille peinard sur la route, poursuivit Mister, quand tout à coup on s'est dit: « Tiens! Et si on se faisait un petit pique-nique dans la boue! Ce serait super, non? » Ni une ni deux, on fonce dans ce champ, au milieu de cette fange. Mais juste au moment où on touchait au but, le moteur nous lâche. Zut, quelle poisse ! « Carbu foutu, pique-nique dans l'cul », comme on dit chez moi… Si, si, je vous jure, les gars ! C'est exactement comme ça que ça s'est passé. Demandez à mon pote Bobby, il vous le dira. Un truc pareil, ça peut pas s'inventer. Pas vrai, Bobby ?

Bob n'eut pas le loisir de répliquer. Sur la route une Clio bleue pointait son museau. Les deux hommes perçurent le bruit du moteur en même temps. Par réflexe ils se tassèrent sur leurs sièges quand la voiture passa à hauteur du champ. Au volant il y avait une femme, seule. Elle poursuivit sa route. Ils se redressèrent et la suivirent des yeux, chacun écrasant sa joue sur sa vitre pour contourner l'écueil du capot relevé.

La Clio longea la maison du peintre sans ralentir, puis disparut.

Bob repoussa sa casquette. S'essuya le haut du front avec le gras du pouce. Il n'aurait pas aimé l'avouer, mais pendant quelques instants son pouls était monté en volume et en tempo.

— Fausse alerte, dit-il.

Il releva la manche de sa parka et consulta sa montre.

— On n'a qu'à se donner une demi-heure. Si personne ne débarque chez le peintre d'ici là, on dira qu'on s'est plantés et on mettra les bouts. Ça te convient ?

Il n'y eut pas de réponse.

Bob émit un bref clappement de langue marquant son exaspération, puis se tourna vers son passager. Il le découvrit totalement raide. Prostré. Le brun visage de Mister avait viré au gris, ses lèvres étaient décollées et ses yeux largement ouverts et il y avait une sacrée dose d'effroi au centre de leurs pupilles.

— Hé ! Ça va, fils ? s'alarma le chauffeur. Qu'est-ce qu'il y a ? Qu'est-ce qui se passe ?

Le grand Black paraissait incapable d'articuler un mot. Il demeurait muet et pétrifié et Bob songea, non sans un début de panique, à l'imminence d'une crise cardiaque. Il avait envie de le secouer, mais il n'osa pas. Il allongea le bras et se mit à claquer frénétiquement des doigts sous son nez. Clac-clac-clac-clac-clac. On aurait dit un névrosé du swing accentuant l'afterbeat, on aurait dit un hypnotiseur d'occasion ayant paumé la clé des songes de son cobaye dans une faille intergalactique — au choix — mais toutes ces gesticulations furent impuissantes à sortir Mister de son état cataleptique.

En dernier recours, Bob s'apprêtait à lui flanquer une claque. C'est alors que la main du pianiste, et sa main seule, sembla reprendre vie. Avec une extrême lenteur, elle se souleva. Son index se déplia, se dressa, puis s'immobilisa en indiquant un point situé au-delà du pare-brise. Bob tourna les yeux dans cette direction.

L'oiseau noir était là.

Le corbeau.

Échappé du tableau, issu des pires cauchemars, il avait pris pour perchoir le rebord du capot et se tenait en équilibre là-dessus, penché vers eux, cou tendu à la mode des charognards, fixant ses proies futures et les forçant de cette façon à sonder réciproquement les deux petites mares d'eau rance et moirée qui stagnaient au fond du puits de son regard — car c'est ici et à nul autre endroit, n'est-ce pas, que se cache la vérité.

Sans crier gare, Bob écrasa son poing sur la commande du klaxon.

La Peugeot mugit. Le corbeau s'ébroua et décolla par-dessus le toit. Mister sursauta. Puis Mister croassa :

— Où il est ? Où il est ?

— Bordel, s'emporta Bob, tu sais que tu m'as fichu une sacrée trouille, avec tes simagrées !

— Tu l'as vu, toi aussi, pas vrai ? Tu l'as vu !… C'est un signe, Bob. Crois-moi. C'est un signe !

— Non, c'est pas un signe. C'est un corbeau, mon gars. Un simple corbeau et rien d'autre. Un piaf. Un oiseau de malheur.

— Ah ah ! releva Mister d'un air triomphant. « De malheur » : tu le dis toi-même.

— Non, mais je rêve ! lança Bob en se frappant le front. Je croyais que c'était fini, ce temps-là. Le temps de l'obscurantisme. Le temps de la sorcellerie. Le temps des vaudous et des grigris et des sortilèges de toute espèce. Je croyais que t'avais passé le cap, mon pote. Le cap Vert, tu vois. Le cap de Bonne-Espérance. Reviens sur terre, bon sang ! On est à Neauphle, ici. Neauphle-le-Château, dans les Yvelines. Et les marabouts, dans le coin, on appelle ça des sans-papiers !

Il n'eut pas le temps de reprendre son souffle que Mister lui crochetait déjà l'avant-bras dans un nouveau réflexe d'effroi.

— Bob !

— Quoi encore ?

— Nous ne sommes pas seuls…

Ces mots furent prononcés sur un ton d'outre-tombe, et les gros yeux à demi révulsés du pianiste se mirent à rouler dans leurs orbites.

Durant les quelques secondes qui suivirent, Bob fut persuadé que son ami avait bel et bien sombré dans les plus insondables abîmes du mysticisme. Jusqu'à ce qu'il finisse par entendre à son tour le bourdonnement d'un moteur et saisisse au même instant dans le rétroviseur le mouvement que Mister tentait de lui signaler.

Bob se retourna. Un Massey Ferguson modèle 6465 arrivait droit sur eux par l'arrière. Ses fantastiques roues crantées avalaient creux et ornières telles les chenilles d'un tank. Sa carapace rouge sang rampait sur les sillons tandis que son immense tuyau d'échappement fièrement dressé contre son flanc abreuvait le ciel de gaz impurs et délétères.

— Bob, souffla de nouveau Mister.

— Quoi ?

— Je voudrais partir d'ici…

Un sourire de félin traversa les lèvres du chauffeur.

— Ne crains rien, mon ami. Ce n'est qu'un indigène sur sa monture.

Mais autant Bob avait passé son enfance dans l'austère terroir du Nord et pouvait se targuer de connaître les us et coutumes de la France rurale, autant Mister depuis sa naissance n'avait foutu les pieds hors de Paris qu'avec parcimonie. Dans bucolique il y a colique et dans pastoral il y a râle et c'était à peu près tout ce que la campagne lui inspirait. Pour le citadin convaincu qu'il était, les frontières de la civilisation se situaient aux portes du périph'. Sitôt qu'il les franchissait lui venait la désagréable sensation de s'aventurer dans un remake de *Délivrance* (John Boorman, 1972) dont il risquait de devenir le malheureux héros. Loin de le rassurer, ces paroles ne firent que renforcer son angoisse. Un étrange petit air de banjo commença à s'insinuer dans les coulisses de son crâne.

Les deux hommes s'étaient tus. Dans leur dos, le vrombissement allait croissant. Cent vingt-cinq chevaux aux sabots d'acier lâchés dans la nature. Les mottes volaient. Bob le taxi surveillait son rétro.

— Qu'est-ce qu'il fait ? s'enquit Mister, qui n'osait même pas se retourner.

— On dirait bien qu'il vient vers nous, annonça Bob. Il n'est pas impossible qu'il ait remarqué notre présence.

— Seigneur.

— Seigneur ?

— On est sur sa propriété, on va y avoir droit.

— À quoi ? demanda Bob.

Pour toute réponse, Mister referma les yeux. Les cordes du banjo vibraient de plus en plus fort, de plus en plus vite, traçant leur frise sonore à coups de triples croches sur les parois internes de son cerveau parmi les rires déments d'autochtones édentés et le grondement infernal de la machine agricole.

Bob lui-même eut un pincement au cœur quand il vit le tracteur grossir, grossir à n'en plus finir dans le miroir de son rétroviseur. Le monstre semblait prêt à leur passer dessus comme sur un vulgaire repaire de taupes. Lorsqu'il s'immobilisa, le devant de sa carcasse obstruait tout entière la lunette arrière de la 404.

Le puissant moteur continuait à tourner au ralenti. Les vitres de la Peugeot s'étaient mises à trembler.

— Et maintenant, il fait quoi ? geignit Mister.

Recroquevillé dans son coin, il gardait les paupières obstinément closes.

— Il s'est arrêté, dit Bob. Le type descend de son engin.

— Il a un fusil ?

— Un fusil ?

— Ou une hache, ou une tronçonneuse ? Je sais pas, moi !

— Hmmm, fit Bob. Je crois que tu as une vision erronée des agriculteurs d'Île-de-France.

Sa vision à lui se déplaça vers le rétro extérieur, afin de suivre l'évolution de l'arrivant.

— Il approche, dit-il. Restons naturels et tu verras que tout se passera au mieux.

— Naturels ? couina Mister.

— Cool, fils… Et lâche mon bras, s'il te plaît.

Dans la tête de Mister, l'air de banjo atteignait son paroxysme. Soudain, toutes les cordes de l'instrument semblèrent rompre de concert, lacérant ses tympans et ses nerfs dans un final explosif et discordant digne d'un very big band confié aux soins des pensionnaires d'un asile d'aliénés. Ce, au moment précis où l'on toquait à la vitre — côté conducteur, Dieu merci.

L'homme se tenait là. Campé, compact, rond. À voir de plus près la figure de ce monsieur, on comprenait fort bien ce qui avait poussé les gens du pays à le surnommer « Sang de Bœuf ». Savante et judicieuse appellation, en vérité ; parfaitement explicite si l'on s'en réfère à cette variété de pommes dite précisément « Sang de Bœuf », dont le sieur Jacques-Henri Guillemont, dans son *Traité de pomologie*, donne la description suivante : « Fruit assez gros à gros, irrégulier en son pourtour, un peu plus large que haut. Épiderme jaune d'or, presque entièrement lavé de rose et rouge ponceau brillant, quelquefois taché de gris fauve. Œil ouvert à sépales courts, inséré dans une cuvette large et bien évasée. Pédicelle court et charnu au point d'attache, implanté dans une cavité étroite et peu profonde. »

Trait pour trait la trogne de notre homme.

Des bottes en caoutchouc lui montaient jusqu'aux genoux et une casquette, quasi jumelle de celle de Bob, trônait sur son crâne.

Le chauffeur lui adressa son sourire le plus avenant tout en moulinant pour abaisser sa vitre. Sang de Bœuf posa ses deux paluches sur le haut de ses cuisses et se pencha vers l'ouverture.

— Ben alors ? fit-il.

— Bonjour, dit Bob.

— Ben alors ? répéta Sang de Bœuf.

— Oui ? fit Bob sans se départir de son sourire.

— Ben comment qu'ça s'fait qu'vous avez atterri ici ?

— Oh, c'est une drôle d'histoire, vous savez.

— Aaaah ? fit Sang de Bœuf.

— Incident mécanique, dit Bob. Figurez-vous que nous avions l'intention de faire un petit pique-nique, mais…

— Comment qu'vous dites ?

— Euh… Nous voulions simplement pique-niquer.

— Un pic'nic' ? Par ici dans les labours ?

Mister, tassé sur son siège, serra encore plus fort mâchoires et paupières. Il n'avait toujours pas remué d'un pouce dans l'espoir insensé de passer pour un mannequin de crash test.

Bob allongea le cou vers l'homme et adopta un ton de confidence :

— C'est à cause de mon client, là. C'est une idée à lui. Il est un peu… un peu bizarre, vous voyez ?

Sang de Bœuf se pencha davantage et examina Mister de son œil ouvert à sépales courts.

— Un dingo, qu'vous voulez dire ?

— Chut, malheureux ! S'il vous entend, il va se vexer. On ne peut pas dire qu'il soit vraiment « dingo », non, c'est juste qu'il a ses petites manies. Ses lubies, je dirais même. Les pique-niques, par exemple : il adore ça !

Sang de Bœuf hocha lentement sa grosse tête sphérique.

— Et là qu'est-c'qu'y fabrique, vot' gars ? Y roupille ?

— Ça, c'est les cachets, dit Bob.

— Les cachets ?

— Les tranquillisants. Avec la dose qu'il s'avale, il y a de quoi assommer un cheval.

Sang de Bœuf afficha une moue compatissante — et la peau, instantanément, se flétrit autour du pédicelle.

— Ben alors, dit-il.

— Alors ?

— En fin d'compte, l'est pas ben drôle, c't'histoire.

— Non, c'est vrai, admit Bob.

L'homme du cru renifla. Se ressaisit. Se redressa. Il recula d'un pas, posa les mains sur ses hanches et promena un regard expert sur toute la longueur du taxi afin d'évaluer la situation.

— Bon, ben, z'êtes comme qui dirait l'cul coincé dans la marmite.

— Comme qui dirait, oui.

— Oh, c'doit pas être ben méchant. Ce bestiau-là, l'est increvab'. Mon onc' Anselme l'avait l'même, dans l'temps. Pile poil. Vingt-sept ans, qu'elle lui a duré. Et jamais un pet de travers. Jamais une couille dans l'potage, si vous m'permettez. Qu'y vente, qu'y grêle, elle bronchait pas, la Peugeot. Réglo. Fidèle. Ent' nous soit dit, on pouvait pas en dire autant d'la tante… Mais bon, c't'une autre affaire. « La 404, c'est la Ross Ross du peuple ! » qu'y disait, le tonton.

— La Ross Ross ! renchérit Bob. Exactement. C'est ce que je dis toujours, moi aussi.

— On va tout d'même tâcher d'voir c'qui la turlupine, c'te brave bête, dit l'homme-pomme en se dirigeant vers l'avant du taxi.

Il se déplaçait comme un culbuto auquel on aurait planté deux courtes échasses camouflées sous des cuissardes.

Bob réagit avec un temps de retard. L'autre avait déjà disparu derrière le capot quand il s'écria : « Eh ! Eh ! Attendez ! » en jaillissant de la voiture pour le rattraper.

La portière claqua une nouvelle fois. Le silence retomba dans l'habitacle, seulement troublé par le ronronnement du tracteur à l'arrêt.

Mister compta jusqu'à soixante avant de relâcher la pression de ses paupières. Méfiance. Coulant son regard à travers la fente ainsi pratiquée, il constata qu'il était seul. Personne de visible à l'intérieur de la voiture, personne autour. Il se remit à respirer.

Au bout de soixante secondes supplémentaires, le poids de cette solitude l'avait enfoncé de cinq centimètres dans le siège. Il ne tint pas une seconde de plus. Il évacua la 404 et apposa, avec une grimace, le sceau de ses semelles dans la terre molle. Après deux enjambées, il stoppa net.

Masquée par le capot ouvert une paire de casquettes à carreaux l'attendait : Bob et Sang de Bœuf penchés côte à côte. L'un tentant de convaincre l'autre de ne pas démonter pièce à pièce le moteur de la Peugeot, l'autre déterminé à trouver et à éradiquer la fameuse couille dans le potage.

Sang de Bœuf se releva, une bougie noire de crasse entre les doigts. On aurait dit qu'il venait d'extraire une dent pourrie de la gueule d'un caïman. Il avisa Mister.

— Ben alors, fit-il en balançant un léger coup de coude à Bob. R'gardez donc qui c'est que v'là.

Bob se redressa à son tour. Mister et lui se dévisagèrent. Puis le regard du chauffeur bifurqua subitement sur la droite, vers la départementale.

— Une voiture qui se pointe, déclara-t-il sur un ton neutre.

C'était une Golf, blanche et sale. Elle arrivait dans le dos de Mister et se dirigeait vers la demeure de Josef Kristi. Le bruit de son moteur couvert par le grondement régulier du Ferguson. Ils ne l'avaient pas entendu approcher. Quand Mister se retourna, la voiture se trouvait à moins de cent mètres. Il la suivit des yeux pendant quelques secondes, puis, d'un seul coup, se jeta à plat ventre derrière le taxi.

Dans un roulis caractéristique de culbuto, Sang de Bœuf se pencha sur le côté du capot pour l'observer. Un sourcil haut levé trahissait son étonnement.

— Qu'est-c'qu'y fabrique encore ? lança-t-il à l'adresse de Bob. L'est r'parti pour un roupillon ?

Mister ne bougeait plus. Il était plaqué au sol de tout son long comme s'il avait l'intention de semer son corps entier au creux des sillons.

Bob secoua la tête d'un air affligé.

— Une autre de ses lubies. C'est plus fort que lui : il ne peut pas s'empêcher de se rouler dans l'herbe.

— Ben… c'est qu'y en a point, d'l'herbe ! objecta Sang de Bœuf. C'est rien que d'la gadoue.

Bob posa un index contre ses lèvres.

— Inutile de le lui faire remarquer. Vu son état, la moindre contrariété peut avoir de terribles conséquences.

À ce moment-là, Mister allongea le bras, saisit le pantalon du chauffeur au niveau de l'ourlet et tira dessus à coups secs.

— J'crois ben qu'y veut vous causer, annonça le perspicace Sang de Bœuf.

Les mots sortirent péniblement du fond de la gorge de Mister :

— C'est lui… C'est lui…

Cela se voulait un cri mais cela avait la teneur d'un

râle. Néanmoins, Bob ne mit guère de temps à en saisir la signification. Il se retourna à l'instant même où la Golf pénétrait dans l'enceinte de la maison du peintre.

— On se tire… reprit Mister en malmenant de nouveau l'ourlet. On se tire… Tout de suite…

Bob adressa un sourire contrit à Sang de Bœuf, puis il s'accroupit devant le pianiste :

— C'est vraiment pas le moment de laisser tomber, chuchota-t-il. Ce serait idiot. Le type est entré chez Kristi, on n'a plus qu'à attendre qu'il ressorte pour le filer.

— Non. On fout le camp, je te dis.

— Mais…

— Pas la peine d'attendre. Je sais qui c'est. Et je sais où le retrouver. Alors, on se tire d'ici, putain de bordel de merde !

— Tu sais qui c'est ? répéta Bob.

Sa bouche demeura à demi béante. Il sonda le regard de son acolyte afin de voir si cette révélation n'était pas qu'un coup de bluff. Il jugea que non, referma son clapet et se remit sur pied.

— Ben alors ? interrogea Sang de Bœuf.

— Mon client veut partir. Dépêchons-nous, je sens qu'il est au bord de la crise.

Sang de Bœuf retroussa son pédicelle.

— Ben, c'est que…

— Il y a urgence ! fit le chauffeur en lui arrachant la bougie des doigts.

Il leur fallut pourtant près d'un quart d'heure avant de décamper. Le temps de prouver à l'homme-pomme que la pseudo-panne n'était qu'un menu pépin, et le temps d'atteler la 404 au Massey Ferguson pour la tracter hors du champ — à l'arrêt, les pneus archiélimés de la Peugeot se révélèrent incapables de mordre dans ce bourbier.

Maintenant, Sang de Bœuf fondait à vue d'œil dans le rectangle du rétro. Il se tenait debout sur la route à côté de sa machine. Son corps rond posé en équilibre sur ses bottes, sa bouille par-dessus, ronde aussi et le teint assorti au vermillon de l'engin. Il faisait de grands signes au taxi qui s'éloignait.

Bob glissa un bras par la vitre ouverte et agita la main en retour.

— Un brave type, dit-il.

Ils disparurent à la faveur d'une courbe, le paysan et son tracteur ainsi qu'en arrière-plan la propriété de Josef Kristi et son dôme blanc immaculé tranchant sur le ciel gris.

La Golf n'était pas ressortie.

Bob avala encore un kilomètre ou deux avant de lancer :

— Ben alors, tu m'expliques ?

Vaine tentative, comme il s'y attendait. Même son imitation approximative de l'autochtone ne parvint pas à dérider Mister.

Le grand Black ruminait sa bile. De son grotesque placage au sol il s'était relevé, s'empressant de regagner le refuge du taxi. Il avait de la boue sur son futal et sur son plastron et il avait le rouge au front. Vexé. À cran. D'où ce retour à l'état mutique. Il n'avait pas dit au revoir, il n'avait pas dit merci. Il faisait une gueule de tourbe piétinée en fin d'automne.

Bob lui lança un bref regard, l'œil en coin. Sa pupille brillait ; l'essence de ses sentiments tout entière contenue dans cet éclat vif et malicieux.

— Tu sais quoi, fils ? J'ignore effectivement quelle était la position de Kierkegaard sur la question du hasard. En revanche je me souviens très bien de cette phrase de Voltaire, qui disait à ce sujet : « Il n'y a point de hasard : tout est épreuve ou punition, ou récompense ou prévoyance »… À méditer, non ?

Bob le taxi réenclencha la musique sans attendre de réponse.

What is this thing called love ?

Est-ce une truie tombée des nues ? Lâchée sur la ville, n'importe où — dans la rue, dans un jardin, dans une cour d'école, sur le parvis d'une église. Animal incongru. La « truie », oui. C'est le surnom qu'on lui donne. La première fois qu'elle l'avait entendu, elle s'était imaginé une pauvre femelle porcine larguée de la soute d'un avion et s'écrasant au sol dans d'horribles couinements. Elle avait eu mal pour elle. Elle avait eu pitié. Pourquoi les hommes sont-ils si bêtes ? se demandait-elle. Pourquoi les bêtes sont-elles si cruelles ?

Elle avait mis du temps à comprendre.

Elle avait fini par faire le rapprochement entre la truie en question et le bruit des explosions qu'elle entendait là-haut, à la surface. Une bombe : voilà ce qui se cachait sous cette appellation. Un faux cochon mais une vraie grosse bombe farcie d'une flopée de bombes plus petites (tels les porcelets accrochés aux mamelles de leur mère) et qui laissait à son point de chute un cratère de plus de dix mètres de diamètre. On peut toujours se dire qu'à vue de nez le résultat ne différait guère : chair à saucisse, chair à pâté, du sang et des tripes étalés là par terre. Qui couine ici ? Qui grogne ? Tout est bon à bouffer.

Une fiente meurtrière. Mais qu'espérer d'autre quand ce sont des bouchers qui pilotent les oiseaux de fer ?

Des années après, un triste sourire lui viendrait aux lèvres au souvenir de sa naïveté.

Au fond, elle était soulagée de sa méprise. L'enfant admettait plus facilement l'explosion dévastatrice d'un engin de guerre que le supplice d'un animal innocent. La mort, ainsi, conservait un visage ordinaire. Banal. Tandis que son pire cauchemar au cours de cette période avait les traits d'un petit cochon gris appartenant à sa grand-tante. C'était l'unique représentant de cette espèce qu'elle connaissait. Elle avait oublié comment on l'appelait — « Victor » peut-être, ou « Isidore » — mais dans son sommeil elle distinguait parfaitement le regard horrifié de l'animal lorsque, balancé dans le vide, il tombait en fendant l'air comme une pierre. Elle se trouvait tout à la fois à ses côtés, l'accompagnant dans sa chute libre, et en bas, au sol, le nez levé, le regardant grossir et se rapprocher à une vitesse toujours croissante. Impuissante dans les deux cas, elle ne pouvait ni le retenir ni le réceptionner. Les cris de la fillette et ceux du porcelet étaient impossibles à démêler. Elle se réveillait en sursaut à l'instant où il touchait terre.

Soulagée, certes, mais honteuse aussi de ce soulagement. Un insidieux sentiment de culpabilité. En dépit de son jeune âge, elle n'ignorait pas que les fausses truies causaient bien davantage de dégâts que les vraies. Des dommages irréparables. D'irrémédiables pertes. Elles entraînaient douleur et chagrin, elles faisaient couler le sang, les larmes, elles rendaient fou parfois. Alors de quoi son cœur était-il fait ? Comment pouvait-elle s'inquiéter du sort d'un misérable pour-

ceau quand tant d'êtres humains succombaient sous les bombes ? Des voisins. Des amis très chers. Des parents. Son propre père. Par bonheur, elle n'avait pas oublié son nom à lui : Vinko Nad.

Une truie a tué mon papa. Mais comment s'appelait déjà le petit cochon gris ?

Elle ne pouvait pas poser pareille question. Elle taisait ces rêves qui la hantaient. Personne ne devait savoir.

L'amour, ce n'est pas ça.

Est-ce la lune ? Est-ce la lune alors ?

Autre surnom pour un autre fléau. À croire que la métaphore adoucit les souffrances. Mais cette fois, la gamine ne s'y était pas laissé prendre. Elle savait. Nul n'a marché sur cette lune-là ; c'est elle qui nous piétine. Nul ne l'a décrochée sinon les méchants qui nous assiègent. De jour comme de nuit le ciel s'illumine. Dix, cent, mille lunes fusent, trouant les nuages. Mille lunes se déploient et palpitent, comme suspendues un trop court instant — trompeuse mais féerique constellation — durant lequel elles redessinent sur la rétine de leurs victimes une ultime carte des cieux avant de leur clore les yeux à jamais.

De quoi s'agit-il ? D'une effroyable roquette bourrée d'une tonne d'explosif. Telle est la lune.

D'où « Fausse lune ». D'où « Pleine lune ». D'où « Pas de quartier ». Et tant d'autres expressions. On voit d'ici s'étendre le champ fertile de l'imagination et du langage. En temps de guerre les bons mots pleuvent autant que les projectiles. Les astuces fleurissent. La fantaisie règne. On s'amuse. Même au condamné un brin d'esprit ne peut pas faire de mal, n'est-ce pas ?

Des années après, elle continuerait d'entendre le

rire de ceux qui agonisent. Elle verrait luire leurs dents brisées à la clarté des incendies.

Non, ce n'est pas ça l'amour.

Bien sûr que non.

Ni une truie qui se vautre ni la lune qui s'écrase.

Ni faux porc ni faux astre.

Aucun signe venu du ciel.

Non.

En ces jours pluvieux, il tombait des lunes et des porcs, mais l'amour n'avait aucun rapport avec cela.

19

Dominique Carlin et Dragan Mandic. Encore un duo. Pas des comiques, ceux-là, hélas. Les assassins de Vera. Désignés comme tels, en tout cas. Bob avait retrouvé leurs traces dans les méandres de la grande bibliothèque. Il voulait vérifier. Est-ce qu'il n'y avait vraiment rien là-dedans qui leur aurait échappé ? Rien qui ressortirait davantage, à présent, à la lumière de ce qu'ils avaient appris ?

Cela se passait le lendemain de leur visite à Josef Kristi.

Une demi-journée à éplucher les archives, et pas grand-chose au final à se mettre sous la dent. Une trentaine de papiers disséminés ici ou là dans les journaux, pour la plupart des entrefilets, quelques lignes, quelques mots, souvent les mêmes ou peu s'en faut. L'affaire ne fait pas recette. Crime crapuleux, règlement de comptes dans le monde de la dope. On en voit tellement. Ce ne sont même pas de gros bonnets qui sont en jeu, des gros calibres, des grands noms du milieu. Non. Ici tout est petit et bas : petits dealers, petits trafiquants, petites frappes, petite monnaie. De la racaille. On reste au ras du trottoir. Le seul truc qui semble intéresser, c'est le mode opératoire — « modus operandi » comme se gargarisent certains journalistes. Le feu. Brûlée vive, la victime. Un bidon d'essence, un briquet, le tour est joué. Une sorte de bûcher des temps modernes. Ça parle au peuple. La mémoire collective s'ébroue. Il y a comme un arrière-goût d'exécution en place publique, des remugles d'immolation et de supplice, de vagues images, de lointains souvenirs de martyrs ou d'hérétiques, tout pêle-mêle, tout confondu, des sorcières de Salem à la pucelle d'Orléans. De surcroît, l'œuvre des flammes a retardé l'identification du corps. Ce tas carbonisé est innommable. Qui se cache dessous ? Mystère.

C'était un bon début. Une belle accroche. D'accord. Mais ensuite ?

Le soufflé retombe. Flop. Les flics font leur boulot. Trop bien. Trop vite. On finit par coller une étiquette au cadavre et, à peine soixante-douze heures plus tard, les coupables sont arrêtés, sans résistance, pas le moindre coup de pétard échangé, pas un semblant de course-poursuite, pas une cascade, que dalle. Pour couronner le tout, les aveux n'ont nul besoin d'être arrachés : trois ou quatre mandales — dans le meilleur des cas — et les deux raclures vident leur sac dans la foulée. « Le suspense n'a pas fait long feu », osent certains journaleux.

Mystère à plat. Affaire classée.

C'est quoi, cette histoire ? C'est quoi, ce scénario ? Ça ne marchera jamais.

De fait, la presse se lasse. Entre la date où le meurtre a été commis et celle où le dernier article paraît, il s'écoule trois semaines à tout casser. La couverture médiatique, déjà mince, s'effiloche, bientôt réduite à peau de chagrin, puis à carrément rien. Silence. Froid. Obscurité. Paix à tes cendres, Vera Nad — c'est dans un modeste caisson réfrigéré qu'elles seront conservées jusqu'à la clôture du procès.

Les lunettes remontées sur le front, Bob s'était frotté les paupières. Longuement. Les yeux le piquaient. Posé devant lui un bloc de papier vélin exhumé du tiroir de sa table de nuit. Les feuilles avaient perdu de leur blancheur et de leur souplesse. Beaucoup peuvent en dire autant. Naguère l'homme écrivait. Des poèmes. Des lettres. Il correspondait. Il envoyait les lettres à sa sœur et sa sœur lui répondait. Mais sa sœur était morte et il avait cessé d'écrire, des lettres comme de la poésie. Sur le bloc aujourd'hui était consigné le maigre lot d'informations concernant l'assassinat de Vera Nad. Des noms, des lieux, des dates. À toutes fins utiles.

Au fur et à mesure qu'il transcrivait ces lignes, il avait senti le dégoût monter en lui. Une marée nauséeuse. Ces mots, ces phrases, imprimés sur le papier, avaient quelque chose de sale et de poisseux, presque d'obscène. Ils laissaient dans son esprit des traces équivalentes à celle de l'encre sur ses doigts. Les auteurs de ces articles ne connaissaient pas Vera. Ils ne l'avaient jamais approchée, ils n'avaient même jamais vu son visage. Pour eux, elle n'était qu'un patronyme. Une victime au mieux. Au pire un corps, des restes, un cadavre. Un sujet de pige. La sacro-sainte objectivité journalistique s'était mise à ressembler de plus en plus, au regard de Bob, à du mépris. Cette neutralité affichée avait un bon gros dos derrière lequel lui semblait se cacher une souveraine indifférence. Entre ces lignes gît Vera Nad — et si ce n'est elle, c'en est une autre.

La stricte relation des faits, soit. Mais n'était-ce pas ôter à la jeune femme et sa chair et son âme ? L'essence de son être. On passait sous silence ce qu'elle avait été, ce qui l'avait constituée. On l'ignorait. Et on sentait bien, dans le fond, que nul n'en avait cure. Combien étaient-ils, chaque jour, à se voir ainsi dénudés, dépecés, désossés, dépossédés de leur histoire et finalement de leur existence tout entière, ici ramenée à sa plus sommaire expression : une colonne ou deux dans la rubrique des faits divers ?

C'était moins que rien. C'était la négation d'une vie. C'était, pour ces êtres, mourir une seconde fois, retourner une seconde fois à la poussière — où tout le monde pouvait désormais fourrer son nez.

Paix aux cendres de tes cendres, Vera Nad.

Bob avait dû surmonter sa répugnance et il avait pris note sur son bloc, scrupuleusement. La totalité des renseignements tenait au recto d'une feuille. Il avait détaché la feuille, l'avait pliée en quatre et glissée dans sa poche. Soulagé d'en avoir terminé. C'est alors qu'il avait remonté ses lunettes et s'était frotté longuement les yeux.

Il restait une heure avant la fermeture des portes. Bob savait que Mister n'était pas chez lui et qu'il se rendrait directement au club après sa « mission ». Le pianiste avait fini par lâcher le morceau au sujet du conducteur de la Golf qu'ils avaient vu pénétrer, la veille, dans la propriété de Josef Kristi. Celui qu'on pouvait considérer comme le dealer potentiel du peintre. Mister connaissait effectivement ce type. Mais pour des raisons qui ne paraissaient pas très claires à Bob, il tenait à être seul pour le coincer.

Bob n'avait aucun moyen de le joindre. Il devait attendre. Un court instant il avait été tenté d'aller faire un tour au département de philosophie. C'était plus un vieux réflexe qu'une réelle envie. Il y avait renoncé. Il avait remis sa casquette et quitté les lieux, son bloc vélin, à nouveau vierge, à la main.

Dehors, il pleuvait des rivières.

Les conditions météorologiques n'étaient sûrement pas étrangères à la présence de Betty dans la maison. Bob ne se berçait pas d'illusions mais cela n'altéra pas son plaisir de la découvrir derrière la porte en rentrant. Il y avait des soirs où l'espace était plus vaste, l'éternité plus longue, l'infini trop difficile à concevoir pour un homme seul, et ce soir était un de ceux-là. La chatte avait le poil humide. Elle se laissa aller à quelques circonvolutions autour de ses mollets. Elle lui fit l'aumône d'un regard de jade lorsqu'il lui caressa l'échine. Puis tout doucement l'attira, la maligne, jusqu'à ce coin de la cuisine où sur le carrelage reposait une soucoupe en porcelaine qui aurait dû être beaucoup mieux garnie. Dans les deux miaulements brefs et grêles qui filtrèrent entre ses babines, plutôt que le reproche ce fut sa magnanimité qu'elle exprima.

Sphinx assis, impassible, elle attendit que la servît celui qui se croyait son maître.

Bob s'exécuta. Ce n'est qu'après avoir ouvert une boîte et rempli de sardines la royale écuelle qu'il put se permettre d'ôter casquette et parka. Il les suspendit à la patère dans l'entrée. Il se déchaussa, retira ses chaussettes et les mit à sécher près du radiateur, enfila des chaussons, retourna dans la cuisine, sortit une casserole et fit chauffer du lait. Il resta debout devant la cuisinière, les yeux fixés sur les petites flammes bleutées. Puis il coupa le gaz, versa le lait dans un bol et y ajouta deux cuillères de chicorée et deux morceaux de sucre.

Dans le salon, près de son fauteuil, il y avait un minuscule guéridon dont le pied était en fer forgé et le plateau en faïence de Vallauris. Des carreaux à motifs de poissons. Il posa son bol dessus puis se planta devant les étagères de sa discothèque et fouilla du regard dans les rayons. Pas de classement alphabétique, aucun ordre apparent, aucune méthode de rangement déchiffrable par un autre que lui. Il savait ce qu'il avait envie d'entendre et il savait où le trouver. Il hésitait juste entre deux versions. Il finit par se décider, se hissa sur la pointe des pieds pour saisir le disque choisi, l'introduisit dans le lecteur et appuya sur la touche « repeat ». Lorsqu'il aimait, il pouvait écouter vingt fois à la suite le même morceau sans se lasser.

Le cuir du fauteuil était façonné à l'empreinte de son fessier. Il s'y cala. Dès la première mesure, sa gorge se serra.

Everytime We Say Goodbye.

Standard entre les standards. Cole Porter indétrônable. Au bout de soixante années, sa composition n'avait rien perdu de sa force. Beaucoup ne peuvent pas en dire autant. Ce n'était pas faute d'avoir été mangée à toutes les sauces et régurgitée dans toutes les langues de la planète. Au fil du temps un bon milliard d'interprètes avaient dû s'y frotter, professionnels ou amateurs, du crooner au chanteur de variétés, de l'ancienne gloire à la nouvelle star, de la fanfare au trio, quartet, quintet, sextet, sans compter les essais inconséquents à la flûte à bec, la flûte traversière, la mandoline et le tuba, la guimbarde et le pipeau, on l'avait bramée a cappella, on l'avait susurrée au micro, tant de fois tant de gens avaient dit au revoir en public ou en privé, sur une scène, sur une plage, sur un quai, sur une place de village, dans une salle de bal, dans un hall d'hôtel, dans un cimetière, pour un départ en vacances, pour un départ en retraite, pour un ultime hommage à la centenaire qui nous a quittés, pour un oui ou pour un non, tant de raisons, tant de façons de dire au revoir, gageons qu'il existe quelque part un enregistrement en langage des signes pour les sourds et les malentendants.

La chanson aurait dû être laminée depuis longtemps. De guerre lasse elle aurait dû disparaître du répertoire, s'effacer de nos mémoires comme s'effacent sur l'asphalte jusqu'à leurs dernières traces les chiens écrasés.

Ceux qui l'avaient sauvée s'appelaient John Coltrane et Nina Simone. Si l'on en croyait Bob. La chanteuse et le saxophoniste, chacun à sa manière, avaient ramassé sur le bord de la route la ballade du grand Cole, ils l'avaient recueillie et lui avaient redonné le souffle. Ils l'avaient maintenue vivante et vibrante, puis ils l'avaient rendue éternelle en la portant jusqu'aux cimes les plus hautes. Offerte à tous, mais hors d'atteinte.

Everytime we say goodbye
Everytime
We say
Goodbye

Ce soir, Bob ne pouvait pas entendre ces paroles. Il pouvait encore moins les entendre de la bouche d'une femme. Dehors le ciel versait assez de larmes comme ça. Il avait donc laissé de côté Nina Simone et sa version qu'il appelait à part lui « l'andalouse », à cause des ornements guitaristiques, ces subtiles arabesques sur les cordes de nylon, ces azulejos sonores, ces bribes d'un flamenco qui refusait de mourir et sans cesse ressuscitait comme un rêve nostalgique et lancinant. Il y avait Grenade là-dedans. Granada. Il y avait les venelles escarpées de l'Albaicin et les maisons troglodytes du Sacromonte où nichent les Gitans. La joie, la peine, la fierté de ce peuple et au-dessus il y avait l'ombre solaire de celui qui avait su si bien les dire, l'enfant du pays :

Federico García Lorca. Souvent Bob se demandait si la chanteuse avait pensé au poète pendant qu'elle enregistrait ce morceau. Si elle était penchée, en trente-six du siècle dernier, au balcon d'une maison blanche et le regardait descendre la rue, à l'aube, flanqué de deux miliciens franquistes, grand homme mais frêle silhouette qui s'en allait vers son funeste destin. Savait-elle, se demandait Bob, qu'on n'avait jamais retrouvé sa dépouille ?

« *Se le vio, caminando entre fusiles por una calle larga...* »

Il y avait la voix d'Antonio Machado dans la version de Nina Simone.

Il ne pouvait pas entendre ça. Pas ce soir. C'est pourquoi il avait choisi Coltrane. Autre légende. Ils n'étaient pas nombreux sur terre à savoir user du timbre de canard blessé d'un saxophone soprano pour servir un poignant chant de cygne. D'une sobriété exemplaire. D'une sincérité désarmante. Le virtuose s'appliquait à rester dans la pénombre afin de mieux exposer à la lumière la vérité première et nue du thème, en extraire la quintessence et la délivrer, simplement, humblement, avant de reculer d'un pas supplémentaire vers l'obscurité, s'abstraire totalement, et laisser au piano de McCoy Tyner, le temps d'un chorus, le soin de la rendre plus swinguante, cette vérité, et moins douloureuse à accepter.

Everytime we say goodbye

I die

A little

Rentre-toi bien ça dans le crâne.

Immobile, le regard tourné vers l'intérieur, le bol tenu à deux mains au sommet du triangle isocèle que formaient ses coudes plantés de chaque côté dans les accoudoirs du fauteuil, Bob écoutait. Le breuvage n'était plus très chaud et pourtant il continuait à souffler dessus. Il trempa ses lèvres. La chicorée avait le goût des jours anciens.

Qui aurais-tu aimé être, Bob ? Quel cadeau aurais-tu préféré par-dessus tout recevoir d'une marraine fée penchée sur ton berceau : la voix de Nina ou les doigts de John ? Sachant que ces organes n'étaient pour l'une comme pour l'autre que d'habiles médias, des ponts, les vecteurs mécaniques bien huilés de ce que tous deux possédaient en commun : la générosité.

Nul autre don que le don de soi.

Écoute, écoute encore, l'ami. Combien d'années à toi serais-tu prêt à échanger contre ces cinq petites minutes dédiées à l'humanité ?

Pas si facile de se défaire de ses possessions, si modestes soient-elles. On achète. On vole. On accumule. On conserve. On thésaurise. On calcule. Et pendant que Trane joue, pendant que Nina procède à la grande distribution des richesses de son âme, on remplit des armoires et des caddies, on croule sous le poids des marchandises. On crève d'avoir. Et ceux qui n'ont pas crèvent d'envie.

Il n'y a que la vie qui nous échappe, tout compte fait. Celle de nos congénères, frères, sœurs, cousins plus ou moins éloignés, leur vie qui file sans trop de peine entre nos serres, qui s'évapore, part en fumée — une nuit d'hiver dans un hangar désaffecté ou n'importe quand, n'importe où ailleurs. Drôle de sublimation. On feint ensuite de s'étonner quand la main s'ouvre sur le vide. Et lorsque notre tour vient, on finit par comprendre, un peu tard, que nous ne sommes rien de rien.

Everytime we say goodbye.

Bob le taxi assis dans un fauteuil club au centre de l'univers. Il songea qu'il fêterait l'année suivante son soixantième anniversaire. Presque aussi vieux que le titre de Cole.

La nuit était tombée. Betty ne viendrait pas sur ses genoux. Il cessa de l'attendre. Il but son lait, tiède, puis froid, à toutes petites gorgées. Il mit des plombes à le terminer. Il reposa le bol sur le guéridon. Puis, contre toute attente, il s'endormit.

20

Ce n'était pas un cauchemar. Le téléphone balançait ses trilles synthétiques en plein cœur de la grille. Sans aucun respect ni du rythme ni de l'harmonie. Sans égard pour l'âpre beauté du chant du soprano. Il dissonait, c'est tout. À intervalles réguliers. Comme un putain de jouet d'enfant déclenché par inadvertance et qu'on ne peut plus arrêter.

Bob ouvrit les yeux, cligna des paupières. Son premier réflexe fut de porter la main à son crâne pour ajuster sa casquette. Elle ne s'y trouvait pas. Ce constat le réveilla tout à fait. Il tourna le poignet et jeta un coup d'œil à sa montre. 1 h 30 passée. Un « Merde ! » étouffé filtra entre ses lèvres. Le téléphone continuait de blasphémer. Il se précipita dessus et décrocha. Sitôt l'appareil à portée de bouche, il lâcha :

— J'arrive.

Puis raccrocha.

Il avait des fourmis dans la main gauche. Il avait un début de torticolis et les reins qui coinçaient. Il remit ses pompes sans se plaindre. Il n'eut pas le cran de couper Trane dans son élan et le laissa souffler dans la maison en prétextant une présence pour Betty. Il prit casquette et parka et clés de voiture au passage. Il partit sans chaussettes aux pieds.

Paris la pluie. Les quais déserts. La chaussée et le fleuve qui se confondent, qui s'écoulent en parallèle telles deux larges nappes de pétrole, grasses, opaques, où l'absence d'étoiles se reflète. Et le taxi au milieu, qui remonte bravement le courant dans un incessant chuintement de pneus, capitaine Bob, vieux loup d'asphalte, à la barre, solitaire, concentré, myope et astigmate, les yeux en fente derrière ses hublots.

Ils avaient rendez-vous à 1 h 30 du matin, il y fut vingt-cinq minutes plus tard. L'enseigne était éteinte, le dauphin vert noyé sous le déluge et l'obscurité. Bob se rangea le long du trottoir et enclencha les warnings : trois loupiotes sur quatre se mirent à clignoter — signaux de détresse ignorés de tous. Il scruta l'entrée du club à travers la vitre dégoulinante de la 404, mais impossible de rien distinguer. Il coupa le moteur et les phares et s'apprêtait à descendre quand une ombre se détacha de l'ombre et se mut, furtive et fluide, jusqu'au véhicule. On aurait dit un hologramme projeté sur l'écran de pluie. La portière côté passager s'ouvrit, puis se referma, entre-temps une poche d'air humide creva dans l'habitacle et l'ombre se matérialisa sur le siège. Elle était toujours aussi noire mais elle pesait son quintal et dégageait une vague odeur de cuir mouillé.

— Saloperie… lâcha Mister.

Il prit soin avant toute chose de frotter les paumes de ses mains contre son pantalon puis de souffler au creux de ses poings pour les réchauffer. D'informes bouffées de vapeur lui sortaient des narines. Il dit :

— Le père Noé aurait eu la même horloge que toi, resterait plus une seule bestiole sur Terre à l'heure qu'il est.

— Désolé, fils. Je m'étais assoupi.

— Si j'avais su, je t'aurais laissé pioncer.

— Non, tu as bien fait. J'avais des choses à te raconter… (Mister tourna vivement la tête, tout de suite en alerte.) T'excite pas, tempéra Bob, il n'y a rien de sensationnel. Aucune révélation. Juste quelques détails qui me chiffonnent.

L'étincelle, dans le regard du pianiste, fondit comme matière dans un trou noir.

— Qu'est-ce que tu as trouvé ? demanda-t-il en s'efforçant de rester maître de sa voix.

— Attends. Faut pas que tu restes comme ça, tu vas choper la crève. Je te ramène à la case ?

Mister eut un bref hochement de menton vers l'avant qui pouvait signifier « allons-y ».

— Je t'offre le thé, dit-il.

Bob démarra.

Il semblait qu'il n'y avait qu'eux cette nuit-là à naviguer sur les canaux de la ville. Vu de haut c'était un étrange radeau, une tache floue, diluée, jaunâtre, qu'on aurait pu croire immobile sans les trois points orange des warnings que Bob avait oublié d'éteindre et dont le clignotement permettait de suivre en temps réel leur laborieuse progression. Vu de l'intérieur, c'était la cabine d'une péniche ou peut-être d'un vieux sous-marin torpilleur désarmé. La flotte était partout. Au-dessus, en dessous, autour. Elle tombait en cascade sur le pare-brise. Les essuie-glaces fonctionnaient, ce qui était déjà un petit miracle en soi.

— Alors ? relança Mister au bout d'un moment. C'est quoi, ces détails ?

Bob sortit de sa poche le bout de papier vélin sur lequel il avait pris ses notes. Il le déplia. Puis il appuya sur l'interrupteur du plafonnier et dut y aller de trois chiquenaudes sur le globe avant que l'ampoule daignât s'éclairer. Il se pencha avec sa feuille sous la lueur faiblarde — à ce stade, la Peugeot était passée en pilotage automatique. Mister patientait.

— Les assassins, reprit Bob. Ces deux petits dealers qu'on a arrêtés. Tu te souviens de leurs noms ?

Le pianiste réfléchit un instant, puis fit la moue.

— Rappelle-les-moi, dit-il.

— Le premier s'appelle Dominique Carlin. Il a vingt-huit ans. Il est français. Le second se nomme Dragan Mandic. (Bob leva le nez et fixa son passager par-dessus ses verres.) Devine de quelle nationalité.

— Yougoslave ? suggéra Mister.

— La Yougoslavie n'existe plus, il faudrait que tu t'y fasses.

— Un Serbe, alors ?

— Monténégrin, pour être précis. Dragan Mandic, trente et un ans, est un ressortissant du Monténégro. On n'avait pas fait le rapprochement jusque-là, parce qu'on ne connaissait pas encore l'existence de Josef Kristi. Mais, du coup…

— Ça ne fait qu'apporter de l'eau à mon moulin, dit Mister. Vera, Kristi, et maintenant ce type : tous originaires du même endroit, ou presque. Et toi, tu continuerais à affirmer que c'est une simple coïncidence ?

Mister s'était gardé de mentionner dans la liste les deux musiciens du métro, le jeune Milosav et son ancêtre aveugle, ainsi que leurs agresseurs. Ceux-là n'avaient, selon toute vraisemblance, aucun rapport direct avec leur affaire. Cependant, il refusait de considérer cette rencontre comme totalement fortuite : d'après lui, il s'agissait d'un de ces fameux « signes », une indication supplémentaire destinée à le mettre sur la voie, ou à l'y conforter. Mister croyait aux signes.

— D'accord, dit Bob. Supposons que ça n'en soit

pas une, de coïncidence. Où est-ce que ça nous mène ?

— À la guerre ? proposa Mister.

— La guerre ?

— En « ex-Yougoslavie ». Quelque chose qui aurait commencé là-bas, à l'époque, et qui se poursuivrait ici, de nos jours. Des ramifications, ou des conséquences. La guerre qui se prolonge, en quelque sorte. Sous une autre forme. Rappelle-toi ce qu'a dit le peintre : « Une guerre n'est jamais finie pour ceux… »

— Tu sais ce que je pense de ton peintre, le coupa Bob. Je veux bien admettre certaines choses, mais ça ne veut pas dire que je suis prêt à gober chacune de ses paroles.

— C'est quand même la piste la plus sérieuse qu'on ait pour le moment.

— Pas sûr, laissa tomber Bob.

Mister se tourna vers lui et les deux hommes se toisèrent. Les gouttes de pluie crépitaient contre le fer de la carrosserie, ce bruit résonnait dans l'habitacle, l'emplissait, prenait une ampleur considérable.

— On a aussi le propriétaire de la Golf, dit Bob en élevant la voix.

À chacun ses obsessions. Lui était accro à son histoire de dope. Il n'en démordrait pas si facilement. Mister détourna le regard. Ses mâchoires saillirent.

— Qu'est-ce que ça a donné ? demanda Bob.

— Rien. Il n'est pas venu.

Le chauffeur retint un juron entre ses lèvres pincées, dont le pourtour blanchit.

— J'ai poireauté pendant quatre heures, dit Mister. Je ne l'ai pas vu. J'y retournerai demain. Enfin… tout à l'heure.

— Tu ne veux toujours pas que je t'accompagne ?

— Non.

Bob n'insista pas.

— Au fond, reprit Mister, il se peut très bien que ces deux pistes se rejoignent. La filière yougo et la filière drogue. Il se peut très bien qu'elles n'en fassent qu'une et une seule.

— Ouais. C'est la fameuse « poudrière des Balkans », dit Bob.

Il ricana tout seul dans sa barbe. Mister n'avait pas entendu ou il avait fait semblant de ne pas entendre ; peut-être qu'il n'avait pas le cœur à se fendre la gueule.

— T'as trouvé autre chose ? relança-t-il.

Bob parcourut de nouveau ses notes.

— Oui. Un autre petit truc qui m'a paru curieux : le temps que les flics ont mis pour les arrêter.

— C'est-à-dire ?

— Trois jours. À partir du moment où le corps de Vera a été identifié, il leur a fallu à peine trois jours, soixante-douze heures, pour identifier également les coupables, les localiser, les boucler et leur faire cracher des aveux complets. C'est pas fabuleux, ça ?

— Chacun sait que notre beau pays est doté de services de police compétents et efficaces.

— Certainement. C'est un fait que je ne me permettrais pas de mettre en doute, tu me connais. Mais à ce niveau-là, ce n'est plus de l'efficacité, c'est de la magie.

— Tu penses que quelqu'un leur aurait donné un petit coup de… baguette ?

— Ça m'a effleuré l'esprit.

— Du genre : on leur balance les types sur un plateau, et ils n'ont plus qu'à se servir ?

— Peut-être même que les types se sont balancés tout seuls.

— Pourquoi ils auraient fait ça ?

— Parce qu'ils n'ont pas le choix. Tu l'as dit l'autre jour : ces deux petites frappes n'ont pas été à la hauteur. On leur a confié un boulot et ils l'ont bâclé. Faut croire qu'ils n'étaient pas aussi compétents, dans leur propre domaine, que nos chers fonctionnaires de police. Bref, ils ont foiré, et à partir de là, il y a danger. Parce que tôt ou tard les flics sont susceptibles de renifler la piste et de la remonter.

— Jusqu'au commanditaire.

— Exactement.

— Du coup, le marché est simple : soit ces deux enflures se dénoncent et endossent le crime à cent pour cent, soit…

— Soit on leur colle une balle dans la tête. Ou quelque chose du même style, aussi radical.

— Vous avez fait une connerie, les gars, maintenant faut réparer.

— Ils peuvent toujours se dire qu'il vaut mieux être vivants en prison que morts dehors.

— Belle philosophie de vie.

— Tu veux qu'on parle philo ?

— Non, merci.

— Et c'est pour ça qu'ils continuent à se taire, même derrière les barreaux. Ils savent que s'ils l'ouvrent, ils n'arriveront jamais au bout de leur peine.

— Quel intérêt ils auraient à balancer, de toute façon ? Commanditaire ou pas, pour eux le tarif serait le même.

— En résumé, c'est un bon consensus. Les flics avaient besoin de coupables : en voilà des tout cuits. Pourquoi est-ce qu'ils iraient chercher plus loin ? Enquête rapidement et brillamment menée. Affaire close. Le grand chef des gentils est satisfait et le grand chef des méchants aussi. À part les deux marionnettes qui vont moisir en taule, ça arrange tout le monde, en fin de compte.

— Pas con.

— Ignoble, mais pas con.

Les deux hommes se turent. Une minute. Deux minutes. Le silence faisait un boucan de cataracte sur le toit. Ils n'avaient pas songé à mettre de la musique. Là-dessus, l'ampoule du plafonnier s'éteignit toute seule, d'un coup, comme une bougie soufflée. Ils retournèrent à la pénombre. Trois minutes. Quatre minutes. Chacun se repassait à part soi le scénario qu'ils venaient d'élaborer en commun. Ça tenait la route. Ça ne la tenait que trop bien. Un pas de plus vers l'abîme. Le monde à la renverse. Voyez-vous ça : pile, c'est le diable qui ricane ; face, c'est Dieu qui grimace. Que du hideux. Entre les deux nos cœurs sont balancés. Entre les deux nos cœurs saignent, nos cœurs éclatent ou s'assèchent à petit feu, nos cœurs s'atrophient. Et la pièce continue de rouler. Sur la tranche. Parce que ça tient la route. Mais jusqu'à quand ? Combien de temps ça va durer ? Six minutes. Sept minutes. Pas une âme qui vive. Ils traversaient la ville fantôme. Vide de fantômes ou pleine de fantômes, difficile à dire. Jamais dans leur souvenir elle ne leur avait paru aussi abandonnée à son sort, les rues, les avenues, les boulevards, les trottoirs livrés à eux-mêmes. Étrange impression. Avait-on instauré un couvre-feu sans qu'ils en aient eu vent ? Étaient-ils les derniers survivants d'une ère révolue ? Ou les premiers revenants ? Témoins privilégiés découvrant les vestiges d'une apocalypse très propre, très clean, très fine, une vraie prouesse d'un point de vue chirurgical. Ville assiégée, pensa Mister — ça virait à l'obsession. Ville engloutie, pensa Bob, et en effet elle avait ainsi des airs d'Atlantide, ou pour le moins de cité lacustre, Venise qui déborde, mais voilà simplement comment sera Paris quand les eaux seront montées puis redescendues, quand elles se seront retirées après le grand lessivage. Pluie. Larmes. Pluie et larmes. *Rain and tears*, ce bon vieux Demis, encore lui, est-ce que ce n'était pas un signe, ça aussi ? Dix minutes. Onze minutes. Ils ne parlaient plus. Mister avait le ventre noué. Bob avait les pieds nus et gelés dans ses godasses. Heureusement ils arrivaient. Ils n'eurent aucun mal à trouver une place devant l'immeuble.

Une fois chez lui, Mister fila tout droit dans la salle de bains prendre une douche. Il avait besoin de chaleur. Il resta un long moment sous le jet. Bob s'était planté devant la fenêtre du salon. Il avait ôté ses chaussures. Debout, les mains dans le dos, il contemplait le faisceau serré des gouttes dans le halo des réverbères. Les rigoles au long des caniveaux. Il ne pensait plus à rien. Le bruit de la douche, derrière lui, avait pris le pas sur celui de la pluie. Il cessa bientôt. Bob ne se retourna pas quand la porte de la salle de bains s'ouvrit. Il vit passer sur la vitre le reflet de Mister, la taille ceinte d'une serviette. Le grand Black traversa la pièce pour se rendre dans sa chambre. Il se rhabilla de pied en cap avec des vêtements secs. Parachevant sa mue, il enfila un boubou par-dessus ses habits et se couvrit le crâne d'un kufi traditionnel. Le boubou comme la coiffe étaient d'une blancheur sans faille. Il retourna au salon. Dans cette tenue, il n'était pas sans évoquer quelque dictateur africain injustement chassé de son trône et accueilli à bras ouverts par notre chère patrie terre d'asile et de solidarité pour les opprimés. Bob eut un sourire en coin en l'apercevant. « Tes racines qui te démangent, fils ? » Mister ignora la question. Il proposa à son ami des fringues de rechange mais ce dernier déclina l'offre, acceptant uniquement une paire de chaussettes sèches. Le pianiste s'en alla quérir des pure laine qu'il lança à travers la pièce et que Bob rattrapa à la volée et s'empressa d'enfiler. Vingt-deux centimètres séparaient les deux hommes dans le sens de la hauteur et cet écart se retrouvait dans la longueur des chaussettes que Bob put remonter jusqu'au-dessus des genoux. Il n'en parut que plus ravi. Après ça, Mister mit une casserole d'eau à chauffer. Ce ne serait pas la dernière. Ils boiraient cette nuit-là des litres de thé à la menthe dans lesquels ils tremperaient des tas de biscuits secs. Ils étaient assis sur des poufs de chaque côté d'une table basse comme deux pions qui se font face sur l'échiquier, le Blanc et le Noir, le Noir vêtu solennellement de blanc, le Blanc vêtu négligemment de fonds d'armoire, deux façons, deux contrefaçons, deux cultures, deux résidus de tradition, deux semblants d'héritage, le Sud et le Nord, les Dogons et les Ch'tis, deux relents de tribus, deux grains soufflés par le vent, échappés à la grande moisson des organismes génétiquement modifiés. Deux produits longuement et fortement dérivés. En fond sonore, à défaut des œuvres de Demis le Grec, Mister opta pour celles de Bill Evans. Album : *Loose Blues*. Titre élu : *Time Remembered*. Aux côtés de Bill, il y avait Zoot Sims, il y avait Jim Hall, il y avait Ron Carter, il y avait Philly Joe Jones, il y avait de quoi envisager avec sérénité le déluge et la fin des temps.

Mister et Bob ne s'affrontèrent pas. Ils firent le point. Ils discutèrent jusqu'à l'aube de ce qui leur restait à accomplir pour tenter d'éclaircir le meurtre de la jeune femme, et, par la même occasion, bien qu'il leur eût été difficile de l'admettre, de sauver ce qui pouvait encore l'être de leur âme.

21

Il y retourna l'après-midi même, puis le lendemain, mais ce n'est que le jour suivant que sa persévérance fut récompensée. Quatre jours à traîner dans ce bout de quartier. À surveiller les parages. Quand enfin il tomba sur la Golf blanche garée dans une contre-allée, sa poitrine se gonfla. Il décida d'attendre. Il repéra une porte d'immeuble dans un renfoncement et se cala dans l'encoignure, les mains dans les poches, le menton planté dans son col roulé. Même le temps était précaire. Il avait cessé de pleuvoir depuis la veille mais le mercure ne remontait pas. Blanc et bleu alternaient là-haut devant ses yeux levés. Ciel disparate, traversé en coup de vent par d'énormes nuages solitaires : un troupeau clairsemé de moutons sans queue ni tête ni pattes.

À trop contempler les cieux, il était moins une qu'il le manquât. Quelques minutes à peine venaient de s'écouler mais le type se trouvait déjà là, près de la Golf, la main sur la poignée. Il était seul. Mister partit au trot dans sa direction. Le contact était mis lorsqu'il atteignit la voiture. Il ouvrit la portière côté passager comme s'il allait l'arracher et surgit à l'intérieur sans crier gare. Un Black de près de deux mètres. Il y a des choses qui font moins peur. Mister comptait sur l'effet de surprise et il fut servi. Le conducteur sursauta, lâcha le volant, se rencogna contre sa propre portière. Il avait la bouche entrouverte et un bras à demi levé comme pour parer aux premiers coups. Il eut honte de ce réflexe dès qu'il eut identifié l'intrus. Son attitude se transforma instantanément et radicalement. Le pourpre envahit sa figure, la frayeur déserta son regard et la colère, la fureur, l'hostilité brillèrent à nouveau de tout leur éclat derrière ses petites besicles cerclées d'or.

— Qu'est-ce que vous foutez là ? aboya-t-il. Sortez d'ici !

Mister ne broncha pas. Il avait refermé derrière lui. Il se tenait de biais sur le siège et le dévisageait. Fidèle à sa dégaine, le jeune type portait un pull en laine à grosses mailles qui lui tombait comme un sac, un gilet en peau retournée, un jean usé à la trame, une écharpe autour du cou de la couleur exacte des bleuets en fin d'été. C'était un digne descendant des pâtres de l'île de Wight. Un être inoffensif et doux. On n'aurait pas hésité à lui confier des agneaux à garder, sans crainte qu'il les égorgeât.

— Tiens, lâcha Mister, t'es plus muet.

— Je vous ai dit de sortir ! Vous n'avez pas le droit de…

— T'aimes pas les Noirs, c'est ça ?

Le berger se figea, souffle coupé comme s'il venait d'encaisser un crochet au foie. Puis il exhala un bref « Quoi ? » qui sonnait comme un dernier soupir.

— Les Noirs, répéta Mister. Les hommes de couleur. Comme moi. T'avais pas remarqué ? Je me disais que c'était peut-être ça, ton problème. T'es raciste, mec ?

Il parlait du ton égal, détaché, d'un vieux fumeur de ganja. C'est ainsi qu'il avait décidé de la jouer. L'autre se reprit :

— Ce que je suis ne vous regarde pas, cracha-t-il. Descendez tout de suite de cette voiture, c'est la dernière fois que je vous le demande.

— Je me disais que c'était sûrement pour ça que tu pouvais pas me blairer, continua Mister sur le même ton. Quelle autre explication, sinon ? Dès le départ, la première fois qu'on s'est croisés, j'ai ressenti une forte animosité de ta part. Tu te souviens ? Presque de la haine, à vrai dire. On ne se connaissait pas, je ne t'avais rien fait de mal, a priori, et pourtant tu me détestais. D'emblée. J'en ai conclu que c'était épidermique.

— Je me fiche de ce que vous pensez. Sortez et foutez-moi la paix !

— En même temps, dit Mister, il y avait quelque chose qui clochait là-dedans. Je me disais : peut-on à la fois être raciste et adorer Bob Marley ? Ça ne me semblait guère compatible.

— Bob Marley ? Putain, mais…

— Quoi ? T'aimes pas Bob Marley non plus ? Pourtant, il était cool, Bob. Comme toi. Il prônait l'amour entre les êtres, la fraternité entre les peuples, la paix pour tous. « *One love, one heart... Let's get together and feel all right.* »

Le jeune type secouait la tête. Sa barbe avait poussé, encore quelques semaines et ce serait Jésus tout craché. On distinguait à peine le fil tendu de ses lèvres entre les poils.

— Vous êtes complètement cinglé, dit-il.

Mister ne releva pas. Il poursuivit sur sa voie.

— Moi aussi, je suis un mec cool. Hyper-cool. J'ai horreur de la violence, par exemple. De toute ma vie, je n'ai jamais cogné sur quelqu'un. Même pas à l'école, tu vois, quand j'étais gamin. J'ai toujours évité les bagarres. Mais avec toi, il se passe un truc bizarre : il faut vraiment que je me retienne pour pas t'écraser mon poing sur la gueule. Comment t'expliques ça ? Tu crois que la haine, la rage, ce genre de sentiments, c'est contagieux ? Et si c'est le cas, alors dis-moi : comment on peut faire pour stopper l'épidémie ?

Après ça, il y eut un silence. Le berger fixait Mister et celui-ci soutenait son regard. Le moteur de la Golf tournait toujours. Point mort. Puis le gars dit :

— Vous n'arrêterez rien du tout. Vous n'êtes pas de taille.

Sa voix avait perdu en agressivité. Mister le prit comme les prémices des prémices d'un fléchissement.

— Je peux toujours essayer, dit-il.

— Pourquoi ?

— Pourquoi ?

— Qu'est-ce que vous espérez en faisant ça ?

— Je ne crois pas qu'on puisse parler d'espoir, dit Mister. C'est juste que je voudrais ne plus y penser. Ou plutôt, je voudrais ne plus avoir mal chaque fois que j'y pense. Apaiser la douleur. La soulager. Ouais, c'est ça : quelque chose comme un soulagement, c'est peut-être simplement ce que je recherche.

L'autre avait détourné les yeux. Il regardait droit devant lui, l'air sombre et buté. Mister ajouta :

— C'est comme si on m'avait arraché un membre, tu vois, une jambe ou un bras, et que je ne parvenais pas à m'habituer à cette absence. Il n'y a plus rien à cet endroit et pourtant ça continue à me lancer.

L'allusion n'était pas innocente — pas des plus fines non plus : un bras manquant, cela aurait dû parler au garçon. Si tel fut le cas, il le dissimula à la perfection. Mais il se pouvait aussi qu'il n'eût pas été vraiment attentif à ces paroles. Pour l'instant, il semblait davantage accaparé par ses propres réflexions.

— Vous ne savez pas à quoi vous vous attaquez, dit-il. Vous ne savez pas ce que vous risquez. Vous ne savez rien.

— Qu'est-ce qui te fait si peur ? demanda soudain Mister.

L'autre se tourna de nouveau vers lui. Piqué. Mister enfonça le clou :

— T'as la trouille, me dis pas le contraire. Je le sens. Ta copine Karima m'a menti : elle n'osait pas parler parce que tu étais là. Elle avait peur. Et toi, alors ? De quoi as-tu peur ? De qui ?

— Pas de vous, en tout cas.

— Peut-être que tu devrais, dit Mister.

Le berger laissa échapper un bruit de gorge, un ricanement bref et rauque.

— Qu'est-ce que vous allez me faire ? « M'écraser votre poing sur la gueule » ? Me tabasser pour que je parle ?

Mister prit son temps avant de répondre.

— Je pourrais te balancer aux flics, finit-il par dire.

Derrière les lunettes rondes, les yeux de serpent s'agrandirent.

— Aux flics ?

— C'est pas que ça m'enchanterait, crois-moi. Mais si tu ne me laisses pas le choix…

— Putain, et en quoi je pourrais bien les intéresser, les flics ? Qu'est-ce que vous iriez leur raconter ?

À ce moment précis, Mister comprit enfin ce qui le troublait depuis le début : le berger n'avait pas d'accent. Inconsciemment il s'était attendu, avant leur rencontre, à l'entendre s'exprimer avec les inflexions typiques des régions balkaniques. Or, il n'en était rien. Ce constat ressemblait à une déception.

— Trafic de stupéfiants, reprit-il. Détention et vente

de drogue. C'est interdit par la loi, il me semble. Tu deales, mec. Je sais peut-être pas grand-chose, mais ça, je le sais. Et la police n'aura aucun mal à le vérifier.

Le jeune type resta une bonne dizaine de secondes immobile, à considérer Mister, avant de murmurer :

— Vous êtes fou.

— Tu l'as déjà dit.

— Je le confirme.

— Je l'ai vu de mes propres yeux.

— Quoi ? Qu'est-ce que vous avez vu ?

— Toi. Dans cette bagnole. Il y a quatre jours, tu t'es rendu au domicile du peintre Josef Kristi, à Neauphle-le-Château, dans les Yvelines.

— Vous m'avez suivi ? explosa le berger. Vous me surveillez ?

— Même pas. Il se trouve qu'on s'est croisés par hasard.

— Je ne vous crois pas.

— C'est pourtant vrai. En tout cas, moi j'appelle ça le hasard. Si Bob était là, il dirait que c'est la faute à Voltaire.

— Lâchez-moi, avec votre Bob Marley, d'accord !

Mister réprima un sourire.

— Pas celui-là. Un autre Bob. Un ami.

— Qu'est-ce que vous foutiez à Neauphle ?

— Et toi ?

— C'est pas votre problème.

— Oh ! que si… Je vais te dire, moi, ce que tu faisais là-bas : tu y allais pour fourguer ta came.

— Ma came ?

— Ouais. Un bon client, le peintre. Un coup de fil et une heure après tu rappliques pour lui refiler sa dose. C'est une affaire qui roule, pas vrai ?

Le berger ne répondit pas. Pour la seconde fois, il émit un son guttural, proche du ricanement. Mais celui-ci se prolongea, s'amplifia, se transforma en un rire sec et haché, sinistre, pour s'achever en un rictus où le mépris se teintait d'un soupçon de pitié.

— C'est ça que vous croyez ? dit-il. Que je fournis de la drogue à Josef Kristi ?

— À d'autres aussi, sans doute.

Le jeune type secoua de nouveau sa tignasse. Puis lâcha dans un murmure, pour lui-même :

— Carrément à côté de la plaque. Carrément à des années-lumière…

Il s'était calmé. Sa face émaciée avait retrouvé sa pâleur d'origine. Sa voix exprimait une certaine lassitude. Elle était presque douce lorsqu'il dit :

— Descendez, s'il vous plaît.

— Non, dit Mister.

Le berger poussa un soupir. Il parut réfléchir. Il parut renoncer. Il embraya et passa la marche arrière. La Golf s'ébranla.

Mister ne demanda pas où ils allaient. Ils se coulèrent dans le flot et roulèrent quelques minutes sans prononcer un mot. Durant tout ce temps il ne lâcha pas son chauffeur du regard. Ce dernier semblait avoir pris le parti d'ignorer sa présence. Mister craignit qu'il se fût refermé à double tour — étanche et muet, rien qui pût sortir, rien qui pût entrer. Il se sentait comme quelqu'un qui aurait eu un trousseau de mille clés en sa possession, pour une seule serrure. Il fit un nouvel essai.

— Josef Kristi a peint toute une série de tableaux représentant Vera Nad. Il avait l'air de très bien la connaître. Je suis allé l'interroger dans l'espoir qu'il pourrait m'apprendre quelque chose. Voilà pourquoi j'étais à Neauphle.

Le berger ne montra d'abord aucune réaction. Puis, au bout d'un moment, il demanda :

— Qui vous a mis sur la piste de Josef Kristi ?

— Non, mec, fit Mister. Donnant donnant. Je t'ai dit ce que je faisais chez le peintre, et je ne t'ai pas menti. À ton tour, maintenant. Qu'est-ce que tu fichais là-bas si ce n'était pas pour lui revendre de la dope ?

Il y allait au bluff. Tout dans l'art d'enchaîner, la vitesse et la conviction qu'on y met. Malgré ça, il ne s'attendait pas à obtenir une réponse. Surtout pas celle-ci.

— Je rendais visite à mon père, dit le berger.

— Ton père, répéta niaisement Mister.

— Mon père, oui. Mon papa. Ça aussi, c'est interdit par la loi ?

Le pianiste n'avait toujours pas l'air de piger. Il se rappelait la grande maison blanche et dans son souvenir il n'y avait pas le moindre signe indiquant qu'une autre personne habitait les lieux. Josef Kristi vivait seul.

Et puis tout à coup il eut le déclic, et un soubresaut qui allait avec.

— Tu veux dire que c'est le… c'est le peintre, ton père ?

Le berger se contenta de lui jeter un regard en coin, par-dessous la branche de ses lunettes.

— Non, fit encore une fois Mister. C'est des conneries.

L'autre haussa ses maigres épaules.

— Comme vous voulez, dit-il.

Mister serra les poings. Serra les mâchoires. Face tournée vers sa vitre, comme s'il s'adressait à un chauffard dans la file d'à côté, il cracha une insulte à l'égard de Dieu. Il n'était plus le mec cool. Il n'était plus le vieux sage rasta. Il était mal.

Le jeune type disait la vérité. Bien sûr. Et cette révélation avait de nombreuses conséquences, elle entraînait des révisions urgentes de ses hypothèses et théories. Un tas de pensées assaillirent le pianiste, pareil à une volée de flèches, parmi lesquelles il peinait à faire le tri. Un tas de sentiments aussi, dont le dominant était la honte. Bravo, fils. Bravo pour ton pif. Bravo pour ton instinct. Mister le roi de l'impro. Mister le roi des cons. Putain. Il s'était planté sur toute la ligne. Il se sentait injuste et ridicule. Partant du principe que tout ce qu'il pourrait dire ne ferait que l'enfoncer davantage, il resta un long moment lèvres closes à ruminer sa bêtise. Il en serait peut-être encore là si le berger n'avait pas relancé la machine.

— C'est moi qui ai présenté Vera à mon père. Il avait besoin d'un modèle, j'ai pensé à elle.

Mister s'éclaircit la gorge.

— Tu l'as connue à l'Atelier, au cours de théâtre ?

— Oui.

— Toi aussi, tu veux devenir comédien ?

— Non, j'écris.

— Auteur ?

— J'essaie. Mme Stein a la gentillesse de faire interpréter certains de mes textes par ses élèves.

De l'arrogance à l'humilité. Le ton du jeune homme avait changé. Plus trace de hargne non plus, ni de défiance. Soit il s'agissait d'une nouvelle composition, une autre facette du personnage, soit il avait ôté costume et maquillage et se présentait nu sur les planches.

— Le texte que j'ai entendu l'autre jour, c'était de toi ? demanda Mister.

Le berger acquiesça.

— Ça s'appelle « L'arbre de vie », précisa-t-il. En

principe, ça doit être joué avec un accompagnement musical. Des percussions africaines.

Mister se remémora la fille ahanant ses mirages sur le vélo d'appartement. Il repensa au grassouillet armé de sa télécommande. Il tenta d'imaginer une rythmique de djembés pour couronner le tout. Il échoua. Il espéra que le berger ne lui demanderait pas son avis sur la pièce. Il en revint au sujet principal.

— Pourquoi tu ne m'as rien dit, la dernière fois ? Pourquoi tu n'as même pas daigné ouvrir la bouche ?

Le jeune homme laissa passer un petit bout de temps, puis il dit :

— Je sais qui vous êtes. Dès que je vous ai vu, je vous ai reconnu.

— Comment ça ? On s'était déjà rencontrés ?

— Non, mais Vera m'avait parlé de vous. À plusieurs reprises. Et vous étiez exactement comme l'image que j'avais fini par me faire.

À peu de chose près, c'étaient les mêmes paroles que son père, Josef Kristi, avait prononcées quelques jours plus tôt. Mister songea que cela faisait deux personnes au moins à qui Vera avait parlé de lui. Il était étonné et il était ému de découvrir qu'il comptait peut-être plus pour la jeune femme que ce qu'il avait cru.

— Elle t'a parlé de l'« ours brun » ?

— L'ours ?

— Il paraît que c'était le surnom qu'elle m'avait donné.

Le berger amorça une moue.

— Moi, elle me parlait simplement d'un musicien. Un pianiste. Elle allait souvent vous écouter jouer. Elle disait que vous lui faisiez… du bien. Beaucoup de bien.

Sa voix s'était altérée, sur les derniers mots elle s'éteignit comme une bougie en fin de cire. Cela n'avait pas échappé à l'oreille de Mister. Il observa plus attentivement le visage du garçon. Il ne lui fallut qu'une poignée de secondes pour en tirer un nouvel enseignement : le berger était amoureux. C'était une évidence, ça crevait les yeux. Mister maudit derechef son propre aveuglement. Comment avait-il pu ignorer ça aussi ? L'amour. L'amour, toujours. L'éternel amour et son éternel corollaire : la jalousie. Malgré leur différence d'âge, le berger avait tendance à le considérer, lui, comme un sérieux prétendant au cœur de la jeune femme. Un rival en puissance. D'où la méfiance, d'où l'hostilité manifestée de prime abord.

Mister pencha définitivement pour la sincérité du garçon. À poil sur scène, sans plus de masque ni d'oripeaux et sous un éclairage nouveau. Figure blême. Maigre carcasse, fine cuirasse — on lui voyait les côtes, la chair —, son cœur battait en transparence. La blessure de son cœur. Oui, la blessure.

Mister était en train de réaliser qu'il n'était pas le seul à souffrir. Josef Kristi, déjà. Le géant, le colosse : à genoux. Le père. Et maintenant le fils. Et Mister se rendait compte dans le même temps que cette promiscuité de sentiments ne lui était d'aucun réconfort. Au contraire. Du fond de lui sourdait une autre forme, sournoise et perverse, de la jalousie. Il ne s'était pas préparé à ça. Il s'en voulait, certes, mais pour l'heure il en voulait surtout à l'autre qui empiétait sur son malheur. Tristesse, chasse gardée. Pas de partage possible. Pas de solidarité qui tienne. Chacun sa peine, pleine et entière. Il aurait souhaité l'exclusivité jusque dans l'affliction, il aurait aimé que ses joues fussent les seules à ruisseler. Qu'on lui laissât bercer sa douleur au chaud contre son sein — elle est l'unique enfant que nous aurons jamais.

Après les aveux larvés du berger, il avait l'impression que Vera Nad lui échappait un peu plus encore. Il était déjà tellement difficile d'admettre que la jeune femme ne lui appartenait pas. Qu'elle ne lui avait jamais appartenu. Qu'il ne l'avait jamais possédée, ni dans l'amour ni dans la mort.

Et puis — c'était tapi là, derrière le rideau de ses paupières, c'était au creux de son ventre et dans sa gorge, c'était dans son silence même — il y avait désormais une inconnue supplémentaire dans l'équation : la nature exacte des relations entre le jeune homme et Vera Nad. N'avait-il été qu'un ami pour elle ? Un amant ? L'avait-elle aimé en retour ? Il y avait toutes ces interrogations qui commençaient à lui ronger l'esprit mais qu'il se refusait à formuler à voix haute.

Décidément le vieux Bobby avait du flair : à l'origine de sa quête, il n'y avait sans doute pas qu'une saine et simple soif de vérité.

— Qu'est-ce que vous en pensez ? reprit le berger après qu'un pan d'éternité se fut effondré.

Le grand Black eut beaucoup de mal à desserrer les lèvres.

— Ce que je pense de quoi ?

— Des tableaux. Les portraits que mon père a faits de Vera.

— Je les trouve… (Mister prit une large inspiration, cherchant les mots comme si leur précision revêtait une importance capitale. Lorsqu'il crut les avoir trouvés, il les énonça d'un ton froid :) Je les trouve justes.

Le berger approuva d'un signe de tête.

— Justes et terrifiants, ajouta Mister.

— Oui. J'étais sûr que ce serait une belle rencontre, dit le berger. Elle et lui. J'étais fier de les avoir réunis.

— Le peintre serbe et la muse croate, dit Mister.

— Si j'avais pu prévoir… murmura le berger.

— Quoi ? fit Mister. Prévoir quoi ? Que s'est-il passé ?

Le jeune homme le regardait. Derrière ses verres ses yeux brillaient mais ce n'était plus la colère, ce n'était plus le ressentiment.

— Si vous voulez me balancer aux flics, dit-il après avoir rassemblé les miettes de sa voix, c'est le moment ou jamais.

La bulle creva. Mister prit soudain conscience que la Golf était à l'arrêt. Simultanément il perçut un mouvement à la périphérie de son champ de vision. Un homme s'approchait d'eux : un policier en uniforme. Quelques mètres derrière lui s'élevait une haute grille en fer forgé — dorures et arabesques, de la belle ouvrage — entre les barreaux de laquelle se devinait, au loin, tout au bout d'une allée, la façade d'un somptueux édifice d'un siècle passé.

Un second policier les toisait depuis sa guérite située sur le côté de la grille.

Mister enregistra toutes ces informations d'un coup sans parvenir à les analyser. Un bref souffle de panique le traversa, comme si un piège était sur le point de se refermer sur lui. Il chercha de nouveau le regard du berger et le trouva tel qu'il l'avait quitté un instant plus tôt : opaque et humide — un puits presque vide au fond duquel ne stagnait plus qu'un résidu de détresse. Il ressentit une brusque envie de le gifler. Il ouvrit la bouche comme pour exiger des explications ou comme pour cracher, mais la gueule du fonctionnaire de police apparut alors en arrière-plan du jeune homme, dans l'encadrement de la vitre.

Le flic esquissa un salut militaire. Mister ne lui répondit pas ; après un ultime coup d'œil au berger, il ouvrit sa portière et sortit de la voiture et fila droit devant, le dos rond, s'attendant à être rappelé à l'ordre. Il se trouvait sur une place en demi-lune, au carrefour de plusieurs rues. Au bout de quelques pas il ne tarda pas à en repérer d'autres, des flics, ici, là, tout autour en réalité, un ou deux de leurs représentants postés à chaque intersection. Cerné. Il traversa la place en retenant sa respiration. Les lieux ne lui étaient pas inconnus ; cependant, lorsqu'il osa enfin lever le nez et découvrit le nom inscrit sur la plaque, la surprise le cloua au sol.

« Place Beauvau ».

Face à lui, le palais de l'Élysée. Dans son dos, le ministère de l'Intérieur. Rien de moins.

Il se retourna d'un bloc.

Là-bas, de l'autre côté, le premier flic avait rejoint sa guérite. Le drapeau français flottait au sommet de la grille dont les deux battants s'étaient ouverts. Et le berger dans sa Golf décrépite remontait l'allée principale de l'ancien hôtel particulier, siège du ministère, comme s'il se fut agi d'un banal sentier de montagne.

Everytime we say goodbye

La première fois qu'elle avait entendu cette musique, c'était à travers les écouteurs d'un casque bleu hollandais.

La FORPRONU avait au moins ça de bon.

Un grand frère étranger dont elle n'aura jamais su le nom. Il parlait une langue épouvantable. Il avait des joues rose pâle et les yeux de la couleur du fleuve. Le fleuve d'avant. Le fleuve de la belle saison, celle qui précède l'enfer.

Il l'avait prise sous son aile. Il venait s'asseoir près d'elle et lui tendait le casque de son baladeur. Peut-être songeait-il alors à cette petite sœur qui l'attendait à la maison, dans une lointaine contrée batave. Peut-être se sentait-il bien seul. Avant d'enclencher la touche « Play » il avait pour habitude de dresser l'index et de lui citer le nom d'un artiste ou le titre d'un morceau. Mais elle ne comprenait pas ce qu'il disait. Il lui souriait. Puis il la regardait en se balançant légèrement d'avant en arrière tandis qu'elle ouvrait grand ses oreilles. Elle était attentive, concentrée. Elle écoutait.

Le jazz.

Curieuse impression : elle ne connaissait pas ces sons, ces rythmes, et pourtant elle les reconnaissait. Il y avait là-dedans quelque chose qui appartenait à la fois aux temps immémoriaux et à l'avenir, quelque chose d'éternel et de complètement nouveau. Cette langue-là, elle la comprenait.

Au bout d'un moment, elle fermait les yeux. Dans son esprit, à son insu, certaines connexions se faisaient.

D'un côté il y avait Bud Powell assis par terre au pied du lit dans une chambre d'hôtel de Paris-Montparnasse, bourré de Largactil et de spleen existentiel. Bud à la ramasse. Bud génial mais Bud malade. Psycho, schizo, parano, amnésies partielles, catatonie. Passé d'un poco loco au blanc total. Séquelles des coups de matraque d'un petit flic xénophobe de Géorgie. Trauma. Défonce. Droit dans le mur, Bud, celui de l'asile, celui de la folie. Trop d'électrochocs. Bud s'est posé là et il attend la nuit. Hard is bop.

De l'autre il y avait Stjepan Kovacevic tenu au bout d'une laisse comme un animal domestique et promené de rue en rue dans les ruines de la ville. À soixante-quinze ans passés. Le vieux Stjepan obligé de danser, obligé de chanter les chants de ses bourreaux tchetniks. Tabassé à chaque fausse note. Quand on l'a ramassé, Stjepan Kovacevic avait la voix et les dents et les côtes cassées, et personne n'avait pris la peine de lui desserrer son collier.

D'un côté il y avait Eleanora Fagan, dite Billie Holiday, dite Lady Day, penchée sur la cuvette des chiottes du Café Society de New York à vomir ces fruits étranges qui pendent aux branches des arbres du sud de son pays de liberté. Les souvenirs affluent. La bile remonte. Petite lady brinquebalée de foyer en foyer, de bordel en couvent, violée à dix ans, battue, humiliée, exploitée de tous temps, escrocs et maquereaux, héro et coke, toujours esclave, toujours en manque. Grande lady en route malgré tout pour la postérité. Elle portait des fleurs blanches dans les cheveux et de longs gants pour masquer les morsures de l'aiguille sur sa peau.

De l'autre il y avait Svetlana Benko armée d'une moitié de peigne retrouvée sous les gravats et la cendre avec laquelle elle s'appliquait à recoiffer les mèches tout ébouriffées de son mari Franjo et de son fils Tomislav. Histoire de remettre un peu d'ordre. Les rendre plus présentables. Qu'on ne dise pas qu'elle négligeait ses hommes, Svetlana. Ses gestes sont tendres et précis. Ses yeux sont secs. Le père et l'enfant se ressemblent, c'est flagrant lorsque l'on voit leurs deux têtes coupées et fichées côte à côte sur des piquets devant les décombres de ce qui fut leur foyer. Ils se ressemblent tellement que la faucheuse a dû les confondre. Une fois sa tâche accomplie, la blonde Svetlana s'en est allée sans se retourner. Nul ne sait où car nul ne l'a suivie.

D'un côté il y avait les membres de l'éphémère San Quentin Jazz Band accrochés à leurs instruments entre les hauts murs du pénitencier le plus dur de l'État de Californie. Étoiles dans l'univers carcéral, ils s'appelaient Art Pepper et Frank Morgan, ils s'appelaient Dupree Bolton, Frank Washington, Jimmy Bunn, Earl Anderza. Junkies mythiques, voyous virtuoses. Une guenon sur l'épaule et les ailes d'un aigle à chaque doigt. Condamnés à jouer dans l'antichambre de la chambre à gaz, entre deux exécutions capitales. Leurs accords sont encore dans toutes les mémoires de ceux qui y sont passés. Stop chorus. Un public de fantômes applaudit sans bruit. Et l'on prétend qu'un vent de blues se remet quelquefois à souffler, le samedi soir, dans le couloir de la mort.

De l'autre il y avait l'histoire édifiante des cinq frères Crevar détenus et maintenus à l'agonie dans un cachot du camp de Sremska Mitrovica. Un châtiment exemplaire. Ils se nommaient Veljko, Dusko, Djordje, Sasa et Mihajlo. Le plus jeune avait quinze ans et trente le plus âgé. Jugés mauvais patriotes, jugés traîtres à la nation pour avoir refusé de prendre les armes contre leurs voisins et amis de toujours qu'on leur désignait du jour au lendemain comme ennemis jurés. Punis pour un déni de suprématie ethnique. Le nettoyage n'était pas leur fort, c'était connu. Sans doute la crainte de se salir. Fratrie réfractaire. Les cinq condamnés en bloc mais exécutés au compte-gouttes. Il faut les imaginer nus et grelottants sur le sol de béton. On les a ligotés les uns aux autres par les chevilles et les poignets. On les frappe au quotidien avec des barres de fer. On leur a gravé au couteau dans la chair l'emblème de cette patrie qu'ils ont osé renier. Tous les trois ou quatre jours on libère généreusement l'un d'eux d'une balle dans la nuque. Sans pour autant le détacher. Le mort doit rester solidaire des vivants. Que rien ne les sépare. Le compte à rebours est déclenché. Méthodique, chronologique. De l'aîné au benjamin. Cinq, quatre, trois, deux... Une attention particulière pour Mihajlo le dernier-né à qui l'on octroie une semaine entière pour veiller les cadavres de ses chers frangins avant de l'envoyer les rejoindre dans le seul monde égalitaire et fraternel qui soit. Et le silence peut régner à nouveau sur le camp de Sremska Mitrovica.

Voilà ce qu'elle entendait dans les écouteurs.

Voilà ce qu'elle reconnaissait dans cette musique. Le message subliminal distillé à travers ses tympans, charrié par les vaisseaux du cerveau et du cœur.

Sans même s'en apercevoir, elle avait tissé d'improbables liens entre ces destins fracassés. Par écho, par effets de miroir. Elle avait établi des correspondances.

Elle avait tracé des tangentes et des lignes de fuite, elle avait entremêlé des trajectoires étrangement parallèles, qui toutes prenaient racine dans le trente-sixième dessous. Si ce n'est que celles des musiciens se projetaient au final vers les strates supérieures du ciel. Vers le firmament.

Oui. C'est ainsi qu'elle le comprenait.

Ceux-là changeaient la hideur en beauté. De la matière brute de la souffrance ils faisaient jaillir tendresse et espoir.

Sinon, comment expliquer Monk ? Comment expliquer Lester Young et Chet Baker ? Comment expliquer que les ténèbres puissent engendrer pareille lumière ? Comment sur un tel champ de boue pourrait fleurir la fille aux gardénias ?

Lentement, morceau par morceau, standard après standard, son jeune esprit s'était refait à l'idée qu'il y avait peut-être une toute petite possibilité de continuer à vivre. Simplement continuer.

Le jazz, pour elle, c'était ça.

Quand elle rendait les écouteurs au soldat, il y avait en elle un peu moins de peur, un peu plus de sérénité.

Il lui souriait.

Un matin au réveil elle avait trouvé le petit baladeur niché contre sa poitrine, sous la couverture. Le casque bleu n'était plus là.

Un ange hollandais qui mourrait un jour sous le soleil de Kaboul ou de Kinshasa.

À qui elle n'avait pas eu le loisir de dire adieu.

22

— Tu es encore jeune, dit Bob. Trop jeune, sans doute. Je crois qu'une certaine maturité est nécessaire pour appréhender au mieux ce phénomène qu'est la mort. Rien ne remplace le temps. On a beau avoir eu un parcours difficile, on a beau avoir connu les pires épreuves, tant que l'on n'a pas atteint un certain âge, un certain seuil dans la durée, on ne peut pas vraiment réaliser. Tu vois, c'est la notion de « définitif » qui coince. Quelque chose cesse, un être disparaît, qu'on ne reverra plus jamais. Plus jamais, tu imagines ? C'est aussi vertigineux que l'espace sans début ni fin. Comment se pencher là-dessus ? Comment y arrêter sa pensée ? Les mots sont une chose mais ce qu'ils désignent en réalité en est une autre. Difficile à concevoir. Il faut de la bouteille pour intégrer ça. Pour en mesurer toute la portée. Enfin… c'est un point de vue. Tu permets que je te tutoie ?

L'ombre derrière lui produisit une unique et très légère ondulation qu'il interpréta comme un assentiment. La tête semblait trop lourde pour la tige du cou. Elle penchait. Bob pensa au feuillage d'un saule. Il pensa à Platon. À Cicéron. Il pensa à Épicure, bien sûr. Chacun son point de vue. Il se garda de citer leurs noms, mais comme personne ne prenait le relais, il continua sur sa lancée.

— En même temps, c'est étonnant de constater à quel point tout tourne autour de ça. La mort. Tout le temps qu'on passe, toute l'énergie qu'on dépense que ce soit pour tenter de l'oublier ou bien pour l'apprivoiser, pour la maintenir à distance, pour l'éviter, pour la nier ou pour la combattre, tous ces efforts, toute cette volonté qu'on déploie pour elle, quel que soit son choix, quelle que soit sa stratégie. La vie entière en quelque sorte régie par la mort. Construite en fonction d'elle. Y a-t-il autre chose ici-bas capable de nous mobiliser autant ?

« L'amour » vint spontanément à l'esprit de Mister mais c'était un jugement hâtif dont il convenait de se méfier. Cela demandait plus ample réflexion. Pour le moment il n'avait pas envie de réfléchir, ni de parler.

— Et pourtant, reprit Bob, au final rares sont ceux qui sont prêts à l'accueillir lorsqu'elle se présente à eux. Ce qui tendrait à prouver…

— Qu'est-ce que vous voulez savoir ? dit l'ombre.

Nulle agressivité dans cette interruption. Sa voix était aussi ténue que sa silhouette sur la banquette arrière. Bob fut soulagé de se taire. Il lança un regard à Mister pour lui signifier que c'était à son tour de s'y coller. Le grand Black s'installa de profil sur son siège, repliant une jambe et la passant sous l'autre. Il avait l'air de puiser dans ses réserves pour chaque mouvement qu'il effectuait. Après avoir pris son souffle, il dit :

— La première fois vous m'avez menti, Karima. La deuxième fois, au téléphone, vous ne m'avez lâché qu'un tout petit bout d'os à ronger, avant de vous défiler. Alors, qu'est-ce que ça va être cette fois-ci ?

La lumière crue d'un réverbère planté cinq mètres plus loin traçait une ellipse qui lui coupait le crâne en deux. La partie arrière de la Peugeot était plongée dans l'obscurité. Il avait l'impression de s'adresser à un témoin souhaitant garder l'anonymat.

— Vera est morte, ajouta-t-il. C'est tout sauf un jeu.

— Allez-y… murmura simplement la jeune femme.

Ils l'avaient cueillie aux portes de l'Atelier une demi-heure plus tôt. Non par surprise, car le regard qu'elle avait posé sur Mister à ce moment-là disait clairement : « Je le savais. » Résigné, le regard. Elle les avait suivis sans un mot jusqu'au taxi. N'avait pas posé de questions sur le chauffeur. Elle s'était fait une petite place sur le siège en poussant les cassettes et avait posé délicatement les pieds sur celles encombrant le plancher. La nuit était déjà tombée. Bob n'avait rien prémédité mais la 404 s'était bientôt retrouvée garée face au mur du cimetière de Montparnasse — un emplacement libre, le voisinage discret : pourquoi pas ici plutôt qu'ailleurs. Probablement ce qui avait déclenché son laïus sur la mort.

Et voilà, et voilà, de nouveau le cul vissé sur le siège inconfortable d'une guimbarde à interroger les ténèbres, à farfouiller à mains nues dans leurs recoins les plus crades.

— J'ai eu une longue conversation avec votre ami, dit Mister. Le muet. Il n'est pas si muet que ça. Il m'a appris qu'il était le fils du peintre Josef Kristi. Il m'a avoué également qu'il connaissait très bien Vera Nad, et que c'était lui-même qui l'avait mise en relation avec son père.

— Tout ce qu'il voulait, dit la jeune femme, c'était l'aider. Elle avait besoin de travailler. Elle avait besoin d'argent. C'était pour son bien. Jamais il n'aurait pu prévoir que…

— Que ?

Il y eut le bruit d'une bouffée d'air aspirée par la bouche, comme au sortir d'une longue apnée.

— Que ça tournerait de cette façon… Personne n'aurait pu le prévoir, dit la jeune femme.

Mister chercha ses yeux mais ne put les discerner. Il aurait donné pas mal pour n'avoir à garder en mémoire que son visage de la première heure. Son rire. Son sourire ouvrant sur des dents un peu trop larges. Souvenir qui paraissait dater d'une autre ère. Il reprit :

— Donc, votre ami le muet…

— Jean-Baptiste.

— Jean-Baptiste. D'accord. Jean-Baptiste présente Vera à son père. Vera pose pour lui. Kristi peint ses toiles. OK. Et après ?

L'ombre remua. Fluide. La branche du saule sous le courant.

— Que se passe-t-il ensuite, Karima ? insista Mister. Ce que « personne ne pouvait prévoir », c'est quoi ?

— Josef Kristi a décidé de mettre les tableaux en vente, dit la jeune femme. Il y a six mois, environ, M. Rankin a organisé un vernissage privé, chez lui, dans sa propriété.

— Qui est M. Rankin ? intervint Bob.

— Le propriétaire de la galerie. Un homme riche, très riche, et très influent dans le milieu de l'art. D'après ce que j'ai compris, c'est une tradition : avant d'exposer les œuvres au public, il en donne toujours la primeur à ses amis. D'autres gens riches et influents, comme lui. Un cercle très restreint.

— Vous étiez à cette soirée ? fit Mister.

— J'y étais, oui. J'ai eu cet immense honneur. Grâce à Jean-Baptiste. Il s'est débrouillé pour me procurer une invitation. Il tenait beaucoup à ce que je l'accompagne. D'après lui, c'était l'occasion de me rendre compte par moi-même.

— Vous rendre compte de quoi ?

— De… la « puanteur ».

Bob leva les yeux vers le rétroviseur. L'ombre, toujours. Le noir total. À bien y songer une telle opacité revêtait un caractère étrange. Aucun trait distinct dans le visage de la jeune femme, aucun relief malgré l'éclairage public. Pas même le reflet laiteux d'une cornée quand un éclat de phare balayait la lunette arrière de la 404. À croire que la brune Karima s'était littéralement fondue dans l'obscurité. Ou qu'un corbeau la couvrait de son aile.

— La puanteur… répéta Mister.

— C'est le mot qu'il a employé. Jean-Baptiste affirme que l'argent a réellement une odeur. Ça sent mauvais. Rankin et sa clique, c'est tout ce qu'il déteste.

— N'empêche que si j'ai bien suivi, votre ami faisait partie du petit nombre d'invités privilégiés. Pourquoi ? Juste parce qu'il était le fils de l'artiste ?

— Non. Juste parce qu'il est le fils de Célia Valdéron.

— Qui ça ?

— Célia Valdéron. L'ex-femme de Josef Kristi. C'est la maman de Jean-Baptiste. Elle, oui, c'est une intime de Rankin. Ils se connaissent depuis des années. Même milieu. Même monde.

— L'Olympe, dit Bob.

La jeune femme ne releva pas.

— Célia Valdéron n'est pas seulement la mère de Jean-Baptiste et une proche de Rankin, elle est aussi la nouvelle épouse de Dominique Karoly. Ce qui ne gâte rien.

— Karoly… comme le ministre ? dit Bob.

— Oui. Notre cher ministre de l'Intérieur. En personne.

— Attends, attends… fit Mister.

— Ce qui revient à dire que Jean-Baptiste est le beau-fils du ministre, dit Bob.

— C'est ça, dit la jeune femme.

— Putain… fit Mister en renversant la tête en arrière.

En route vers les cieux, son regard se heurta très vite au toit de la Peugeot.

Classique.

D'abord il y a des noms qui résonnent. Et puis l'écho de ces noms donne esprit et corps à des hommes, des femmes, des géants, des nains, des mendiants, des princes. Et puis on peut compter sur l'éventualité qu'à un moment ou à un autre les trajectoires vont se croiser.

La jonction avec la place Beauvau venait de se faire. Le lien, aurait dit Bob. La jeune femme leur laissa peu de temps pour digérer la nouvelle.

— Naturellement, dit-elle, Jean-Baptiste ne peut pas sentir son beau-père.

— À cause de la « puanteur », peut-être ? fit Bob en tirant machinalement sur sa casquette.

— Ce type est le pire de tous. Le pire. Vous ne pouvez même pas imaginer.

— Aidez-nous, suggéra Mister.

Karima soupira, comme si la tâche lui paraissait écrasante.

— C'est un arriviste. Un affairiste. Un menteur, un hypocrite, un égoïste, un manipulateur, un pervers.

Méprisant avec les faibles, servile avec les puissants. Il n'a aucun scrupule. Aucune morale.

Mister pensa qu'à cet instant ce n'était pas vraiment la jeune femme qui s'exprimait. Ces mots ne venaient pas d'elle. Qu'elle en fût consciente ou non, elle n'était que le porte-parole du berger.

— On reste dans les généralités, là, dit Bob. Excuse-moi, mais la description que tu nous fais pourrait s'appliquer aux trois quarts des politiciens de ce pays ou d'ailleurs.

— C'est un être abject.

— C'est bien ce que je dis. Nous sommes parfaitement d'accord, mais tout ça on le sait. Depuis que le ministre est en poste, il nous a déjà donné un bel aperçu de ses capacités, il me semble.

— Et moi, fit Mister, il me semble qu'on est en train de s'éloigner du sujet. J'aimerais mieux qu'on en revienne à cette soirée chez Rankin.

— On ne s'éloigne pas, dit Karima. Karoly est au cœur du sujet.

— Expliquez-moi ça, alors.

La jeune femme s'accorda un bref moment de répit. Une respiration. Avant de reprendre :

— La seule véritable raison pour laquelle Jean-Baptiste s'est rendu à ce vernissage, c'était Vera.

— Parce que Vera était présente, elle aussi ?

— Oh ! oui… Omniprésente, même. On ne voyait qu'elle. En peinture comme en vrai. Elle était sur tous les murs, elle était dans toutes les pièces de la maison. Elle était sur toutes les lèvres. Partout. Vera était la reine du bal, ce soir-là.

— Ça n'a pas l'air de vous faire très plaisir, dit Mister.

La jeune femme eut un imperceptible haussement d'épaules.

— Cela ne faisait pas particulièrement plaisir à Vera non plus. Elle ne s'attendait pas à un tel… engouement pour sa personne. Elle trouvait ça plutôt ridicule, et immérité. Après tout, elle n'était que le modèle. L'artiste, c'était Josef Kristi. Mais allez savoir pourquoi, toute la bande s'est brusquement entichée d'elle. D'un seul coup elle est devenue la coqueluche, la mascotte. Comme la petite sauvage qu'on a ramenée de son île du bout du monde et qu'on vient exhiber au palais, devant le roi et sa cour. Une curiosité. L'attraction du jour.

— Et le peintre ? fit Mister. Comment a-t-il réagi ?

— Il n'était pas là. Il ne risque pas de mettre un pied chez Rankin, au milieu de ces gens.

— Il veut bien l'argent, mais pas l'odeur… marmonna Bob.

— Vous vous trompez, dit la jeune femme. La preuve : Jean-Baptiste a appris plus tard que son père avait refusé une offre de la part du ministre.

— Quelle offre ? fit Mister.

— Karoly voulait acheter les tableaux. Toute la série. Il en a proposé une grosse somme, mais Josef Kristi est resté intraitable. Pourtant, Dieu sait si l'idée devait le séduire : faire cracher du fric à cette ordure — et à son ex-femme, par la même occasion.

— Pourquoi a-t-il refusé, dans ce cas ?

— À votre avis ?

Ni le pianiste ni le chauffeur ne le donnèrent.

— Il faut croire que certaines personnes ne sont pas encore prêtes à vendre leur âme au diable, dit Karima. Quel que soit le prix.

Mister pensa qu'il ne s'agissait pas de son âme, mais de celle de Vera.

— J'ai beaucoup de mal à imaginer Karoly s'intéressant à la peinture, dit Bob.

— Karoly ne s'intéresse qu'à lui-même, confirma la jeune femme. Il ne serait pas fichu de faire la différence entre un Picasso et un Gaston Lagaffe. S'il voulait acheter les toiles, c'était uniquement pour se faire mousser auprès de ses amis. Le succès de Vera ne lui a pas échappé ; avec son esprit tordu, il a cherché comment il pourrait le détourner à son profit. Et il a trouvé : en la possédant. Toute l'assemblée a l'air d'apprécier la petite sauvageonne ? Très bien, il s'est dit, alors c'est moi qui l'aurai !

— Vous parlez des tableaux ou de Vera ? demanda Mister.

— Je parle des deux, dit Karima.

Bob se pencha sur son volant et se mit à dodeliner de la tête. Il commençait à entrevoir la suite.

— Continuez, dit Mister.

— Quand un type comme Karoly veut quelque chose, dit Karima, il l'obtient. De gré ou de force…

Quarante ans plus tôt, derrière ce haut mur qui lui faisait face, Bob s'était penché pareillement sur la tombe de Robert Desnos. Épisode oublié, dont le souvenir resurgissait à l'instant même. Il n'était pas seul ce jour-là. Une jeune inconnue l'avait précédé. Elle avait des cheveux bruns coupés court et une robe depuis longtemps passée de mode. Elle se tenait debout devant la sépulture du poète telle une statue en pied grandeur nature. Il l'observait discrètement en attendant son tour quelques pas en retrait. Elle était restée un long moment. Pas un son n'avait filtré entre ses lèvres, elle n'avait pas esquissé le moindre signe — adieu ou prière — et s'en était allée sans se retourner. Après coup, il s'était demandé si elle n'était pas simplement le fantôme d'Yvonne ou celui de Youki, l'« étoile » et la « sirène », les deux grands amours du poète — qui pour lui n'en faisaient qu'un.

— ... Cette fois-ci, il est tombé sur un os, disait Karima. Josef Kristi qui refuse catégoriquement de lui vendre ses toiles, là il l'avait déjà mauvaise. Mais qu'une petite bonne femme comme Vera repousse ses avances, c'est plus qu'il ne peut en supporter.

— Il lui a réellement fait des avances ? demanda Mister.

— On ne peut plus explicites. Monsieur le ministre voulait se payer la fille qu'on voyait sur les tableaux. Celle devant laquelle tout le monde s'extasiait.

Mister retroussa ses lèvres épaisses.

— Enfoiré, murmura-t-il.

— Une lubie, dit Karima. Un caprice. Au départ, c'était ça. Il ne devait même pas imaginer que Vera puisse lui dire non. Mais à partir du moment où elle lui a résisté, c'est devenu une véritable obsession...

C'était au temps où Bob arpentait les cimetières. Il était encore étudiant. À l'âge où la plupart de ses condisciples chassaient la cuisse fraîche, lui cherchait une forme de confirmation parmi les défunts. Il y passait des après-midi entiers. Ce qui le poussait était peut-être le besoin d'ancrer dans la réalité les figures emblématiques inscrites au fronton de ses livres et dans ses cahiers. Tous ces personnages illustres, philosophes, écrivains, poètes, qui régnaient en maîtres sur son univers imaginaire et spirituel, il s'agissait de s'assurer de l'authenticité de leur existence. Et en effet, celle de Saint-Simon ou celle d'Auguste Comte lui étaient apparues beaucoup plus concrètes lorsqu'il avait vu leurs noms gravés sur des stèles du Père-Lachaise. Idem pour Verlaine aux Batignolles. Stendhal à Montmartre. Ils étaient morts et enterrés : preuve qu'ils avaient bel et bien vécu. Soudain ces esprits nus se revêtaient de chair et d'os et de poussière, ils n'étaient plus des demi-dieux mais des hommes complets, chute comprise, et ceci était une bonne chose aux yeux du jeune Bob.

— … Tous les moyens étaient bons pour la faire céder, poursuivait Karima.

— Du genre ? fit Mister.

— D'un côté, des propositions alléchantes : Karoly a des relations dans tous les milieux, cinéma, télé, théâtre, un seul coup de fil de sa part et Vera pouvait obtenir tous les rôles dont elle rêvait. Et puis, d'un autre côté, il y avait le chantage, les menaces.

— Des menaces ?

C'était sorti comme un grondement sourd du poitrail de l'ours.

— Menaces d'expulsion, dit Karima. Menaces de non-renouvellement de sa carte de séjour. Vera était dans une situation précaire. Elle avait fait une demande d'asile, mais ça n'avait pas encore abouti. Karoly jouait là-dessus. Qui était mieux placé que lui pour décider si Vera pourrait rester en France ou non ?

— Bon Dieu. Et tout ça pour coucher avec elle ?

— Tout ça pour la plier à sa volonté, dit Karima. Pour affirmer son pouvoir. Sa domination. Que ce soit Vera ou une autre, ça n'a guère d'importance. Ce qui compte, pour les types comme Karoly, c'est de soumettre et de briser. D'écraser. Ils ne peuvent s'élever qu'en marchant sur les os de ceux qu'ils ont broyés.

À quelques mètres à peine de la tombe de Robert Desnos (1900-1945) se trouvait celle de Pierre Laval (1883-1945). Ci-gît le poète, auteur de *Deuil pour deuil*, de *La liberté ou l'amour*, de *Corps et biens*, mort en déportation à Terezin, Tchécoslovaquie, un mois après la signature de l'armistice, et ci-gît le politicien, ministre, collabo notoire, créateur de la Milice et du STO, condamné puis fusillé à la Libération. La victime et le bourreau, pourrait-on dire. Partageant désormais leurs restes. Soudés au regard de l'éternité. Ce n'est pas du surréalisme. Ils reposent dans la même division. Font humus commun. Nourrissent la même terre, produisent la même sève, génèrent les mêmes pousses. Comment s'étonner dès lors que chaque fruit porte en lui à la fois les germes du bien et du mal ?

Destinée arbitraire - recueil posthume.

— … Ça a duré des semaines, disait Karima. La pression du ministre était de plus en plus forte, mais Vera résistait toujours. Elle n'avait parlé à personne de toute cette histoire. Nous ne savions rien. Nous ne nous doutions de rien.

Mister avait resserré les lèvres. Il respirait fort. Bob fixait le mur sombre du cimetière ; sa tête avait cessé de dodeliner.

— Et puis un jour, elle a fini par craquer, dit Karima. Elle n'a pas cédé à Karoly, mais elle a mis Jean-Baptiste au courant de ce qui se passait. De tout ce qu'elle avait subi depuis la soirée chez Rankin, et qu'elle continuait à subir. Elle était à bout. Elle devait penser que sa dernière solution, sa dernière chance de s'en sortir, c'était Jean-Baptiste.

— Est-ce qu'ils étaient… (Mister se racla la gorge)- … amants ?

Il lança un bref coup d'œil à Bob, qui ne broncha pas.

— Non, dit Karima. Ils étaient amis. Même si de son côté Jean-Baptiste espérait peut-être davantage. Il avait vraiment beaucoup d'affection pour elle.

— Et vous ?

— Moi ?

— Qu'est-ce que vous êtes pour Jean-Baptiste ? Une amie aussi ?

— Sa meilleure amie, je pense, dit la jeune femme.

— Pas de secrets entre vous, c'est ça ?

— C'est ça. Je l'espère, en tout cas.

Mister prit soudain conscience que les coups sourds et répétés qu'il percevait depuis un moment provenaient de sa propre cage thoracique. Il engrangea une large bouffée d'oxygène. Puis une autre.

— Bon, souffla-t-il. Jean-Baptiste, qu'est-ce qu'il a fait une fois que Vera l'a mis au courant ? Il s'en est pris à son beau-père ?

— Pas directement. Il s'est adressé à sa mère.

— Sa mère ? Pourquoi sa mère ?

— Cela la concernait aussi.

— Vous voulez dire qu'il est allé raconter à sa mère que son salopard de mari s'acharnait depuis des mois à essayer de la tromper ?

— Oui. Il lui a tout raconté. D'abord pour qu'elle fasse cesser ce harcèlement. Et ensuite, précisément pour lui démontrer à quel point l'homme qu'elle avait épousé était un type ignoble.

Bob émergea soudain de son silence.

— Parce que Mme Célia Valdéron est censée être une oie blanche ? Une pauvre innocente flouée ? Personne ne me fera croire qu'elle ne savait pas à qui elle avait affaire en épousant Karoly.

— Vous n'êtes pas son fils, dit Karima. Si c'était le cas, peut-être que vous lui chercheriez des circonstances atténuantes.

Mister ferma les yeux et se frotta la figure avec force, comme pour la débarrasser de toute la crasse accumulée depuis le jour de la création. En relevant les paupières il constata que le monde n'avait pas plus d'éclat.

— Et la mère, dit-il, qu'est-ce qu'elle a fait ? Elle est intervenue ?

— Il semble que oui.

— Le harcèlement a cessé ?

— Tout a cessé.

Mister se tourna et scruta de nouveau l'obscurité à l'arrière de la voiture.

— Tout ?

La voix de la jeune femme mit de longues secondes à remonter de son puits d'ombre.

— Deux semaines plus tard, Vera a été retrouvée morte, dit-elle.

Vous mettrez sur ma tombe une bouée de sauvetage.
Parce qu'on ne sait jamais.

R. Desnos, *Les grands jours de poète*

— Putain de Dieu ! explosa Mister. Vous vous rendez compte de ce que vous êtes en train de dire ? Vous êtes consciente de ce que ça implique ?

— Je le sais, oui. Et Jean-Baptiste le sait aussi. Pourquoi croyez-vous qu'il était si difficile de vous en parler ?

— Ce n'est pas à moi qu'il fallait en parler, mais à la police.

— Pour lui dire quoi ? Nous n'avons aucune certitude.

— Des certitudes ? Votre ami crache le morceau à sa mère, il lui demande de faire quelque chose, et quinze jours après Vera est assassinée ! Quelles conclusions vous en tirez, vous ?

— Je m'efforce de ne pas en tirer, justement.

— Parce que ça vous fait peur.

— Parce que ça ne prouve rien.

— C'est elle ! affirma Mister.

— Ou le ministre lui-même, intervint Bob.

— Non. Karoly n'avait aucun motif valable.

— Vera refusait de lui céder.

— On ne tue pas pour ça, dit Mister.

— On tue pour moins que ça, dit Bob.

Le pianiste secoua la tête, déniant encore une fois avec force et conviction.

— Non. C'est elle qui est jalouse. C'est elle qui se sent agressée, blessée dans son amour-propre. Pas lui. À mon avis, elle n'a même pas dit à son mari qu'elle était au courant, histoire de s'épargner une humiliation supplémentaire. Elle a préféré régler le problème à sa façon. Avec ce que Jean-Baptiste venait de lui apprendre, cette femme devait être folle de rage. Non seulement son orgueil est atteint, mais son couple est en jeu. Et tout ce qui va avec, tout ce que ça comprend quand on est l'épouse d'un ministre. Ça oui, c'est une raison. On s'attaque à son territoire, on risque de la déposséder. Danger. Mme Valdéron ne peut pas laisser faire. À ce moment-là, elle ne devait penser qu'à une chose : éliminer sa rivale au plus vite.

— Célia Valdéron a certainement beaucoup de défauts, dit Karima, mais ce n'est pas une psychopathe.

— Exact. C'est pire : c'est une meurtrière au sang froid. Son acte a été prémédité. Calculé. Chiffré, même. Car Mme Valdéron ne veut pas se salir les mains. Mme Valdéron a largement les moyens d'engager du petit personnel pour se charger des basses besognes. L'odeur, l'odeur de l'argent, vous vous rappelez ? Ça pue ! C'est vous qui l'avez dit.

— Les apparences jouent contre elle, d'accord, mais

ça ne suffit pas à l'accuser. Vous oubliez aussi que les deux hommes que la police a arrêtés étaient des dealers. C'est un fait avéré. Et ils ont avoué leur crime.

— Qui a dit le contraire ? Ils n'ont fait qu'exécuter ce pour quoi ils étaient payés.

— Il est encore possible que ce ne soit qu'une monstrueuse coïncidence avec cette histoire de drogue.

— Elle a raison, laissa tomber Bob.

Mister se tourna vers lui à la vitesse d'un cobra.

— Quoi ?

— N'écartons pas trop rapidement les autres possibilités, dit Bob. (Il s'adressa à la jeune femme :) Est-ce que Vera se droguait ?

— C'est pas vrai… siffla Mister.

— Pas à ma connaissance, dit Karima.

— Elle vendait de la drogue ? Elle vous en avait déjà proposé, à toi ou à Jean-Baptiste ?

— Non, jamais.

— Et Kristi, tu sais s'il en prend ?

— Je crois, dit la jeune femme.

— Tu crois ?

— Qu'est-ce qu'on en a à foutre que Kristi se shoote ou pas ? explosa Mister. Quel rapport avec le meurtre ?

— Je cherche, dit Bob.

— Tu cherches, mais tu refuses de voir ce qui est sous ton nez. On a le mobile et on a le nom qui va avec : Célia Valdéron. C'est tout trouvé.

— Il ne t'a pas fallu longtemps pour t'en convaincre, insinua Bob. Toujours ton flair légendaire qui te guide ?

— La logique, dit Mister. Seulement la logique. Suis-la, et tu arriveras au même endroit que moi.

— Vous avez le droit de suspecter cette femme, dit Karima. Mais, quoi que vous en pensiez, le doute subsiste. Et c'est déjà bien assez pour ronger le cerveau et le cœur de Jean-Baptiste.

— Ah ouais ? fit Mister. Vera, elle, ce sont les flammes qui l'ont rongée. Tout entière !

D'un seul coup Karima la brune resurgit du néant. Son visage, juste l'ovale de son visage apparaissant à la lumière, cerné de ténèbres, comme si elle avait réussi à extraire la tête des eaux glauques d'un lac au fond duquel de longues algues faméliques accrochées à ses chevilles la retenaient encore. Elle s'était avancée jusqu'au bord de la banquette. Si près de Mister qu'il pouvait sentir son souffle dans son cou. Sa voix, lorsqu'elle parla, avait le tranchant d'un silex taillé — susceptible de s'effriter à tout moment.

— Et quand bien même ce serait effectivement Célia Valdéron la coupable, dit-elle, qu'est-ce que vous feriez à la place de Jean-Baptiste ? Vous iriez dénoncer votre propre mère ? Vous iriez la balancer aux flics ? Vous la condamneriez à finir ses jours en prison ?… Putain de Dieu, comme vous dites si bien, c'est sa maman !

Ces derniers mots résonnèrent un instant dans l'air avant que leur écho ne gagnât l'intérieur des crânes, laissant le silence investir l'habitacle de la Peugeot et s'y éterniser.

Longtemps après, Bob dit :

— Autre chose à demander ?

La question s'adressait à l'ami assis à ses côtés. Celui-ci ne répondit pas. Ses narines s'ouvraient et se fermaient comme de minuscules valves en caoutchouc.

Bob soupira, puis jeta un regard dans le rétro.

— Où est-ce que je te dépose ? demanda-t-il.

— Nulle part, dit Karima.

Un clic de portière et la seconde suivante le visage

de la jeune femme s'était effacé. L'ombre parut moins dense après son départ.

Aucun des deux hommes n'esquissa le moindre geste.

Il y avait peut-être une lune quelque part, il y avait peut-être une nichée d'étoiles toutes plus brillantes les unes que les autres, mais ils ne pouvaient pas les voir. Ils avaient pour horizon le haut mur du cimetière qui semblait s'agrandir à vue d'œil, et leur seul infini disponible s'étalait au-delà.

Ils restèrent assis dans la pénombre de la 404. Pareils à deux reliques oubliées au fond d'une crypte.

Time remembered

Nous aurions pu être ensemble.

Nous aurions pu être heureux ensemble.

Nous aurions pu faire pousser des jardins.

Nous aurions pu planter des légumes, planter des arbres, planter des fleurs.

Étamine, où est-elle ?

Elle fait des trous dans la terre.

Étamine, au lieu de s'ouvrir, au lieu de s'offrir, au lieu de délivrer à chacun le suc de sa vie.

Tout ce qu'elle libère est le souffle d'une explosion.

Étamine tue.

Les souvenirs aussi.

Nous aurions pu nourrir notre amour.

Nous aurions pu nous nourrir des fruits de notre amour.

Au lieu de quoi nous les avons laissés pourrir.

Nous avons laissé se flétrir les fleurs et leur parfum sous l'odeur du soufre.

Au vent mortel.

Et nous avons creusé des trous où l'on s'enterre.

23

Renato Di Catanzarro, prince en exil autoproclamé et barman de fortune, avait horreur qu'on le surprît en train de s'acquitter de tâches plébéiennes, qu'il jugeait indignes de son rang. Aussi, lorsqu'il reconnut la silhouette massive du taxi au bout de la rue, s'empressa-t-il de bazarder dans le conteneur les deux gros sacs d'ordures qu'il tenait à la main — sortir les poubelles, ne lui en déplût, faisait partie de ses attributions au sein du club. Après quoi il se dirigea nonchalamment vers le bord du trottoir et s'y campa, nez en l'air, comme s'il n'était remonté de sa cave que pour admirer le paysage et s'offrir un bon bol de dioxyde de carbone.

La 404 s'arrêta en double file. Renato fit mine de la découvrir. Quand la portière de Mister s'ouvrit, il se pencha et agita la main avec candeur.

— Oh, la belle voiture jaune ! s'extasia-t-il. Bonjour, Oui-Oui ! Bonjour, Potiron !

Renato Di Catanzarro avait des lettres.

Sa vanne tomba à plat. Mister se contenta de passer devant lui en affichant un air affligé tandis que Bob réussissait l'exploit de faire crisser les pneus de son char en redémarrant.

Le barman regarda tour à tour le taxi puis le pianiste qui l'un comme l'autre s'éloignaient. La bouche en cul-de-poule, il lança un petit cri de coyote des villes.

— Ouuuuuh !… Ces messieurs ont leurs règles, on dirait. Et moi qui vous croyais ménopausés depuis belle lurette !

Mister ne prit pas la peine de se retourner. Sa haute silhouette disparut dans l'antre du Dauphin Vert et le claquement de la porte se refermant dans son dos pouvait faire songer à un rabattement de caquet.

Le résultat fut que le pianiste passa ses pauses assis au comptoir, bras croisés, à attendre un café qui ne vint jamais. Le prince des liqueurs faisait la gueule. Mais Mister n'en avait cure. Il n'avait pas le cœur à leur badinage habituel, la tête non plus. Il ressassait. Il y avait les informations collectées, arrachées ici ou là, grâce auxquelles il croyait désormais en savoir plus sur l'affaire (mais qu'en faire ? Comment s'en servir pour agir ?). Il y avait les zones encore floues, voire carrément cachées, et il y avait à l'opposé les tas de boue apparus en pleine lumière. Et tout ça tournait, virait, se cognait, s'enchâssait, s'engluait, tout ça occupait en exclusivité le terrain de ses pensées.

On ne peut même pas dire que cela s'arrangeait quand il retrouvait sa place sur l'estrade. Les affres persistaient. La musique ne décollait pas, pas d'ailes, pas de grâce, besogne, besogne, calme plat, service minimum, encore heureux qu'il parvenait à recoller les morceaux, mais le piano était à la traîne, le trio avait un membre gangrené et les deux autres lui lançaient des regards allant de la perplexité à l'angoisse en passant par l'exaspération — notamment lorsqu'il faillit se mettre à l'envers à la sortie d'une série de quatre-quatre avec Timex le batteur, sur un blues de Count

Basie qu'il avait pourtant dû exécuter au bas mot un million six cent mille fois au cours de sa vie.

Mister ne jouait pas : il remuait les doigts. Il enfonçait des touches. Le mécanisme fonctionnait mais l'âme était restée en coulisse.

À minuit et des poussières il reçut sa visite quasi quotidienne. Il venait d'entamer *Someone to Watch Over Me* et Vera Nad s'en revenait vers lui après avoir traversé tant et tant d'états, tant et tant de miroirs. Elle s'accouda au demi-queue comme elle aurait pu le faire en d'autres temps et d'autres lieux. Elle était là, il le savait. Elle le regardait. Mais ce soir il n'osa pas lever les yeux de crainte de ne pouvoir empêcher ses larmes de se répandre. La tristesse et la honte, la colère et l'indignité : tout cela polluait le terrain de son cœur. A-t-on déjà vu un ours pleurer ?

L'impression était si forte que Mister se sentit incapable de prendre le chorus. Il en laissa le soin au contrebassiste. Il ôta purement et simplement les mains du clavier en attendant que ça se passe. Tête basse. Le regard de Vera Nad lui enveloppait le crâne d'une onde brûlante. Il aurait voulu rogner le temps, escamoter les mesures. À la fin du morceau, il remarqua que ses doigts tremblaient infimement. Il savait qu'elle l'avait remarqué aussi. Elle ne dit rien. Elle ne lui fit aucun reproche. Des applaudissements ponctuèrent cette piètre prestation et la jeune et morte Vera Nad s'en retourna alors comme elle était venue, sans bruit. La vision qu'on peut s'en faire est celle d'un cerf-volant dont le fil a rompu. Mister avait les bras trop courts pour le rattraper.

N'eût-il été imperméable à toute forme de remords, il y avait dans la salle un autre homme qui aurait pu assister à l'apparition de Vera. Parce qu'il marchait sur ses traces. Parce que dans une certaine mesure il n'était pas étranger à sa mort. Mais les manifestations de l'esprit, quelles qu'elles fussent, n'avaient jamais beaucoup suscité son intérêt.

L'homme occupait une table près du bar. Seul. Le mot « Bullmastiff » écrit sur son front avec une encre qui était ce qu'il y avait de plus sympathique chez lui. Les cheveux ras, blonds ou blancs, un physique de catcheur ancienne génération, trapu, râblé, une gueule à l'avenant, il donnait l'impression de pouvoir casser des noix entre son cou et son menton.

Pour la énième fois, l'homme saisit le verre posé devant lui, le porta sous son nez et huma le liquide qu'il contenait. Ses narines se froncèrent, ses lèvres s'écrasèrent : un rictus qui exprimait le dédain plus que le dégoût. Dire qu'ils appelaient ça un calva ! Aucun de ces ersatz qu'on lui servait depuis maintenant quarante ans n'arrivait à la cheville de l'élixir de son enfance. À l'époque sa nourrice, cette brave femme, le distillait elle-même et lui en octroyait deux doigts chaque matin au petit déjeuner pour accompagner une tartine de beurre salé. Ça fait rougir le sang, disait-elle. Qui sait si c'était l'amour qu'elle y mettait, ou son savoir-faire, ou tout bonnement la qualité des fruits d'antan, mais le breuvage coulait dans les entrailles du môme comme un mélange de miel et d'or fondu. La saveur du paradis perdu. Quatre décennies plus tard, l'homme la recherchait encore.

Pour la énième fois, il reposa son verre sans y avoir touché. Puis il se remit à l'observation des clients autour de lui, et le rictus, le même, ne tarda pas à reparaître sur sa face. Il ne pigeait décidément pas. Il était arrivé au début du deuxième set et se demandait depuis lors comment tous ces gens qui paraissaient à peu près sains d'esprit pouvaient avoir envie de s'enfermer des heures durant dans une cave sans fenêtres et débourser du pognon pour écouter ce… ce… ce truc. (Dire qu'ils appelaient ça de la musique !) Son incompréhension était sincère. Il lançait des coups d'œil à droite à gauche, il voyait sous les tables les pieds marquant le tempo, les ongles cliquetant en rythme sur les plateaux de bois et les chopes de bière, il voyait les visages tendus, concentrés, obnubilés, hypnotisés, ou au contraire relâchés à l'extrême, cools, sourires béats, regards flous, sainte Thérèse mystifiée, une de ses voisines avait les paupières mi-closes et semblait carrément en extase, et lui pendant ce temps sentait le long de sa colonne la tension, vilaine petite bête, qui montait, montait, cran à cran, vertèbre après vertèbre.

Bordel, c'était quoi, cette secte ?

Au milieu du troisième set sa nuque était chargée à bloc. Deux cent mille volts circulaient sous sa coupe en brosse transformée en casque à électrodes. Avant que les plombs ne sautent, il s'enfila le pseudo-calva, cul sec et sans respirer, et fila droit vers la sortie sans laisser le moindre pourboire. Personne ne lui prêta attention. Malgré sa corpulence, l'homme avait le don de passer inaperçu, surtout lorsqu'il était en mission.

La soirée s'acheva sur une note miséricordieuse. D'une mimique, Mister implora l'indulgence de ses deux acolytes. Accordée. Après cela il retourna se percher sur l'un des hauts tabourets du bar et resta là sans bouger. Coudes sur le zinc, dos voûté, s'il y avait eu une glace derrière les bouteilles alignées, elle lui aurait renvoyé l'image d'un pauvre type qui n'espère plus qu'une chose : que la vie va finir par lui lâcher la grappe.

Le Dauphin Vert se vidait. Atmosphère feutrée d'après concert. Seuls quelques rares clients traînaient encore. Un ou deux solitaires insomniaques faisaient durer leurs bières. Dans un coin près de la scène, un couple, lui Indien doré, elle rousse australienne, doigts entrelacés, se bouffait des yeux — ils étaient penchés si près l'un de l'autre que leurs lèvres se frôlaient, d'où sourdait la source d'une langue à part, rien qu'à eux.

Ô, l'amour.

À l'autre bout du comptoir, Renato essuyait des verres avec une méticulosité maniaque. Il se tenait ostensiblement éloigné de Mister mais ne pouvait s'empêcher de lui jeter un coup d'œil de temps en temps, histoire au moins de vérifier que sa bouderie était appréciée à sa juste valeur.

Le trio se démembrait. Geoffrey « Timex » Alexis, batteur, était déjà parti. Pierrot Valenti, contrebassiste, mettait les voiles à son tour. Au passage il gratifia le pianiste d'une tape sur l'épaule.

— Y a des soirs comme ça, mon pote…

Mister opina, lui renvoya son salut d'un petit signe de la main. L'ami Pierrot s'engagea dans l'escalier en colimaçon avec son instrument. À deux, ils tenaient tout juste. Sa contrebasse était à peu près du même gabarit que lui ; il la trimbalait partout dans son énorme étui, comme son double, comme sa moitié, comme une déesse vénérée et momifiée dont il eût été incapable de se séparer.

Ô, l'irréductible amour.

Un quart d'heure plus tard, un café noir, serré, se matérialisa sous le nez de Mister. Il releva lentement les yeux. Renato se tenait là, un torchon sur l'épaule, sur le visage une expression exagérément prononcée qui signifiait : « Je sais, tu ne le mérites pas, mais que veux-tu, je suis trop bon… »

Mister eut un imperceptible hochement de menton,

puis reporta son regard sur la tasse. Il la fixa un long moment, l'air absent, comme si dans son esprit défilaient de lointains souvenirs liés à cet objet. Puis, du bout des lèvres, il laissa tomber :

— Non, merci.

Ce n'était pas de l'ingratitude. Ce n'était pas de la provocation. Boire ce café semblait être absolument au-dessus de ses forces.

— Je rentre, dit-il.

Il descendit du tabouret et se dirigea vers l'escalier. Pas de souplesse, ce soir, dans sa démarche. Pas de jaguar, pas de panthère. Juste le pas lourd de l'ours brun avec une chaîne autour du cou.

Renato demeurait bouche bée. La détresse du pianiste était si évidente qu'il n'avait même pas songé à s'offusquer. Et, à cet instant, il ne songeait pas non plus à fantasmer sur le modelé de ses fesses, ainsi qu'il le faisait à l'accoutumée. Le barman était ébranlé. Il regardait Mister monter les marches et son émotion, degré par degré, suivait la même progression. Une grosse boule partie du ventre. Quand les pieds de Mister disparurent à sa vue, la boule vint se coincer au fond de sa gorge, l'empêchant d'avaler. Et qui pourrait la déloger de là ?

Ô, l'irrationnel amour.

24

1 heure 54 du matin, le grand Black fit son retour à la surface de la terre. Il se planta sur le seuil, souffla dans ses mains. L'enseigne du club était éteinte, mais plus que jamais la rue du Dauphin-Vert semblait être la voie toute tracée des bluesmen solitaires. (Il faut imaginer la ligne du chemin de fer fuyant vers l'horizon en une unique et étroite perspective, sans fin, sans train, sans gare, et la silhouette voûtée qui la suit en longeant les rails.) Pas un rat dans les parages. Le désert. Un semblant de brume flottait à hauteur d'épaules ; elle s'enroulait autour des réverbères puis s'étirait, se déchirait en longues volutes pâles qui elles-mêmes poursuivaient leur lente et solennelle errance, glissant dans l'humidité de la nuit comme des traînes de mariées fantômes sur les parquets moisis de manoirs à l'abandon.

Le froid mordait les os des vivants.

Mister n'avait pas prévu de retrouver Bob. Il allait rentrer à pied. Vingt-cinq minutes de marche. Il serra les poings et les enfouit au fond de ses poches. Puis il se mit en route. Au cinquième pas qu'il fit, une voix l'arrêta.

— Je sais pas comment vous faites pour supporter ça.

Une voix d'homme, qu'il ne reconnut pas. Il n'aurait même pas su dire de quel côté elle provenait. De partout, de nulle part. Il lança un regard circulaire et ne vit personne. Il demeura en attente, circonspect, durant une poignée de secondes. Le silence était retombé. Chassant les vagues idées de revenants et d'avatars — messagers de l'au-delà — qui se présentèrent à son esprit, Mister pencha pour une explication plus rationnelle : illusion auditive. Quelqu'un avait dû lancer ces mots dans une artère adjacente, et par un subtil jeu d'acoustique ils étaient parvenus jusqu'à lui. Ou alors, c'était qu'il travaillait beaucoup trop du chapeau.

Après un dernier coup d'œil par-dessus son épaule, il reprit sa marche… et faillit buter sur un type posé là, au beau milieu du trottoir.

Le pianiste se cabra, autant sous l'effet de la surprise que pour éviter le choc. L'homme qui se trouvait devant lui n'avait rien d'un mirage ni d'un spectre. C'était une masse bien concrète de muscles et de chair. En hauteur, Mister lui prenait vingt centimètres ; en largeur, le poitrail du type débordait le sien de part et d'autre.

Il n'eut guère le temps de s'interroger sur le miracle de cette apparition.

— Hein ? relança le type. Comment que vous faites ?

— Comment je fais ? répéta Mister.

— Pour supporter ça, dit le type.

— Supporter quoi ?

— Ce bruit, dit le type.

Mister fronça les sourcils. Il tordit légèrement le cou et tendit l'oreille, essayant de percevoir un son quelconque. En vain.

— Quel bruit ?

— Cette musique de merde, dit le type.

Mister scruta son visage avec plus d'attention. Il n'était pas certain de bien saisir. L'homme n'avait pas l'air de plaisanter mais il n'avait pas l'air non plus de vouloir mordre. Son ton n'était pas belliqueux et sa remarque sonnait de façon naturelle. Au fond, cela ressemblait à une banale discussion entre deux inconnus à l'arrêt de bus.

— Je pige pas, reprit le type. (D'un coup de menton il désigna l'entrée du club.) J'ai passé deux heures là-dessous, dans votre trou à rats, et j'ai cru que ma cervelle allait exploser. Je sentais comme des petites décharges électriques partout dans la nuque et dans le dos. Des trucs bizarres. Ça vous le fait jamais, à vous ?

— Je ne crois pas, non.

— On me paierait que j'y refoutrais pas les pieds, dit le type.

Mister approuva.

— Faut pas se forcer. Y a des tas d'autres musiques, et des tas d'autres endroits où les écouter. Chacun son truc.

Un suceur de temps, pensa-t-il. Il était déjà tombé sur ce genre de spécimens. Des gars désœuvrés, persuadés que le monde entier s'emmerdait autant qu'eux et qu'ils vous rendaient service en vous tenant le crachoir le plus longtemps possible — toujours ça de gagné. Inutile de polémiquer avec eux, la seule chance d'abréger était d'abonder dans leur sens.

— Vous faites pas ça tous les soirs, quand même, si ? dit le type.

Mister prit une mine contrite.

— C'est mon job…

— Je vois. On choisit pas toujours, pas vrai ?

— Je vais pas trop m'en plaindre, soupira Mister. J'avoue que, dans le fond, ça ne me déplaît pas tant que ça de jouer du piano.

Il l'avait dit en essayant d'étouffer au maximum

l'ironie. Une étincelle de stupéfaction embrasa la rétine de son interlocuteur. Lequel finit par hocher le menton, qu'il avait large et carré.

— Les goûts et les couleurs, hein ?

— Ça ne se discute pas !

Quelle meilleure conclusion que celle-là ? Le pianiste sauta sur l'occasion. Il lança un vague salut et se remit en marche, s'engageant sur la gauche afin de contourner l'obstacle. Mais, d'un rapide pas chassé, le type se décala du même côté et lui barra le passage. Mister dut piler à nouveau. Son corps parut rebondir sur le roc devant lui ; il se retrouva un pas en arrière.

— C'est pas par là, fit le type.

Mister accusa le coup. Bouche bée, front plissé. Il jaugea une nouvelle fois le gars qui lui faisait face. Il fallait une inspection assez fine pour réaliser que soudain tout avait changé : le regard, le ton, l'attitude. La différence se jouait sur d'infimes détails, et sur quelque chose d'impalpable qui s'en dégageait. Des ondes funestes. Le Bullmastiff pointait sa gueule hors de la niche.

— Pardon ? fit Mister.

— Tu te goures de côté, dit l'autre. On n'a pas fini de causer, tous les deux. Je suis sûr que t'as encore plein de choses à me raconter. Alors, on va se faire un petit bout de chemin ensemble. De ce côté-ci. Bien gentiment.

On était passé du « vous » au « tu » : un palier de plus dans l'intimité. Mais ce n'était pas le pire. Le pire était cette façon que le type avait à présent de le fixer. Tête baissée, yeux levés. Un regard par en dessous. Ça donnait avant tout le sentiment qu'il était prêt à lui foncer dans le buffet. Et le traverser sans peine.

— Causer de quoi ? fit Mister. Je ne vois pas ce que j'aurais à vous dire de plus.

— Tu pourrais me parler d'art, par exemple.

— D'art ?

— Les artistes, ça te connaît, non ? J'ai comme l'impression que t'en fréquentes pas mal, ces derniers temps. Des gens du théâtre, des peintres… Tu vois ce que je veux dire ? Moi, je suis pas trop calé dans tous ces trucs-là, mais je demande qu'à apprendre.

Le type se tut. Quelque chose qui ressemblait vaguement à un sourire lui étirait les babines. Il était content de lui. Content de l'effet produit par ses petits sous-entendus. Rien de très subtil là-dedans mais il fallait reconnaître que ça payait : le grand Black avait pâli. Il venait de piger que cet inconnu n'était pas là par hasard, que sa présence était liée à ce qui lui tenait le plus à cœur : la mort de Vera. Il avait pris cette révélation pleine poire. Il avala sa salive jusqu'à la lie avant de rouvrir la bouche.

— Écoutez… commença-t-il.

— Ouais, le coupa l'autre. C'est exactement ce que je viens de dire : je vais t'écouter. Je vais même faire que ça. Mais pas ici. On va se trouver un petit coin où on sera bien tranquilles, toi et moi. Tu vas voir.

Par réflexe, Mister lança une série d'œillades autour de lui : en matière de coin tranquille, la rue lui parut désespérément idéale.

— Essaie pas de jouer au con, anticipa Bullmastiff. Tu vois ça ? (Il indiquait la poche droite de sa canadienne : sa main y était glissée et une bosse pointait vers l'avant, déformant le tissu.) C'est un Sig-Sauer P 6. Calibre 9 mm Parabellum. Il est braqué en plein sur ton bide. On croirait pas, mais un joujou pareil, à cette distance, ça te creuse un tunnel sous la Manche.

Les yeux de Mister effectuèrent deux allers-retours express entre la poche et la gueule du type. Cela ne demanda qu'une demi-seconde mais un nombre considérable de pensées naquirent et moururent dans ce laps de temps.

Ce n'était peut-être que du bluff. Il pouvait peut-être tenter sa chance. Lui rentrer dans le lard et piquer un sprint pour se mettre hors de portée. Il pouvait peut-être meugler comme une sirène et ameuter tout le quartier. Et il ferait quoi, le mastard, s'il décidait tout simplement de continuer sa route ? Il lui logerait une balle dans le dos ?

L'ennui, c'était qu'il n'y avait qu'un seul moyen de vérifier.

— Go ! fit l'autre en allongeant son cou de taureau.

Le sentiment qui prédominait chez Mister en cet instant n'était pas la peur, mais la curiosité. Qui était ce type ? Pour qui roulait-il ? Qu'est-ce qu'il savait et qu'est-ce qu'il voulait savoir ? S'il finit par céder et par faire volte-face, ce fut davantage poussé par l'aiguillon de ses interrogations que par celui de la menace.

— Tu marches tranquille, prévint Bullmastiff. On est juste deux potes qui se rentrent gentiment à la maison, c'est pas compliqué.

Mister s'était remis en branle. Il repassa sous l'enseigne du Dauphin Vert et continua à remonter la rue du même nom. Il dépassa les deux conteneurs à ordures situés à l'angle de la petite artère perpendiculaire ; il ne jeta même pas un œil dans la ruelle. Il se forçait à maintenir son regard fixé droit devant, aussi loin que la brume le permettait. Soit le type derrière avait des semelles spéciales, parfaitement silencieuses, soit il était entraîné à s'adapter au pas de ses proies au millième de seconde près. Mister ne percevait pas le moindre bruit dans son dos. Au bout d'un moment, il en vint à se demander s'il n'était pas en train de jouer le dindon dans une mauvaise farce. Si ça se trouve, l'autre s'était tiré sur la pointe des pieds et se marrait en douce à l'idée du grand Black continuant d'avancer tout seul comme un con. Jusqu'où ? Jusqu'à quand ?…

Interrompant ses réflexions, une voix — encore une — éclata soudain dans la nuit, si puissante qu'elle sembla déchiqueter le brouillard en centaines de lambeaux blêmes.

Ni vraiment cri ni tout à fait chant, à mi-chemin entre le vagissement et le beuglement : c'était le son que produirait un ruminant s'essayant au karaoké. Quelque chose, en tout cas, que Mister reconnut immédiatement.

Demis !

Demis le gros ! Demis le Grec ! Demis Roussos !

Ou pour le moins son tortionnaire de service : Milosav Pesic.

« Reûn and teeeûrs… » exhortait la voix.

Ce fut plus fort que lui, Mister s'arrêta. Aussitôt il sentit une pointe dure s'enfoncer au creux de ses reins, le dissuadant de se retourner. Plus de doute : Bullmastiff était toujours là, et il était armé.

— T'occupe pas, ordonna-t-il. Continue d'avancer.

Des cataractes de pluie et de larmes leur tombaient dessus. Mister montrant une certaine réticence à redémarrer, le bout du canon vrilla contre ses vertèbres comme pour les perforer.

— Go ! réitéra Bullmastiff, qui avait appris l'anglais dans les séries de dessins animés japonais.

Mister serra les dents et reprit sa marche.

Derrière eux, l'organe de Milosav résonnait, de plus en plus proche. S'y ajoutaient maintenant les accords de sa guitare désaccordée. Avec un boucan pareil,

Mister s'attendait à voir toutes les fenêtres de la rue s'éclairer d'un instant à l'autre.

« … Wheûn yu creey eun wunteeûr teyyme… »

Le jeune homme devait être à moins de dix mètres de distance. Il n'allait pas tarder à les rattraper. Mister n'arrivait pas à décider de ce qu'il devrait faire à ce moment-là : l'ignorer ? Le prévenir ? Lui signifier discrètement de déguerpir, ou au contraire requérir son aide ?… L'image du vieil aveugle lui traversa l'esprit et il se demanda si l'ancêtre suivait aussi, s'il se trouvait dans les parages.

À présent Bullmastiff le serrait de très près. Ombre matérialisée. Pesante. Mister sentait la puissance de cette masse irradier entre ses omoplates. Il pouvait presque entendre sa respiration. Il devinait sa contrariété, son agacement qui ne cessait d'augmenter depuis cette fâcheuse intrusion sonore. « *Musique de merde* », hein ? ricana intérieurement le pianiste. « *Je sais pas comment vous faites pour supporter ça.* »

Milosav s'en donnait à cœur joie, son timbre énergique faisait vibrer la tôle des réverbères.

« … it's neuthing beut the reûn… »

Et d'un coup, aussi brusquement qu'elle avait commencé, la chanson cessa. Peut-être qu'à l'autre bout de la planète Demis le Grec joignit les mains en soupirant « Merci, mon Zeus ! », mais ici, rue du Dauphin-Vert, le silence retomba avec un fracas digne de l'effondrement d'un faux plafond de stuc et de plâtre sur les spectateurs d'un opéra.

Au milieu de la poussière et des gravats imaginaires, Mister perçut un réel bruit de semelles trottinant sur le trottoir. Puis tout de suite des interjections joyeuses :

— Meûssieu ! Meûssieu ! Geuntleûmen !… Moi la jouer la musique pour vos oreilles…

Mister ralentit le pas. Milosav Pesic apparut bientôt sur son côté droit. Il doubla les deux hommes, fit demi-tour quelques mètres plus loin et se campa face à eux. Il avait son air jovial et sa guitare en bandoulière.

— T'arrête pas, grogna Bullmastiff. (Puis, à l'adresse du musicien :) Dégage, toi !

Milosav sourit de plus belle.

— Jolie chanson, spécial pour vous ! Chanson de l'amour !

Mister sondait son regard en quête d'un quelconque signe de connivence. Mais rien, ni dans les yeux ni dans le comportement du jeune homme, rien n'indiquait qu'ils se connaissaient.

D'un geste emphatique, Milosav gratta les cordes de son instrument ; un accord distordu se propagea dans l'air.

— Bordel, je t'ai dit de foutre le camp ! lança Bullmastiff en haussant le ton.

Mais Milosav avait déjà pris sa respiration. Bouche grande ouverte, il était prêt à attaquer un nouveau succès. En fait de « chanson spécial pour vous », Mister se souvenait que le répertoire du garçon était on ne peut plus limité : Demis achevé, il y avait neuf chances sur dix pour que ce fût au tour des Beatles de passer au broyeur. Ça ne loupa pas.

— « Yeusteeûrday… »

Les deux hommes arrivaient droit sur le chanteur. Mister avait beau essayer de freiner son allure, Bullmastiff le poussait au cul. Le museau du Sig-Sauer ne décollait plus de ses reins.

Milosav n'effectua pas le moindre mouvement pour libérer le passage. Mister aurait pu dévier de sa trajectoire pour le contourner, mais il fit comme si cette alternative n'existait pas et pila finalement à moins d'un mètre du garçon. La piqûre du canon lui arracha une grimace. La voix de Bullmastiff fusa par-dessus son épaule :

— Tu comprends pas le français, connard ? Maintenant, tu prends ta putain de mandoline et tu vas gratter ailleurs. D'urgence !

Aux brames inspirés de Milosav, Bullmastiff opposait un aboiement feutré, condensé de haine et de hargne.

Une nouvelle fois Mister avala sa salive avec difficulté. Le jeune chanteur, en revanche, continuait de dispenser la sienne sans retenue. La lueur de gaieté dans ses pupilles parut même s'accentuer. Insouciance ? Témérité ? Débilité profonde ? Il leva le nez et lança le meilleur de sa complainte vers la lune invisible. Il croyait en hier.

— « Oh, I beûleuve eun Yeusteeûrday… »

Mais l'avenir s'annonçait moche. D'une bourrade, Bullmastiff écarta Mister. Juste de quoi faire la place pour propulser son bras gauche vers la guitare. Sa grosse patte enserra le manche et bloqua les cordes. Plus de son. La dernière syllabe resta coincée dans la gorge de Milosav.

— Stop ! cracha la brute.

Ses mâchoires saillaient. Sa main droite n'avait pas quitté sa poche. Mister tenta de désamorcer la bombe qu'il sentait sur le point d'exploser.

— C'est bon, dit-il. Je crois qu'il a compris. Il va…

— Ta gueule ! siffla Bullmastiff sans même lui accorder un regard.

Aussi durs, aussi sombres que l'acier du Sig, ses yeux fusillaient le chanteur.

C'est à ce moment-là que Milosav Pesic se lança

dans une plaidoirie en version originale — sans sous-titres. Il avait l'air de défendre sa cause, argumentait, grands gestes à l'appui, mais son baragouin serbo-croate demeurait strictement inintelligible pour les deux autres.

La formidable poitrine de Bullmastiff se gonfla, une énorme veine mauve se mit à palpiter le long de son cou.

— Bordel de merde ! Comment y faut que j'te l'dise ? Tire-toi de…

Son instinct de clébard l'avertit, mais trop tard. Le danger venait de l'arrière. Bullmastiff n'eut que le temps d'entamer sa volte-face. Il se trouvait de profil quand le coup, initialement destiné à son crâne, l'atteignit en plein sur l'arête du nez. Un bruit mat. Le cartilage s'enfonça. Sous l'intensité de la douleur il ferma les yeux et ne vit pas ceux, pâles, vitreux, de son agresseur : deux fenêtres murées sur une nuit intérieure.

Le vieil aveugle tenait une Veuve Clicquot par le goulot. Champagne. Rien à fêter. La bouteille était vide. Il leva de nouveau son bras maigre et noueux et, se fiant probablement à son ouïe, il porta un deuxième coup en direction de Bullmastiff. La bouteille heurta cette fois l'épaule rembourrée du mastard. Sous le choc, elle échappa à l'ancêtre et tomba au sol sans se briser. Avec un bruit creux, sinistre, elle roula jusqu'aux pieds de Mister. Ce dernier la considéra avec un air de profonde stupéfaction. Il semblait sidéré, atterré par l'ensemble des événements en train de se produire, et incapable de la moindre réaction. Face à lui, l'aveugle tâtonnait dans le vide, tandis que Bullmastiff, penché en avant, avait porté les deux mains en conque devant son nez. Le sang pissait entre ses doigts en même temps qu'émanait de sa gorge un son étrange, mélange de fureur et de souffrance.

Mister ne comprit pas l'injonction que le jeune Milosav lui hurla à l'oreille, mais cela lui servit de déclencheur. Il se baissa, récupéra la bouteille et arma son bras. Bullmastiff commençait à se redresser. Sa masse imposante tangua un court instant, puis se stabilisa. Et soudain, il écarta les mains, découvrant sa gueule ensanglantée. Un cri de rage remonta de ses entrailles et fit gicler au passage un geyser de postillons sombres et poisseux :

— Putain de bâtard ! Enculé !

Sa grosse patte rampa vers la poche où se devinait le renflement du 9 mm.

Mister suivait chacun de ses mouvements, cependant son propre geste demeurait en suspens. Le coude levé, la bouteille à la verticale au-dessus de sa tête, il gardait la pose. Quelque chose le retenait. Il avait l'impression de se voir dans cette posture et il avait l'impression que ce n'était pas lui qu'il voyait. L'impression de pouvoir ressentir d'avance l'impact produit au moment où le verre et les os se rencontreraient. Que son propre crâne subirait le choc à l'identique et que lui-même autant que son adversaire s'écroulerait sur le bitume de la rue du Dauphin-Vert.

Mister n'avait jamais frappé un homme de sa vie.

Bullmastiff n'était pas sujet à ce genre de tergiversations. Il venait d'enserrer la poignée du Sig et tira brusquement l'arme vers le haut afin de l'extraire de sa poche. Le chien accrocha la doublure, le tissu se déchira avec un bruit à faire grincer les gencives. Au même instant, Mister se sentit à nouveau bousculé. Le jeune Milosav s'était rué sur lui. Il lui arracha la bouteille des doigts et dans son élan la projeta de toutes ses forces vers la face de Bullmastiff. Le verre heurta la tempe. La brute grogna. Milosav frappa une deuxième fois et l'atteignit à la mâchoire. Le troisième coup fit éclater l'arcade sourcilière. À chaque impact, la tête du molosse partait sur le côté en projetant une fine gerbe de sang, des éclaboussures écarlates — et celle de Mister, par une sorte de mimétisme empathique, tressautait en même temps. Mais la bête ne cédait pas. Ses grognements étaient de plus en plus étouffés, sa masse titubait sur place, mais elle refusait de s'écrouler. Et le jeune Milosav frappait, s'acharnait, sa guitare brinquebalant sur son ventre, la caisse résonnant de temps en temps d'un son lugubre, semblable au lointain écho d'un gong. Est-ce que l'aveugle comptait les coups ?

Au sixième ou septième, la bouteille se fracassa sur l'occiput. Le verre explosa. Une pluie de débris crépita sur le trottoir. Durant les quelques secondes qui suivirent tout parut se figer, tout fut comme pris, saisi instantanément dans l'étau transparent du gel. Cela valait pour la brume et pour les volutes de buée échappées des bouches, cela valait pour le pouls et le souffle et le clignement des paupières et la rotation des aiguilles. Toute chose matérielle et immatérielle. Tout s'arrêta.

Jusqu'à ce que Dobrica Pesic fasse entendre sa voix. Le vieil aveugle prononça une phrase aux inflexions interrogatives d'où ressortait le prénom de son arrière-arrière-petit-fils. Il n'obtint pas de réponse. Mais ce fut à cet instant que le corps de Bullmastiff se remit à tanguer. On aurait dit une énorme quille, massive, compacte, qui oscille sur sa base, hésite à se renverser sur le parquet ciré. Strike ou pas strike. Le sang dégoulinait sur ses lèvres et sur son menton et il y avait un mince filet rouge solitaire qui s'écoulait le long de sa joue. Sa main droite n'avait pas lâché le pistolet. Il ébaucha le geste de la lever mais à mi-hauteur elle retomba telle une aile morte. Milosav arma de nouveau son propre bras. Ne restait entre ses doigts qu'un bout de goulot, un moignon de bouteille aux pointes effilées. Le verre scintilla en accrochant la lueur d'une étoile ou d'un réverbère, ou peut-être ne fut-ce que l'œil de Mister qui inventa cet éclat. Le garçon visa la gorge. Il bloqua sa respiration. Paré pour l'estocade. Il amorçait son mouvement quand brusquement une main le crocheta au poignet et le stoppa net dans son élan. La poigne ferme du pianiste. Milosav lui jeta un regard effaré.

— Non ! fit Mister en secouant la tête.

Les genoux de Bullmastiff ployèrent à ce moment-là. Il s'affaissa. Tomba au ralenti sur son postérieur comme s'il prenait place dans un siège profond et bas. Puis son buste bascula vers l'arrière, son crâne cogna contre le sol et toute sa masse, toute sa chair, tout son poids s'étalèrent sur le trottoir.

L'aveugle réitéra sa question. Un peu plus d'angoisse, un peu plus de tremblements dans sa voix. Et toujours pas de réponse. Il fit un pas en avant puis s'immobilisa lorsque les bris de verre craquèrent sous ses semelles. Le jeune Milosav se dégagea alors de la prise de Mister. Il s'approcha vivement du corps inerte de Bullmastiff et lui balança un coup de pied dans le flanc.

— Lui, fils de putain !

C'est à peine si le corps tremblota. Mister s'accroupit à ses côtés. Une pellicule de sueur froide lui nappait le dos. Chemise trempée, plaquée aux reins. Il tendit la main vers le cou du molosse pour vérifier son pouls mais la vue du sang dans les replis de la peau l'arrêta. Il lui prit le poignet. Il perçut les pulsations sous son pouce. Il se releva et jeta un regard sur les façades des immeubles alentour : aucune lumière, aucun riverain penché à sa fenêtre. Heureux pour une fois de l'indifférence des hommes au sort de leurs prochains. Il saisit Bullmastiff par les aisselles et dit :

— Viens, aide-moi ! Faut pas le laisser là.

Milosav fit coulisser la guitare dans son dos et attrapa les chevilles du mastard. Ils le transportèrent jusque dans la ruelle perpendiculaire. Poids mort. Trop lourd pour qu'ils pussent le soulever entièrement. Les fesses de Bullmastiff traînaient par terre, ainsi que le canon du Sig-Sauer, toujours prisonnier de son poing, qui raclait le bitume dans un crissement de métal propre à essorer les nerfs. L'ancêtre suivait le cortège à pas de moineau.

Ils lâchèrent le corps derrière les conteneurs, à l'abri des regards. Essoufflés. Surmontant sa répugnance, Mister se pencha et déplia un à un les doigts crispés de Bullmastiff pour dégager le pistolet. Il prit l'arme par la poignée, entre le pouce et l'index, et la tint ballante au bout de son bras, loin devant lui, comme il eût tenu par la queue le cadavre d'un rat. Puis il entrouvrit le conteneur et lâcha le flingue au milieu des ordures ménagères.

— Hé ! lança Milosav. Pourquoi tu le jeter ?

L'air surpris, presque offusqué face à un tel gâchis. Mister l'ignora. Mister essayait de rassembler ses esprits. Se concentrer. Réfléchir bien, réfléchir vite. Décider de la meilleure conduite à tenir. Quoi faire ? Il avait une énigme de cent trente kilos sur les bras. Qui pissait le sang. Quoi faire ? Ne pas paniquer. Ne pas appeler les flics. Ce type avait certainement des réponses à lui apporter. Ce type à terre avec la gueule éclatée était une putain d'énigme mais peut-être aussi une putain de clé dans cette affaire. Il avait une chance à saisir. Quoi faire ? Ne pas la laisser passer. Choisir bien. Choisir vite.

— Vous restez là, OK ? lança-t-il soudain à l'adresse de Milosav. Vous deux, vous ne bougez pas d'ici. Vous m'attendez. Je reviens. J'en ai pour une minute. OK ?

— OK, OK ! fit le garçon, main levée, paume offerte, comme s'il prêtait serment. Nous attendre toi. Nous ne bouger pas.

— Merci, souffla Mister.

Puis il tourna à l'angle de la rue et piqua un sprint jusqu'à l'entrée du club.

Milosav Pesic le suivit du regard. Sitôt la porte refermée sur le pianiste, il se débarrassa de sa guitare et la confia à l'ancêtre. Puis il retourna auprès de Bullmastiff. Il s'agenouilla et commença à palper ses vêtements. Fouille rapide, sommaire, à tâtons. Les yeux du vieillard étaient braqués dans sa direction mais ce n'était que des phares éteints. Le garçon dénicha un portefeuille dans la poche intérieure de la canadienne. Il le délesta de quelques billets et de quelques pièces de monnaie qu'il glissa dans sa propre poche sans les compter. Il ne toucha à rien d'autre. Il remit l'étui en similicuir à sa place et se redressa. L'aveugle lui demanda quelque chose et Milosav lui répondit tout en poursuivant ses manœuvres. Il releva l'abattant de l'énorme poubelle en plastique et y plongea la main, la tête et le tiers supérieur du torse sans la moindre hésitation. Il ne lui fallut pas plus de trente secondes pour récupérer le Sig-Sauer. Des poussières d'or constellaient ses pupilles tandis qu'il appréciait le poids de l'acier au creux de sa paume. Il était un cow-boy. Il était un Marine. Un flic du NYPD. Un chef de gang. Il était un justicier dans la ville. L'ancêtre continuait à lui parler mais il ne l'entendait plus. Il serra le Sig dans son poing et pointa le canon sur la poitrine de l'homme gisant au sol. Son ennemi. Sa cible. Il ferma une paupière et visa. Il prit son temps, chaque seconde distillée dans son sang comme un élixir de puissance et d'invincibilité. L'index crocheté à la queue de détente. Le méchant dans sa ligne de mire. À sa merci.

Puis il fit ce que font tous les mômes : « Pan ! » avec la bouche.

Il sourit. Rangea le flingue sous son blouson en mâchant comme une vache un chewing-gum invisible.

Après quoi, Milosav Pesic glissa une main dans son slip et pinça délicatement la petite surface polie de ses bourses qui lui tenait lieu de talisman.

25

La boule fondit instantanément dans la gorge de Renato lorsqu'il aperçut les chaussures de Mister à hauteur du plafond. Céleste apparition. Son ange redescendait sous terre. Son noir démon crevait la voûte, franchissait la frontière, reniant d'un coup les purs et sages pâturages de la vertu pour se perdre dans les caves obscures, sulfureuses, de la luxure. Sa contre nature prenait enfin le dessus. Toutes ailes rognées, il martelait lourdement de ses semelles les lames de bois de l'escalier en colimaçon.

Derrière son comptoir le barman s'était figé. En dedans et autour de lui le vide se fit. Plus aucun son ne lui parvint hormis celui de son propre cœur, les tambours, les timbales, les roulements à l'unisson des pas précipités du pianiste. Devant ses yeux les contours devinrent flous, focale réglée, point fait exclusivement sur l'objet de ses désirs se ruant à sa rencontre. Combien de fois l'avait-il rêvé ? Combien de fois semblable scène avait-elle délicieusement empoisonné son sommeil et ballotté son corps dans le ressac de ses draps froissés ? Dans le rôle de l'incube, le grand Black faisait merveille.

Et voici que cette nuit, rêve et réalité se rejoignaient. Et voici qu'ils se confondirent bientôt au point de ne plus faire qu'un. Cloué, prostré, un verre sale dans chaque main, Renato regardait Mister fondre sur lui, et soudain cette vision explosa, se décomposa, se mua en une succession d'images, plage, mer, vagues, amant, des fragments, des instantanés défilant au rythme d'éclairs stroboscopiques, plage, mer, vagues, amant, des flashes, des clichés, des relents d'un romantisme primaire, exit le Dauphin Vert, Mister jaillissait des flots et courait à présent sur le sable chaud, vêtu de vent, sel sur la peau, soleil couchant, tandis que la joie emplissait Renato, tandis que sa poitrine enflait, que ses voiles se déployaient, que la sève montait au long de son mât de cocagne, car le barman connaissait la suite, la fin, pour l'avoir tant et tant de fois rejouée il anticipait la chute des corps sur le rivage, l'échouage commun, souffle court, souffle coupé, enchevêtrés, il savait le roulis dans ce lit de fortune, le doux simulacre de lutte à mains nues et l'abandon qui s'ensuivrait, jeter l'éponge, éponger le jet, il en salivait, et par-dessus tout il goûtait d'avance la nature brute, virile, sauvage, de la fusion.

Jusqu'au bout Renato y crut.

Il sentit ses genoux fléchir quand Mister, dans son élan, heurta le comptoir et lança tout de go :

— Renato, j'ai besoin de toi !

La voix était tendue, sur le fil, le regard fiévreux. Le barman battit des cils. Incapable de répondre ni de bouger. Une onde de chaleur l'envahit jusque dans ses recoins les plus intimes lorsque Mister ajouta :

— Trouve-moi quelque chose pour ligoter les mains.

Oh ! Santa Madonna Vierge Marie ! Le vice caché-… Même dans ses fantasmes les plus poussés, jamais Renato n'avait osé aller jusque-là. Pas avec Mister. Pas avec son fier pur-sang.

— Tu… tu veux… attacher… balbutia-t-il.

— Oui. Essaie de me dénicher un bout de corde. Ou des lacets. Ou n'importe quoi. Ce que tu veux, pourvu que ce soit assez solide. Et bouge-toi, mec, ça urge !

Le désir. Le feu. L'incendie trop longtemps étouffé et qui tout à coup éclate et embrase tout sur son passage. Le barman faillit défaillir sous la puissance des flammes. La gorge sèche, il parvint à lâcher dans un spasme :

— J'ai mieux que ça…

Mais Mister ne l'entendit pas : il venait de se jeter sur le téléphone.

Le pianiste composa un numéro. Ses mains étaient moites, ses doigts dérapèrent sur les touches et il dut recommencer. À la première sonnerie, il adressa une prière à qui de droit pour que son ami ne fût pas parti explorer la nuit en solitaire. Bobby, mon frère, réponds. À la cinquième sonnerie, on décrocha.

Renato s'était débarrassé des verres dans l'évier. Il gagna la petite pièce jouxtant le bar qui servait de réserve et accessoirement de vestiaire pour le personnel. Ses jambes flageolaient. Un léger vertige le tenait, une sensation d'ivresse, euphorisante, due au manège d'images orgiaques qui tournait dans sa tête. Ses affaires étaient posées près d'une pile de casiers à bouteilles. Il s'accroupit et fouilla dans sa besace imitation peau de vache en toile de bâche recyclée. Il mit rapidement la main sur ce qu'il cherchait et ce contact lui redonna équilibre et aplomb. Il ferma les paupières, respira un grand coup, puis se redressa.

Lorsque Mister raccrocha, Renato avait repris place derrière le comptoir. Il se tenait debout face au pianiste, poitrine en avant, menton relevé, les deux mains dans le dos. Quelque chose du matador dans sa posture, quelque chose du défi — à l'amour, à la mort — dans la lueur de ses yeux.

— T'as trouvé ? lança Mister.

Un fin sourire stria les lèvres du barman. Bien qu'au fond de lui toutes ses hormones se consumassent en crépitant comme des pop-corn, il faisait montre désormais d'une apparente maîtrise. Le jeu était lancé. De sa voix la plus suave, il dit :

— Tes désirs sont des ordres…

Puis, le regard planté dans celui du pianiste, il libéra une de ses mains et la releva avec une grâce étudiée. Exhibant ainsi une exquise paire de menottes aux bracelets délicatement gainés de peluche rose.

La mâchoire de Mister se décrocha comme celle d'un poisson-chat.

— Putain, c'est quoi, ça ?

Le barman esquissa une moue.

— Devine…

L'objet se balançait doucement au bout de ses doigts tel le pendule d'un sourcier.

— … Voilà ce qui attend les vilains garçons pas sages !

Le grand Black ne rougit pas, mais une plaque d'un brun plus sombre lui couvrit le front. Il lança de vifs coups d'œil dans la salle, à gauche, à droite, dans la crainte qu'un éventuel témoin pût les surprendre. Son regard revint sur le barman.

— Ne me dis pas que tu trimbales toujours ce truc avec toi !

Renato bascula d'un seul coup vers lui. Mister vit sa bouche en gros plan. Elle était humide et pourpre. Elle se fendit en deux.

— J'ai même le collier assorti, susurra le barman. Si tu as peur que je m'échappe…

Regard atterré d'un côté, languide et provocant de l'autre. Entre eux voletaient des particules incandescentes. Le face-à-face dura une poignée de secondes.

Puis le pianiste allongea brusquement le bras et rafla la paire de menottes. Dans le même mouvement, il pivota sur ses talons et repartit en toute hâte en direction de la sortie. Le diable aux trousses. Il entendit vaguement le barman lui crier quelque chose, mais il avait déjà atteint l'escalier. Il attaqua les marches sans ralentir sa course. La voûte céleste s'entrouvrit pour le laisser passer.

Renato mit moins d'un quart de minute à réagir. Il y croyait encore. Il avait senti la chaleur de la flamme sur sa peau et il était inconcevable pour lui de la laisser s'éteindre ainsi — avant que de s'y être brûlé corps et âme.

L'espace d'un instant, il se vit franchir le comptoir d'un bond souple et puissant à l'instar de n'importe quel héros de cinéma. Un éclair de lucidité l'en dissuada. Il contourna le bar par la voie terrestre et se rua sur les traces de son maître étalon.

Rue du Dauphin-Vert.

Le barman commença à déchanter quand il aperçut deux autres silhouettes aux côtés de celle de Mister. Les trois s'étaient tournées vers lui et le regardaient approcher. Il les rejoignit à l'embouchure de la ruelle, près des conteneurs.

— Qu'est-ce que tu viens faire ici ? gronda le pianiste.

Renato l'ignora. En un coup d'œil il jaugea Milosav et Dobrica Pesic.

— C'est qui, ces romanos ?

Un soupçon de méfiance plus un soupçon de

mépris plus un soupçon de réelle curiosité. Beaucoup de soupçons.

— Des amis, fit Mister.

— Des amis ?

— Écoute, Renato, je te remercie pour ton aide mais je vais me débrouiller, maintenant. Tu devrais retourner au club.

— Et ça, alors ? fit le barman.

Il ouvrit la main et laissa une fine chaîne argentée se dérouler entre ses doigts. Une clé y était suspendue. Minuscule. Mister fit tout de suite le rapprochement avec les menottes. La partie la plus large de la clé avait la forme d'un cœur, à valeur hautement symbolique (ainsi est-ce l'amour, toujours, qui entrave ou qui délivre) et pour y ajouter un zeste de romantisme, on l'avait ornée d'une rangée de diamants de pacotille plus brillants que des écailles de truite en plein soleil.

— J'aimerais beaucoup voir comment tu vas réussir à te « débrouiller » sans ça, persifla Renato. Monsieur est magicien, peut-être ? Clic-clac, attention, voici le grand Houdini !

Son timbre commençait à tutoyer les aigus et de lointains accents de Calabre qu'il refoulait habituellement étaient en train de refluer. Signes précurseurs. Renato souffrait d'une absence totale du sens de la mesure et de la discrétion. Sous le coup de la déception, ça pouvait virer facile à l'hystérie, aux grands chevaux, aux grandes eaux, au grand cirque, ça pouvait réveiller en sursaut la moitié de la ville. Mister était au courant. Cela constituait le premier des deux soucis supplémentaires qu'il lui fallait à présent gérer.

Le second était la façon dont les yeux du jeune Milosav passaient tour à tour de son visage à celui du barman, puis de la petite clé en toc aux menottes cerclées de rose bonbon. Mister n'aimait pas du tout ce qui devait se tramer dans la tête du garçon pour relier entre eux ces éléments.

La meilleure solution eût été d'éradiquer les deux problèmes d'un coup en renvoyant au plus vite le barman à ses chers cocktails.

— Donne, s'il te plaît, fit Mister en tendant la main vers la clé.

Le bras de Renato se rétracta comme une corne d'escargot.

— C'est pour qui, d'abord ?

Mister secoua la tête.

— Je t'assure, vaut mieux que tu restes en dehors de ça.

— Bien sûr ! On vient voir ce brave Renato quand il s'agit de fournir les accessoires, et quand la fête commence on le balance comme une vieille marinière Jean-Paul Gaultier !

— Bon sang, tu crois vraiment que…

— Lequel des deux ? coupa le barman avec un geste en direction de Milosav et Dobrica. C'est quoi, ton kif : les poupons qui parlent ou les momies ratatinées ? Si ça se trouve, c'est les deux en même temps !

Un cauchemar, pensa Mister. Une crise de jalousie homo-parano à deux heures du mat' en compagnie d'un demi-moribond vautré par terre derrière une poubelle : comment appeler ça autrement ?

Dobrica l'aveugle profita de ce bref instant de silence pour émettre dans sa langue une de ces sentences dont il avait le secret. Les mots aux sonorités rugueuses roulèrent dans la ruelle comme des pavés arrachés. En entendant ça, Renato s'écria :

— Seigneur Jésus ! Des clandés !

Dans sa bouche le terme devait correspondre à la

définition de prostitués mâles bas de gamme importés des anciens pays satellites de l'ex-URSS. Il toisa alors Mister du même regard effaré que ce dernier lui avait jeté en découvrant les menottes. Que son idole pût se compromettre avec pareille engeance le laissait pantois.

Mister ferma les yeux… réveille-toi, réveille-toi… mais trois secondes plus tard, il constata qu'il était toujours là et que Renato ne le lâcherait pas.

— Qu'est-ce qu'il raconte, le centenaire ? siffla le barman.

— Lui, il dit que ours craindre le morsure de la belette, intervint Milosav.

— La belette ?… La belette !… La belette…

Renato testa le mot sur tous les modes, comme un acteur cherchant le ton juste. Puis il s'en revint subitement vers Mister.

— Il est gâteux, en plus ?

Avant que le délire ne devînt incontrôlable, le pianiste prit une décision : il s'écarta d'un pas sur le côté et indiqua l'arrière du conteneur.

— Les menottes, c'est pour lui.

Le barman se pencha. Un hoquet de stupeur lui échappa en découvrant une paire de jambes étalée au sol et dépassant de la benne en plastique.

— Sainte Vierge ! Vous faites ça ici ? En pleine rue ?

— On fait… ? commença Mister.

Puis, en une fraction de seconde, il entrevit le dédale où s'égarait l'esprit tordu du barman. Il poussa alors un grognement, saisit Renato par le haut du bras et l'entraîna sans ménagement jusque devant le corps ensanglanté. Vue d'ensemble.

— Voilà ce qu'on fait. Tu voulais savoir, maintenant tu sais !

L'autre plaqua une main devant sa bouche béante. Il demeura un instant dans cette posture et semblait bien parti pour la conserver le restant de la nuit. Mister en profita pour lui arracher la clé. Il ouvrit les menottes et se pencha sur Bullmastiff.

— Il est… il est mort ? demanda Renato avec un filet de voix qui n'avait plus rien d'hystérique.

— Non, dit Mister.

— C'est… c'est toi qui… ?

— Non, dit Mister.

La brute avait les poignets si épais qu'il eut du mal à en faire le tour avec les bracelets.

— Qui c'est, ce type ? demanda Renato.

— J'en sais rien, fit Mister en se relevant. Jamais vu. Il m'attendait à la sortie du club, tout à l'heure. Il m'a menacé. Heureusement, ces deux-là sont arrivés. C'est grâce à eux si j'ai pu m'en sortir.

— Lui, fils de putain ! assena encore une fois Milosav.

— Pourquoi vous l'attachez ? demanda Renato. Qu'est-ce que vous comptez faire ? Il faut prévenir la police.

— Pas tout de suite. Je dois d'abord l'interroger.

— L'interroger ?

Mister enveloppa les épaules du barman de ses deux larges paluches. Il plongea ses yeux au fond des siens.

— Ce serait trop long à t'expliquer, Renato. Plus tard, je te dirai. Promis. Mais pour le moment tu dois juste me faire confiance. D'accord ?

Renato se sentit mollir. C'était la première fois que Mister posait les mains sur lui. Il eut envie de s'enfouir au creux de sa poitrine. C'est à cet instant que l'aveugle fit à nouveau entendre sa voix. Un mot, un seul mot roula hors de sa bouche.

— Voiture ! traduisit simultanément le jeune Milosav. Une voiture arriver !

Toutes les têtes se tournèrent, excepté celle de l'ancêtre qui continua à fixer un point sur le mur ou au-delà du mur. Deux lueurs falotes apparurent à l'autre bout de l'artère. On songeait en les voyant aux deux gros yeux d'un animal nocturne surgi de sa tanière un soir de brume. Un blaireau mécanique ou quelque créature d'une espèce apparentée. La bête avançait d'un pas lourd, pataud, la truffe au ras du sol.

— C'est Bob, annonça Mister.

Et, en prononçant ces simples paroles, à cet instant précis, il mesura plus que jamais la portée du mot « ami ». Pas seulement l'idée mais tout ce que cela comprend en réalité. Il en éprouva sur le coup un sentiment très vif, très fort, comme un courant chaud qui lui traversa le corps. Il ôta ses mains des épaules de Renato — et ce fut alors, à l'inverse, l'air glacé de la nuit qui fondit soudain sur le barman et le fit frissonner.

Bob rangea le taxi le long du trottoir. Il sortit en laissant moteur et phares allumés. Il fit le tour du véhicule, et tout en marchant il passa en revue les quatre hommes qui lui faisaient face. Dans le lot, deux lui étaient inconnus. Puis il avisa le cinquième, étendu sur le bitume. Dans un silence de cathédrale il traversa le groupe et fila droit sur le corps et se pencha pour l'examiner. Il semblait sur le point d'enlever sa casquette en signe de recueillement, mais ce ne fut pas le cas. Au bout de dix secondes, il se redressa. Tous l'observaient, suspendus à ses lèvres comme dans l'attente d'un diagnostic ou d'un verdict qui déciderait de leur sort. Il repoussa ses lunettes sur l'arête de son nez et se tourna vers Mister :

— D'où tu sors ces menottes ? lâcha-t-il.

26

Ils durent s'y mettre à trois pour le porter. Mister à l'avant, Milosav et Bob à l'arrière. Ils firent une halte au pied de la 404, reposant leur fardeau au sol, à cheval entre trottoir et chaussée. Mister ouvrit le coffre.

— Y a une valise là-dedans, annonça-t-il. Elle prend la moitié de la place.

— Vire-la, fit Bob.

C'était une large valise en carton comme on n'en fabriquait plus depuis des décennies. Ferrures et coins en laiton. Rien qu'à la voir resurgissaient dans nos mémoires des scènes d'exode et de rapatriement.

— C'est à toi ? s'enquit Mister.

— Non, dit Bob.

— Non ? Elle est à qui, alors ?

— J'en sais foutre rien.

— Comment ça, tu…

— Sûrement un client qui l'a oubliée et qui l'a jamais réclamée, s'agaça Bob. On va pas y passer la nuit ! Donne-moi ça.

Mais il n'attendit pas que Mister la lui passe. Il prit lui-même le bagage à l'intérieur du coffre, puis il marcha jusqu'à Renato et le lui colla d'autorité dans les bras.

— Bon voyage ! souffla-t-il au visage du barman.

Après quoi il retourna près du taxi et se baissa pour saisir la jambe droite de Bullmastiff.

— Allez, on charge.

Ils en suèrent, ils en bavèrent, mais quelques instants plus tard la brute remplissait de toute sa masse le coffre de la 404.

Bob s'essuya le front d'un revers de manche.

— Et eux ? fit-il en désignant les musiciens.

— Ils viennent avec nous, décida Mister.

Le chauffeur ne discuta pas. Il reprit sa place au volant tandis que Milosav aidait son trisaïeul à s'installer sur la banquette arrière.

Mister s'approcha du barman.

— Renato, dit-il, tu sauras tenir ta langue ? C'est vraiment important, ce coup-ci.

Renato leva vers lui des yeux de chien fidèle abandonné.

— Tenir ma langue, encore…

Sa voix était aussi frêle que les volutes de buée qui l'accompagnaient. Mister refusa d'entendre la moindre allusion sexuelle dans ses paroles. Il tourna les talons et s'empressa de rejoindre les autres à l'intérieur du taxi. Sa portière claqua.

Lestée de tout ce poids supplémentaire, la Peugeot remonta la rue du Dauphin-Vert à la vitesse d'un tombereau. Le jeune Milosav regardait la silhouette du barman rapetisser dans le cadre de la lunette arrière. Debout au bord du trottoir, la grosse valise dans les bras, ce dernier avait l'air un voyageur solitaire sur le quai d'une gare. On ne pouvait savoir s'il venait de débarquer ou s'il était en attente du prochain convoi — qui peut-être n'arriverait jamais. Le garçon eut envie de lui adresser un signe mais quelque chose l'en empêcha. Il y avait eu déjà un grand nombre de départs au cours de sa brève existence, pour la plupart précipités : rares avaient été les fois où on lui avait laissé la possibilité de dire au revoir dignement.

Quand Renato eut disparu de son champ de vision, il se remit dans le sens de la marche et lança à Mister :

— Lui, c'est être ton bon ami, je vois.

Il souriait. Aimable.

Le grand Black pivota d'un bloc.

— Qui, lui ?

Milosav pointa le pouce vers l'arrière.

— Le…

— Non, cracha Mister. Lui c'est être ami tout court. Pas « bon » ami. Lui servir à boire dans la boîte où je joue. Point barre.

— Ahhhh ! fit Milosav en hochant la tête. Point barre… Point barre…

Il n'avait aucune idée de ce que l'expression signifiait mais à tout hasard il accentua son sourire.

— Où on va ? les coupa Bob.

Mister se retourna.

— À Neauphle.

— Neauphle ? Chez le peintre ?

— Tu connais quelqu'un d'autre dans ce coin ?

Bob le toisa par-dessus ses verres. Il ne dit rien. Un moment après, il braqua de nouveau son regard dans le prolongement des phares. Un autre moment après, il dit :

— Tu te rends compte de ce qu'on est en train de faire ?

C'était une vraie question, énoncée sur un ton clinique et froid. Mister ne répondit pas.

— Il y a un type à moitié mort enfermé dans le coffre de ma voiture, poursuivit Bob.

— Je sais.

— Le moindre contrôle de routine et on plonge direct.

— Je sais.

— Et s'il meurt pour de bon pendant le trajet, t'y as pensé ?

— J'endosserai tout, dit Mister. Je suis seul responsable.

— Très généreux de ta part. Mais tu ne pourras pas endosser aussi facilement les affres de ma conscience.

— Qu'est-ce que tu veux que je te dise, Bob ?

Le chauffeur pinça légèrement les lèvres. Joues creusées. En un quart d'heure une barbe de trois jours avait poussé au bas de son visage.

— Raconte, fit-il.

Mister relata en détail les événements depuis l'apparition de Bullmastiff jusqu'à l'intervention salutaire des musiciens.

— C'est un miracle qu'ils se soient pointés à ce moment-là, dit-il.

— C'est un miracle que personne ne vous ait vus, dit Bob.

— Ça fait beaucoup de miracles.

— Ça en fait deux.

— Dans la même soirée. Est-ce qu'on peut encore parler de miracles ?

— Le hasard, dit Bob.

— Ou Voltaire, dit Mister.

Il se tourna une nouvelle fois vers Milosav.

— Qu'est-ce que vous faisiez tous les deux à la sortie du club, à deux heures du matin ?

— Cleûb ? répéta le garçon.

— Là-bas, dans la rue, dit Mister. Vous faisiez quoi ? Vous m'attendiez ?

La figure de Milosav s'éclaira.

— Oh ! oui. Nous attender toi. Mais moi je vois l'autre gros homme attender aussi. Lui cacher dans le mur. Et quand tu sors il vient et il parler à toi, et je comprendre que lui c'est pas ami. Non. Lui c'est pas… « point barre ».

— Pour quelle raison est-ce que vous m'attendiez ? demanda Mister.

Le garçon lui fit signe de patienter. Il glissa une main dans la poche arrière de son pantalon. La guitare était posée en travers de ses genoux, dans le mouvement elle ballotta et le vernis terni de la caisse accrocha au vol l'éclat rouge d'un néon. Mister pensa à l'accordéon crevé. Il se demanda où était l'instrument. Il jeta un coup d'œil vers Dobrica Pesic et il vit que le vieil homme avait les paupières closes. Sans doute qu'il présenterait le même visage dans le sommeil et dans la mort.

— Pour toi, fit Milosav.

Le pianiste prit la carte de visite que le garçon lui tendait. Celle qu'il lui avait remise lors de leur première rencontre. Au recto étaient imprimées les coordonnées du club, au verso il devina une inscription tracée à la main. Il se colla à la vitre, en quête de plus de lumière afin de la déchiffrer.

— Rade Djor…

— Djordevic, compléta Milosav.

Un nom, un prénom, au crayon à papier.

— Lui, c'est grand chef, dit le garçon.

— Le chef ?

— Oui. Ici, dans Paris. Big boss. Il vendre la drogue, il vendre cigarettes, il vendre les filles. Tout. Il donner le travail ou le pas donner. Je pense il devoir connaître l'amie de toi. La femme morte.

— Vera ?

— Vera, oui.

— Tu veux dire que cet homme serait impliqué dans le meurtre de Vera ?

Le jeune Milosav plissa le front en signe d'incompréhension.

— Lui, fit Mister en écrasant son index sur la carte. Tu crois que c'est lui qui a tué mon amie ?

Le garçon secoua la tête.

— Non, je pas croire. Pas lui. Mais peut-être il commander les autres hommes pour tuer. Les… les killers.

Mister demeura muet quelques instants. Il relut l'inscription tracée sur le bout de carton comme s'il s'agissait d'une formule secrète, un sésame susceptible de lui ouvrir les portes de la connaissance. Il la répéta trois fois dans sa tête, mais rien ne se produisit. Il eut alors la certitude absolue qu'il existait un univers parallèle, tout proche, dont l'accès lui serait depuis toujours et à jamais refusé. Ce qu'il ignorait, c'était si cette mise à l'écart constituait un bien ou un mal pour lui.

— Comment as-tu trouvé ce nom ? demanda-t-il.

Milosav haussa les épaules.

— Je trouver.

Il affichait à nouveau son large sourire tandis que ses yeux indiquaient clairement qu'il ne fallait pas en demander davantage.

Mister empocha la carte. Puis il se retourna et se cala dans son siège et il dirigea son regard à travers le pare-brise sans rien voir en réalité de ce qu'il y avait dehors.

— T'as entendu ? fit-il à l'adresse de Bob.

— J'ai entendu. Qu'est-ce que ça veut dire ? Ce garçon joue les espions pour ton compte ?

— Il a l'avantage de côtoyer des gens de ce milieu.

— Quel milieu ?

— Celui auquel appartiennent vraisemblablement les assassins de Vera. La mafia serbe qui s'est implantée ici, d'après ce que j'ai cru comprendre. La plupart de ces types débarquent d'ex-Yougoslavie. Ils ont mis la main sur un certain nombre de trafics. Et apparemment ils ont tendance à vouloir imposer leur loi à tous leurs anciens compatriotes. Je m'étais dit que Vera avait peut-être eu affaire à eux.

— Et comme ça tu as envoyé le gamin aux renseignements.

— Je lui ai simplement demandé de laisser traîner une oreille, et de me faire signe s'il entendait quelque chose au sujet de ce qui nous intéresse.

— Soit il a des oreilles d'éléphant, soit il a outrepassé sa mission, dit Bob. Parce que, si j'ai bien suivi, ce qu'il te ramène c'est carrément le nom du parrain local. En tout cas, c'est ce qu'il prétend. Et de surcroît, il a l'air d'affirmer que c'est cet homme qui a donné l'ordre d'assassiner Vera. C'est une accusation grave.

— Il a dit « peut-être ». C'est juste une possibilité.

— Quelle crédibilité peut-on lui accorder, à ton avis ?

— Il n'a aucun intérêt à mentir.

— Je ne te parle pas de mensonge. Je te parle d'erreur. Erreur d'appréciation. Erreur de jugement. Ce garçon peut se tromper, Mister. Ça aussi, c'est une possibilité.

— Il est malin. Il est débrouillard. S'il avance cette hypothèse, je suppose que c'est parce qu'il a ses raisons. Des raisons valables. J'estime qu'on peut lui faire confiance.

— Ce qui veut dire que tu es effectivement prêt à

croire que c'est ce… ce Rade Djordevic qui a commandité le meurtre ?

— Pourquoi pas ? fit Mister. Ça me paraît plausible.

— Ah, oui ? Alors permets-moi de te rappeler qu'il y a quelques heures à peine, tu étais persuadé que c'était Célia Valdéron la coupable. Tu te souviens ? La logique. Ta fameuse logique. Imparable. Tu soutenais mordicus que c'était elle, aucun doute possible. Adjugé vendu. Si ça n'avait tenu qu'à toi, on lui aurait tranché le cou sur-le-champ, à cette harpie. Et maintenant, tu lui dirais quoi ? Désolé, ma p'tite dame, vous pouvez récupérer votre tête dans la corbeille, j'ai changé d'avis !

En apparence, Mister encaissa sans broncher. En réalité, les paroles de son ami ne tardèrent pas à exercer une pression considérable sur lui. Elles le comprimaient. Elles le vidaient de son oxygène. Au bout d'un instant, il ouvrit la bouche. Il happa l'air. Il n'avait pas envie de dire ceci, et pourtant il le dit :

— Ce n'est pas incompatible. Ils ont pu s'associer. Célia Valdéron a pu faire appel à Djordevic, qui lui-même a dépêché ses sbires pour réaliser le contrat.

Dans ces cas-là, Bob était sans pitié. Il frappa le volant du plat de la main.

— Bon sang, mais c'est bien sûr ! Comment n'y ai-je pas pensé plus tôt ? Laisse-moi te faire un petit topo, fils, juste pour m'assurer que j'ai bien tout compris de ton raisonnement. Mme Célia Valdéron, épouse de notre ministre de l'Intérieur, a un problème : elle craint d'être cocue. Alors que fait-elle ? À qui va-t-elle s'adresser ?… Au chef de la mafia serbe, évidemment ! N'importe qui aurait fait pareil à sa place. Le chef de la mafia serbe est l'homme de la situation. Il est de notoriété publique que le chef de la mafia serbe a une sainte horreur de l'adultère. C'est son principal cheval de bataille, tout le monde sait ça. Donc, Mme Valdéron, femme légitime du premier flic de France, va trouver ce criminel endurci et lui demande poliment de zigouiller la rivale qui tourne autour de son mari. Et naturellement, le dévoué chef de la mafia serbe s'exécute. Tout à fait plausible, comme tu dis. La logique. Encore et toujours la logique, nom de Dieu ! On est d'accord, fils ?

Il en faisait trop. Il le savait. Il n'avait pas envie d'en rajouter une couche, et pourtant c'est ce qu'il fit :

— Et du coup, tout s'éclaire. Je comprends qui est le gugusse avec des menottes en fourrure rose qui gît présentement dans le coffre arrière de mon véhicule : c'est l'amant de Madame. Tu sais, celui qui se cache dans le placard quand elle s'écrie : « Ciel, mon mari ! »

En d'autres circonstances Mister en aurait ri. Ce soir, il s'abîma dans le silence.

Bob avait raison. On pataugeait en plein vaudeville. Tout cela était absurde. Grotesque. Au fil des jours, au fil des heures, une théorie foireuse chassait l'autre. Rien ne tenait dans cette histoire. Les ténèbres allaient s'épaississant. Le règne de l'oiseau noir perdurait. Au point où ils en étaient, il ne leur restait qu'une seule et unique certitude : celle que Vera Nad était morte. Ils n'étaient guère plus avancés qu'au départ.

Aussi, quand plus tard Bob demanda, sur un ton débarrassé de toute causticité : « Qu'est-ce qu'on va foutre chez Kristi ? », Mister n'eut aucun mal à lui avouer dans un murmure : « Je ne sais pas. Je ne sais plus… »

Son désarroi était sincère, et profond.

Le taxi venait de quitter le boulevard périphérique pour s'engager sur l'autoroute. Par la vitre, le jeune

Milosav apercevait au loin la silhouette de la tour Eiffel. Les lumières s'étaient éteintes. Restaient le fer et l'acier. La veille ils avaient passé des heures, l'ancêtre et lui, assis sur l'esplanade au pied du monument illuminé. On célébrait les vingt ans de la Journée de l'Europe et pour cette occasion la tour s'était parée des couleurs symboliques de l'Union : lui descendait jusqu'aux chevilles une longue tunique tissée de dizaines de milliers d'ampoules bleues et brodée en son milieu d'une couronne de douze étoiles d'or. C'était un spectacle féerique et le jeune Milosav avait puisé des mots à toutes les sources afin de le décrire au vieil aveugle et partager son émerveillement avec lui. Bien après que la tour eut revêtu sa sobre armure de métal, les étoiles brillaient toujours au fond des pupilles du garçon.

Quant à Dobrica Pesic, le mot « Europe » résonnait dans son esprit comme le nom d'un lieu légendaire, un mythe, au même titre que l'Éden ou l'Arcadie, une contrée fabuleuse où les hommes comme les ours ne connaîtraient ni le bruit des chaînes ni celui des fusils. C'était une terre maintes fois promise mais non encore tenue à ce jour.

Dobrica Pesic avait atteint un âge faramineux et il avait perdu la vue, néanmoins il conservait l'espoir de vivre assez vieux pour voir ça.

Someone to watch over me

Elle avait commencé par être un simple messager. Puis un gentilhomme. Puis un officier. Elle était montée en grade. Elle avait été faite duc de Cornouailles et duc de Bourgogne, elle avait été le dévoué comte de Kent et le comte de Gloucester dupé et repenti. Il faut tout jouer, disait sa grand-mère.

Lear. Le roi. Shakespeare.

Les rôles tournaient. Elles échangeaient. Quand l'une revêtait les dignes haillons d'Edgar, l'autre s'affublait de l'armure versatile de cet infâme bâtard d'Edmond. À elles deux elles avaient reconstitué la fratrie des trois sœurs fratricides : Goneril la tigresse, Régane la vipère, et la sage et probe Cordélia. Elles avaient succombé au poison, au couteau et à la corde.

Il faut tout jouer pour comprendre. Pour connaître. Les sentiments, les motivations, les ressorts. Il faut éprouver l'amour comme la haine, la rancœur comme la compassion. Il faut les vivre de l'intérieur. Endurer en propre l'injustice, la trahison, l'humiliation, et les exercer, les infliger à son tour. Fouille, disait sa grand-mère. Creuse. Tout est là, tout y est. L'Homme. De l'abject au sublime. La nature humaine dans l'entière étendue de son spectre. Tout est là. Prends. Sers-toi, disait baka Antonija.

Il y avait des discussions parce que sa mère prétendait que ce n'était pas de son âge, qu'il y avait des choses qu'une enfant de dix ans ne pouvait précisément pas comprendre. Ce à quoi baka Antonija rétorquait que le cœur comprenait bien plus tôt et bien mieux que le cerveau, et qu'il n'était pas question de procéder à une analyse psychologique des personnages mais de simplement les incarner. Être. Ou ne pas être... ajoutait-elle avec malice. Et alors sa mère levait les yeux au ciel et haussait les épaules en se détournant.

Au bout d'un mois, elle avait accédé au trône. Elle, toute jeune fille, se voyait parée d'une couronne dont on la dépossédait presque dans le même temps. Elle était Lear. Elle était ce roi sans pouvoir, ce vieillard égocentrique et bouffi d'orgueil qui se posait en victime quand il ne récoltait que ce qu'il avait semé.

L'on doit se souvenir que leur théâtre était la cave de la maison familiale où ils se terraient. Là se situait son royaume, d'une superficie de dix-huit mètres carrés. Lorsque Lear, à demi fou, arpentait la lande déserte, elle tournait en rond dans le sous-sol chichement éclairé, et les tirs des mortiers, et l'artillerie lourde qui se déchaînaient au-dessus de leurs têtes figuraient fort bien l'orage, le tonnerre, la tempête.

> Vents, soufflez à crever vos joues ! Faites rage ! soufflez ! Cataractes et ouragans, dégorgez-vous jusqu'à ce que vous ayez submergé nos clochers et noyé leurs coqs ! Vous, éclairs sulfureux, actifs comme l'idée, avant-coureurs de la foudre qui fend les chênes, venez roussir ma tête blanche ! Et toi, tonnerre exterminateur, écrase le globe massif du monde, brise les moules de la nature et détruis en un instant tous les germes qui font l'ingrate humanité. »

Les murs tremblaient. D'un réalisme à faire peur.

Certaine scène, aussi, avait une résonance particulière dans le cœur des interprètes : c'était au dénouement de la pièce, quand le roi se lamentait sur le cadavre encore chaud de sa chère et tendre fille, qu'il avait si injustement reniée. Un peu tard pour se repentir. L'enfant/Lear était alors agenouillé auprès de la grand-mère/Cordélia et l'on doit se rappeler que quelques semaines auparavant, hors de toute représentation, mourait sous les bombes celui qui était le père de l'une et le fils de l'autre. La chair de la chair de la chair.

Il faut tout jouer, disait baka Antonija.

Antonija Nad avait soixante-trois ans. Elle était veuve. Au début de l'été, lorsque les troupes de l'armée fédérale populaire yougoslave avaient investi son village, elle s'était réfugiée en ville, où vivaient son fils unique, Vinko, et sa petite famille. Huit kilomètres à pied dans la fournaise. Sur la route une brigade internationale l'escortait. Les soldats qui la composaient avaient pour noms : Anton Tchekhov, Henrik Ibsen, Victor Hugo, Jean Racine, Molière, Carlo Goldoni, William Shakespeare. Ils se tenaient en rangs serrés dans une antique valise (ferrures et coins en laiton) aux côtés de quelques effets indispensables, d'une brosse à dents et de quatre bocaux de cobanac préparés tout spécialement pour l'occasion. C'était le plus lourd qu'elle pouvait porter. Antonija ne disposait ni d'une voiture, ni d'une bicyclette, ni même d'une brouette qui aurait pu la soulager. Elle n'avait pas non plus voulu prévenir son fils afin qu'il ne prît pas le risque de venir la chercher. Par conséquent, elle avait dû faire des choix. Antonija Nad aimait les livres, et par-dessus tout le théâtre. Bien que sa bibliothèque fût loin d'être immense, elle avait été contrainte d'en laisser sur place la majeure partie. C'est ainsi que la nuit précédant son départ, pendant que le ragoût mijotait sur le feu, Antonija était allée creuser un grand trou au fond de son petit potager afin d'y enfouir tous les ouvrages qu'elle ne pouvait emporter, non sans les avoir au préalable consciencieusement enveloppés d'une couverture de plastique découpée dans des sacs d'engrais.

À ce moment-là, elle n'imaginait pas ne plus revoir sa maison ; elle voulait seulement mettre le bien le plus précieux qu'elle possédait à l'abri d'un éventuel pillage de ces cochons de militaires. Mais de fait Antonija n'était plus jamais retournée chez elle, et il est probable qu'aujourd'hui encore, du côté de Grabovo, en Slavonie-Orientale, à quelques encablures du charnier d'Ovcara, gisent sous terre les restes d'autres victimes de guerre telles que Bertolt Brecht et Alfred de Musset.

Et puisque nous en sommes à évoquer le sort des innocents, ayons une pensée pour la bibliothèque publique de Vukovar qui fut cet automne-là complètement anéantie. Ayons une pensée pour les trente-cinq mille objets d'art qui constituaient l'ensemble des collections de la ville et qui furent transportés en territoire ennemi sous la supervision du ministère de la Culture serbe par mesure de protection, prétendit-on, et dont on vit bon nombre refleurir comme par hasard sur le marché de Novi Sad et sur celui de Belgrade devenu en ces temps de gloire le plus important marché d'art et d'antiquité de toute l'Europe. Approchez, approchez, bonnes gens : tableaux et sculptures à prix coûtant ! Tout doit disparaître ! Ayons une pensée pour le père franciscain Marko Malovic, seul prêtre catholique qui malgré les incessantes menaces de mort décida de rester dans cette partie occupée de la Croatie et qui s'acharna à recueillir et à empiler dans le clocher médiéval de son église Saint-Jean-de-Capistran livres rares et manuscrits et œuvres d'art et tout ce qu'il put sauver des quelque deux cents monastères et églises en ruine de la région et qui n'était ni butin de guerre ni armes de destruction mais seulement un pan de la mémoire et de la culture d'un peuple. Cher Marko Malovic que ton nom soit sanctifié parce que si Dieu existe c'est peut-être ici qu'il faut le chercher. Ayons une pensée pour les dizaines de milliers d'ouvrages que les officiers de la JNA stationnés à Zadar décidèrent de passer au bûcher pour la simple raison qu'ils les considéraient comme non serbes car rédigés en caractères latins. La fumée qu'ils produisirent fut visible à plusieurs kilomètres de distance et pendant plus de vingt jours d'affilée. Comment s'écrit « Pitié » en caractères cyrilliques ? Comment s'écrit « Discernement » ? Comment s'écrit « Soyez maudits pour les mille siècles à venir, putains de fils de chiens » ? Et où est le grand mémorial, où est la grande plaque funéraire sur laquelle sont gravés les titres des un million cinq cent mille volumes de la bibliothèque nationale et universitaire de Bosnie-Herzégovine, à Sarajevo, systématiquement détruits, exterminés, transformés eux aussi en fumée par la mauvaise grâce du phénomène crématoire ? Des cendres, des cendres, toujours des cendres. Du 25 au 27 août 1992, vingt-cinq obus incendiaires généreusement dispensés depuis les collines avoisinantes contribuèrent à l'évaporation de cette précieuse essence. Nul ne peut nier désormais que l'âme s'élève. Le ciel au-dessus de la ville en était plein. Trois jours et trois nuits durant les habitants eurent le rare privilège de voir leur âme s'envoler et flotter par-delà les toits comme un gigantesque cumulus obscurcissant les cieux.

Et ils furent nombreux à tendre les bras pour tenter d'en recueillir un bout, de cette âme, lorsqu'elle retomba, éparse, en milliers de confettis calcinés, en milliards de flocons gris et noirs sur lesquels ils purent déchiffrer une dernière fois, le temps d'un grésillement, un mot, un signe, une fraction infinitésimale de leur histoire inscrite là sous l'aspect d'un curieux négatif, avant qu'elle ne disparaisse à jamais en fondant comme neige sale entre leurs doigts. Pleurez, pleurez, lavez-les de vos larmes. Tout s'efface. Où donc se trouve le monument érigé en l'honneur de ces courageux anonymes, citoyens et bibliothécaires, qui bravèrent la pluie d'obus des tireurs embusqués et formèrent une chaîne humaine dans l'espoir d'extraire les livres de l'édifice en feu ? Nulle part. Tout fut flammes, tout est poussière.

Peut-être faut-il préciser que la convention de La Haye de l'UNESCO (1954) préconisait, en cas de conflit armé, de hisser des petits drapeaux bleu et blanc sur les bâtiments appartenant au patrimoine culturel : principe préventif censé permettre aux assaillants d'identifier ces bâtiments et par conséquent de les épargner.

Des drapeaux, oui.

Des drapeaux sur les toits des bibliothèques et des musées, sur les clochers des églises et sur les tours des minarets. De petits bouts de tissu, bleu et blanc. Aisément repérables.

Des cibles tout indiquées.

On imagine combien certains ont dû ricaner en ajustant leur mire.

Lire. Lear. Lire. Lear. Lire. Lear.

Le roi est mort, ici et là. Tant et tant de fois. À Osijek, à Banja Luka, à Bihac. Le roi est mort en serrant dans ses bras une part de notre humanité. Il l'a emportée avec lui. À Gorazde, à Tuzla, à Srebrenica. Partout le roi fut brûlé. La petite fille ignorait qu'elle subirait le même sort, à quinze années d'écart. Le roi est mort mais en ce temps-là il subsistait encore au fond d'une cave d'une ville assiégée nommée Vukovar. En ce temps-là la petite fille le maintenait en vie. La petite fille jouait. Le roi est mort, vive le roi !

Il faut tout jouer, disait baka Antonija.

Pour savoir. Pour connaître.

Mais le rôle que la fillette préférait tenir, c'était celui du fou.

> (*Il chante*)
> Les fous n'ont jamais eu de moins heureuse année,
> Car les sages sont devenus sots
> Et ne savent plus comment porter leur esprit,
> Tant leurs mœurs sont extravagantes.

C'était le seul personnage qui faisait rire son petit frère Nikola. Elle avait remarqué ça. L'enfant ne comprenait pas les répliques mais il réagissait aux grimaces et aux mimiques sur lesquelles, du coup, elle ne lésinait pas. Tant pis pour le réalisme et les fautes de goût. La fillette faisait le pitre. Et même à sa mère, parfois, elle parvenait à arracher un sourire.

LE FOU : Si la cervelle de l'homme était dans ses talons, ne risquerait-elle pas d'avoir des engelures ?

LEAR : Oui, enfant.

LE FOU : Alors, réjouis-toi, je te prie : ton esprit n'ira jamais en savates.

LEAR : Ha ! ha ! ha !

Ha ! ha ! ha !... Ha ! ha ! ha !... Le petit garçon riait en chœur. Et pour ça elle était prête à s'affubler d'une casserole renversée sur la tête en guise de couvre-chef. Elle était prête à bondir comme un crapaud, à coasser, à baver, à loucher, elle était prête à tout pour entendre son rire éclater. Elle jouait pour son public. Le roi, le fou, sa maman, son petit frère Nikola : qu'est-ce qui les maintenait en vie sinon cela ?

Le monde entier est un théâtre, disait Shakespeare.

Il faut tout jouer, disait baka Antonija.

Comédie. Drame. Tragédie.

Et puis les projecteurs s'éteignirent. Les spectateurs aussi.

Quand les troupes de l'armée fédérale populaire yougoslave envahirent la salle, quand la scène ploya sous le poids de leurs bottes, ne restaient dans les loges que deux bouts de femmes : une gamine et sa grand-mère.

Antonija Nad n'avait pas pleuré lorsqu'elle avait perdu son fils. Elle n'avait pas pleuré lorsqu'elle avait perdu sa belle-fille et son petit-fils. La seule fois où elle ne put retenir ses larmes fut celle où, en partance pour le camp de Velepromet, les soldats l'empêchèrent d'emporter avec elle les ultimes ouvrages de papier qu'elle possédait. Sa dernière garde. Il fallut trois gaillards pour lui arracher les livres des mains. Par la vitre sale de l'autocar elle vit ces hommes qui jetaient les exemplaires dans la boue, exactement comme s'ils distribuaient des épluchures aux pourceaux.

À compter de ce jour, Antonija Nad s'était tue. Elle n'avait plus ouvert la bouche. Elle n'avait plus déclamé ni prose ni vers, elle n'avait plus jamais prononcé le moindre mot, pas même pour réclamer un verre d'eau lorsque la fièvre la consumerait sur le vieux matelas de mousse qui deviendrait sa couche mortuaire, six années plus tard, sous le toit d'un gymnase réquisitionné dans la banlieue de Zagreb.

Il faut tout jouer, disait-elle. Mais il semble qu'elle avait alors épuisé la totalité de son répertoire.

Antonija Nad, née Bjelanovic
1928 - 1997

« Dès que nous naissons, nous pleurons d'être venus sur ce grand théâtre de fous. » W. S.

27

Ils entrèrent dans Neauphle par la rue des Soupirs et traversèrent de part en part la commune assoupie et ils rejoignirent bientôt le tronçon de route qui menait à la demeure de Josef Kristi.

Ils n'avaient plus échangé une parole depuis la sortie de la capitale. Ils n'avaient pas écouté de musique. Seul le silence seyait à leurs pensées. Sur la banquette arrière Milosav Pesic s'était endormi, tête renversée, bouche entrouverte. Dieu sait ce qu'il en était pour l'ancêtre.

Mister, lui, veillait. Durant une bonne partie du trajet il avait réfléchi à ce qui le poussait à retourner chez le peintre. Le nombre de raisons objectives et recevables était proche du néant. Il avait dû admettre qu'une fois encore c'était l'instinct ou quelque chose de ce goût-là qui le guidait. Cela ne le rassurait pas. Sans compter qu'avec le type qu'ils trimbalaient dans le coffre il se faisait l'effet d'un brave toutou rapportant le gibier à son maître — dans l'attente d'une récompense, peut-être ? Une caresse ? Un os à ronger ? L'impression était vague mais tenace. Cela ne le rendait pas fier.

Ils longèrent le champ labouré de l'homme-pomme au moment où les nuages dévoilaient un quartier de lune et ils purent apercevoir à trois cents mètres de là un bout de la meringue qui luisait à la clarté de l'astre. Le sommet. Le dôme. Béton battu en neige. Un dessert à la mesure d'un appétit de géant.

Mister songea au portrait de Vera qui trônait là-haut sous la coupole. Il avait en mémoire le visage serein de la jeune femme. Il se demanda si le peintre l'avait à nouveau couvert d'un linceul.

Bob s'arrêta devant le portail et serra le frein à main. Le bruit fit tressaillir Milosav. Le garçon émit dans son sommeil un bref grognement de porcelet, puis son crâne retomba sur le côté.

Mister et Bob fixaient les lourds vantaux de bois, fermés. Ils étaient arrivés. Aucun animal n'avait surgi dans le faisceau de leurs phares, aucun n'avait daigné se sacrifier pour les faire dévier de leur trajectoire. Ils étaient là et il était trois heures passées du matin et la hauteur du mur ne leur permettait pas de voir si une des pièces de la maison était éclairée.

Au bout d'une longue minute, Mister sortit de la voiture. C'était à lui de le faire. Il repoussa doucement la portière. Il rajusta sa chemise, remit en place les plis de son pantalon, puis il inspira une bouffée d'air et marcha à pas lents jusqu'à l'interphone. Il sonna et attendit. Durant les quelques instants qui suivirent, il tâcha de refouler la pensée qu'il n'y avait pas de plan B. Si Josef Kristi ne répondait pas, si les portes demeuraient closes, il ne saurait ni quoi faire ni où aller. Il prit une nouvelle inspiration, plus profonde que la précédente. Il fourra les mains dans ses poches. Les phares de la 404 l'enveloppaient sans prodiguer la moindre chaleur. Clown noir. C'est moi, se dit-il. Clown noir entré en piste. Clown triste. Sous les projecteurs jaunâtres, sous les feux du regard de Bob qu'il devinait braqué sur lui à travers le pare-brise. Pas de quoi rire.

Lui-même baissa les yeux et fut presque surpris de constater que le bout de ses godasses n'avait pas rallongé.

Il s'accorda trente secondes avant de retenter sa chance. À la moitié exactement, il entendit le déclic magique et son cœur tressauta de concert. Une très légère syncope. Il emplit ses poumons une troisième fois. À bloc. Il leva les yeux vers le ciel et le gratifia d'un clignement de paupières. Il attendit que le portail commence à s'ouvrir avant d'oser se retourner. Il repartit vers la voiture, les mains toujours au fond des poches.

Un pianiste sorcier.

Un chanteur à la tire.

Un accordéoniste aveugle.

Un chauffeur de taxi cartésien.

Par cette fraîche nuit de printemps ils émergèrent un à un de leur roulotte et se plantèrent au milieu de la cour des miracles parsemée de gravier blanc. La petite parade des pauvres. La chiche cohorte bigarrée. Troubadours et saltimbanques. De place en place, de terrain vague en terrain vague, ils étaient de retour. Ils se tenaient debout, immobiles, silencieux, attentifs à la réaction de celui qui les considérait présentement du haut du marchepied de sa formidable caravane, le chef incontesté de la troupe : le peintre manchot.

Ils ne voyaient pas son visage. Josef Kristi campait dans l'embrasure de la porte. Sa silhouette se détachait à contre-jour, projetant sur le sol, depuis le seuil jusqu'au taxi, une ombre démesurée.

À nouveau la lune s'effaça derrière les nuages et comme s'il n'attendait que ce moment-là le géant se mit en marche. Il descendit les trois degrés du perron sans pour autant que sa stature en fût diminuée. Il continua d'avancer vers ses visiteurs. Pour un homme de cette corpulence, son pas était rien moins que pesant. Il semblait frôler le gravier plus qu'il ne le foulait, ses semelles ne produisant qu'un discret froissement de feuilles mortes. Il était chaussé de spartiates. Par-dessus ses habits il avait enfilé un large poncho andin en laine d'alpaga qui le couvrait jusqu'aux cuisses et duquel rien ne dépassait. Si bien qu'il était impossible, pour qui ne le savait pas, de soupçonner l'absence de son bras.

Le jeune Milosav Pesic le regardait approcher et il n'était pas du tout certain d'avoir quitté le royaume des songes. Ce qu'il voyait au fond était un immense palais et un être non moins immense qui en avait surgi : il n'aurait pas fait des yeux plus ronds s'il avait assisté à l'apparition d'une divinité aztèque ou d'une star du basket américain milliardaire en dollars. D'ailleurs, que ce fût l'une ou l'autre, n'était-il pas censé mettre genou en terre ?

Le géant s'arrêta à deux mètres du taxi et son ombre, parfaite escorte, fit halte avec lui. Son regard passa une fois encore sur chacun des quatre hommes avant de revenir et de s'attarder sur le visage de l'ancêtre. Il n'avait pas l'air étonné de les voir tous débarquer à cette heure de la nuit. Il n'avait pas l'air courroucé non plus. Au bout d'un long moment, il dit :

— Vous avez fait plus vite que je ne pensais.

Il parle, songea Milosav. Le garçon jeta un coup d'œil vers ses compagnons, paré à se prosterner à leur signal. Mais personne ne remua.

— Venez, ajouta le géant.

Les franges du poncho s'agitèrent comme des grelots muets lorsqu'il tourna les talons. Il repartait vers la maison.

— Attendez, fit Mister. (Il se dirigea vers l'arrière de la Peugeot.) Nous ne sommes pas venus les mains vides.

Il ouvrit le coffre et souleva l'abattant, et alors on peut véritablement parler de diable jaillissant de sa boîte et de l'enfer qui se déchaîne. Un enfer à lui seul dédié.

Cela commença par une paire de pieds joints qui se détendirent et le cueillirent au plexus. Il fut projeté en arrière, souffle coupé, avec l'impression d'avoir percuté une locomotive. Black-out total l'espace d'un instant. Plus de son, plus d'image. Et tandis qu'il errait dans ces limbes obscurs, une créature gicla hors du coffre avec une souplesse et une célérité tout animales. Bullmastiff. Molosse blessé. Régénéré. Enragé. Quand le pianiste recouvrit ses sens, il n'eut que le temps d'apercevoir une gueule difforme, pleine de boursouflures et d'ecchymoses, qui fonçait sur lui.

— Putain de Maure ! entendit-il éructer.

Mister cherchait encore sa respiration et son équilibre. Il était penché. Il n'eut pas le moindre geste pour parer ou amortir le coup de boule qui l'atteignit à la mâchoire. Une dent se déchaussa et la douleur irradia jusqu'au fond de ses entrailles. Il vacilla. Il crut qu'il allait vomir, sa bouche s'ouvrit par réflexe mais tout ce qui dégoulina sur son menton fut un trop-plein de salive et de sang. Mélange amer. Ses jambes tremblaient. Elles tremblèrent plus fort. Puis elles cédèrent, d'un coup, comme fauchées à hauteur du genou. Il se retrouva les deux rotules plantées dans le gravier. Il sentit son buste basculer vers l'avant, il entrevit le sol qui venait à sa rencontre et à cet instant précis il souhaita cette fin si proche, il appela de tout son être le repos et le soulagement qui s'ensuivrait.

Mais ce n'était pas terminé.

Alors que Mister piquait du nez, Bullmastiff lui passa la chaîne des menottes autour du cou et le ramena violemment vers l'arrière. Il le coinça contre son abdomen. Puis il banda ses muscles et commença à serrer, tirant sur les bracelets, de chaque côté, comme s'il avait l'intention de procéder à une décollation barbare et sommaire.

La scène s'était déroulée en une poignée de secondes. Bob fut le premier des témoins à réagir. Il se précipita sur Bullmastiff et, sans réfléchir, se mit à lui marteler le dos. À peine moins large, à peine plus solide qu'une falaise de granit. Bob s'acharna dessus avec ses poings fermés. Tel un receveur des postes hystérique, on eût dit qu'il tentait de couvrir à coups de tampon toute la surface entre les omoplates du molosse. Il frappait, ses propres os vibraient sous les chocs répétés, mais cela n'avait pas plus d'effet que des piqûres de moustiques sur le cuir d'un rhinocéros. Bullmastiff ne desserrait pas sa prise ; une force phénoménale pesait toujours sur la gorge de Mister. Elle l'écrasait. Elle la broyait. Les maillons d'acier s'incrustaient dans sa chair. À genoux, tête renversée, bouche béante, le pianiste semblait s'adresser à Dieu tout-puissant et dans un hurlement muet implorer Son pardon et Sa pitié alors qu'à cet instant il n'aspirait pas à autre chose qu'à un simple filet d'air, une bulle d'oxygène. Plus rien ne passait au long de sa trachée. Il ne pouvait plus respirer. Il ne pouvait plus avaler. Le sang même, empêché dans sa circulation, venait à manquer dans la plupart de ses artères, et tandis que son visage virait au pourpre, le reste de son corps blêmissait. Mister suffoquait. Devant ses yeux exorbités s'ouvrait, là-haut, un carré de ciel opaque, un champ de ténèbres où la mort semait d'étranges étoiles évanescentes — de plus en plus nombreuses à mesure qu'elle approchait.

Bob cessa soudain de cogner. Il chercha du regard un objet susceptible de lui servir de matraque et c'est alors qu'il vit, à quatre mètres de là, le jeune Milosav avec un pistolet braqué dans leur direction.

— Arrêter ! cria le garçon. Arrêter ! Tu le lâcher !

Sa position était parfaite : jambes légèrement écartées, genoux fléchis, bras tendus. Il tenait le Sig-Sauer à deux mains. Les leçons du cinéma américain. Dans son village naguère les paysans enrôlés d'office dans la milice étaient beaucoup moins pros.

Bob s'écarta de deux pas sur le côté, mais Bullmastiff ne broncha pas. Sourd aux sommations, il continuait à tirer sur les menottes et Mister continuait de s'enfoncer dans les profondeurs d'une constellation d'où nul ne pourrait bientôt plus l'arracher.

— Tu le lâcher ! hurla une nouvelle fois Milosav.

Alors Josef Kristi entra à son tour dans la danse. Il s'avança à hauteur du garçon. Son bras unique surgit du poncho. Il tendit la main vers le pistolet et, d'une voix grave, laissa tomber un mot.

Il parle ma langue, songea Milosav. Il parle toutes les langues !

Son regard croisa celui du géant, mais aussitôt il baissa les yeux et s'empressa de déposer son offrande au creux de l'immense paume ouverte devant lui.

Dès qu'il fut en possession de l'arme, Josef Kristi marcha droit sur Bullmastiff. En trois enjambées il combla la distance qui les séparait. Il s'arrêta et allongea de nouveau le bras et colla l'embouchure du canon contre le front du molosse. Puis il ôta le cran de sûreté.

Ce fut à ce moment-là seulement que Bullmastiff parut sortir de son état second. Il tressaillit, leva la tête.

Son visage était en ruine : le nez et l'arcade avaient éclaté, la paupière gauche avait triplé de volume et le globe oculaire disparaissait sous cet amas de chair boursouflée. Mais son œil droit était encore valide, et quelque chose s'éclaira dans le noir de l'iris lorsqu'il reconnut celui qui le tenait en joue.

Josef Kristi culminait quarante centimètres au-dessus de lui. Il ne proféra aucune menace. Il n'entama aucun décompte. Il se contenta d'exercer une pression plus forte avec le canon du 9 mm.

Bullmastiff relâcha brusquement son étreinte. Ses muscles se détendirent. Ses épaules s'affaissèrent. Puis, d'un geste qu'on eût dit maintes fois répétés, il écarta les menottes et libéra la gorge de Mister. L'air s'engouffra dans la trachée avec un long sifflement rauque. Ce fut la dernière chose que le pianiste entendit. Il ferma les yeux. Le ciel disparut et le reste avec. Il tomba face en avant. La terre ne trembla pas. L'aveugle, si.

28

Mister resterait plus de dix-sept heures enfermé dans la grande maison blanche. Un laps de temps au terme duquel il saurait enfin ce qu'il avait cherché à tout prix à savoir. Il en ressortirait le cœur net, mais pas plus léger pour autant.

Quelques-unes parmi ces heures échapperaient totalement à son contrôle, et par la suite il aurait bien du mal à déterminer à quelle catégorie appartenait une partie des événements : rêve ou réalité. Cela s'était-il vraiment passé ou étaient-ce les miasmes de son imagination ? Pour certaines choses, il serait plus sage de cultiver le doute.

Les vastes pièces de la demeure, ses murs et plafonds immaculés, le silence même et l'atmosphère qui y régnait parfois, tout cela n'était pas sans évoquer quelque établissement hospitalier, maison de repos ou de convalescence, ou asile d'aliénés. Voire une antichambre de l'éternité, un sas, stérile, nickel, où les malheureux candidats seraient placés en quarantaine et priés de se refaire une virginité avant de pouvoir prétendre à intégrer la ribambelle des anges. Que tombent leurs poils et poussent leurs ailes.

Mister devait également conserver dans sa chair et dans ses os une sensation de froid qui s'empara de lui avant même son réveil et qui, dix-sept heures durant, ne le quitta pas.

Il reprit connaissance allongé sur le sofa, dans la bibliothèque désaffectée. Aucun son ne lui parvenait, l'obscurité était complète. D'abord il se crut mort. Puis, très vite, il pensa que c'était encore pire que cela : on l'avait cru mort. On l'avait enterré. Vivant. C'était un malentendu, une monumentale erreur. Il gisait à présent sous plusieurs mètres cubes de terre, prisonnier d'un cercueil capitonné. Condamné à une lente, atroce et inexorable agonie.

Sitôt que cette idée eut planté ses griffes dans son cerveau, la terreur le saisit. Il ouvrit la bouche et poussa un hurlement, qui refusa de sortir. Dans le même temps il lança une main en l'air, persuadé de heurter le couvercle de sa propre bière. Mais il n'y avait rien. Il tâtonna un instant dans le vide, décontenancé. Puis il redressa le buste ; un mouvement trop brusque qui lui provoqua vertige et nausée. La tête se mit à lui tourner. Il dut à nouveau fermer les yeux. Il sentit le cuir du canapé sous ses doigts et s'y agrippa pour ne pas retomber. Il s'efforça de respirer calmement, profondément, et peu à peu la panique reflua, les battements de son cœur redescendirent sous la barre des cent. Il ne bougea plus.

Ainsi débuta son séjour.

Après vint la douleur. Sa mâchoire le lançait, à l'extérieur comme à l'intérieur. Il passa la langue le long de la gencive et la trouva enflée. L'une des prémolaires ne tenait plus qu'à un fil. Lorsqu'il l'effleura, il eut l'impression de mordre dans une ligne à haute tension. Une giclée de salive acide lui envahit la bouche. Il se força à la ravaler — et il sut alors ce que c'était que de boire la lave à peine jaillie du cratère. Sa gorge était en feu. Il fut pris d'une quinte de toux qui ne fit qu'attiser la brûlure. Il posa les pieds par terre et se laissa aller contre le dossier en tâchant de reprendre son souffle. Il palpa son cou avec précaution. Du bout des doigts il put suivre le tracé que les chaînons y avaient imprimé. La mort en braille — texte heureusement inachevé. Il était prêt à s'apitoyer sur son sort. À ce moment-là, quelqu'un dit :

— Dites-vous que vous avez échappé au pire.

Mister se raidit. Il tourna la tête d'un côté et de l'autre, scrutant les ténèbres qui l'entouraient. Et bientôt un pan entier d'obscurité se détacha et la même voix dit :

— Je vais éclairer. Attention à vos yeux.

Il était prévenu mais il n'eut pas le réflexe de se protéger. La lumière lui perfora les rétines. Une autre forme de torture. Il se détourna et serra les paupières. Il lui fallut près d'une minute pour se réhabituer. Il reconnut la pièce. Il distingua progressivement le sofa, puis les étagères alignées contre les cloisons, les rayons déserts, par centaines, le squelette de bibliothèque. Puis il reconnut l'homme. Son regard tomba sur les pieds de Josef Kristi, sur ses énormes orteils apparaissant entre les lanières de cuir des sandales, et il remonta ensuite jusqu'à son visage.

Josef Kristi se tenait devant la porte. Il observait le pianiste, sans ciller.

Les mots que Mister voulut prononcer ne dépassèrent pas l'étroit goulet, à vif, de sa trachée. Il ne réussit à produire qu'un curieux bruit de gonds rouillés.

— Vous avez le droit de garder le silence, dit le peintre.

S'il y avait une once de malice dans ses paroles, il se garda de la souligner de toute autre façon.

— Ménagez votre gorge, ajouta-t-il. Les choses ne devraient pas tarder à rentrer dans l'ordre.

Mister ne tint pas compte de son conseil. Il déglutit en grimaçant, puis il essaya à nouveau.

— Où sont les autres ? chuinta-t-il.

Larynx, pharynx, il y avait quelque chose de cuit là-dedans.

Josef Kristi hocha imperceptiblement le menton, comme s'il jugeait l'obstination du pianiste à la fois ridicule et admirable.

— Ils sont ici, dit-il. Dans la maison.

Il s'ébranla. Fit quelques pas dans la pièce. Sa longue chevelure était nouée en une queue-de-cheval qui lui tombait entre les omoplates. Le poncho le couvrait du cou aux cuisses et lui donnait plus que jamais une allure de gourou.

— Votre ami, dit-il, voulait vous transporter à l'hôpital. Il n'a pas été facile de l'en dissuader. Il n'a guère confiance en moi, et je ne peux l'en blâmer. Mais il me semblait que vous éloigner à nouveau, c'était risquer de perdre encore une fois le fil. Ou pour le moins de retarder davantage l'échéance. Ce n'est pas ce que vous souhaitez, n'est-ce pas ?

Il s'arrêta et se tourna vers Mister, qui ne dit rien. Les deux hommes restèrent un moment à se dévisager. Puis Josef Kristi reprit sa déambulation.

— Vous avez déjà effectué une grande partie du chemin, dit-il. Vous avez fait de nombreux sacrifices. Vous avez apporté des preuves incontestables de votre foi et de votre pugnacité. Je vous regarde et qu'est-ce que je vois ? Je vois que le courage est là. Je vois que la volonté est là. Je vois que le cœur est pur. Et alors il ne m'est plus possible de regarder en face mon propre visage, qui porte le masque de la lâcheté et de la honte.

Miroir, mon beau miroir, dis-moi : qui est le plus brave ? (Josef Kristi se tourna de nouveau vers le pianiste.) Je vous attendais, dit-il. Vous êtes un brave. J'estime qu'il est temps que vous soyez récompensé de vos mérites.

Mister s'accrochait. Il avait besoin de toute sa concentration pour tenter de décrypter ce discours, d'en saisir la teneur exacte. Mais dans son état actuel cela représentait une tâche au-dessus de ses moyens. Son esprit fonctionnait en pointillé. Quand le peintre se tut, il ne sut que répondre, ni même si une réponse était attendue. Il y renonça.

— Et l'homme ? demanda-t-il simplement. L'homme qui…

— Nous l'avons neutralisé, dit le peintre. Ne vous inquiétez pas pour ça. D'ailleurs, à ce propos, je me suis permis d'emprunter la clé de vos menottes.

Mister secoua la tête.

— Ce ne sont pas mes menottes… (Il feulait plus qu'il ne parlait ; chaque mot lui coûtait.) Vous le connaissez ? enchaîna-t-il. Ce type, vous savez qui c'est ?

Le peintre se rapprocha du canapé.

— Nous parlerons de tout cela plus tard. Il reste quelques heures avant le lever du jour. Profitez-en. Reposez-vous. Vous allez avoir besoin de toutes vos facultés.

Son bras émergea lentement du poncho. Il avait quelque chose à la main, qui n'était ni une colombe ni un lapin, mais une petite bouteille d'eau minérale.

— Tenez, dit-il.

Mister saisit la bouteille. La main du peintre retourna sous le vêtement et rampa jusqu'à la poche de sa chemise. Elle en ressortit presque aussitôt.

— Puisque vous avez l'air capable d'avaler, vous allez prendre ceci.

Apparut cette fois entre ses doigts une boîte à priser en métal argenté, de forme rectangulaire. Un objet ancien. Sur le couvercle était gravé un aigle bicéphale. Josef Kristi le souleva avec son pouce et tendit la boîte sous le nez du pianiste. Elle contenait quatre pilules présentant exactement la taille et l'aspect de lentilles sèches.

— Une seule, précisa-t-il.

Mister leva les yeux vers lui.

— Qu'est-ce que c'est ?

Un sourire, mélancolique et doux, se dessina sur les lèvres du peintre. Son regard se perdit. Peut-être lui revenait-il en mémoire une scène du passé, un souvenir heureux d'une jeunesse enfuie.

— Un remède contre le mal, dit-il.

Mister n'hésita qu'un court instant. Il cueillit une pilule et la posa sur sa langue comme une hostie. Puis il la fit passer avec une gorgée d'eau qui lui arracha le gosier et lui déclencha une nouvelle quinte de toux.

Ses paupières ne tardèrent pas à s'alourdir, alors même que le reste de son corps commençait à flotter. Léger, léger, plus léger que l'éther. Il ne chercha pas à lutter. La bouteille tomba au sol. Devant lui, la haute silhouette du géant s'allongea encore, élastique à souhait, telle une figurine de caoutchouc ou de chewing-gum. Les contours de la pièce devinrent flous. Les étagères ondulaient comme les flots. Faible houle. Quand le sofa se mit à tanguer, Mister se laissa glisser le long du dossier. Sa joue se posa sur l'accoudoir. Avant de sombrer il entendit très distinctement sonner les premières notes d'un thème qu'il n'avait plus joué depuis des décennies, et dont le titre lui échappait. À la troisième mesure, il s'était rendormi.

Josef Kristi le veilla, debout, sans bouger, jusqu'à ce que sa respiration fût aussi tranquille que la surface d'un lac en été. Après quoi le géant rangea la boîte à priser dans sa poche. Il ôta son poncho en laine d'alpaga et en couvrit le corps du pianiste. Puis il éteignit la lumière et quitta la pièce en refermant la porte, sans bruit.

What can I say after I say I'm sorry ?

Voici l'aube à présent. Les prémices. Ce n'est guère plus qu'une tache grise derrière le rideau blanc. Mister grelotte, recroquevillé sur le canapé. Ses os sont glacés mais il a dû transpirer, le cuir est humide. Il ouvre les yeux et s'assied. La douleur a disparu. Il regarde autour de lui. Il fait presque nuit encore mais jamais sa vision n'a été aussi claire, jamais sa vue aussi perçante. Il lui semble qu'il pourrait voir à travers l'épaisseur des murs. Il est seul dans la pièce. Par terre au pied du canapé il y a un vêtement étalé comme un tapis de sol. La toison d'un animal mort. Il reconnaît le poncho. Il se redresse en prenant soin de ne pas marcher dessus. L'instant d'après il est debout et le vêtement l'enveloppe de la tête aux pieds. Il écarte les bras pour voir l'effet que cela produit. Les pans se relèvent. Il est fier. C'est un paon qui fait la roue. Il a des plumes de laine et des ocelles, il a cent yeux dans le dos. Il voit tout. Il porte la parure d'un géant. Il se demande si cela le rend immortel. L'instant d'après il est dans une autre pièce. Il marche. Ses pas résonnent comme dans le terminal d'une aérogare. Il n'y a personne. Le trafic, pense-t-il, est interrompu. Il est trop tôt ou trop tard. Les ampoules sont éteintes. Malgré la pénombre il se déplace sans hésiter. Les obstacles sont rares. Il traverse une autre pièce. Puis une autre. La maison est vaste. La maison est vide, dirait-on. Il ne sait pas où il va. Il ne cherche pas à savoir. Il marche. Les portes s'ouvrent toute seules, ou peut-être que ce sont les parois qui s'écartent. Il n'a aucune idée du temps qui passe. Soudain il perçoit un bruit : des soupirs, brefs et puissants, semblables à des éternuements. Il pense qu'il doit remonter à la source. L'instant d'après il est dans une grande salle au parquet ciré. Une salle de danse. À moins que ce ne soit une salle d'armes. Trois hublots au verre dépoli dispensent un soupçon de luminosité. L'aurore aux doigts de lys gratte aux carreaux. Un miroir s'étire tout au long de la cloison principale. Au centre de la salle il y a une ombre chinoise, immense. C'est un samouraï armé de son sabre. Mister s'adosse au mur et le regarde. Le samouraï se bat contre un ennemi invisible et probablement invincible. Cela tient de la pantomime et de la chorégraphie et de la parade rituelle. Son sabre s'appelle Katana. En garde. Il fend l'air. Il redécoupe l'espace. Il place des points stratégiques sous des latitudes et des longitudes qui n'existent pas. La lumière donne de petits coups de langue sur la lame. C'est beau à voir. Ses mouvements sont amples, fluides, précis, harmonieux, et ponctués de ces drôles d'éternuements feutrés. Comme seules les ombres savent se battre dans la pâle lueur de l'aube. Cela dure des minutes ou des heures et l'instant d'après Mister est debout face au samouraï. Il reconnaît maintenant l'homme géant. Son front est ceint d'un bandeau de tissu blanc trempé de sueur. Il range son sabre dans le fourreau et salue l'arrivant en inclinant le buste. Sa manche gauche pend dans le vide comme une branche brisée. Il arbore une rangée de médailles sur son cœur.

Samouraï ? demande Mister. Serviteur, dit le géant. Au fond de ses yeux les vaisseaux forment une minuscule toile d'araignée écarlate. Vous avez un beau sabre, dit Mister. Il est comme moi, dit le géant. Il n'a jamais servi. Je devais servir mon seigneur et maître. Je devais servir ma patrie. Mais j'ai failli. Mon seigneur et maître m'a chassé. Je n'étais qu'un enfant. Vous avez des médailles, pourtant, dit Mister. J'ai dépouillé les morts, dit le géant. Mister se tourne vers le miroir. Il devrait s'y trouver leurs reflets mais ils n'y sont pas. Les sept grandes vertus du bushido sont : la loyauté, le courage, la bienveillance, le respect, la sincérité, l'honneur, la droiture. Il n'en est pas une que je n'aie pas bafouée, dit le géant. Il n'a pas assez de doigts pour compter les sept. L'instant d'après il est à genoux sur le parquet tel un suppliant. Seppuku, dit-il. Seppuku, qu'est-ce que c'est ? demande Mister. Il va falloir que je m'ouvre le ventre, dit le géant. Ne serait-ce que pour voir ce qu'il y a à l'intérieur. Je crains que ce ne soit que de la paille. Tant mieux, dit Mister. L'épouvantail fait peur au corbeau. Me prêteriez-vous votre bras ? demande le géant. Je ne peux pas faire ça, dit Mister. Je veux servir mon seigneur et maître, dit le géant. Il s'incline encore une fois et l'instant d'après il n'est plus là. Mister lève ses bras et les recompte : un, deux, ça va. Il tente de reproduire les gestes qu'il a vus, la danse du samouraï, mais il n'a pas la grâce, il n'a pas l'équilibre, il a froid. L'instant d'après il a le front collé au miroir. Puis du plat de la main il efface la buée et sous la surface il découvre un homme noir affublé d'un poncho andin. L'homme essaie de se faire passer pour lui mais Mister sait parfaitement qui est qui. Je sais qui tu es, dit-il, je sais très bien qui tu es. L'homme lui rétorque la même chose. C'est une imitation grossière. C'est un imposteur. Mister le défie. Il feinte, il accomplit des mouvements brusques, imprévisibles, afin de le prendre en défaut. Mais l'imposteur est prompt et bien entraîné. Je sais qui tu es, répète Mister. Je sais qui tu es, répète l'imposteur. Mister pointe soudain le doigt vers lui. Billie ! dit-il. L'imposteur fronce les sourcils. Quoi ? dit Mister. Tu ne connais pas Billie ? Si, se défend l'imposteur. Je la connais. Billie, Billie, Billie Holiday. Ha ! ha ! ricane Mister. Alors tu dois connaître également son chien. Le boxer. Comment s'appelait-il ? demande Mister. Comment s'appelait-il ? répète l'imposteur. Elle l'avait baptisé « Mister », dit Mister. C'est mon nom, dit l'imposteur. C'est le mien, dit Mister. On raconte qu'elle le droguait. Son chien. Elle le piquait à l'héroïne. Certains soirs, elle partageait ses doses avec lui, pour se sentir moins seule. Qu'est-ce que tu dis de ça ? L'imposteur reste muet. C'est toi, dit Mister. Moi ? dit l'imposteur. Oui, dit Mister. Je sais qui tu es : tu es le clébard défoncé de Lady Day. Ouaf ! Ouaf ! Mister pousse un aboiement puis il éclate de rire. L'imposteur s'est trahi. Il demeure immobile dans le miroir et il pleure, tandis que Mister pleure aussi, mais de joie, de rire, il hurle, il aboie, il fait des bonds. Il ôte le poncho et le fait tournoyer au-dessus de sa tête comme un lasso, puis il le projette à la face de l'imposteur. L'instant d'après il a quitté la grande salle et recouvré son calme. Il marche. Il a oublié jusqu'à l'existence de l'homme noir dans la glace. Il ne sait pas où il va, mais il y va. Sans crainte. Sans la moindre appréhension. Dehors le jour grandit, et lui avec.

What can I say after I say I'm sorry ?

29

— Comment tu te sens, fils ?

Bob était penché en avant sur sa chaise, les coudes sur les cuisses. Dans un léger contre-jour.

Avant de répondre, Mister plaqua une main sur son cou. Il déglutit. La douleur ressentie équivalait à celle d'une mauvaise angine, pas davantage.

— Ça a l'air d'aller, dit-il.

Sa voix avait repris du timbre et du volume. Il s'assit à son tour. Il frissonna et se frotta les bras.

— T'as froid ? fit Bob. Tu veux que j'essaie de te dénicher une couverture ?

Du regard Mister balaya le sol à ses pieds.

— Et le poncho, où il est ?

— Le poncho ? s'étonna Bob.

Mister releva brusquement la tête, comme si une idée venait de le traverser. Son expression marquait l'incrédulité, voire une certaine méfiance.

— Est-ce que je suis en train de rêver, là ?

La question désarçonna Bob, qui s'esclaffa brièvement.

— Non, je ne crois pas, dit-il. Ou alors, nos rêves sont parfaitement synchrones. Tu veux qu'on joue à pince-mi et pince-moi, pour vérifier ?

Le pianiste paraissait douter encore. Il plongea les

yeux au fond de ceux du chauffeur et le sonda. L'examen dura quelques secondes, puis ses traits se relâchèrent.

— Laisse tomber. C'est juste que j'ai fait des rêves bizarres, cette nuit. Du moins, je crois que c'en était.

Bob hocha lentement la tête.

— Moi, c'est plus souvent la réalité que je trouve bizarre.

Sa chaise faisait face au sofa. Elle ne se trouvait pas ici auparavant : il avait dû la rapporter d'une autre pièce de la maison. Il avait dû passer un bon moment vissé dessus.

— Quelle heure est-il ? demanda Mister.

Bob consulta sa montre.

— Treize heures et quelques.

Le pianiste calcula : cela faisait près de dix heures qu'ils avaient franchi le portail de la maison.

— Qu'est-ce qui s'est passé ?

— Tu ne t'en souviens pas ?

— Je veux dire : depuis que je roupille. Qu'est-ce que vous avez fait ?

— Rien, dit Bob. On attend.

— Vous attendez quoi ?

— Quelqu'un. Un gars que Kristi a joint au téléphone ce matin et qui doit nous retrouver ici. Le peintre n'a pas voulu en dire plus. Il a simplement laissé entendre que cet homme nous apporterait… des réponses.

— Des réponses ?

— C'est ce qu'il a dit.

Tous deux se dévisagèrent un moment. Puis :

— Tu y crois ? fit Mister.

— Au messie ? fit Bob.

Le pianiste ne sourit pas.

— Au point où nous en sommes… soupira le chauffeur.

Il se leva et s'étira en se tenant le bas des reins. Puis il effectua quelques pas pour se dégourdir les jambes. Ses fringues étaient fripées, sa figure était fripée et grise.

— Combien de temps on est censés attendre ? demanda Mister.

— Aux dernières nouvelles, le type devrait arriver en début d'après-midi.

Un frisson parcourut encore une fois les membres du pianiste. Ses mains étaient glacées. Il les glissa sous ses cuisses.

— J'aimerais bien qu'on en finisse… murmura-t-il.

Bob cessa d'arpenter la pièce. Il resta un instant immobile, le regard flou. Derrière lui, la fenêtre était un rectangle inondé de lumière. Le rideau de coton blanc brillait comme un écran de cinéma au début de la projection.

Puis le chauffeur s'avança vers le canapé et dit :

— Il y a une cave, dans cette baraque. Au sous-sol. Un truc gigantesque, on dirait un hangar à avions. Il doit y avoir au moins dix mille casiers à bouteilles, là-dedans.

Il se tut, fixant Mister comme s'il était en train de lui révéler un secret d'État et lui laissait le temps de bien le digérer.

— Et alors ? fit le pianiste.

— Et alors, ils sont tous vides ! Exactement comme les rayons de cette bibliothèque. Tu vois ? Pas un seul livre, pas un seul litre de pinard. Tout est vide, ici.

Bob fit volte-face et se remit en marche, les épaules voûtées. De dos, on pouvait lui donner cent ans d'âge.

— Qu'est-ce que t'es allé foutre à la cave ? demanda Mister.

Le chauffeur hésita. Poussa un soupir.

— C'est là qu'on a enfermé le molosse. Au cas où il lui reprendrait l'envie de mordre.

Il jeta un coup d'œil vers Mister et ébaucha un sourire, mais le cœur n'y était pas. Emprisonner un homme, fût-il le pire des salauds, allait à l'encontre de ses principes.

Mister était sur le point de poser une autre question quand soudain il se figea. Puis sa main droite jaillit de dessous sa cuisse. Il fit claquer ses doigts.

— « *What can I say after I say I'm sorry ?* », souffla-t-il d'une traite.

Bob le toisa, sourcils relevés.

— J'ai cet air dans la tête depuis un moment, expliqua Mister. Je cherchais le titre. Impossible de m'en souvenir.

— Si tu veux mon avis, t'aurais pas perdu grand-chose à l'oublier définitivement.

— T'es dur, là.

— Je le dis comme je le pense, ça n'engage que moi. J'ai jamais raffolé de ce morceau. Trop de guimauve à mon goût.

— Et si je te disais que j'en ai bouffé presque tous les soirs pendant plus d'un an.

— Ah ouais ?

— Ouais.

Et Mister de les entraîner ailleurs, pour un instant, loin de la meringue et de toutes les couleuvres difficiles à avaler, en racontant comment il s'était retrouvé un quart de siècle plus tôt à faire la tournée des bars du XIXᵉ arrondissement avec une chanteuse à la ramasse autobaptisée « Swing Sissi, impératrice du jazz ». Rien à voir avec la tournée des grands ducs. Le pianiste avait une vingtaine d'années et n'avait pas trouvé meilleur plan pour débuter dans le métier que d'accompagner la Sissi en question, Geneviève Blot de son vrai nom, née quelque part entre la Butte Rouge et la rue de Belleville. Aux portes de la petite couronne. Sissi n'avait jamais quitté le XIXe. Elle s'habillait comme la duchesse de Bavière, avec de fausses robes à crinoline pleines de dentelles et de volants et de fanfreluches diverses, qu'elle confectionnait elle-même à partir d'antiques frusques d'arrière-grand-mère chinées aux puces. Elle se coiffait comme Romy Schneider incarnant son idole, sur la tête la même choucroute boursouflée et dégoulinante. Sauf qu'elle affichait trente ans et quarante kilos de plus que l'actrice dans son rôle. On aurait dit une poupée géante échappée du coffre à jouets d'une petite ogresse austro-hongroise. Swing Sissi. C'était une figure connue, une légende locale vivante. À l'époque où Mister l'avait rencontrée, ça faisait déjà des lustres qu'elle écumait les tavernes de son royaume en diffusant la bonne parole du jazz. L'impératrice avait l'organe flétri, le vibrato usé jusqu'à la corde. Elle poussait les standards dans leurs ultimes retranchements. Si les patrons des bistrots persistaient à l'engager, ce n'était pas tant pour sa prestation que parce qu'elle ne leur coûtait pas un centime : miss Sissi passait la moitié du temps au comptoir à déballer sa vie en éclusant des Martini dry. Ils lui offraient le premier, elle casquait les suivants. Rusés, les bougnats. Au bout du compte son cachet du soir couvrait tout juste son ardoise. Boire ou chanter, on n'a pas toujours le choix. Mister l'accompagnait sur un piano électrique, un vieux clou que son prédécesseur n'avait pas daigné récupérer. Il était obligé de tout transposer en do majeur parce que les trois quarts des touches noires ne fonctionnaient pas. C'était un duo, juste elle et lui, Mister et Sissi. Ils jouaient des trucs comme *Lullaby of Birdland* ou *Satin Doll*, ou encore *The Shadow of Your Smile*. Une fois sur deux elle avait avalé les paroles et comblait les trous à grands coups de « Baby ! Oh, Baby ! ». On avait l'impression qu'elle réclamait un whisky au patron.

— La seule chose à laquelle elle tenait, dit Mister, c'était finir son tour de chant par *What Can I Say After I Say I'm Sorry ?* Pourquoi ce morceau-là, j'en sais rien. Mais je peux te garantir qu'elle assurait. Elle assurait vraiment. C'était son moment de grâce. Après sa douzaine de Martini elle tanguait un peu sur ses guibolles, mais sa voix ne tremblait pas. La mélodie, elle allait la chercher tout au fond, elle la sortait de ses tripes et de son âme. Va savoir à qui elle pensait en chantant ça. À son Franz, peut-être. En tout cas, plus personne ne mouftait dans la salle. Tout le monde écoutait. Elle le prenait façon ballade, sur un tempo très lent, et elle arrivait à vous tirer des larmes. Je te jure, Bob, ça marchait à chaque fois. À la fin du morceau, même les tauliers s'essuyaient discrètement le coin de l'œil avec leur tablier. Tu crois qu'ils lui auraient offert un dernier verre pour la peine ? Que dalle, ces bâtards !

« Swing Sissi, impératrice du jazz… murmura Mister.

Son regard, un instant, resta fixé sur un horizon passé.

— Je ne sais pas ce qu'elle est devenue, dit-il.

Bob s'était rassis sur la chaise.

— Si ma mémoire est bonne, elle a été assassinée.

— Quoi ?

— À Genève. Poignardée par un jeune anarchiste italien, ou quelque chose comme ça.

Un sourire, las, effleura les lèvres du chauffeur. Mister secoua doucement la tête.

Ce que ni l'un ni l'autre ne savait, c'est que la veille même de sa mort, l'impératrice d'Autriche, la vraie, avait prédit un grand malheur à venir : ceci pour la seule raison qu'un corbeau l'avait effleurée de son aile.

— Tu ne m'avais jamais raconté cette histoire, reprit Bob.

— Faut bien que j'en garde quelques-unes pour nos vieux jours.

— Les miens sont arrivés, fils.

Cette assertion fut suivie d'un silence prolongé. Mister conservait toujours, juste là sous la couche de peau, une sensation de froid susceptible à tout instant de le submerger.

Dehors, pourtant, il faisait beau. La pièce baignait dans une lumière blonde. Les étagères luisaient. Des particules de poussière flottaient dans l'air avant de se poser délicatement sur les rayons déserts.

— J'ai faim, finit par dire le pianiste. Et j'ai envie de pisser.

Bob se remit promptement debout, comme s'il venait de recevoir son ordre de mission.

— Parfait, dit-il. Dans quel ordre tu veux gérer ça ?

À la cuisine, ils retrouvèrent l'autre partie de la troupe : Milosav et Dobrica. Ces deux-là étaient assis face à face autour d'une table ovale. Muets. Empruntés. Des musiciens relégués aux communs tandis que le véritable banquet se déroulait ailleurs. Peut-être leur avait-on promis une soupe chaude avant d'aller amuser la galerie.

Le visage du jeune Milosav s'illumina quand il les

vit arriver. Il se leva et demanda de ses nouvelles à Mister, lequel le rassura.

— Et le peintre ? s'enquit Bob. Il n'est pas là ?

Le garçon fit signe que non. Personne n'avait vu Josef Kristi depuis un bon bout de temps.

— Lui, il dit on pouvoir manger, affirma Milosav. Il dit on pouvoir servir nous tout seuls.

Et il indiqua une grande casserole d'eau qu'il avait mis à bouillir sur une plaque chauffante.

La cuisine aurait pu faire la couverture de « Maison & déco magazine ». Moderne, tout équipée, parfaitement fonction-nelle et totalement immaculée. Chaque élément encastré. Seule leur présence humaine paraissait déplacée en ces lieux.

— Regarde, dit Milosav.

Il tendit le bras vers un des nombreux placards de rangement et l'ouvrit tout grand. À l'intérieur étaient entassés des paquets de pâtes par monceaux. À vue de nez il devait y en avoir pour trente kilos. Des spaghettis exclusivement. Milosav ouvrit le placard suivant : rempli de sardines. Cinq ou six ou dix kilos de sardines en boîtes de cent vingt-cinq grammes. Empilées. À l'huile d'olive exclusivement. C'était tout. Le reste des placards était vide, dépourvu du moindre aliment. Le frigo aussi. Bob se demanda si cela constituait une réserve en cas de conflit nucléaire ou s'il s'agissait d'un régime spécial que le peintre avait adopté.

— Vous manger avec nous, oui ? demanda Milosav.

Mister acquiesça.

— Va pour les spaghettis…

Le garçon se comporta avec eux comme avec des invités de marque. Il insista pour s'occuper de tout. Il mit le couvert. Il fit cuire les pâtes. Il les servit. Il s'excusa presque de n'avoir à disposition d'autre assaisonnement qu'une pincée de sel. Et quand les deux hommes avalèrent leur première bouchée, il était suspendu à leurs lèvres, guettant leur verdict avec une appréhension non feinte.

Mister dressa le pouce.

— Fameux !

Le jeune Milosav se remit à respirer. Il arbora son large et contagieux sourire.

— Fameûû ! répéta-t-il en imitant Mister.

Puis il se jeta sur son assiette.

Mister mit autant de temps que l'ancêtre à terminer sa part. Ils mâchaient l'un et l'autre longuement et précautionneusement, l'un parce qu'il n'avait pas le choix, l'autre à cause de sa dent branlante et de sa gorge laminée.

À un moment donné, Bob leva la tête et considéra la scène dans son ensemble. Il repensa alors à ce qu'il avait dit quelques instants plus tôt à Mister, à propos de la réalité qu'il jugeait souvent « bizarre ». Cette assemblée en était un parfait exemple : quatre hommes, dont la moitié ne connaissait pas l'autre, en train de partager une platée de spaghettis dans une maison qui n'appartenait à aucun d'entre eux. La vie. La vie… pensa Bob. Pour autant que cela ait un sens. Il y avait quasiment quatre générations réunies ici. Un arbuste généalogique à eux seuls. Il se dit qu'ils eussent fait une belle famille. Il se dit qu'au fond cela était peut-être le cas.

Milosav se chargea également de la vaisselle. Et lorsqu'il eut tout nettoyé et essuyé et rangé, il toucha l'épaule de Mister et il dit :

— Maintenant, toi tu jouer.

— Jouer ?

— Jouer la musique, oui. Jouer le piano. Là-bas,

c'est être grand grand piano, grand comme ça, fit le garçon en écartant les bras.

Mister interrogea Bob du regard. D'une mimique, le chauffeur lui fit comprendre qu'il n'avait aucune raison de se défiler.

— OK, dit Mister en se relevant. Moi la jouer la musique. (Il fit craquer ses doigts et adressa un clin d'œil au garçon.) Tu l'auras voulu, p'tit gars.

Quand ils quittèrent la cuisine, Josef Kristi ne s'était toujours pas manifesté.

Ils gagnèrent l'immense salle, dépouillée à l'extrême, et prirent possession du long vaisseau blanc qui s'y était échoué. Le Steinway. Mister s'installa à la barre. Les trois autres restèrent debout, accoudés au bastingage. Le voyage serait ce qu'ensemble ils en feraient.

Le pianiste commença par dérouler quelques arpèges pour se chauffer. Puis, à l'oreille et de mémoire, il improvisa une version de *Rain and Tears* comme jamais ni le jeune Milosav ni le vieux Dobrica n'en avaient entendu. Variantes, substitutions, accords de passage : l'artiste transforma cette suite basique et sirupeuse en une mini-symphonie tout en nuances. Certes la pluie et les larmes continuaient de couler sous ses doigts, mais tantôt au goutte-à-goutte, tantôt en cascade, tantôt douces, tantôt salées, et peu à peu à ce jeu-là les eaux montèrent et fut remis à flot leur vaisseau. Grain, remous, courants, marées, entre accalmie et tempête, entre les hauts-fonds et le grand large ils voguèrent. Longtemps.

Ce serait la dernière contribution de ce bon Demis à cette histoire.

Quand ils regagnèrent la terre ferme, le jeune Milosav lança un cri guttural et enthousiaste en même temps qu'une rafale d'applaudissements. Mister l'interrompit.

— Écoute, dit-il.

Il n'avait pas lâché le clavier. Ses doigts étaient toujours ancrés au fond des touches. Le garçon fit à nouveau silence et tendit l'oreille. À ce moment-là, le pianiste releva soudain les mains tout en soulageant la pression de son pied sur la pédale. Les derniers accords s'estompèrent. Le son décrut progressivement jusqu'à n'être plus qu'un sifflement ténu. Puis plus rien.

Mister dressa un index.

— Les harmoniques… dit-il.

Milosav leva les yeux au plafond, s'attendant peut-être à en voir surgir des créatures extraterrestres.

— Harmeûniques ? C'est quoi, harmeûniques ?

— Les notes derrière les notes, dit Mister. Les notes secrètes. Les ondes fantômes qui se multiplient et se propagent à l'infini, ou presque. Comme des ronds dans l'eau. Comme un écho qui ne meurt jamais.

Sa voix shuntait elle aussi à mesure qu'il parlait. Bob plissa les paupières. Il observait son ami avec attention. Il ne voyait pas encore où celui-ci voulait en venir.

— Ce qui reste quand il ne reste rien, dit Mister. C'est ça, les harmoniques. Pratiquement imperceptibles à l'oreille humaine, et pourtant elles sont là, quelque part, elles existent.

Il fit pivoter son index en direction du vieil aveugle qui se tenait, très droit, très digne, à la proue du piano.

— Et je crois que lui les entend, dit-il.

Milosav Pesic se tourna alors vers son ancêtre et le dévisagea, les yeux écarquillés, comme s'il venait d'apprendre que ce dernier était doté de pouvoirs magiques.

— Il n'y a pas que la musique, dit Mister, qui produit des harmoniques. Le bruit des canons aussi. Qui sait au bout de combien de temps elles cessent de résonner ?

Nul ne répondit à sa question, si toutefois c'en était une. Bob se contenta d'un hochement de tête. Entendu. Son regard plongea dans la laque blanche de l'instrument et s'y noya.

Là-dessus le pianiste rassembla ses souvenirs. Il replaça ensuite ses mains sur le clavier, doigts écartés, et les fixa un instant comme si elles ne lui appartenaient pas. Puis il attaqua ce qu'il savait être le thème préféré de Sissi, impératrice du jazz.

What Can I Say After I Say I'm Sorry ?

Hommage.

Mais il était dit qu'après tout ce temps il ne lui serait plus permis de dépasser la troisième mesure.

Une sonnerie retentit dans la maison.

Ils tressaillirent tous les quatre. La musique s'arrêta. Ils échangèrent des regards.

Ils tressaillirent une seconde fois au son de la voix de Josef Kristi.

— La ponctualité suisse… dit le géant sur un ton fataliste.

Il se tenait à l'entrée de la salle, dans l'encadrement de la porte. Depuis quand ? Aucun d'entre eux n'avait remarqué sa présence. Il avait l'air désolé de cette interruption. Dans le silence qui suivit, la sonnerie du portail éclata à nouveau. Deux coups. Péremptoires, impatients. Leur visiteur devait être un homme pressé.

Josef Kristi tourna les talons pour aller lui ouvrir.

What can I say after I say I'm sorry ?

Un soir, le premier, elle était entrée et s'était assise à la table la plus proche, sur la gauche de la scène, à l'endroit où la voûte naissait. Il n'avait eu qu'à faire pivoter son regard d'un quart de tour pour la voir.

Jusque-là, il ignorait qu'il l'attendait. Et même, ce n'est que plus tard, au fur et à mesure, qu'il avait pris conscience que tout au long des jours, des mois, des années précédant ce fameux soir, quelque chose lui avait manqué. Quelqu'un. Il ne le savait pas.

Le lendemain, il la cherchait déjà.

C'était au début du mois de septembre. Par bonheur, elle était revenue. Régulièrement. Elle apparaissait le mardi et le jeudi. C'était une jeune femme organisée. Il avait fini par saisir le rythme de ses apparitions. Elle arrivait tôt. Seule, toujours seule. Et toujours s'installait à la même table. Cinq minutes avant de se présenter sur l'estrade, il jetait un coup d'œil à travers le rideau pour se rassurer. Peu importait que le reste de la salle fût comble ou désert, il ne voyait qu'elle. Quelque chose se formait alors dans son ventre et montait jusqu'à ses poumons. Une colonne d'air. Il respirait mieux. Lorsqu'il entrait en scène, il s'obligeait à ne pas tourner les yeux dans sa direction. Pas tout de suite.

Le mardi et le jeudi, il soignait sa mise. Il s'examinait dans la glace avant de partir de chez lui — et souvent en tirait une grimace. Il repassait sa chemise et cirait ses chaussures.

Le mardi et le jeudi il avait désormais une raison supplémentaire de faire de la musique. Il voulait lui plaire. Non. Plus que cela. Il voulait l'émouvoir. Il voulait atteindre son cœur. Que chaque note qu'il distillait ne fût pas qu'une caresse ou un rayon de soleil ou un pétale de fleur, qu'elle ne fût pas qu'un baume superficiel et éphémère mais une flèche, douce flèche, plantée au plus profond. Et prenant racine. Et faisant souche. Que chaque accord qu'il plaquait fût une brique solide, une coulée de ciment participant à l'édification d'une maison, sa maison, la sienne, son abri, clair, agréable, bien chauffé. Ce qu'il voulait, c'était lui offrir un foyer.

Il jouait. Il jouait, et sa volonté se relâchait. Ses regards lui échappaient. S'enfuyaient vers elle. Selon l'intensité des projecteurs il pouvait voir la pointe de ses bottines qui se balançaient près du pied du guéridon, ou bien il pouvait voir en pleine lumière l'ovale de son visage, pâle, flottant dans l'ombre des pierres. Derrière elle, le mur amorçait sa courbe. S'inclinait. Il pensait alors à une princesse dans sa loge, venue incognito. Il pensait à une statue de sainte dans sa grotte. Il raisonnait en termes de noblesse, de pureté, de fragilité. Deux mètres à peine les séparaient. Il lui avait fallu deux semaines pour les combler.

Coca pour elle, café pour lui. Pendant les pauses, entre chaque set, et à la fin de la soirée. Il aimait le son de sa voix. Son léger accent. Elle ne parlait pas beaucoup, pourtant. Elle n'avait pas l'air de redouter le silence. Il aimait sa retenue, cette façon qu'elle avait de ne pas mettre sa beauté en avant. Il aimait son amour du jazz. Il aimait la couleur de ses yeux. C'est tout bête. Il n'aimait pas lorsqu'elle disait que c'était l'heure.

« Qu'est-ce que vous faites pour Noël ? » lui avait-elle demandé un soir avant de prendre congé.

C'était au mois de décembre. Rien, il ne faisait rien de particulier. Ils avaient encore en commun de n'avoir ni parents, ni enfants, ni sapin à décorer. Ils avaient reconnu qu'il pourrait être agréable de passer le réveillon ensemble. Quelque chose de simple. Un dîner en tête à tête. Tout bête.

Ba-dam, ba-dam, ba-dam... Son cœur cognait.

Pendant dix jours il avait tourné-viré ça dans son crâne. Il imaginait. Il se projetait la soirée. Pas chez elle, pas chez lui. Un terrain neutre. Un petit resto, chouette et sans chichis. Chaleureux. Oui, c'est ça : chaleureux. Coca pour elle, café pour lui.

Pendant dix jours il avait erré de boutiques en magasins en quête du cadeau parfait. Qu'offre-t-on à une jeune femme dans ces cas-là ? Aucune idée. Vêtement, bouquin, bijou, parfum. Trop délicat, trop pauvre, trop cher, trop commun. Il avait léché des vitrines à en avoir la langue décolorée. Personne à qui demander conseil sinon des vendeuses affables et apprêtées dont il ne comprenait pas la moitié des vocables. Il ne pouvait pas parler de cela à son meilleur ami. Surtout pas. Par pudeur, se convainquait-il, mais ce n'était peut-être pas aussi simple.

Il avait fini par trouver : une invitation au théâtre. Avec le recul cela paraissait évident. C'était une passion pour elle. Depuis son plus jeune âge. Elle espérait même pouvoir en faire un jour son métier, lui avait-elle confié.

Il lui offrirait donc un billet pour une pièce. Un cadeau assez original, raffiné, et qui lui permettrait de surcroît de lui tenir compagnie une seconde fois car il n'eût pas été élégant de la laisser se rendre au spectacle sans chevalier servant. Il était plutôt fier de sa trouvaille.

Il avait déchiqueté un Officiel des spectacles *à force de l'éplucher et de l'annoter au stylo bille. Un nouveau problème de choix se posait. Il y avait dix mille pièces là-dedans et il s'y entendait en théâtre à peu près autant qu'en liturgie chrétienne. Classique, avant-garde, boulevard, qu'est-ce qui lui ferait le plus plaisir ? Autant demander à un profane de sélectionner le meilleur verset parmi les pages de l'Ancien Testament.*

Sans s'en douter, il avait mis dans le mille. Cyrano de Bergerac. *Un des rares titres qui lui parlaient. Il s'était dit qu'en tapant dans les classiques il avait moins de chances de se tromper. Et puis le personnage, tout de même : ce héros ô combien romantique, cet idéaliste, ce poète, grotesque et sublime, cet amoureux transi qui n'ose déclarer sa flamme... Libre à elle de percevoir dans le choix de cette pièce un côté symbolique — ou non.*

L'un au parfum des mots encensait l'âme sœur,
L'autre au son du piano faisait chanter son cœur.

Cependant, il était loin d'imaginer ce que cette œuvre représentait à ses yeux. Il n'avait pas idée de la place qu'elle lui accordait. C'était le premier volume qu'elle avait acquis après avoir fui son pays : un exemplaire d'occasion acheté avec ses propres deniers dans une obscure librairie de Liège, bien avant de franchir la frontière française. Elle ne s'en était jamais séparée depuis. Elle avait lu et relu le texte, elle l'avait appris, elle l'avait cent fois répété en aparté dans sa tête, si bien qu'elle était capable aujourd'hui de souffler au nez du Gascon les mille six cent et quelques vers qu'on lui avait attribués. De mémoire et sans faillir.

Rien, rien, rien au monde ne pouvait lui faire davantage plaisir.

Il avait réservé et retiré deux billets pour une représentation la semaine suivante. Il les avait insérés dans une enveloppe blanche sur laquelle il avait inscrit « Joyeux Noël ». Après réflexion il avait trouvé cela un peu enfantin et pour tout dire ridicule. Sur une nouvelle enveloppe, il avait simplement tracé le prénom qu'elle portait. Il comptait, l'air de rien, faire glisser l'enveloppe vers elle à la fin du repas, autour de minuit. Lui aussi, il avait cent fois répété la scène.

Ba-dam, ba-dam, ba-dam…

Le 24 au soir, il avait soigné sa mise. Repassé sa chemise, ciré ses chaussures. Peut-être avait-il eu le tort, avant de quitter l'appartement, de s'examiner une dernière fois dans la glace. Le nez, passe encore. Mais les années… Il en possédait presque vingt d'avance sur elle. Qu'il lui serait à jamais impossible de lui rendre.

Doux Jésus.

Il avait reposé sa veste sur le dossier d'une chaise, l'enveloppe blanche dépassant légèrement de la poche. Il s'était assis au bord de son lit, et n'en avait plus bougé jusqu'à une heure avancée de la nuit.

Doux Jésus. Tu m'as laissé choir.

« Je suis désolé », lui avait-il dit lorsqu'il l'avait revue, le jeudi suivant. Il n'avait rien trouvé à ajouter.

Où est le panache dans tout ça ?

Il ne lui avait jamais parlé de Cyrano de Bergerac.

La représentation avait bien eu lieu, le jour dit, à l'heure dite, mais il était resté deux sièges libres au troisième rang.

30

Josef Kristi réapparut une dizaine de minutes plus tard. Seul. Son regard balaya lentement les quatre hommes et s'arrêta sur le jeune Milosav. Il lui adressa quelques mots dans leur langue d'origine. Son ton était posé, patient. Le garçon baissa une nouvelle fois les yeux avec une déférence qui ne lui était pas coutumière. Après quoi, Josef Kristi se tourna vers Mister et Bob.

— Venez, dit-il. On vous attend.

Il y eut un court moment de flottement, puis Mister abandonna la banquette du piano et traversa la salle. Bob lui emboîta le pas. Le géant s'effaça pour les laisser passer. Il sortit à leur suite et referma la porte. Mister se retourna.

— Et eux ? Pourquoi ils ne viennent pas ?

Le géant s'attendait à cette question.

— Pas d'autres témoins que vous deux. C'était la condition sine qua non pour que mon ami accepte de se déplacer.

— Et pourquoi votre ami nous fait-il cette faveur, à nous ? intervint Bob.

— Ce n'est pas à vous qu'il la fait, dit le géant, c'est à moi. D'ailleurs il ne s'agit pas tant d'une faveur que d'une dette dont il s'acquitte. Ce qui ne l'empêche pas de revendiquer la plus extrême discrétion. Je m'en suis porté garant en ce qui vous concerne.

— C'est-à-dire ? fit Mister.

— C'est-à-dire que vous avez ma confiance. Vous avez ma confiance pour que rien de ce que vous allez entendre ne transpire au-delà de ces murs. Rien. Cela vaudrait mieux.

— Pour qui ? fit Bob.

Le géant le toisa un instant.

— Pour qui cela vaudrait-il mieux ? insista Bob.

— Pour vous, dit Josef Kristi. Pour mon ami. Pour moi. Pour notre cause commune.

Il conservait un ton posé et patient. Cependant, on aurait pu chercher longtemps une intonation amicale dans sa façon de prononcer « mon ami ».

— Pour cette même raison, ajouta-t-il, il ne vous sera révélé ni son identité ni sa fonction. Et si je puis me permettre un conseil : tâchez d'oublier également son visage lorsque vous sortirez d'ici.

Le géant accorda au duo quelques secondes de délai, dans l'attente de nouvelles questions ou objections. Il n'y en eut pas. Il se remit en marche.

— Suivez-moi.

Ils le suivirent.

Ils gravirent les degrés de l'escalier hélicoïdal qui constituait la colonne vertébrale de la maison. Ils s'arrêtèrent au premier étage. Sur leur gauche s'ouvrait un large et profond couloir flanqué de cinq portes, toutes fermées. Josef Kristi poussa la première qui se présentait. Les deux hommes entrèrent dans son sillage, et lorsque le dos du géant se fut effacé ils découvrirent les lieux.

Comme la plupart des autres pièces qu'ils avaient eu l'occasion de traverser, celle-ci était peinte en blanc et débarrassée de tout son mobilier. Une alcôve, dans le fond, avait dû un temps abriter un lit et laissait à penser que l'endroit avait servi de chambre à coucher. Peut-être la chambre conjugale. La seule certitude étant qu'aujourd'hui c'était fini : plus personne n'y dormait.

Des chaises de jardin, pliantes, à la peinture écaillée, juraient au milieu du décor. La main du géant avait dû les apporter là pour l'occasion et les avait lâchées aléatoirement sur le parterre comme un coup de dés. Elles étaient au nombre de cinq. En les voyant, Mister repensa furtivement à l'atelier Lazare, à cette impression de terrasse désertée dans une station balnéaire, hors saison.

Il y avait un homme au bout du ponton qui regardait la mer. L'homme sans nom.

Josef Kristi ferma la porte. Il se dirigea vers le centre de la pièce, eut un geste vague en direction des sièges.

— Vous pouvez vous asseoir.

Lui-même saisit une des chaises et la fit pivoter et s'assit à califourchon dessus. Il posa son bras sur l'arête du dossier et attendit. Mister et Bob se déployèrent de part et d'autre de l'entrée mais ils restèrent debout. Leurs deux paires d'yeux convergeaient sur la même cible.

L'homme sans nom était planté devant la fenêtre et leur tournait le dos. Sa main gauche disparaissait dans la poche de son pardessus, la droite était accrochée à la poignée d'un attaché-case. Il n'avait pas bronché à leur arrivée. Il était peut-être sourd. Il était peut-être en train de se réciter une dernière fois son texte. Ou bien voulait-il seulement leur rappeler qui fixait les règles à compter de cet instant.

Il fit durer le manège une bonne minute avant de se retourner. Sous son pardessus il portait un costume anthracite, une chemise bleu ciel, une cravate bordeaux. La soixantaine passée. Taille moyenne, corpulence confortable. Des cheveux gris clair avec la mèche réglementaire sur le côté. Hormis un nez de boxeur, particulièrement plat et évasé en son extrémité — le contraire de Cyrano —, rien dans son aspect n'aurait permis de le distinguer parmi une assemblée de notables provinciaux. Catégorie directeurs de PME ou bons notaires des familles. Du passe-partout, du tout-venant. Le plus difficile ne serait peut-être pas d'oublier son visage, suivant le conseil de Josef Kristi, mais d'en conserver le moindre souvenir.

Néanmoins, depuis qu'il leur faisait face, c'était comme si le soleil s'était voilé. Comme si l'automne avait succédé au printemps sans que l'on eût d'été. Il ne se gêna pas pour détailler le duo en retour. Sans aménité aucune. Il s'attarda sur Mister. Le froid resserra les pores du grand Black. Un iguane lui aurait léché la peau, cela aurait eu sur lui le même effet.

Puis l'homme prit soudain la parole.

— Que savez-vous de cette affaire ? demanda-t-il.

Sans autre préambule. Son ton était sec. Mister et Bob échangèrent un coup d'œil. Puis le pianiste accrocha le regard de Josef Kristi. Fermé. Il était clair que ce dernier n'interviendrait pas. Pas pour l'instant. Mister se tourna à nouveau vers l'homme. « Une affaire », pensa-t-il. Juste une putain d'affaire.

Ce fut Bob qui répondit. Sur le même ton.

— Nous savons qu'une jeune femme nommée Vera Nad a été assassinée au mois de février dernier dans un entrepôt désaffecté de Montreuil. Nous savons que cette jeune femme était originaire de Croatie. Nous savons que la police a arrêté et emprisonné ses deux meurtriers, dont l'un est un ressortissant du Monténégro. Nous savons que les types en question étaient fichés en tant que dealers, et qu'ils ont avoué leur crime. Cependant nous supposons qu'il ne s'agit pas vraiment, ou pas seulement, d'une histoire de drogue, et que…

— Pour quelle raison ? l'interrompit l'homme.

— Pardon ?

— Qu'est-ce qui vous a permis de faire cette supposition ?

Bob le fixa à travers ses lunettes. De verre et d'acier. D'un geste laconique, il désigna Mister.

— Son pif, lâcha-t-il.

— Pardon ?

— Son pif.

L'homme lança un coup d'œil au nez du pianiste dont la forme n'était pas sans rappeler celle de son propre appendice. Après quoi il se tourna vers Josef Kristi, en quête d'une explication : est-ce que tout cela était sérieux ? Est-ce que c'était une provocation à son égard ? Peut-être faisait-il un réel complexe avec cet organe. Le peintre demeura d'une impassibilité exemplaire.

L'homme pinça les lèvres et se fendit d'un reniflement dédaigneux.

Mister prit le relais :

— Mon nez m'a permis de flairer quelque chose de pas net là-dessous. J'étais persuadé que la drogue n'était qu'un prétexte. Un faux prétexte. Que la mort de Vera était liée à d'autres enjeux. Ce qui voulait dire que le ou les véritables coupables n'étaient certainement pas les deux branquignols qu'on nous donnait en pâture. Et qu'il y avait quelqu'un au-dessus qui tirait les ficelles. Un sale enfoiré de première.

Ces derniers mots sortirent un à un comme autant de grognements rauques. La douleur au long de sa trachée s'était réveillée. Il ne quitta pas l'homme des yeux, et curieusement ce fut celui-ci qui s'éclaircit la gorge. Mais il ne fit aucun commentaire. Le silence s'étala dans la pièce comme du plomb fondu dans l'ogive d'une balle de gros calibre. On eût dit que la luminosité avait encore baissé d'un cran.

Bob reprit :

— Nous savons que Vera Nad a servi de modèle au peintre Josef Kristi ici présent. Nous savons que M. Kristi est lui aussi originaire d'ex-Yougoslavie. Serbe, pour être précis. Nous savons que Vera lui a été présentée par son fils, Jean-Baptiste. Lequel a également permis la rencontre, quelque temps plus tard, entre Vera Nad et Dominique Karoly, actuel ministre de l'Intérieur. Parce qu'il s'avère que le ministre est le dernier époux en date de Mme Célia Valdéron, ex-femme de M. Kristi, et qu'il se trouve être par conséquent le beau-père de Jean-Baptiste.

— Qui le déteste, siffla Mister.

— Qui, semble-t-il, nuança Bob, ne le porte pas dans son cœur.

— Ça aussi, c'est votre « pif » qui vous l'a soufflé ? fit l'homme.

— Exceptionnellement, nous avons bénéficié d'autres sources.

— Lesquelles ?

— Quelqu'un de confiance, biaisa Bob.

Une nouvelle fois ils s'affrontèrent du regard. Ce fut l'homme qui céda.

— Continuez.

Bob continua :

— Nous savons que le ministre a fait des avances à

Vera Nad. Qu'il l'a poursuivie de ses assiduités des semaines, voire des mois durant.

— Mais Vera n'a pas cédé, dit Mister. Malgré le chantage, malgré les menaces, elle n'a pas cédé.

Un sourire incisa les lèvres de l'homme. Du fiel en fine lamelle.

— Chantage et menaces, hein ?… persifla-t-il.

— Quoi ? cracha Mister.

— Rien, dit l'homme. Continuez.

— Nous savons que Vera a fini par se confier à Jean-Baptiste, dit Bob. Elle lui a parlé des intentions du ministre et de la pression qu'il exerçait sur elle pour parvenir à ses fins. Et nous savons que Jean-Baptiste, à son tour, en a informé sa mère, Célia Valdéron.

— Ah oui ? Et qu'a fait Mme Valdéron ?

— Nous ne le savons pas. La dernière chose que l'on sache, c'est que quinze jours plus tard, environ, Vera Nad a été retrouvée morte. Brûlée.

Bob se tut.

— C'est tout ? dit l'homme.

Tous avaient les yeux braqués sur lui, mais personne ne lui répondit. Il haussa les épaules et fit quelques pas, l'attaché-case balançant doucement au bout de son bras.

— C'est une bien triste histoire que vous me racontez là, dit-il.

Lorsque ses phrases étaient plus consistantes, on remarquait que certaines syllabes avaient tendance à s'allonger. Un accent légèrement traînant. Ce type d'inflexions pouvait provenir de plusieurs régions de France ; cependant, par rapport à un faisceau de présomptions plus ou moins rationnelles, Bob inclina plutôt vers une origine helvétique.

Un Suisse.

Propreté — Neutralité — Prospérité.

— Vous avez autre chose à nous proposer ? lança Mister.

— C'est possible, dit l'homme. Mais je ne suis pas sûr que cela vous convienne davantage. Et après tout, nous pourrions aussi bien nous en tenir à cette version. Pourquoi pas ?… Qu'en dites-vous, Josip Kristicevic ?

Le géant n'en dit rien.

La fissure réapparut sur les lèvres de l'homme, puis disparut aussi vite.

— Ma version, dit-il, ou plutôt « notre » version, est encore plus triste que la vôtre.

— Laissez-nous en juger par nous-mêmes, dit Bob.

— Elle risque de se terminer encore plus mal. Tout du moins, pour certains des protagonistes.

— Ça ne peut pas finir plus mal, assena Mister d'une voix sourde.

L'homme poussa un soupir. Ostensible. Théâtral.

— Soit, dit-il.

Il sembla chercher quelque chose à travers la pièce, puis il se rapprocha d'une chaise et y déposa l'attaché-case. Ensuite il défit les boutons de son pardessus, ôta le vêtement et le suspendit avec soin au dossier. Des gestes méticuleux, un air concentré. Petit patron au travail. Comme s'il s'apprêtait à présider une réunion au sein de son entreprise ou à recevoir une délégation syndicale. Bob se demanda s'il allait défaire aussi ses boutons de manchette et retrousser ses manches. Il n'en fut rien. L'homme sans nom se pencha sur la mallette et tout en alignant les codes chiffrés des serrures, il dit :

— Je présume que M. Kristicevic vous a déjà fait la leçon, néanmoins je préfère le répéter : vous devez faire preuve de la plus extrême discrétion. En quittant cette pièce, vous appuierez sur la touche « reset » de votre cerveau. Remise à zéro. Mémoire effacée. Vous n'aurez rien vu, rien entendu, rien su. (Un déclic, deux déclics, l'attaché-case s'ouvrit.) Ceci est une bombe, dit l'homme. La moindre erreur de manipulation, et elle nous explose entre les mains. Boum. Non seulement la cible visée ne serait pas atteinte, mais c'est nous, nous tous, qui subirions alors des dommages irréversibles.

Il laissa passer une courte plage de silence, guettant un assentiment ou un quelconque signe de compréhension de la part de ses interlocuteurs, lesquels ne lui donnèrent pas cette satisfaction. Puis il glissa la main à l'intérieur de la mallette et en ressortit une grande enveloppe beige, sans inscription. L'enveloppe n'était pas cachetée. Il la renversa et recueillit une série de photos au format 20 x 27. Il les passa rapidement en revue, en sélectionna deux et remisa les autres dans l'enveloppe. Puis il se dirigea vers Mister.

— Ça ne va pas vous plaire, dit-il en lui tendant la première photo.

Le pianiste la saisit sans un mot.

L'homme continua jusqu'à Bob et lui fit passer le second cliché. Puis il prit quelques pas de recul, comme pour admirer son œuvre dans son ensemble.

Bob garda les yeux sur la photo moins de cinq secondes, le temps de comprendre et d'assimiler ce qu'il voyait. Après quoi il les leva vers le peintre Josef Kristi, puis les détourna, sans hâte, vers Mister son ami.

Tant de jours et tant de nuits. Pour en arriver là.

Mister continuait de fixer le cliché que l'homme lui avait remis. Pas un muscle ne remuait sur son visage. De l'ébène. Du bronze. Du marbre noir. Tout se passait sous le masque, à l'intérieur. Le pianiste s'était mis à pousser avec la langue sur sa dent déchaussée.

Il pesait dessus. Il appuyait. De plus en plus fort. Il ébranlait la racine. Il excitait le nerf. Et la douleur, peu à peu, commença à irradier le long de sa gencive, avant de gagner la mâchoire tout entière, puis son crâne, puis la moelle de ses os. Il la recherchait. La douleur. Il se l'infligeait. Il se faisait du mal. Pour ne pas souffrir. La douleur du corps comme un exutoire à la souffrance de l'âme.

Il s'acharna sur la prémolaire jusqu'à ce qu'une salive amère envahît sa bouche et les larmes ses paupières. Alors il cligna des cils. Une seule et unique fois. La main qui tenait la photo retomba contre sa cuisse.

— Je vous avais prévenu, susurra l'homme. Et encore vous ai-je épargné les plans les plus rapprochés…

Mains dans le dos, buste penché vers l'avant : sa posture évoquait irrémédiablement un vautour. Au bec aplati.

— Nous disposons en tout d'une dizaine de prises de vue. De qualité médiocre, certes, mais toutes exploitables. Comme vous pouvez le constater, même à cette distance il n'y a aucune ambiguïté possible quant à l'identité des deux individus, ni quant à la… nature de leur relation.

— Qui a pris ces photos ? demanda Bob.

— Bonne question, fit l'homme en pointant l'index sur lui. Question pertinente. (Il se tourna vers le peintre.) Josip Kristicevic, souhaitez-vous y répondre ?

Le géant soutint son regard. Un moment. Puis, conscient que c'était le prix à payer, il s'arracha à son mutisme.

— C'est mon fils, laissa-t-il tomber.

L'homme acquiesça, l'air satisfait.

— Eh oui !… soupira-t-il. C'est le fiston lui-même.

Le petit Jean-Baptiste qui s'est soudain découvert une vocation de paparazzi. (Il secoua la tête.) Ah, Seigneur, ces gamins ! Allez comprendre comment ça fonctionne dans leurs fichues caboches. Jamais en manque d'imagination quand il s'agit de fomenter les pires bêtises. Et que peut-on y faire, nous autres ? Pas grand-chose, hélas. Impuissants que nous sommes. Quoi de plus difficile, quoi de plus ingrat que le rôle de parent ? N'est-ce pas, Josip Kristicevic ?

— Tenez-vous-en aux faits, dit le géant d'une voix blanche.

Bob observait leur manège et une fois de plus il chercha le lien : qu'est-ce qui unissait ces deux hommes ? Quelle entente sacrée avaient-ils pu forger, au-delà de leur rancœur et de leur ressentiment réciproques ?

Là-dessus, la photo que Mister tenait entre les doigts lui échappa et atterrit au sol après un vol très court mais somme toute gracieux. Le pianiste ne réagit pas. Ses membres tremblaient imperceptiblement. Le froid, sans doute.

L'homme s'avança vers lui et se baissa pour ramasser le cliché. En se relevant il l'agita sous le nez du grand Black.

— Qu'est-ce qui vous afflige à ce point ? Le fait que le ministre prenne du bon temps, ou le fait que ce soit avec votre petite copine ? C'est la jalousie, ou c'est la désillusion qui vous rend malade ?

L'homme sans nom était un homme qui avait appris à déceler et à exploiter au maximum les faiblesses de l'adversaire. C'était un homme qui avait appris à considérer d'emblée chaque être humain comme un adversaire. Jusqu'à preuve du contraire.

— Pour ma part, dit-il, je trouvais que votre version manquait un peu de « piquant ».

Il pivota soudain et se dirigea vers Bob et récupéra le second cliché. Il retourna jusqu'à l'attaché-case et rangea le tout dans l'enveloppe.

— Je vais donc procéder à quelques rectifications. Vérité oblige. Les faits, rien que les faits, comme le dit si bien M. Kristicevic. Oui, le ministre Karoly avait bel et bien décidé de s'offrir un petit extra avec cette fille nommée Vera Nad. Oui, il a usé de son pouvoir et exercé des pressions sur elle pour la faire céder. Mais non, la donzelle n'était pas cette jeune vierge effarouchée que vous nous présentez. L'héroïne naïve et innocente de votre conte de fées, il faudra aller la chercher sous d'autres cieux. Vera Nad ne tient pas ce rôle-là. Les seuls personnages naïfs de cette histoire, permettez-moi de vous le dire, c'est vous. Vous deux, messieurs.

Il marqua une pause. Observa son auditoire. Reprit.

— Vous parliez de chantage, tout à l'heure ? Eh bien, c'est exactement ce qu'elle avait en tête. Elle. Avec la complicité de Jean-Baptiste, qui ne peut rien lui refuser. L'intention de Vera Nad était de prendre le ministre à son propre jeu et de retourner la situation à son avantage. Comment ? Le plan classique : on l'attire dans un lit, on le fout à poil, on immortalise ses exploits de don Juan en les fixant sur la pellicule, et avec ça on a l'impression de le tenir par les couilles. Les buts de l'opération étant : un, que le ministre aille exercer son droit de cuissage ailleurs ; deux, qu'il fournisse à la demoiselle les papiers réglementaires dont elle a besoin ; et trois, qu'au passage il mette la main au tiroir-caisse et lui allonge un petit dédommagement pour la peine. Trois en un, pas moins. La môme a parfaitement intégré les techniques du marketing. Plus c'est gros, mieux ça passe.

— Adaptation à un écosystème. Instinct de survie.

Cette analyse lapidaire émanait de Bob. Mister lui en sut gré. Le grand Black se trouvait dans l'incapacité provisoire de s'exprimer par lui-même. Il était partagé entre l'envie d'éclater en sanglots et celle d'éclater la gueule du type en face. Il ignorait encore laquelle de ces deux options risquait de prendre le dessus.

L'homme émit un ricanement sec.

— Monsieur le chauffeur de taxi, dit-il, vous n'allez quand même pas me faire le coup de la Grande Méchante Société qui lamine les pauvres petits individus sans défense que nous sommes ? Le monstre qui nous façonne à sa détestable image… Pitié, pas ça ! Ne me dites pas qu'à votre âge vous croyez encore à la pureté originelle de l'homme ? Que vous le croyez fondamentalement bon et généreux, incapable de son plein gré d'infliger le moindre mal à son prochain ?

— Le mal n'est certainement pas affaire de gènes, affirma Bob. Il ne prend pas racine dans la nature de l'individu, mais dans sa culture.

— Et dans sa voiture ? Et dans la confiture tant qu'on y est ?… Bon Dieu, sur quelle planète vous vivez ? Moi, je dis qu'il est grand temps que chacun prenne ses responsabilités et les assume. C'est l'homme, monsieur le chauffeur de taxi, c'est l'homme qui crée la société à son image, et non l'inverse. C'est vous, c'est moi, c'est Dominique Karoly, c'est Josip Kristicevic, c'est nous tous qui faisons de ce monde ce qu'il est.

— Vous, sûrement. Pas moi.

— Houu ! Un saint ! Merveilleux… Et la petite pute sur la photo ce n'est pas Vera Nad non plus, j'imagine ? C'est la Mère Teresa déguisée ?

Sans même en avoir conscience, Mister ferma les poings et commença à charger. L'homme glissa aussitôt une main sous le revers de sa veste.

— Ça suffit, intervint Josef Kristi.

Le géant se leva de sa chaise. Il marcha lentement jusqu'au pianiste et se campa devant lui. Il se tint un moment ainsi dans un silence minéral. Monolithe de granit dressé dans la lande. Vestige d'une civilisation perdue.

— Laissez-le venir, grinça l'homme dans son dos. Je l'attends.

Le géant ne parut pas l'entendre. Avec ce qui ressemblait fort à de la tendresse il posa la main sur l'épaule de Mister. Il perçut les tremblements à travers l'étoffe. Il se pencha en avant comme s'il allait l'étreindre. Il murmura :

— Ne lui donnez pas cette chance. Ne lui permettez pas de s'échapper de cette façon.

Il se redressa et resta là sans quitter Mister du regard jusqu'à ce que les tremblements cessent. Jusqu'à ce que les poings du pianiste se relâchent. Après quoi il fit volte-face. L'homme sans nom avait toujours la main enfoncée sous sa veste, comme pour y vérifier la présence de son cœur. Josef Kristi s'avança vers lui et il ne s'arrêta qu'au moment où l'autre fut obligé de se briser la nuque pour le regarder dans les yeux.

— Continuez, lâcha le géant de toute sa hauteur.

Puis il retourna s'asseoir sur la chaise, exactement dans la même position qu'auparavant.

L'homme retira sa main. Il prit plus de temps qu'il n'en fallait pour lisser les plis de son costume, resserrer son nœud de cravate, ajuster la longueur de sa chemise à chacun de ses poignets. Le tout en maintenant Mister fixé à la pointe acérée de ses rétines.

— Il vaut mieux savoir à qui l'on s'attaque, dit-il. Bien prendre la mesure des forces adverses… Ce que n'ont pas su faire ces deux jeunes imbéciles. Des amateurs. Maîtres chanteurs du dimanche. Ils ont mal évalué la capacité de réaction du ministre. Ils l'ont sous-estimée. Erreur fatale. Leur plan aurait peut-être pu fonctionner avec un autre pigeon, mais pas avec lui. Lorsqu'on décide de s'en prendre à un objectif du type Karoly, il faut le détruire. Complètement. Il faut l'anéantir. Si vous ne faites que le blesser, il se relèvera et c'est lui qui vous achèvera. La preuve.

— Êtes-vous en train d'insinuer que ce serait le ministre en personne qui aurait provoqué l'assassinat de Vera Nad ? fit Bob.

— Qui d'autre, à votre avis ?

— Et Célia Valdéron, elle était au courant ? Est-ce que Jean-Baptiste l'avait prévenue, oui ou non ?

— Personne n'a « prévenu » personne. Mme Valdéron a simplement reçu un jeu de photos, le double de celui adressé à son mari, où l'on peut admirer celui-ci en train de faire ses galipettes. Expéditeur anonyme. Ce n'était qu'un petit bonus de la part de Jean-Baptiste à l'attention de sa mère. Un coup de griffes au passage. Anecdotique.

— Anecdotique ?

— Vous ne m'écoutez pas. Ou vous refusez de m'entendre. La véritable cible, c'était Karoly. Et le véritable but, ce n'était pas de dénoncer un vulgaire adultère, mais d'exercer un chantage sur le ministre. Et je confirme que c'est bien lui, effectivement, qui a pris les choses en main.

— En faisant tuer Vera ?

— Il n'était pas question de la tuer. En tout cas, pas tout de suite. Ce que cherchait Karoly, c'était la source des photos. Savoir qui avait monté ce coup contre lui. Et Vera Nad était la seule piste dont il disposait. Il a donc fait envoyer quelqu'un pour l'interroger et lui faire cracher le morceau.

— Vous appelez ça un interrogatoire ?

— Mal mené, je vous l'accorde. Très mal mené. C'est le problème quand on sous-traite : difficile de maîtriser la qualité du travail. Surtout quand on fait appel à de la main-d'œuvre étrangère !

L'homme laissa échapper un gloussement. Il tourna la tête à droite et à gauche et constata sans réelle surprise qu'il était le seul dans la pièce à se trouver drôle.

— La première fois, reprit-il, les types se sont pointés chez Vera Nad et lui ont collé un flingue sur la tempe pour qu'elle parle. C'est là qu'elle a réalisé dans quoi ils avaient mis les pieds, elle et Jean-Baptiste. Ils n'étaient pas de taille. Malgré tout, cette fois-là, elle a tenu bon. Elle a juré ses grands dieux qu'elle ne savait rien. Elle a réussi à embobiner les deux branques et à obtenir un délai de leur part, soi-disant pour se renseigner. Du cran, la môme. Ils lui ont donné trois jours. Elle comptait profiter de ce laps de temps pour prévenir Jean-Baptiste et mettre les voiles. Disparaître dans la nature. Elle s'imaginait que c'était encore possible, ce genre de choses. Elle se trompait.

« Les types n'ont pas mis très longtemps à la retrouver. Et la seconde fois, ça s'est mal passé. Ma théorie, c'est qu'ils étaient chargés à bloc ce soir-là. L'alcool ou la came, peu importe. Ils se sont emballés. Les choses ont dérapé. Un fiasco sur toute la ligne. Le pire, c'est que ces deux bras cassés n'ont même pas été foutus de lui soutirer l'info.

— Le pire ? releva Bob. C'est vraiment ça, le pire, pour vous ?

L'homme sans nom fit la moue. Les commissures de ses lèvres s'affaissèrent.

— Pas pour moi. Pour eux.

— Comment pouvez-vous être certain que Vera ne leur a rien dit ?

— S'ils avaient obtenu ce qu'ils voulaient, ils ne seraient pas encore en train de le chercher à l'heure qu'il est. Karoly ne sait toujours pas qui lui a envoyé les photos. La fille n'a pas parlé, c'est sûr. Soit parce qu'ils ne lui en ont pas laissé le temps, soit parce que… elle en avait vraiment dans le pantalon.

— Et Jean-Baptiste ?

— Jean-Baptiste ? répéta l'homme. Jean-Baptiste…

Il émit un second gloussement qui n'avait plus rien de caustique. Qui n'était que mépris. Il joignit à nouveau les mains dans son dos et commença à arpenter la pièce. Avant de reprendre la parole, il lança un regard par en dessous à Josef Kristi. Bob nota qu'une première perle de sueur venait de réapparaître au front du géant.

— Un artiste, le Jean-Baptiste, dit l'homme. Un poète. Un révolutionnaire des beaux quartiers. Grands discours, nobles idées. « La société est pourrie », « Les riches sont des salauds », « Il faut changer le monde »… Vous voyez le genre ? J'imagine que monsieur le chauffeur de taxi doit apprécier. Bref, beaucoup de bla-bla, mais dès qu'on sort l'artillerie, y a plus personne.

« Après la première visite des types, le Jean-Baptiste a sérieusement paniqué. Qu'a-t-il fait ? Il est venu se réfugier ici même, chez son père. Et il lui a tout raconté. Tout. La grosse bêtise qu'il avait faite. En pleurnichant comme un petit garçon. Et pendant que Vera Nad essayait d'échapper aux méchants et de sauver sa peau, le fiston est resté bien planqué à l'abri sous les jupes de son papa.

Mister retrouva soudain la voix.

— Alors vous saviez ?

Il s'adressait à Josef Kristi. Il fixait le géant assis sur la chaise. Dans ses yeux comme dans sa voix transparaissait un mélange de détresse et d'effroi.

— À la décharge de Josip Kristicevic, fit l'homme, je dirais que le fait de savoir ne changeait pas grand-chose au problème.

Mister ne lui prêta aucune attention.

— Vous saviez… répéta-t-il.

Ce n'était plus une question. C'était une faille, une crevasse qui s'ouvrait et par laquelle s'abîmait une bonne partie des convictions du pianiste. Bob connaissait bien son ami : il sut à cet instant que jamais plus Mister ne porterait le même regard sur le géant — ni sur le reste de l'humanité.

— Intervenir, dit l'homme, cela équivalait purement et simplement à dénoncer Jean-Baptiste. À le livrer à Karoly et à ses sbires.

Mister continua de l'ignorer.

— Vous saviez ce qui allait arriver, dit-il à l'adresse du géant. Vous saviez ce que Vera risquait de subir. Et vous n'avez rien fait.

L'homme sans nom haussa le ton, agacé.

— Il n'y avait rien à faire, à ce moment-là. Trop tard. La machine était lancée. L'engrenage. Quelqu'un devait forcément être sacrifié : c'était ou la fille ou Jean-Baptiste. Pas d'autre choix possible.

Mister ne l'écoutait pas. Ne l'entendait pas. Cela se jouait entre Josef Kristi et lui. Et Vera Nad au milieu. L'ombre de la jeune femme. La lumière de la jeune femme. Les flammes et la fumée à travers lesquelles les deux hommes se regardaient. Les yeux du géant ne fuyaient pas. Ses yeux reflétaient les sentiments de celui qui se sait atteint d'une maladie incurable. En sursis. Celui qui n'attend ni pardon ni pitié. Qui n'a plus espoir qu'en la mort pour le délivrer.

Deux, puis trois, puis quatre perles brillantes à son front. Puis toute une rangée. Un diadème de sueur.

— Je n'ai pas pu… finit-il par dire. Je n'ai pas pu renier mon enfant.

Silence.

— M. Kristicevic a fait le choix de couvrir son fils, dit l'homme sans nom.

Silence.

— « Qu'y a-t-il de pire, dit Bob, que le mépris dans le regard de son propre père ? »

Mot pour mot il citait le géant. Une phrase énoncée lors de leur première rencontre. C'était le genre de réflexions que Bob n'oubliait pas.

Mister poussa un cri rauque, étouffé, en même temps qu'il frappait violemment du poing dans la paume de sa main. Il réitéra trois fois le geste et le cri. Une manière de tenter d'évacuer sa frustration et sa peine et sa rage.

— Du calme, dit l'homme. Vous devriez apprendre à vous maîtriser.

Mister tendit le cou vers lui. Des vaisseaux roses striaient le blanc de ses yeux. Il ouvrit la bouche, mais avant que n'en sorte injure ou crachat, Bob s'interposa.

— Une jeune femme est morte, rappela-t-il. Une jeune femme a été assassinée dans des conditions atroces. Il peut y avoir matière à perdre son sang-froid.

— Est-ce ma faute ? dit l'homme. Non. Ni la vôtre.

Ni celle de Josip Kristicevic. Cette jeune femme s'est attaquée à plus fort qu'elle. Elle a joué, et elle a perdu.

— Il y avait un moyen de l'éviter. Si Jean-Baptiste avait avoué, le ministre n'aurait pas osé s'en prendre à lui. Jean-Baptiste est aussi son beau-fils. Il fait aussi partie de sa famille, qu'il le veuille ou non.

L'homme acquiesça.

— C'est vrai. Vous avez raison. Karoly aurait certainement passé l'éponge pour son beau-fils. Grand seigneur, il aurait pardonné cette erreur de jeunesse… Et trois, quatre, six mois plus tard, le pauvre Jean-Baptiste aurait succombé à un stupide accident de la circulation. Les freins qui lâchent. Ce sont des choses qui arrivent. Ou bien un chauffard qui le fauche pendant qu'il traverse la rue. Ou encore, le garçon serait malencontreusement tombé d'une fenêtre du sixième étage. Splash. Le drame. La tragédie qui vient bouleverser la vie d'un éminent représentant de la République. Dans la foulée, nous aurions eu droit au ministre retenant dignement ses larmes au cours des funérailles. Gros plans. Journaux, télés. Très bon, tout ça. Excellent pour la cote de popularité dans les sondages… (Il s'avança jusqu'à Bob.) Vous n'avez aucune idée de qui est Dominique Karoly. Vous n'avez aucune idée de ce dont il est capable, dit-il.

— Qu'est-ce qu'on fout là ? fit soudain Mister. Nom de Dieu, vous pouvez me dire ce qu'on fout là ? Je pige pas. Si vous êtes tellement sûrs de ce que vous avancez, alors pourquoi cette ordure n'est toujours pas sous les verrous ? Pourquoi c'est à nous que vous racontez tout ça et pas aux flics ? Vous avez les photos, vous avez les explications, qu'est-ce que vous attendez pour aller en parler à la police ?

— Karoly est ministre de l'Intérieur. La police, c'est lui.

— Il y a quand même un semblant de justice dans ce foutu pays ! Il y a des juges d'instruction, indépendants !

L'homme se contenta de soupirer. Il se contenta de secouer doucement la tête. Sa mine en disait long sur ce qu'il pensait de la naïveté du pianiste.

— Alors quoi ? insista Mister. Vous comptez garder ça pour vous ? Ne rien dire ?… Vera est morte : on l'enterre et on oublie et on passe à autre chose ? C'est ça que vous comptez faire ?

L'homme sans nom remit les mains dans le dos et repartit dans l'autre sens. Il se posta devant la fenêtre et laissa errer son regard à travers la vitre comme s'il n'aspirait qu'à se trouver dehors, au grand air. Marcher dans la forêt. Profiter des arbres, des plantes, des écureuils. Du printemps qui s'installait.

Sans se retourner, il dit :

— Si injuste, si cruel que puisse être le décès de cette jeune femme, cela n'est pas notre affaire.

Mister encaissa et resta bouche bée quelques secondes. Avant de répéter, le souffle court :

— C'est pas votre affaire…

— Non, dit l'homme.

— Qu'est-ce que vous voulez dire ? demanda Bob.

L'homme leur fit face. La lumière extérieure esquissait un halo sur ses cheveux gris. Une auréole injustifiée.

— Notre affaire, c'est Dominique Karoly. Précisément. Notre seul et unique objectif.

— Les deux sont liés, objecta le chauffeur. La mort de Vera et la responsabilité de Karoly. Vous venez de le démontrer. Quel meilleur moyen d'atteindre le ministre que d'utiliser ce lien ?

— Les photos ne constituent pas des preuves. Trop fragile, tout ça. Balancer cette histoire au grand jour ne ferait que l'égratigner. Tout au plus une blessure légère. Or, je vous l'ai dit et je le répète : si vous visez Karoly, il faut le pulvériser. Destruction totale. Du net et sans bavure. Pas de détail, pas de quartier.

— C'est quoi, votre putain de plan, alors ? cracha Mister, mâchoires serrées.

Bob l'avait rarement vu dans cet état. La violence à fleur de peau. Hargneux. Prêt à sauter à n'importe quelle gorge et à y planter ses crocs, comme un boxer dressé au combat. (*Tu es le clébard défoncé de Lady Day !*) Son cœur, ils avaient réussi à l'esquinter et de la plaie ce n'étaient pas des larmes claires qui suintaient mais un filet de haine, purulent et visqueux.

— Désolé de vous le dire si crûment, fit l'homme, mais la mort de votre amie, c'est du pipi de chat. Un grain de sable, un minuscule grain de sable dans le broyeur. Qui, soit dit en passant, a tout de même bien failli enrayer la machine et mettre en péril notre stratégie.

— Votre quoi ? Votre stratégie ?… Votre « stratégie » ? répéta Mister, comme si ce terme était la pire insulte qu'on lui eût jamais lancée.

— Il y a un bout de temps que nous travaillons sur le dossier Karoly. Rien à voir avec cette minable histoire de fesses et de chantage. Ceci était un imprévu, et ça aurait pu tout foutre en l'air. Heureusement, Josip Kristicevic a bien réagi. Nous avons repris le contrôle de la situation. Désormais, l'affaire Vera Nad peut éventuellement constituer une pièce supplémentaire à ajouter au dossier. Mais encore une fois cela reste tout à fait secondaire. Avec ou sans, le résultat sera le même.

L'homme revint au centre de la pièce, abandonnant sur place son auréole. Il regarda Bob. Il regarda Mister.

— Karoly va payer, dit-il. Si ça peut vous rassurer. Mais c'est à nous qu'il appartient de décider quand et comment. Sur ce point nous ne transigerons pas. Nous ne pouvons pas nous le permettre. Et nous ne laisserons personne se mettre en travers de notre chemin. Pas plus Vera Nad que vous, messieurs.

Sans temps mort il se tourna vers le géant et dit :

— Josip Kristicevic, auriez-vous l'obligeance d'aller chercher votre troisième invité ?

Le front entier du géant luisait tel un écran composé de milliers de pixels. Ses yeux luisaient. À cette heure du jour des gouttes de la rosée malsaine commençaient à éclore au milieu du buisson impeccablement taillé de sa moustache et de son bouc.

Il se leva pesamment de la chaise en prenant appui sur son bras valide. Il se dirigea vers la porte, digne dans sa démarche malgré le fardeau qu'il semblait devoir supporter.

— Je vous suggère d'en profiter pour… vous refaire une beauté, dit l'homme avec une nuance de mépris à peine voilée.

Josef Kristi marqua un temps d'arrêt, la main sur la poignée. Son dos large, immense, se soulevait doucement au ressac de sa respiration. Il demeura ainsi un instant. Puis il ouvrit la porte et se retira avec l'écume de la dernière vague.

31

En l'absence du peintre et médiateur, les deux parties se replièrent sur leurs positions respectives. Lèvres scellées. Pas même un regard échangé. L'homme sans nom était retourné guetter à la fenêtre le retour du printemps. Bob sentit la fatigue lui tomber dessus. Jambes, reins, nuque. Le manque de sommeil. La vieillesse. Il se posa sur la première chaise à sa portée. Il releva ses lunettes et se frotta les paupières, se massa lentement le front et les tempes. Mister faisait les cent pas sans parvenir à épuiser sa rage. Au bout de cinq minutes il n'y tint plus et quitta la pièce à son tour et redescendit à la cuisine sans se perdre. Il but à même le robinet. Une eau tiédasse et calcaire. Sa gorge serrée. Il cessa de boire mais laissa couler l'eau et resta penché sur l'évier, en proie à un début de nausée.

Il ne servait à rien de fermer les paupières : elle était là. Elle s'imposait.

La photo.

Celle qu'il eût préféré ne jamais exposer à son regard. Inexorablement elle refaisait surface. Inexorablement. Une lame la recouvrait, elle sombrait, s'enfonçait, disparaissait dans une des fosses profondes de la mémoire et alors l'espoir naissait, celui de la savoir perdue, enfin, engloutie, exilée, celui de la savoir condamnée à l'oubli et aux ravages de l'éternité, mais sitôt caressé ce rêve s'évanouissait tandis qu'à l'opposé elle renaissait, elle, toujours elle, la photo, tache grise, puis blême, puis claire de plus en plus à mesure qu'elle se détachait du noir des abysses et remontait, palier par palier, resurgissait du néant en dansant sa petite danse lente et obstinée, légère, mouvement ascensionnel exactement contraire à celui de la feuille morte et desséchée — telle sa trajectoire reflétée dans le miroir du temps, dont l'air de rien elle bouleversait le cours, le prenant à rebours — et ainsi réapparaissait, progressivement, grossissait, se précisait, se regorgeait de vie et de force et finissait par émerger, nette, implacablement nette, en révélant ce qui jamais n'aurait dû être et qui pourtant était.

Vera.

Sa faiblesse.

Sa défaite.

Vera et le ministre. La colombe et le corbeau. Fable immorale. En regardant bien, on pouvait apercevoir sur le cliché les serres du charognard transperçant plumes et chair. Du noir, beaucoup de noir, un soupçon de blanc dessous et puis du rouge sang.

Elle n'avait pas voulu cela.

Est-ce que cela changeait quelque chose aux yeux de Mister ?

Oui.

Encore plus de dégoût.

Encore plus de colère envers un monde capable de corrompre ses propres enfants et de dévorer les plus faibles d'entre eux.

Encore plus de remords.

Si tu n'avais qu'un seul souhait ? Si tu n'avais qu'un seul et unique vœu à formuler ?

Il était courbé au-dessus de l'évier, un goût aigre

dans la bouche. Il s'était déjà posé la question. Une nouvelle fois il en reporta la réponse.

À travers le chuintement du filet d'eau, il entendit soudain le piano. Des notes détachées, solitaires, jouées d'un seul doigt. Pareilles à de grosses perles de pluie gouttant d'un toit longtemps après l'averse. Aucune logique harmonique ne les reliait entre elles sinon celle de la tristesse et de l'ennui. Il songea à un enfant malade. Trop fragile pour se mêler aux autres. Dispensé d'école, privé de camarades, il erre dans la maison déserte et parfois s'arrête devant l'instrument et égrène sa mélancolie sur les touches blanches et noires.

Sa gorge se serra davantage. Une brusque montée de larmes. C'était ridicule. Il ravala sa bile et renifla et s'aspergea le visage, puis il se redressa. Il emplit ses poumons avant de recracher l'air par la bouche d'une brève et puissante expiration.

Tu es le clébard défoncé de Lady Day !

En remontant l'escalier il eut l'impression que le piano accompagnait chacun de ses pas. Note après note. Une marche funèbre.

Dans l'ancienne chambre, la donne avait changé. Josef Kristi était de retour. Les yeux un peu plus enfoncés dans leurs orbites, le visage livide mais sec. Mister n'aurait pu le jurer mais il lui semblait que le géant avait également changé de chemise. Il n'était pas revenu seul. Bullmastiff trônait sur une chaise au centre de la pièce. Mains menottées dans le dos, la chaîne passée sous la traverse du dossier. Ça ne s'était pas arrangé pour la gueule du molosse. La palette de ses ecchymoses allait du jaune pisseux au brun foncé. De petites croûtes de sang séché avaient poussé près de l'oreille et sous son nez. Il avait la pommette gauche en compote ainsi que l'arcade sourcilière, et la fente de son œil séparait les chairs enflées comme la raie entre les fesses d'un babouin. Néanmoins le pianiste y distingua un éclat vif lorsque leurs regards se rencontrèrent ; quelque chose qui ressemblait à l'étincelle d'un coup de feu tiré à travers une étroite meurtrière. Il lui renvoya la balle. Duel à distance. Les deux se toisèrent un instant en chiens de faïence, Bull contre Boxer. On pouvait presque les entendre gronder. Puis les lèvres du mastard se décollèrent et il adressa à Mister un ou deux mots muets que celui-ci ne put déchiffrer.

Le pianiste repoussa la porte. L'homme sans nom n'avait pas quitté son poste à la fenêtre.

— On n'attendait plus que vous, dit-il.

C'était plus un constat qu'un reproche. Là-dessus, il se retourna et avança en direction de Bullmastiff.

— Je vous présente le sergent Jacques Audouin. Alias Pablo Feliz. Alias Nenad Jokanovic. Alias Paul Bouvier. Alias Paul Brun. (Il s'arrêta devant la brute et inclina la tête sur le côté.) J'espère que je n'en ai pas oublié ?

Bullmastiff ne lui concéda qu'un demi-sourire torve, vite effacé.

— Ah ! Si, fit l'homme en dressant l'index. Encore un. C'est « Gros Jacques », pour les intimes.

Un hoquet muet souleva sa poitrine. Ce devait être son rire.

Bob le taxi se remit droit sur ses jambes.

— Tout ça ne nous dit pas qui il est.

— Un chien ! cracha l'homme. Ça ne se voit pas ? Chien de garde, chien de chasse : ça dépend des périodes. Un chien à tout faire, dirons-nous.

— Je t'encule, lâcha Bullmastiff d'un ton neutre qui contrastait avec ses propos.

L'homme mima un air choqué. Il prit l'assistance à témoin.

— Vous avez vu ?... Attention, chien méchant ! (Il dévoila ses propres crocs et se pencha vers le molosse et lui souffla à la figure :) Je n'arrive toujours pas à comprendre comment tu as pu te faire avoir par ces malheureux petits caniches. Juste un môme et un grand-père aveugle. De la bleusaille, sergent. Et ce sont eux qui vous ont maté ! Comment est-ce possible ?

— Enlève-moi ces menottes de pédé, dit Bull-mastiff, et je t'expliquerai tout bien comme il faut.

L'homme se redressa, la poitrine à nouveau soulevée par deux brèves et silencieuses secousses. Il jubilait.

— On croirait entendre la voix de son maître.

— Ce type m'attendait à la sortie du club où je joue, dit Mister. Il savait où me trouver. Il savait aussi que j'avais rencontré Josef Kristi et son fils. Qu'est-ce que ça veut dire ? Qui lui a fourni ces renseignements ?

— J'espère qu'il est encore capable d'avoir trouvé ça tout seul, dit l'homme. C'est son boulot. Chercher. Trouver. Neutraliser. Gros Jacques vous est tombé dessus parce qu'il a dû remarquer votre présence dans les parages. Il est sur la piste des photos, lui aussi. Qui a fait sortir le petit oiseau ? C'est ça qui l'intéresse. Après la bavure des deux autres abrutis, c'est lui qui a pris la relève. Le maître a décidé de lâcher son meilleur clebs sur le coup.

— Le maître, comme vous dites, c'est le ministre ? demanda Bob.

— Non, répondit l'homme.

— Non ?

— Non. Pas directement. Karoly ne se mouille pas, il a fait appel à ses relations.

— Qui, alors ? fit Mister.

L'homme se tourna vers Bullmastiff.

— Sergent Audouin, répondez à la question, voulez-vous ? De qui recevez-vous vos ordres ? (Le molosse lui jeta un regard impavide.) Qui commande ?… Allez, le gros, dis-leur : qui est-ce qui te siffle ?

— La seule chose qui siffle, c'est le cul de ta mère quand je me retire, dit Bullmastiff.

L'homme secoua la tête.

— Un vrai gamin…

— Qui ? répéta Mister.

Et presque simultanément il glissa une main dans la poche arrière de son pantalon. Il en ramena la carte de visite, celle que le jeune Milosav lui avait rendue. Il lut tout haut l'inscription tracée au verso :

— Rade Djordevic.

Il releva les yeux. Les deux sales bobines de Bullmastiff et de l'homme sans nom étaient tournées vers lui et le fixaient avec la même sale expression.

— C'est lui ? fit Mister.

L'homme lança un coup d'œil soupçonneux vers Josef Kristi tout en demandant :

— D'où tenez-vous ce nom ?

— C'est lui ou c'est pas lui ?

L'homme toisa à nouveau le pianiste.

— Non, dit-il. Mais vous brûlez.

Il se tut. Mister attendit.

— Même engeance, dit l'homme. Même origine. Même famille. Même pourriture. Mais celui dont on parle est à la puissance dix.

— Son nom, fit Mister.

— Goran Sotorovic, laissa tomber le géant.

C'étaient les premiers mots sortis de sa bouche depuis son retour dans la pièce. Un revenant ne les eût pas prononcés autrement.

— Sotorovic… souffla Bob. Vous parlez du criminel de guerre ?

— Il n'y a qu'un Goran Sotorovic, dit le géant. Et c'est un de trop.

Sa lourde tête pivota. Son regard se posa sur la face cabossée du molosse mais c'était au-delà, c'était bien plus loin, dans l'espace et le temps, qu'il se perdait. En des contrées si reculées que la lumière s'éteint avant de les atteindre.

— On le surnomme « Soko », dit-il. « Le faucon ». Rade Djordevic est son beau-frère.

— Il est surtout l'un de ses sous-fifres, dit l'homme. Soko lui a confié la gestion de leurs activités sur le territoire français. Comme il a placé d'autres hommes à lui, des émissaires, partout en Europe et ailleurs. Remarquable organisation. Mais celui qui garde le contrôle de l'ensemble, celui qui dirige, c'est Goran Sotorovic en personne. Le cerveau de la pieuvre, c'est lui.

— Qu'est-ce que vous appelez « leurs activités » ? fit Bob. Le trafic de drogue ?

— Drogue, cigarettes, armes, êtres humains, organes… J'en passe et des meilleures. Rien de ce qui peut rapporter gros n'est exclu. Comme toute bonne multinationale qui se respecte, ils ont à cœur de diversifier ces fameux secteurs d'activités et de conquérir des parts de marché.

Bob se tourna vers le géant.

— Ce sont eux qui vous fournissent ? demanda-t-il. C'est avec ces gens-là que vous traitez pour votre petite consommation personnelle ?

Josef Kristi le fixa sans répondre. Dans son coin l'homme sans nom opinait discrètement du chef : en connaisseur il appréciait le coup porté.

— Et le rapport avec Karoly ? intervint Mister. Et le rapport avec Vera ?

— Nous allons y venir, dit l'homme. Mais d'abord, laissez-moi vous brosser un portrait un peu plus complet de Goran Sotorovic. Croyez-moi, ça vaut le détour. Et cela vous permettra de mieux comprendre la suite.

— Tu ferais aussi bien de te brosser tout seul, dit Bullmastiff. Crache dans ta main, ça glissera mieux.

— N'ayez crainte, sergent, je n'oublierai pas votre rôle dans l'histoire. Même s'il n'est que secondaire.

— On vous écoute, trancha Mister.

L'homme lâcha le molosse du regard, balayant à regret un fantasme de trépanation. Puis il commença son récit :

— Goran Sotorovic est né en 1955 à Zemun, dans la banlieue de Belgrade. De la mauvaise graine, dès le départ. Très tôt il fait ses premiers pas dans la délinquance. Premiers vols, premiers petits trafics, premiers séjours derrière les barreaux. Et les choses ne font qu'empirer. L'apprenti voyou grandit et ses méfaits suivent la même courbe. Au point que ça finit par chauffer sérieusement pour ses fesses. Il doit s'enfuir. Il quitte le pays. Où est-ce qu'il débarque ? Ici, en France. À Marseille. Il est tout juste majeur.

« Le jeune et bouillant Goran s'engage alors dans la Légion étrangère. Il est affecté au 2ᵉ REP. Le 2ᵉ Régiment de parachutistes étrangers, basé à Calvi, en Corse. C'est là qu'il fait la connaissance de Jacques Audouin, notre futur sergent. Qui se ressemble s'assemble, n'est-ce pas ? Ces deux-là deviennent copains comme cochons. Ils font leurs armes ensemble. Ils se forment et apprennent le métier. (L'homme interpella à nouveau Bullmastiff.) De bons souvenirs, tout ça, hein, sergent ? Le bon vieux temps. C'était comment, déjà, l'hymne du 2e REP ? Votre chant de ralliement à vous. Comment ça faisait ? (Le menton dans la poitrine, il entonna :) « Nous n'a-vons pas seule-ment des ar-mes. Mais le diable mar-che avec nous. Ha ! Ha ! Ha ! Ha ! Ha ! Ha !... »

Le rire sec, lugubre, résonna dans la pièce. Bob vit les poings menottés du molosse se serrer, ses phalanges blanchir. Il remit l'homme sur les rails :

— Vous en étiez à : « Ils apprennent leur métier. » Ensuite ?

— Un métier plein d'avenir, dit l'homme. Qui va leur permettre d'ouvrir des tas de portes. Que dis-je, ouvrir ? Enfoncer ! Faire sauter !... Après ses cinq ans d'engagement, Goran Sotorovic quitte la Légion. Il se sépare de son camarade Audouin, mais ce sera pour mieux le retrouver plus tard. Précision importante : Goran est désormais citoyen français. Il a obtenu sa naturalisation. Avec son CV, il va commencer par tracer sa route au sein de différentes officines de sécurité. Il est notamment employé par la compagnie KC International, une entreprise connue pour être un paravent du SAC. Le Service d'action civique, vous vous souvenez ? La frange armée des gaullistes, spécialiste des coups tordus.

« Ça se passe dans le sud-est de la France, nouveau territoire de chasse pour Goran. Il n'est pas encore devenu le faucon, mais il survole déjà. Il surveille. Au besoin, il fond sur ses proies. Les barons de la droite et de l'extrême droite, la pègre locale, les truands : c'est le milieu dans lequel il évolue. Son réseau privilégié. Tout ce beau monde le connaît et fait appel à lui. Goran Sotorovic est rusé, efficace, il a su rapidement se rendre indispensable.

« Et peu à peu le réseau s'étend, le territoire s'élargit, et Goran commence à chasser pour son propre compte.

En 1982, il cambriole un riche bijoutier parisien. Montant du casse : deux millions de francs. En 83, il enlève et séquestre un industriel de la région lyonnaise, et l'oblige à verser huit cent cinquante mille francs pour sa libération. Ce sont deux exemples parmi tant d'autres. Goran Sotorovic a décollé et ses ailes ne font que pousser. En 85, c'est l'heure des retrouvailles : le sergent Audouin quitte la Légion à son tour et rejoint son frère d'armes. D'autres horizons vont s'ouvrir pour les deux compères. Des horizons lointains. Ils s'envolent en effet pour les Amériques, Amérique du Sud, Amérique centrale, où ils organisent et assurent des formations paramilitaires. On les retrouve en Argentine, au Guatemala, au Paraguay, dispensant leurs précieux conseils à diverses juntes et milices. Partout leurs talents sont appréciés et grassement rémunérés. La belle vie de mercenaire…

Pendant un court instant l'homme sans nom fixa le sol d'un air absent. Il saisit sa lèvre inférieure entre le pouce et l'index et l'étira machinalement comme de la pâte à chewing-gum. En bout de course la lèvre lui glissa entre les doigts et recolla à sa sœur supérieure en émettant un petit « pop » incongru. L'homme reprit comme si de rien n'était.

— En 1987, une légère tuile. À l'occasion d'un retour en France, Goran Sotorovic est arrêté. Il sera jugé pour un de ses nombreux méfaits, et condamné par la cour d'assises de Paris à cinq ans de réclusion. Mais quelques mois plus tard, ô surprise, il est libéré. Dans des circonstances que chacun s'accorde à qualifier d'« obscures ». C'est le moins qu'on puisse dire. Qui est intervenu ? Pour quelle raison ? Mystère, semble-t-il. Quoi qu'il en soit, l'aventure peut continuer. Goran Sotorovic repart vers les camps d'entraînement pour enseigner l'art de la guerre en compagnie de son fidèle sergent. Et cela va durer jusqu'en 1991.

« Cette année-là marque un tournant dans sa brillante carrière. Une année charnière, si l'on ose dire. Ça commence à sentir le soufre, une odeur que Goran connaît bien. Mais cette fois l'odeur ne provient pas de n'importe quel coin paumé du désert ou de la jungle, elle vient tout droit de chez lui. C'est là-bas, dans les Balkans, que ça se passe. Croatie et Slovénie ont proclamé leur indépendance, mais la Serbie de Milosevic ne l'entend pas du tout de cette oreille. Les vieilles rancœurs resurgissent, les vieux fonds nationalistes remontent à la surface. Tous les ingrédients sont réunis pour que ça explose. Tout est prêt pour le gros barouf.

« Alors, d'après vous, qu'est-ce qui pousse Goran à revenir aux sources, sur sa terre natale ? Est-ce le mal du pays ? Est-ce un brusque et irrépressible élan patriotique ? Ou bien est-ce encore et toujours l'appât du gain ?... Pour ma part, je coche la réponse trois. Goran Sotorovic a senti le bon filon. Hop ! Sans plus attendre, il prend son barda et fonce. Son destin l'attend. La Grande Serbie lui tend les bras. Ce n'est ni plus ni moins que le retour de l'enfant prodigue. Et Goran Sotorovic salive d'avance à l'idée de tous ces veaux bien gras qu'il pourra tuer lui-même et dévorer jusqu'aux os !

— Ça va être encore long, tes conneries ? grogna soudain Bullmastiff. Je commence à en avoir ma claque de t'entendre bavasser. Bordel, c'est plus de la branlette, à ce niveau-là, c'est carrément le grand astiquage avant le défilé !

L'homme sans nom s'était figé. Un bras à demi levé. Il conserva cette pose un court instant, puis, avec lenteur, étendit son bras et pointa un doigt sur le molosse.

— Voyez-vous ça, dit-il, dès qu'on parle de bouffer, le clébard se réveille… Mais tu auras ta part, le gros. Toi aussi, tu auras ta part, n'aie pas peur. (Il se détourna et enchaîna aussi sec :) Parce que le sergent est de la partie, bien entendu. Il suit son maître. Dès les premières escarmouches, ils seront sur place. Présents. Goran Sotorovic et toute une bande d'affamés qu'il a réussi à rassembler autour de lui et qu'il a baptisée du nom ronflant de « Brigade volontaire serbe ». Sa milice. Sa meute. Cent cinquante à deux cents hommes… Non. Plus des hommes, en réalité. Des rapaces !

« Milosevic et sa clique aussi bien que les officiers supérieurs de l'armée yougoslave : tous savaient qui était Goran Sotorovic. Tous connaissaient son passé. C'est en toute conscience qu'ils l'ont accueilli à leurs côtés et ont profité de ses services. Ils avaient besoin d'un exécuteur pour les plus basses besognes. Ils avaient besoin d'un nettoyeur. Ils avaient besoin de quelqu'un sur qui se décharger au cas où il leur serait un jour demandé de rendre des comptes. Goran Sotorovic va admirablement remplir son rôle. Avec un zèle qui forcerait presque le respect.

« C'est à l'automne 1991 que débute véritablement la légende. À Vukovar. Ville martyre, comme on l'a justement dit. C'est ici que Goran et sa brigade vont se forger leur terrible réputation. Dans l'horreur et dans le sang. Lorsqu'ils quittent les lieux, après trois mois de siège, ils ont gagné leurs galons de bourreaux. Ils ne laissent derrière eux que des maisons en ruine, dévastées, des habitants à l'agonie, des cadavres et des charniers. Lorsqu'ils repartent, la ville est morte. Mais « Soko », lui, vient de naître !

L'homme sans nom se tut. À cet instant la pièce fut plongée sous l'étouffoir d'une aile gigantesque, faite de plumes épaisses et sombres. Non seulement le silence pesait de tout son poids, mais la luminosité baissa. L'air se raréfia. Les quatre personnes ici réunies faisaient songer à des mannequins de cire remisés dans la réserve d'un musée.

Puis un bourdonnement se fit entendre. Il fallut un certain temps pour comprendre que l'homme fredonnait. Bouche close. Une simple vibration contre son palais. Au fil des secondes elle monta en volume, en intensité, elle enfla, tel le bruit d'un réacteur qui se rapproche. Et tout à coup la bouche s'ouvrit et les paroles firent voler la mélopée en éclats :

« Nous n'a-vons pas seule-ment des ar-mes. Mais le diable mar-che avec nous. Ha ! Ha ! Ha ! Ha ! Ha ! Ha ! »

Bob frissonna.

— Ferme ta putain de grande gueule ! cracha Bullmastiff.

Le chant cessa.

— Le diable marche avec eux, dit l'homme. Il faut le croire. Nombreux sont les Croates, nombreux sont les Bosniaques qui peuvent en témoigner. Pendant plus de quatre années que cette guerre va durer, Soko et ses rapaces battent la campagne, semant la terreur et la désolation partout où ils passent. Pillages, saccages, tortures, exécutions : rien ne rebute les barbares. Aucune pitié. Aucune…

— Parle pas de ce que tu connais pas, le coupa Bullmastiff. T'y étais, toi, là-bas ? Non. T'y étais pas. T'es jamais monté au front, toi, espèce de branlochard péteux. Tu baves, tu baves, mais tu gardes ton cul au sec !… Aucun de vous y était. Aucun peut savoir ce qui se passait.

S'éleva alors la voix de Josef Kristi.

— Ils avaient pour mission de « désinfecter » les zones conquises, dit le géant. Tout ce qui n'était pas de bonne souche serbe devait être éradiqué. Systématiquement. Définitivement. Et tous les moyens étaient bons pour parvenir à leurs fins. (Josef Kristi s'exprimait sur un ton neutre, monocorde, et son regard était d'une fixité absolue.) Ils s'en prenaient aux civils. Des gens désarmés. Des pères et des mères de famille, des enfants, des vieillards. Sans distinction. Les proies les plus faciles. Ils pénétraient dans un village. Ratissaient les rues et les maisons. Rassemblaient la population. Ils abattaient les hommes sur place. De sang-froid. Ils les assassinaient, un par un ou en groupe. Une balle dans la tête. Une rafale. Le hasard… Ceux qui restaient étaient déportés dans les camps. Place nette. Ne revenez jamais. Ne revenez jamais… Ils entraient dans les habitations laissées à l'abandon et ils se servaient. Argent, bijoux. Ils chargeaient leurs camions de meubles, de frigos, de télés, de tapis, ils emportaient les tableaux et la vaisselle. L'inestimable butin. Quand ils avaient tout curé, ils allumaient des incendies. Ils jetaient les cadavres dans des fosses ou ils les brûlaient aussi. Et puis ils s'en allaient vers un autre village.

Bullmastiff se pencha violemment en avant, manquant de faire basculer sa chaise et lui avec.

— Parce que tu crois qu'on était les seuls ? éructa-t-il. Tu crois qu'en face ils avaient personne pour faire le ménage ?… Les oustachis. Tu les connais, les oustachis croates ? Ces petits merdeux nazis avec leurs croix gammées. Tu les as déjà vus à l'œuvre ? Et tous les autres, tous ceux qui venaient leur prêter main-forte. Putain, il en venait de partout. Des mercenaires, comme tu dis. Des chasseurs de scalps. Polonais, Ukrainiens, Italiens, Espagnols, Anglais. Sans compter ces enfoirés de Yankees qui se la jouaient gros bras. Les cow-boys du Far West. Pourquoi ils étaient là, à ton avis ? Hein, pourquoi ?… Et les Arabes, alors ! Les Moudjahidin. Des milliers et des milliers ils étaient. Dès qu'on a commencé à foutre la branlée à leurs frères musulmans, ils ont débarqué par charters du monde entier. Iran, Pakistan, Maroc, Égypte, Turquie, Soudan. Y avait des types du Hezbollah, y avait des Kurdes d'Afghanistan qui sortaient tout droit d'un camp d'entraînement près de Munich, y avait tous ces putains de fanatiques islamiques qui arrivaient directement de La Mecque, et ceux d'Arabie Saoudite, les rois du pétrole qui les envoyaient pour défendre la cause du prophète. Nom de Dieu, ça chiait du crouille sur toute la Bosnie ! On nous bourrait le mou avec des soi-disant convois humanitaires, des avions-cargos qui devaient apporter des pâtes et du riz, mais tout ce qui sortait de leurs soutes en réalité, c'étaient des négros et des bougnoules. Ceux-là, ils étaient pas sur leur territoire, mais c'étaient les pires. Y a pas plus vicelards que ces enculés de fils d'Allah. Ils venaient bouffer du Serbe. Ils venaient bouffer du chrétien. Tu veux qu'on parle de massacres ? Tu sais ce qu'ils leur faisaient, eux, aux civils et aux prisonniers ? Ils les faisaient mettre à quatre pattes, le cul en l'air, comme ils font d'habitude pour leurs saloperies de prières et de salamalecs, et puis quand ils étaient par terre, tchak ! À la machette. Décapités !

Des postillons giclaient de la bouche du molosse. Les diverses nuances de ses ecchymoses, bleues, jaunes, mauves, ressortaient à présent sur un fond rubicond. Son corps massif s'agitait sur le siège, dont les pieds se soulevaient et cognaient au sol en retombant.

Josef Kristi reprit la parole. Il conserva son phrasé plat, atone. Il ne regarda pas Bullmastiff. Il ne regardait personne.

— La cruauté, dit-il. La cruauté érigée en principe élémentaire. Avilir, humilier, opprimer par la douleur. Anéantir. Littéralement anéantir celui qui nous fait face. Celui qui foule la même terre que nous. Qui respire le même air. Alors on se demande : lequel des deux est l'homme, et lequel est la bête ? En matière de sévices mentaux et corporels, l'imagination est sans limites… Ils frappaient leurs victimes à coups de planches et de barres de fer. À coups de chaînes. Ils utilisaient un fouet dont la lanière s'achève par une bille de métal. Ils visaient la tête, les reins, la colonne vertébrale, les testicules. Ils leur brisaient les os.

— Et eux, ils les découpaient ! Quand c'était pas la machette, c'était la tronçonneuse. Ça te dit ? À la tronçonneuse, bordel ! Vrrroum !… Une jambe, un bras : ce que tu veux. Tranché bien net comme chez le boucher !

— Ils les émasculaient, dit Josef Kristi. Ils leur tranchaient le sexe et le leur enfonçaient dans la bouche. Ils leur arrachaient les yeux. Ils leur arrachaient la langue. Ils leur clouaient des croix dans le dos.

— Eux, c'étaient des mines antichars qu'ils leur accrochaient dans le dos ! Ils les envoyaient devant en éclaireurs, et dès qu'ils approchaient des lignes de front, bang ! ils les faisaient sauter.

— Dans les camps, ils obligeaient les détenus à s'entre-tuer, dit Josef Kristi. Le père devait tuer le fils, ou le fils devait tuer le père. Ils obligeaient les parents à boire le sang de leurs enfants.

— Ils les écrasaient ! Ils leur roulaient dessus avec les chars pour en faire de la bouillie !

— Ils pratiquaient des transfusions forcées jusqu'à ce que mort s'ensuive, dit Josef Kristi.

— Ils les faisaient grimper sur des murs et les obligeaient à plonger par terre la tête la première ! Sur le sol en béton. Une fois, deux fois, jusqu'à ce qu'ils aient le crâne fracassé. Jusqu'à ce qu'il éclate comme une pastèque !

— Il y avait des camps spéciaux pour les femmes, dit Josef Kristi. De sordides harems où ils puisaient à volonté… L'épuration passait aussi par là : la pratique massive et systématique du viol. Féconder. Distribuer leur semence si pure afin d'assainir la nation. Une entreprise à grande échelle.

— Le viol ? C'étaient ces bâtards de moricauds, oui, les plus gros violeurs ! Qu'est-ce que tu crois ? Ils faisaient la queue pour se taper des femmes blanches. Ça les excitait. Chacun à tour de rôle. Même les vieilles, ça leur faisait pas peur.

— Souiller la chair. Déchirer la chair. Quel que soit l'âge, dit Josef Kristi. Parmi les victimes il y avait des centaines de mineures.

— J'ai jamais touché à une gamine ! Jamais, t'entends ?

— Des fillettes, dit Josef Kristi. Des enfants de six ou sept ans, pas plus.

— T'y étais pas, alors boucle-la, putain de fils de pute !

— Ils n'hésitaient pas à les violer devant leur propre famille, dit Josef Kristi. Sous les yeux de leurs parents. Ils les…

— Assez ! rugit Mister.

Le cri lui embrasa la gorge. Sa voix se brisa net. On voyait sa poitrine se soulever, pomper au rythme pénible et forcé des asthmatiques. Il avait le cœur au bord des lèvres.

— Assez… répéta-t-il cette fois dans un souffle.

Et dans ce souffle-là, si mince, si ténu, perçaient à l'unisson les derniers souffles de tous ceux qui avaient expiré, toutes origines, toutes croyances, toutes nations confondues, et qui n'avaient plus désormais qu'une seule aspiration commune. Ce souffle, c'était le chœur unanime des morts. C'était leur ultime exhortation à la paix.

Le molosse avait encore les babines à demi retroussées. Son œil enflé lançait des salves d'éclairs tandis qu'à trois mètres de lui Josef Kristi vacillait. Raide, immense, la statue de chair du géant oscillait sur sa base, d'avant en arrière, déboulonnée. Sa manche vide suivait le mouvement.

Le géant tourna la tête et son regard croisa celui de Mister.

Tu es le clébard défoncé de Lady Day !

Ce fut l'homme sans nom qui rompit le silence.

— Tout se paie… dit-il en laissant affleurer à ses lèvres un sourire de reptile. (Personne ne faisant mine de l'interrompre, il reprit son récit :) En échange de ses bons et loyaux services, dont vous venez de prendre connaissance, les autorités de Belgrade concédèrent à Goran « Soko » Sotorovic l'exploitation de puits de pétrole dans la région de Djeletovci. Pas mal, non ? Une récompense digne d'un héros de la patrie. Là, ce n'est plus de l'ordre du pourboire. L'or noir coule à flots, et l'argent avec. Le mercenaire se transforme bientôt en homme d'affaires. Il achète des boîtes de nuit et des chaînes de magasins. Il se fait construire un palais des Mille et Une Nuits en plein centre de la capitale. Il s'offre même un club de football. Rien n'est trop beau ni trop grand. Soko est une star. Soko est un prophète en son pays.

« Et puis, malgré tout, les temps changent. En 2000, son ami Slobodan Milosevic est battu aux élections. Fin de millénaire, fin de règne. Les Serbes en ont marre. Ils veulent tourner la page. Ils ont soif de respectabilité. Ils sont conscients que leur avenir passe par l'intégration à l'Europe et l'ouverture au monde. Or, cela ne pourra se faire tant que les responsables des génocides n'auront pas été jugés. L'heure des comptes a sonné. Des têtes doivent tomber. Du côté de La Haye, le Tribunal pénal international réclame son dû. Milosevic est finalement arrêté et livré au cours de l'année 2001. Et les inculpations se succèdent : Mladic, Karadzic, Hadzic… et, bien sûr, Goran Sotorovic. L'acte officiel du TPI mentionne que ce dernier est poursuivi pour vingt-quatre chefs d'accusation relatifs à des crimes contre l'humanité, des infractions graves aux Conventions de Genève et des violations des lois de la guerre. (À cet instant, le corps du géant cessa de vaciller.) Un coup dur pour le faucon ? fit l'homme. Oui et non. Pendant de longues semaines il continue de s'afficher, souriant, décontracté, dans les rues de Belgrade. Une bonne partie de la population le soutient ; elle le considère comme un libérateur, un héros national. De plus, le pouvoir en place est toujours gangrené par des hommes de l'ancien régime. Soko les a à sa botte. Sous contrôle. Les vétérans de la guerre, reconvertis en chefs de gang, lui sont solidaires. Pour eux, pas question de procéder à de nouvelles extraditions. Ils pèsent de tout leur poids dans la balance, ils intimident, ils menacent, ils éliminent au besoin. Parmi les dirigeants du pays, rares sont ceux qui osent alors s'attaquer ouvertement à Goran Sotorovic.

« Pourtant, il le faudra bien. La pression internationale se fait de plus en plus forte. La Serbie n'a plus le choix. C'est une question d'argent, comme toujours. Le deal est simple : soit les autorités serbes coopèrent et livrent au TPI les inculpés qui se trouvent sur leur territoire, soit elles ne recevront pas les fonds occidentaux. C'est ce discours que le gouvernement va mettre en avant pour faire évoluer l'opinion publique. « Nous n'extradons pas ces gens parce qu'ils sont des criminels, mais parce que si nous ne le faisons pas, nous ne toucherons pas les subventions dont nous avons besoin pour remettre le pays à flot ! » Habile. Très habile. L'opinion publique comprend le message. Et Soko sent bien que le vent commence à tourner pour lui aussi. Alors, à l'automne 2002, exactement comme il l'avait fait trente ans plus tôt, le faucon déploie ses ailes et… pfffft !

Main à plat, doigts écartés, l'homme sans nom mima l'envol de l'oiseau. Sa main resta un instant suspendue en l'air.

— Une chose encore, qu'il n'est pas inutile de savoir, dit-il en la laissant retomber. C'est que trois semaines à peine avant son inculpation officielle, alors que tous les « milieux informés » étaient au courant que ça allait arriver, Soko a quand même réussi à se faire délivrer un passeport auprès de l'ambassade de France à Belgrade. Sans aucun problème. Étonnant, non ? Serait-ce à nouveau le genre de circonstances que l'on va qualifier d'« obscures » ?… Mais pourquoi, après tout ? N'oublions pas que le criminel de guerre Goran Sotorovic est un citoyen français. Un citoyen comme un autre. Alors, si on peut lui éviter toutes ces petites tracasseries administratives !

Trois brèves et muettes secousses agitèrent une nouvelle fois la carcasse de l'homme, comme trois projectiles tirés à travers le tube d'un silencieux. Rire sarcastique, sans gaieté aucune.

— Voilà qui est Goran Sotorovic. Ai-je été assez clair ?

Mister ne broncha pas. Bob inspira, puis expira.

— Exposé intéressant, dit-il. Mais c'est ce que j'appelle « tourner autour du pot ».

— Vraiment ?

— Un pot immonde, certes. Mais cela ne nous dit pas…

— Oui, je sais : ce que Dominique Karoly vient faire là-dedans, c'est ça ? En quoi est-ce que tout cela concerne la mort de votre jeune protégée ?

— Précisément, dit Bob.

L'homme sans nom arbora un air rusé. Il marcha sans se presser jusqu'à son attaché-case et y plongea la main. Dans un réflexe pavlovien, le pouls de Mister se mit à battre plus fort. L'homme sortit de la mallette une enveloppe identique à la précédente, n'était une différence d'épaisseur : celle-ci paraissait plus mince. Il cueillit une photo à l'intérieur et retourna vers ses interlocuteurs. Mister sentit son cœur s'emballer.

— Les paroles s'envolent, les clichés restent… dit l'homme.

Il tendit la photo à Bob.

Elle représentait un groupe d'hommes attablé. Plan large. Ils étaient une quinzaine sur le cliché mais on en devinait d'autres hors cadre. Atmosphère de fin de banquet. Des cadavres de bouteilles encombraient la nappe. Les tenues étaient relâchées, vestes tombées, cols ouverts, manches retroussées, les cravates pendaient autour des cous comme des foulards de scouts. Certains avaient des trognes hilares. L'un d'entre eux portait un toast en direction de l'objectif. Aucune présence féminine visible. Cela pouvait être un repas de cadres en goguette, ou l'enterrement d'une vie de garçon.

Certains de ces hommes étaient marqués d'un chiffre ajouté au stylo à bille sur le cliché. Les numéros allaient de 1 à 10.

— Cette photo a été prise le 22 février 1997, dans une salle de l'hôtel Intercontinental de Belgrade, commenta l'homme sans nom. C'est une période plutôt creuse. La guerre en Croatie et Bosnie est terminée, celle du Kosovo n'en est qu'à ses balbutiements. Alors on en profite pour se détendre un peu. On décompresse. Petite sauterie entre amis. Qu'est-ce qu'on fête ? Tout. L'argent, le pouvoir, la réussite. Tout leur appartient. Tout leur sourit. Regardez-les : ils sont repus. Ils ont le ventre plein. Bienvenue à la nouba des garçons bouchers !... Laissez-moi faire les présentations :

« En numéro 1, sur la gauche du cadre, nous avons Zeljko « Arkan » Raznatovic. Un autre tristement célèbre mafieux et criminel de guerre ; le chef de la milice des Tigres. Il sera assassiné en janvier 2000 d'une rafale de mitraillette alors qu'il était assis exactement à la même table, dans cette même salle. À ses côtés, en numéro 2, un de ses proches : Radovan « Badzda » Stojicic. Commandant des Escadrons de la mort ; chef de la police et vice-ministre de l'Intérieur serbe. Badzda ne le sait pas encore, mais lui n'a plus que deux mois à vivre. Assassiné en avril 1997. En numéro 3 : Slobodan « Luger » Miljkovic. Chef d'une autre formation paramilitaire surnommée les « Loups gris ». Tué à son tour en août 1998.

« À noter que vous avez déjà là trois des principaux bourreaux de Vukovar, et que les trois vont avoir une fin à l'image de leur existence : brutale. Il faut y voir la patte de Soko. Le faucon continue à faire le vide, au fil du temps. Vieux réflexe d'éradication. Dès qu'un rival affiche des prétentions trop fortes, on l'élimine.

Après avoir longuement hésité, Mister s'était rapproché de Bob et observait la photo par-dessus son épaule.

— En numéro 4, poursuivit l'homme, celui qui vous salue en levant son verre, c'est le tout jeune Marko Milosevic. Digne fils de son père, qui lui a déjà mis le pied à l'étrier en lui adjugeant le juteux marché de la contrebande du tabac. En numéro 5 : Milorad Ulemek-Lukovic, dit « Legija ». Le légionnaire. Quasi-fils spirituel de Soko, si l'on s'en réfère à son parcours. Ancien voyou passé lui aussi par le 2e REP de Calvi, avant de déserter pour rallier la milice d'Arkan, puis de prendre quelque temps plus tard le commandement de l'Unité des opérations spéciales de la police serbe — les redoutables Bérets rouges. Legija sera accusé du meurtre de l'ex-Président de la République de Serbie, Ivan Stambolic, et suspecté d'être le principal instigateur de celui de Zoran Djindjic, le Premier ministre démocrate, tombeur de Milosevic. Il sera arrêté et incarcéré en 2004.

« Sur la droite, à présent. Et même à l'extrême droite, puisque c'est là sa place de prédilection. Le numéro 6 : Vojislav Seselj. Leader du Parti radical serbe, vice-chef du gouvernement en 1998 et 2000. Théoricien et propagandiste de l'épuration ethnique. Un des plus acharnés. Une véritable ordure devant l'Éternel. Lui aussi incarcéré par le Tribunal pénal international en 2004…

Mister lâcha prise. Il continuait à fixer la photo, il continuait à écouter la voix, mais le sens de tout ça lui échappait peu à peu. Image et son se diluaient. Aquarelle sale. Brouhaha. Il voyait des visages, il entendait des noms, des grades, il voyait des tigres, des loups, des rapaces, il entendait des chiffres et il se perdait. L'impression de flotter sur le dos, emporté par un courant tourbillonnant. Un ciel uni là-haut dans sa ligne de mire. Sans couleur. Sans nuage. Sur l'onde aucun rocher ni racine auxquels se raccrocher. Aucune berge à proximité.

Et l'homme sans nom, imperturbable, qui poursuivait son énumération.

Numéro 7 : le général Aca Tomic. Chef du KOS, les puissants services de renseignements de l'armée yougoslave.

Numéro 8 : Dusan « Shiptar » Spasojevic. L'Albanais. Caïd du clan de Zemun, le gang le plus dangereux de Belgrade.

Numéro 9, à la place d'honneur comme il se doit : Goran « Soko » Sotorovic. Le faucon en personne…

La liste n'était pas exhaustive mais y figurait tout de même le haut du panier. La crème du crime organisé en Serbie. À eux seuls ces hommes représentaient des hectares de terre retournée, tombes, charniers, des nécropoles entières.

L'homme sans nom éleva soudain le ton, dans une sorte de parodie glauque d'animateur bonimenteur :

— Et pour finir, messieurs, je vous propose un petit jeu : cherchez l'intrus !

Il se tut et attendit. Bob releva les yeux, le regarda par-dessus la photo.

— Karoly, dit-il.

L'homme claqua des doigts.

— Gagné !… En numéro 10, juste à côté de Goran Sotorovic, au centre de cette magnifique tablée : Dominique Karoly. Député-maire de Sillons-la-Vallée, Secrétaire d'État auprès du ministre de l'Économie et des Finances et porte-parole du gouvernement français — telles étaient ses fonctions à l'époque.

— Qu'est-ce qu'il fout là ? interrogea Bob.

— On peut se le demander, en effet.

— Alors ?

— Visite à titre privé, dit l'homme. Dominique Karoly et Goran Sotorovic sont des amis de longue date. Ils se sont connus dans les années quatre-vingt, au temps où Soko officiait encore au sein de KC International et prêtait la main aux gros bonnets de la droite. Karoly, lui, faisait ses premières armes en politique au sein du mouvement gaulliste. Ils se sont croisés, à un moment donné, probablement en Corse où tous deux ont des relations. Et le courant est tout de suite passé. Deux jeunes types aux dents longues. Des prédateurs en devenir. Ils ont le même âge, et certainement la même façon d'envisager la vie : prends, sers-toi, écrase ceux qui se mettent en travers de ta route. Très vite, ils ont compris ce que l'un pouvait apporter à l'autre, et réciproquement. Ils veulent le fric, ils veulent le pouvoir. Ils les obtiendront. Chacun à sa façon, mais ces façons sont complémentaires. Ces deux-là se sont associés pour le meilleur et surtout pour le pire. Leurs destins sont étroitement mêlés. Vous vouliez un lien entre eux ? Mais c'est plus qu'un lien : il y a vingt-cinq ans de ça, Goran Sotorovic et Dominique Karoly ont signé un pacte. Et ce pacte tient toujours.

— C'est Karoly qui a fait sortir Soko de prison, la première fois, en 87 ou 88 ?

— Affirmatif.

— C'est lui qui lui a permis d'obtenir son passeport, juste avant son inculpation par le TPI ?

— Le passeport et tout ce qui va avec.

— C'est-à-dire ?

— La logistique. Ça fait bientôt cinq ans, maintenant, que le Tribunal a produit cet acte d'accusation. Cinq ans que Soko est en cavale. Traqué par Interpol, par toutes les polices du monde, paraît-il. Il faut de sacrées protections pour échapper à tout ça, vous ne croyez pas ?

— Ce serait Karoly qui le couvrirait ?

— On peut même dire qu'il le couve. Comme une mère poule.

— C'est prendre des risques énormes, fit remarquer Bob. Tout comme cette photo, d'ailleurs. (Il agita doucement le cliché.) J'ai du mal à croire qu'un homme politique de cette envergure ose s'afficher en public au milieu de toute cette… cette racaille. Dans le genre compromettant, on ne peut guère faire pire.

— « En public », il ne faut rien exagérer. C'est une soirée privée, je vous le rappelle, et tous les affreux que vous voyez là sont soigneusement triés sur le volet. Néanmoins, la visite de Karoly aurait dû rester plus discrète, c'est vrai. Sans doute s'est-il laissé entraîner dans cette petite fête alors que ce n'était pas prévu. L'occasion fait le larron. J'imagine qu'il n'a pas voulu vexer son vieil ami en refusant son invitation. (L'homme se rapprocha.) Et si vous y regardez de plus près, vous constaterez que Karoly est le seul de la bande dont le sourire est plutôt crispé. Pas très à l'aise, notre ministre.

Bob était encore en train d'observer la photo quand l'homme la saisit par le haut, entre deux doigts. D'un petit coup sec, il l'arracha aux mains du chauffeur.

— Ceci est un document rare, dit-il. Il ne nous serait certainement jamais parvenu si, par chance, Zoran Kristicevic n'avait pas été présent à cette soirée.

— Zoran Kristicevic ? répéta Bob.

Il se tourna vers le géant ; et Mister, avec un temps de retard, l'imita. Josef Kristi encaissa leur regard sans un mot.

— Oui, confirma l'homme, il s'agit bien du frère de monsieur. Zoran Kristicevic faisait lui aussi partie des invités, ce soir-là. Et sans vouloir offenser personne, je dirais qu'il avait parfaitement sa place parmi cette assemblée de charognards.

Il rangea la photo dans l'enveloppe, l'enveloppe dans l'attaché-case. Il dit encore :

— Il semble que ce soit une constante, dans la famille Kristicevic, que de tirer le portrait du ministre. Quand ce n'est pas le fils, c'est le frère qui s'y colle. Ça fait des souvenirs, remarquez.

Mister continuait de fixer le géant. Il ne pensait à rien ; il le fixait, c'est tout. Avec l'étrange sensation que son cerveau se vidait. Son propre cerveau. De minute en minute. Substance évaporée, dissipée comme l'alcool dans l'alambic. Bientôt, dans la coque vide de son crâne ne résonnerait plus que cette phrase unique : *Tu es le clébard défoncé de Lady Day !*

Bob s'écarta d'un pas sur le côté pour ne plus sentir le souffle du pianiste derrière son oreille.

— Et Karoly, dit-il, qu'est-ce qu'il y gagne ? Vous parlez de pacte, d'accord, mais qu'est-ce que Soko est censé lui apporter en échange ?

L'homme sans nom approuva d'un signe de tête.

— Je vois que vous suivez. C'est bien. D'autant que nous nous approchons maintenant de la zone de vérité. Nous en arrivons au cœur du réacteur. Le noyau central. Celui que nous comptons bien faire exploser à la gueule de qui vous savez.

— Alors ? s'impatienta Bob.

— Au début, dit l'homme, le rôle de Soko au sein de ce duo infernal était simplement… « physique ». Il jouait les gros bras. Karoly avait besoin de faire sa place dans la grande jungle de la politique. Un combat, aussi bien dans son propre parti qu'avec les adversaires de l'autre bord. Il fallait convaincre les pontes de lui donner sa chance, il fallait convaincre les autres prétendants de se retirer de la course, convaincre aussi certains patrons et chefs d'entreprise d'apporter leur soutien, moral et financier, au « bon » candidat. Et pour toutes ces choses, Goran Sotorovic savait se montrer très convaincant…

« Bref, l'un faisait le bulldozer, déblayait le terrain, et l'autre y traçait sa carrière. C'est comme ça par exemple que Karoly a remporté ses premières élections municipales, avec plus de soixante-cinq pour cent des voix. Un succès qui n'est certainement pas étranger aux méthodes musclées de son collaborateur.

« Mais, peu à peu, le rôle de Soko s'est développé. Il a commencé à prendre une dimension économique.

— Économique ? releva Bob, perplexe.

— Absolument. Les années passent, Karoly et Soko s'éloignent géographiquement, mais ils ne se perdent pas de vue. Ils suivent leurs trajectoires en parallèle. Pendant que le premier grimpe dans la hiérarchie politique, le second grimpe dans celle de la guerre. Chacun mène sa propre campagne, sur son propre front, mais les deux ne vont pas tarder à se recouper et à se confondre à nouveau.

— Des parallèles qui se croisent ?

— Tout est possible, dit l'homme, pourvu qu'on y mette le prix ! L'argent se fout des lois mathématiques. Dans notre monde, l'argent est au-dessus des lois. De toutes les lois. L'argent *est* la loi !… Souvenez-vous de ça, monsieur le chauffeur de taxi.

« La puanteur ». Le mot traversa l'esprit de Bob. Le mot de Jean-Baptiste énoncé par la voix de la brune Karima. Polluant jusqu'aux lèvres des jeunes femmes.

— Et de l'argent, dit l'homme, Goran Sotorovic n'en manque pas. Je vous l'ai dit : le conflit en ex-Yougoslavie est une manne pour lui. Les vannes qui s'ouvrent et les pompes à fric qui fonctionnent à plein régime. Trafics, extorsions, détournements, contrebande, et plus tard le pactole avec l'or noir du pétrole. Un trésor de guerre dont Soko va faire bénéficier son complice de toujours.

— Il partage ? fit Bob.

— Non. Il investit. En homme d'affaires avisé qu'il est en train de devenir, Sotorovic mise sur l'ascension politique de Dominique Karoly. Il place une partie de ses billes dans le sac de son associé et attend qu'elles se multiplient. Que tombent les dividendes, à plus ou moins long terme.

« Et dès les élections législatives de 1993, ça paie. Karoly est élu. Premier mandat à l'Assemblée nationale. Deux ans plus tard, il intègre le gouvernement. Les hautes sphères se rapprochent à vitesse grand V. En 97, il compte bien faire rebelote avec un deuxième mandat de député. Et comme par hasard, au moment où il s'envole pour Belgrade rendre sa petite visite à Goran Sotorovic, nous sommes à trois mois à peine des nouvelles législatives. Le moment ou jamais pour se rappeler au bon souvenir de son vieux pote et principal actionnaire.

— Une minute, fit Bob, la main dressée. (Il ferma les yeux un court instant, comme pour mieux se concentrer ou pour laisser passer un début de vertige.) Ce que vous être en train de dire, c'est que Dominique Karoly a reçu des pots-de-vin de la part de Goran Sotorovic. C'est bien ça ?

— À ce stade, on ne peut plus parler de « pots-de-vin ». Il s'agit de cuves entières. Des camions-citernes par dizaines. Soko arrose dans les grandes largeurs. Il finance les campagnes électorales. Il distribue. Il régale. Il achète les voix de ceux qui comptent. Pas plus tard que l'année dernière, c'est encore grâce à cet argent que Karoly a pu prendre les commandes de son parti. Soko arrose et Karoly pousse. Il pousse, il pousse…

Ce que l'homme sans nom était en train de dire, c'était qu'un homme politique français de tout premier plan devait sa carrière à un criminel de guerre — et truand et mafieux et tortionnaire. L'un des fugitifs les plus recherchés de la planète.

— … Un comble, n'est-ce pas, pour un ministre qui joue à fond la carte de la lutte contre l'insécurité.

Tu es le clébard défoncé de Lady Day !

— Et que visent-ils, à votre avis, tous les deux ? poursuivit l'homme.

Bob le regarda sans répondre.

— Le sommet. Tout simplement. La plus haute marche. La tête de l'État. C'est ça, le but suprême. Imaginez Karoly qui accède au trône : jamais Soko ne pourra s'offrir de meilleur ambassadeur. Une aubaine exceptionnelle pour les affaires. Car vous conviendrez qu'il est plus facile d'envahir le royaume quand c'est le roi en personne qui vous ouvre les portes.

Tu es le clébard défoncé de Lady Day !

— Tout cet argent qui circule, dit Bob. Qui alimente la caisse noire du ministre depuis des années, d'après ce que vous affirmez. Et personne ne soupçonnerait rien ? Ni ses adversaires politiques, ni les journalistes, ni les flics des brigades financières ou de je ne sais quoi ? Tout le monde n'y verrait que du feu ?

— Pour voir, il faut avoir envie de regarder. Le couple Karoly-Soko s'arrange, d'une manière ou d'une autre, pour qu'on préfère détourner les yeux. Il est très doué pour ça. Et puis, soupçonner est une chose, démontrer, prouver, en est une autre.

— Et vous, bien sûr, vous avez les preuves.

— Nous les avons pour une période donnée, dit l'homme.

Il se remit en marche, lentement. Pour la première fois Bob remarqua le bruit que faisaient ses pas dans la pièce nue. Un bruit qu'il mit en parallèle avec celui de semelles arpentant un univers carcéral.

— Entre 1993 et 2001, reprit l'homme, la Serbie était sous le coup d'un embargo économique décrété par l'ONU. Gel des avoirs à l'étranger, interdiction d'effectuer des transactions commerciales avec le régime de Slobodan Milosevic, etc. Alors, pour mettre à l'abri les richesses phénoménales extorquées à son propre peuple et à ceux qu'ils tentaient d'annexer, le vieux Slobo a dû emprunter d'autres chemins. Des chemins de traverse. C'est ainsi qu'il a créé tout un réseau de sociétés-écrans, avec la complicité de certaines banques et d'entreprises ayant pignon sur rue. Il faut se rappeler qu'avant de se convertir en dictateur Milosevic a longtemps été directeur de la Beogradska Bank. Les ficelles du métier, il les connaît.

« Je vous ferai grâce des détails trop techniques de l'opération. Sachez seulement que durant cette période un bon paquet d'avions de la compagnie Swiss Air a fait le déplacement jusqu'à Belgrade. Là, ils étaient chargés à bloc de caisses censées contenir du cuivre, mais pleines en réalité d'un métal autrement plus précieux : de l'or. Les lingots retournaient illico en Suisse, où ils étaient convertis en dollars, et les dollars repartaient aussi vite, direction… Chypre. L'île au trésor ! Un havre de paix pour une douzaine de sociétés bidon pilotées par

Belgrade, et où l'on trouve également, tiens donc, une succursale de la Beogradska Bank.

« Sachez que dans le même temps d'autres avions se posaient régulièrement sur l'île : ceux de la JAT, la compagnie aérienne yougoslave, dont Zivorad Petrovic, alias « Zika », était le directeur général. Un des fidèles de Milosevic, et témoin potentiellement gênant de toutes ces magouilles, ce qui lui vaudra le privilège de finir à son tour, quelque temps plus tard, avec une balle en pleine tête. Un de plus sur la liste des allongés.

« Sachez que ces fonds secrets ne transitaient pas uniquement par la Suisse, mais aussi par Paris. Pas loin de la place de l'Étoile se trouvait le bureau de la Banque Franco-Yougoslave. Un petit établissement discret, géré à l'époque par un certain Miodrag Zecevic, encore un ancien collègue de travail de Slobodan. Entre collègues on se serre les coudes, non ? C'est certainement pour cette raison que le sieur Zecevic se permettait de prélever une partie de l'argent du compte de la Banque Nationale Serbe pour le transférer, ni vu ni connu, sur des comptes de particuliers à la Barclays Bank ou au Crédit Suisse.

« Et quand cet honorable directeur s'est vu accusé et écroué sur le territoire français, qui donc est aussitôt intervenu, en sous-main, pour le faire remettre en liberté ?… Qui, à votre avis ?

Tu es le clébard défoncé de Lady Day !

— Nous parlons de millions, dit l'homme. Nous parlons de milliards de dollars pour le total de ces transactions ! Le fruit des trafics et du pillage des ressources de leur pays exercés par Milosevic et tous les cadors du régime. Dont Goran Sotorovic en premier lieu. Le magot de Soko empruntait le même circuit tortueux que celui de son mentor. Grâce à ce que l'on pourrait appeler une « quête acharnée », nous avons réussi à mettre la main sur certains documents comptables retraçant ce parcours. Et conduisant au final aux heureux bénéficiaires de ces opérations. Vous voyez ce que je veux dire ? Ceux à qui profite le crime… Édifiant !

L'homme se pencha par-dessus le dossier de la chaise et tapota du plat de la main son attaché-case. On aurait dit qu'il flattait le flanc d'un animal docile.

— Tout est là.

— La bombe… souffla Bob.

— La bombe, confirma l'homme.

Bob hocha doucement la tête.

— Qu'est-ce que vous attendez pour la lâcher ?

L'homme se redressa.

— Question de timing. Nous savons que d'ici quelques semaines Dominique Karoly annoncera officiellement sa candidature pour les prochaines présidentielles. Tous les regards seront braqués sur lui. C'est le moment que nous avons choisi pour déclencher la frappe. Force d'impact maximale.

— Et si ça ne marche pas ?

L'homme sans nom poussa un soupir. Puis afficha son sourire glacé.

— Si ça ne marche pas… nous ne manquerons pas de nous précipiter avec le reste de la horde pour féliciter le nouveau président élu.

Bob continuait à hocher la tête.

L'homme dit encore :

— Vous voyez que les enjeux sont autrement plus importants que la mort d'une jeune femme dans un squat de banlieue. Ça, ce n'était que la petite histoire. La petite histoire prise dans la spirale de la grande. Ironie du sort : votre amie avait miraculeusement échappé aux rapaces lorsqu'elle se trouvait à Vukovar. Il semble que, quinze ans plus tard, son destin l'ait rattrapée.

— Ses fantômes… chuchota Josef Kristi du fond de l'alcôve.

Il avait déjà dit cela. Bob lui jeta un regard froid, mais il ne put s'empêcher dans le même temps de penser aux harmoniques du pianiste. Ces notes secrètes, ces cris inaudibles qui n'en finissent pas de résonner.

— La boucle est bouclée, crut devoir ajouter l'homme.

Resurgie des profondeurs, s'éleva cette fois la voix de Mister :

— La vérité… dit-il, la vérité c'est que vous vous fichez du sort de Vera Nad. Comme vous vous fichez du sort de tous ceux qui sont morts, en Croatie, en Bosnie, en Serbie, ou n'importe où ailleurs. La seule chose qui vous intéresse, c'est d'avoir la peau du ministre. C'est tout ce qui compte pour vous. Et pour ça, vous êtes prêt à utiliser les mêmes méthodes abjectes que lui.

— C'est une guerre, répliqua l'homme. Quand est-ce que vous allez le comprendre ? Quand est-ce que vous finirez par l'admettre ? Toutes les armes sont bonnes à utiliser. Il n'y a pas de guerre propre. Qui vous a fait croire ça ? À chaque guerre, des innocents tombent. À chaque guerre, il y a des sacrifiés. Toujours. C'est ça, la seule et unique vérité ! (Il fit quelques pas de côté et se pencha vers Bullmastiff.) Ce n'est pas vous qui direz le contraire, n'est-ce pas, sergent ?

Ça faisait un bout de temps que le molosse semblait se désintéresser totalement de ce qui se passait dans la pièce. Un œil à demi fermé, l'autre éteint, tassé sur sa chaise comme s'il cuvait son vin. Il releva légèrement le menton et considéra l'homme sans nom. Ses lèvres remuèrent à peine lorsqu'il lui cracha en pleine face.

De la part du chien.

Peut-être sa bave avait-elle des vertus paralysantes car l'homme demeura figé dans sa position. Figure constellée, luisante. Les secondes s'écoulèrent, au ralenti, ainsi qu'un filet de l'immonde salive le long de son nez de boxeur.

Tu es, je suis, tu es, nous sommes les clébards défoncés de Lady Day !

Bob pensa au mouchoir blanc dans la poche du géant. Un grognement intempestif s'échappa bientôt de la poitrine de Bullmastiff, quelque chose de l'ordre du sarcasme en langage canin. L'homme sans nom réagit enfin : il s'essuya avec sa manche. Lentement. Méticuleusement. Puis, sans rupture dans ses mouvements, il glissa la main sous sa veste, vers son cœur, et en ramena un pistolet semi-automatique PAMAS G1. Il posa le bout du canon contre l'arcade éclatée du molosse. Et il posa l'index sur la détente.

Ne fais pas ça, pensa Bob.

Fais-le, pensa Mister.

Le cylindre d'acier s'enfonçait dans la boursouflure de chair. L'homme sans nom appuyait dessus comme s'il avait l'intention de perforer le crâne de la brute. Sur la peau violacée une tache pâle était apparue et elle s'élargissait sur le pourtour du canon : l'hémoglobine qui fuyait.

Bullmastiff résistait. Mâchoires serrées, son énorme cou bloqué, compact, muscles contractés, tendons saillants sous la douleur et sous l'effort. Sa tête ne cédait pas d'un pouce.

Fais-le, pensa Mister — parce que c'est ainsi que le virus se propage, à force, à force, c'est ainsi que la rage se transmet et empoisonne le sang et assèche le cœur, à force de mensonges et de coups encaissés, à force d'agressions répétées sur l'innocence, sur la dignité, à force à force la raison s'efface et toute trace de compassion et la violence prend le pas, tue-le, tue-la, tue-les tous, parce que alors la souffrance n'a de cesse que ne crève l'abcès.

Fais-le !

L'homme sans nom écarta soudain le bras et frappa Bullmastiff à toute volée avec la crosse du PAMAS. En plein sur l'arcade amochée. Bruit mat. La gueule du molosse pivota d'un quart de tour tandis qu'il lâchait un grondement rauque. La chair se déchira ; de l'entaille giclèrent quelques gouttes d'un rouge foncé, souillant le métal du pistolet et, pour l'une, éclaboussant le mocassin gauche de l'homme.

Pendant un moment, Bob ne put détacher les yeux de cette perle sombre sur la chaussure.

L'homme essuya son arme sur l'épaule de Bullmastiff, puis la replaça sous sa veste. Il recula de deux pas et dit :

— Je crois que la séance est close.

Il avait retrouvé le ton sec et rogue du début.

Mister avança dans sa direction. Nul ne chercha à le retenir. L'homme sans nom le regarda venir sans bouger. Le pianiste s'immobilisa à cinquante centimètres de lui. Bras raides le long du corps. Poings fermés. Il respirait fort.

— Moi je suis l'ours, lâcha-t-il dans un souffle. Et vous, qui que vous soyez, vous ne serez jamais que l'homme qui a vu l'ours.

Dans le silence qui suivit, on aurait pu entendre ses griffes pousser. Au bout de quelques secondes, l'homme sans nom baissa la tête. Il fixa ses pieds.

Puis il frotta le sol de sa semelle, comme pour effacer ses propres empreintes. Un geste qui pouvait aussi s'assimiler à un rituel d'exorcisme ou de conjuration. Après ça, l'homme tourna les talons et s'en fut à nouveau coller son nez à la fenêtre.

En sortant de la pièce, Mister et Bob entendirent s'élever doucement dans leur dos l'hymne du 2e REP : « Nous n'a-vons pas seule-ment des ar-mes. Mais le diable mar-che avec nous… »

Ils ne se retournèrent pas pour voir qui le fredonnait.

Bye-bye Blackbird

C'était à n'en pas douter son plus lointain souvenir. Elle-même ignorait qu'il couvait toujours sous la cendre — après un si grand nombre d'années.

Le feu.

Un immense brasier. Des flammes si hautes qu'elles léchaient la charpente du ciel à la nuit tombée. Des langues incandescentes d'où jaillissaient en confettis des bouts d'écorce embrasés, de fallacieuses lucioles qui le temps d'une étincelle se piquaient d'infini, et mêlant sans complexe leur éphémère éclat à l'ancestralité des astres, ajoutant leur grain de sel à la galaxie, redessinaient aux yeux de l'enfant une merveille de voie lactée.

C'était son premier souvenir et ce serait le dernier.

Le feu.

La chaleur.

La peau qui cuit, les joues qui rougissent.

Ma fille, ne t'approche pas trop.

Ma fille, reste à côté de moi.

Une main épaisse comme deux fois la sienne, large comme trois fois la sienne, se posait sur son épaule, et doucement la ramenait vers l'arrière pour la soustraire à la possibilité même du danger.

Il y avait dans les « Ma fille » du père bien davantage

que la seule confirmation de sa paternité. Davantage qu'un rappel de la responsabilité qui en découle. Qui comprenait sa langue pouvait y entendre Mon amour, Mon cœur, Ma vie, Mon âme, Ma grenouille, Ma brindille, Mon trésor. L'enfant n'avait pas besoin d'interprète. Ma fille, attention de ne pas te brûler : en ces termes frustes, il était clair qu'un roi mettait sa princesse en garde contre le souffle mortel des dragons.

Le feu.

Il y avait beaucoup de monde autour du foyer. Des amis, des voisins. Des visages connus qu'elle ne reconnaissait plus, leurs traits ayant fondu à mesure que le jour baissait et que grossissaient les flammes. Tels des étourneaux pris dans la masse collective d'un vol, ils avaient perdu leur singularité, et tous autant qu'ils étaient n'apparaissaient plus désormais que sous la forme d'une silhouette noire, mouvante, et reproduite à satiété. Des ombres sur la toile.

De temps à autre, pourtant, à la faveur d'un regain d'embrasement, une face s'illuminait. Dans un violent contraste un morceau de figure s'extrayait des ténèbres : c'était la cavité profonde d'une bouche grande ouverte sur un rire, c'était un front verni de sueur, c'était une paire d'yeux aux pupilles enfiévrées, pareilles à deux airelles confites. Autant d'images dont la fillette se gorgeait.

Ce devait être au printemps ou à la fin de l'été. L'air caressait la peau sans s'y appesantir. Tiède, léger juste comme il faut. Elle n'avait aucune idée de ce qu'on célébrait. Peut-être rien. Seulement le plaisir d'être là, ensemble. En vie.

Le feu de joie.

Un arpent de terre en friche sur la rive du fleuve. Ce bruit d'eau que l'on croit entendre mais qui n'est que silence, qui n'est que l'écoulement des secondes et des heures, des mois et des années. Le passage du temps.

À partir de combien doit-on dire « jadis » ?

Comme tout cela lui semblait loin.

Ils étaient arrivés petit à petit dès le début de l'après-midi. Les uns après les autres. Seuls ou en famille. On les avait croisés la veille ou le matin même sur le palier ou au coin de la rue, mais on les accueillait comme des parents dont on avait longtemps été tenus éloignés. De retour d'exil. Enfin libres. Ils portaient des plats et des paniers remplis de victuailles, pain, fromage, charcuterie, volaille, fruits, légumes du jardin, confitures, pâtisseries, chacun selon son goût et ses moyens. Celui-là, qui aurait les deux jambes et un bras arrachés par une mine bondissante, trimbalait dans un sac de sport six bouteilles d'eau-de-vie de prune — Sljivovica. La moitié de sa réserve personnelle. Celui-là, qui serait enseveli vivant sous les décombres de son immeuble, serrait dans ses bras comme un nourrisson un énorme quartier de jambon fumé. Celle-ci, que l'on retrouverait pendue avec une cravate à la rampe de l'escalier de sa cave, transportait pour trois kilos de Kulen enveloppés dans un torchon. Ceux-là, frère et sœur, faux jumeaux, inséparables, venus au monde le même soir à la même heure et qui repartiraient comme ils étaient venus, fauchés tous deux dans la même trajectoire elliptique d'une rafale de AK-47, ou celui-ci encore, dont on dénombrerait à l'intérieur du corps pas moins de deux cent cinquante-quatre fragments de roquette : tous apportaient leur tribut, tous participaient.

C'était le temps d'avant que la terre s'ouvre sous leurs pieds.

Vers les quatre heures de l'après-midi, malgré l'agitation, elle s'était endormie. Elle avait pour lit la veste de son père, pour coussin la cuisse de sa mère. La tête posée tout près du gros ventre rond où nichait le bébé. On ne savait pas encore s'il s'appellerait Nikola ou Isidora. Elle l'avait déjà vu bouger à travers la peau. Elle avait posé sa main puis l'avait vivement retirée en sentant la bosse d'un coup de poing ou de pied sous sa paume. Elle avait eu peur qu'il ne transperce le ventre de sa maman. On l'avait rassurée. Depuis lors elle hésitait à toucher mais elle approchait souvent sa bouche et lui parlait par-delà la mince cloison de chair, elle chuchotait, elle lui disait de rester bien calme et bien tranquille. Bien calme et bien tranquille. Elle ne lui dirait pas autre chose lorsqu'à son tour il s'assoupirait la joue posée sur ses genoux à elle, dans le sous-sol humide de la maison. Des paroles apaisantes pour tenter de couvrir le hurlement des loups, le rugissement des tigres là dehors, n'aie pas peur, dors, elle l'accompagnerait de ses murmures et l'enfant finirait par s'endormir, bien calme et bien tranquille, pour de bon.

Ce qui l'avait réveillée, c'était le raffut de quelques garnements (un mot du temps jadis) excités comme des puces. Ils avaient déboulé dans le champ en poussant des cris aigus, le plus grand balançant à bout de bras devant lui ce qu'elle avait d'abord pris pour un châle ou une veste de couleur sombre, mais qui s'était révélé être le cadavre d'un oiseau. Corneille ou corbeau. S'en était suivi un petit attroupement au centre duquel le garçon exhibait son trophée. Il le tenait, misérablement déployé, pendouillant, par l'extrémité d'une aile. Autour de lui ses camarades gloussaient. Peut-être avaient-ils dégommé le volatile au lance-pierres ou à la carabine à plomb, peut-être l'avaient-ils ramassé déjà raide et inanimé au pied d'un arbre. L'œuvre d'un chat ou d'un quelconque produit toxique ingurgité.

En s'approchant, elle avait cru apercevoir une larme de sang séché le long du bec. C'était sa première confrontation directe avec la mort. À maintes reprises elle aurait l'occasion de la recroiser et chaque fois elle ne pourrait s'empêcher d'y associer cette vision. Pour elle, la mort porterait éternellement le masque d'un oiseau noir aux paupières mi-closes et au regard éteint.

Après un moment de palabres, un des hommes présents avait confisqué la dépouille et l'avait lâchée sans plus de façons au milieu des flammes. Certaines femmes s'étaient signées pour conjurer le sort. Il faut croire que ça ne serait pas suffisant.

Le feu de l'enfer.

Elle avait regardé l'oiseau disparaître dans la gueule brûlante du dragon, plumes et chair et jusqu'au plus minuscule des os de son squelette, et la fumée sale que la bête crachait en retour par les naseaux.

Ma fille, disait le père, ne t'approche pas trop.

En sus des provisions, quelqu'un avait apporté un poste radiocassette aussi imposant qu'une centrale nucléaire. L'appareil déversait les chansons populaires de Saban Saulic, de Sinan Sakic, de Darko Domijan. Ça parlait d'amour sur le mode slave, enrubanné d'accordéon. Aux alentours de six heures du soir on avait commencé à danser. On avait continué à boire. Les bouteilles trempaient au frais dans l'eau du fleuve, retenues à la berge par du fil de pêche. Régulièrement les hommes allaient relever les lignes, et ces drôles de poissons, encore ruisselants, circulaient de main en main, de bouche en bouche. Au bout d'une heure les douze piles nécessaires à l'alimentation de la centrale nucléaire avaient rendu l'âme. On avait continué à faire ce qu'on avait toujours fait : frapper dans les mains et chanter a cappella. Et danser.

C'était le temps où les rats n'étaient pas les seuls à la fête.

Autour du feu des figures de plus en plus écarlates, des rires de plus en plus sonores. À un moment donné elle s'en était un peu éloignée, suivant le pas de sa mère qui marchait en soutenant son ventre comme si elle craignait qu'il ne lui dégringolât dans les chaussettes. Debout au bord de l'eau, sa mère avait regardé le soleil se coucher là-bas à l'horizon. Et plus loin, plus loin. Native de Bruxelles, elle avait à cet instant des relents de belgitude qui lui montaient aux lèvres. « La ville s'endormait et j'en oublie le nom... » s'était-elle mise à chantonner. Dans sa tête la voix de Jacques Brel. Devant ses yeux un voile mouillé, transparent. La nostalgie, maman. « ... Sur le fleuve en amont un coin de ciel brûlait. »

Ainsi donc le ciel aussi ? Et les villes, les maisons, les fleuves, les larmes, les rires, les oiseaux, les chansons, ainsi donc tout, tout sans exception pouvait brûler ?

Elle avait la grosse main de son père sur son épaule et elle avait le gros ventre rond de sa maman près de sa joue, et c'était un temps qu'elle croyait éternel.

Et puis elle s'était retrouvée coincée à l'angle de deux murs moisis d'une ancienne imprimerie désaffectée. À chercher son souffle. À cracher ses poumons. De grossières nuées de vapeur lui sortaient par la bouche. Air vicié : condensé de peur. Une sueur malsaine suin-

tait le long de ses tempes, dans son dos, sous ses aisselles. Ses mains étaient moites et glacées. Là-dessus la lune d'hiver diffusait sa lueur blême par les carreaux cassés d'une verrière. Juste assez pour les voir surgir de l'ombre.

Ma fille, seuls les dragons sont éternels.

Ils étaient deux. Ils venaient pour elle. Tandis qu'ils s'approchaient, elle avait tenté de toutes ses forces de se fondre dans le mur lépreux. Elle n'y était pas parvenue. L'un d'entre eux parlait sa langue, celle du temps jadis, mais il ne lui disait pas Mon cœur, il ne lui disait pas Ma princesse, Ma biche, Mon trésor, de sa gueule sortaient des mots crus et sales et sans le moindre soupçon d'amour. Tant de rage, tant de haine accumulée. Il y avait si longtemps, aurait-on dit, qu'ils la pourchassaient.

Elle avait reçu un coup à l'estomac qui lui avait coupé la respiration. Elle était tombée à genoux. Elle avait reçu un coup près de l'oreille qui l'avait rendue à moitié sourde et qui avait achevé de la faire chuter. Sur le flanc, recroquevillée, le sol dur et gelé contre son crâne. Son oreille sifflait. Elle avait été prise d'une violente nausée en même temps qu'un rideau sombre lui obstruait la vue. Quelque chose l'aspirait. Elle avait perdu connaissance.

La grosse main de son père sur son épaule, le ventre rond de sa maman près de sa joue. Faites que ça dure longtemps. Faites que ça dure toujours.

Ce qui l'avait réveillée, c'était un jet dru éclaboussant son visage. Un liquide à l'odeur immonde qui frappait son front, ses paupières, son nez, son menton. Qui dégoulinait dans ses narines et dans son cou. Par réflexe elle avait ouvert la bouche pour ne pas s'asphyxier et le jet s'était engouffré entre ses lèvres.

Elle s'était penchée pour vomir. Pour tousser. Elle suffoquait. À présent le liquide ruisselait dans ses cheveux et sur ses épaules, il descendait le long de son corps en imprégnant ses vêtements et sa peau. Et soudain elle s'était rappelée la présence des dragons. L'espace d'un instant elle avait pensé que c'était leur urine qu'ils lui déversaient ainsi dessus et cette idée l'avait révulsée. Elle avait réussi à entrouvrir les yeux, à travers ses cils elle avait aperçu celui des deux qui ne parlait pas sa langue : il se tenait debout au-dessus d'elle, les jambes écartées, et brandissait dans sa direction une vulgaire gourde en plastique. Une gourde de cycliste. Il l'écrasait entre ses mains et le liquide giclait par l'embout en jet continu. Ce n'était pas de la pisse, mais de l'essence. C'est idiot mais sur le coup elle en avait éprouvé un certain soulagement.

Puis le dragon avait secoué la gourde pour en extraire les dernières gouttes et il l'avait balancée derrière lui dans les ténèbres. Un bruit creux, ridicule. Puis celui qui parlait sa langue lui avait craché à la face une nouvelle bordée de mots sans amour. Elle l'avait cherché, lui disait-il. Quoi ? Qu'avait-elle cherché ? Elle n'avait pas tout saisi car son oreille sifflait toujours. Elle avait refermé les yeux, ce qui fait qu'elle n'avait pas vu jaillir l'étincelle. Elle n'avait même pas ressenti immédiatement la douleur. Il lui avait fallu quelques secondes avant de comprendre quelle était la cause de cette brusque hausse de température.

Le feu.

Le feu sur ses jambes.

Le feu sur ses cuisses.

Le feu sur son ventre.

Elle s'était mise à hurler. Elle s'était dressée d'un bond, mais les flammes s'étaient dressées avec elle.

Les flammes s'accrochaient. Les flammes l'habillaient au plus près du corps. Des pieds à la taille pour l'instant. Un tissu fluide, léger, aux couleurs vives. Un pagne aux plumes chamarrées. Elle avait esquissé un pas dans un sens, deux pas dans l'autre, et les flammes suivaient ; elle avait tournoyé sur elle-même et le pagne tournoyait avec elle ; elle avait battu des mains et frappé sur ses cuisses et dans cet ensemble de mouvements étranges et désordonnés on aurait cru voir la gestuelle d'une prêtresse africaine en transe.

C'était maintenant une morsure atroce.

Le feu.

Le feu au bout de ses doigts.

Dans les paumes de ses mains.

Le long de ses bras.

Le feu contre sa poitrine et sur ses seins.

Il n'y avait aucune issue possible, pourtant elle avait à nouveau essayé de fuir. Les yeux clos. Aveugle. Ses pas l'avaient précipitée contre le mur. Elle avait heurté la brique de plein fouet et le choc l'avait fait rebondir. Elle s'était agrippée au vide, puis elle était retombée au sol. Et c'est à ce moment-là que tout lui était revenu.

Le feu.

Le fleuve.

Les gens.

Non pas sa vie entière qui défile mais une simple journée, une simple nuit du temps jadis. Un arpent de terre en friche. Son plus lointain souvenir.

Le feu.

Dans son cou.

Dans ses cheveux.

Dans sa bouche.

Elle avait cessé de hurler. Son corps luttait à présent

en silence, se tordait, s'arc-boutait, rampait, roulait sur le sol de l'entrepôt dans son habit de lumière et de douleur.

Le feu sur ses joues.

Le feu sur ses cils et ses paupières.

Le feu dans le miroir de ses pupilles.

Jusqu'au bout elle continuerait à les voir : les voisins, les amis, les parents, la grande tribu au complet. Les étoiles. Dans le ronflement du brasier elle entendrait l'accordéon et les éclats de voix et de rire, les Ma fille, Ma princesse, Mon ange. Jusqu'au bout elle sentirait la grosse patte paternelle posée sur son épaule et la chaleur, la chaleur qu'elle dégageait.

Le feu.

Le feu dans sa tête.

Le feu partout.

C'était son premier souvenir et ce serait le dernier.

Elle avait cessé de remuer. De se débattre. Elle s'était immobilisée, ailes déployées sur le sol de l'ancienne imprimerie désaffectée. Sur le ciment et la poussière. Loin du fleuve.

Ses plumes, sa chair, et jusqu'au plus minuscule des os de son squelette : tout brûlait.

Elle s'appelait Vera Nad.

Jusqu'au bout elle penserait à eux. Et avec elle, ce soir-là, dans la fumée, dans les volutes noires, s'envolerait à la fois tout ce qu'ils avaient été et tout ce qu'ils auraient pu être.

32

— Je voudrais la revoir, dit Mister.

Il n'eut pas besoin de préciser. Josef Kristi l'accompagna dans son atelier, là-haut, sous la coupole de la maison blanche. Le tableau était toujours posé sur son chevalet, au centre du cercle. Mister fit lui-même glisser le voile sombre qui le couvrait.

— Si vous le voulez, dit le peintre, il est à vous.

Mister fixait le portrait de la jeune femme. Après un moment, il secoua doucement la tête pour dire non.

Josef Kristi se retira, les laissant seuls.

Mister s'assit sur un bout de méridienne où peut-être elle s'était assise avant lui. Il resta longtemps dans cette position, à la contempler. Autour d'eux l'horizon ouvert à trois cent soixante degrés. Des possibilités presque infinies. Presque.

On nous avait laissé entrevoir une part de ciel bleu.

On s'était embrassé sous le gui, ça devait porter bonheur.

Qu'est-ce que je pourrais te jouer qui te ferait plaisir ?

Qu'est-ce que je pourrais te dire ?

Pardon.

Sans doute avait-il fait tout ce qu'il avait pu.

Lorsqu'il se releva, une nouvelle nuit s'installait. Mais désormais le poids des ans avait moins d'importance. Il ne remit pas le voile sur le tableau. Du bout des doigts il effleura les lèvres de la jeune femme. En la quittant il était presque certain, presque, qu'elle avait le cœur et l'esprit en paix. Bien calme et bien tranquille.

Le départ s'effectua sans autre forme de cérémonie. Le chanteur et l'accordéoniste, le pianiste et le chauffeur : ils remontèrent tous les quatre dans le taxi. Bob ajusta sa casquette, tourna la clé de contact et démarra. Josef Kristi se tenait sur le perron. Son bras valide pendait le long de sa hanche tout comme sa manche vide. Ils n'avaient revu ni Bullmastiff ni l'homme sans nom.

Des routes de campagne un lundi soir. Hommes et bêtes rentrés au bercail. Ils roulaient depuis un quart d'heure quand Bob se décida à farfouiller dans le bazar de la 404. On pouvait compter sur lui pour choisir une bande-son de circonstance. Il saisit une cassette et l'introduisit dans le poste. Il monta le volume.

C'était un enregistrement public. Des applaudissements crépitèrent, que fit taire bientôt la complainte solo d'un harmonica. Jean-Baptiste Frédéric Isidore Thielemans, dit Toots. Le baron belge. Aristocrate du jazz. Soufflant, aspirant, caressant les anches de son instrument à sa manière si sensible et sensuelle et délicate. Les portes de la mélancolie s'ouvrent, et l'on est forcé de se poser la question : qu'est-ce qu'il y a là derrière qu'il sait et que nous ne savons pas ?

Le blues, mon frère.

Mister reconnut instantanément le thème et la version. *Bye Bye Blackbird*. L'évidence même. À l'écoute des premières notes ils échangèrent un regard, Bob et lui, un simple regard, puis ils fixèrent à nouveau la route et continuèrent à rouler.

Ils regagnèrent la capitale. Le XVe. Les quais. Sous le pont Mirabeau coulait toujours la Seine. Un autre fleuve. Un autre poème. À cet endroit-là, le jeune Milosav se pencha et tapota l'épaule de Bob.

— Ici, c'est bien.

Il indiquait la station Javel. Ici ou ailleurs, personne n'était dupe. Puisqu'il faut bien que les ballades s'achèvent.

Le taxi se rangea sur le côté. Milosav et Dobrica Pesic en descendirent. Bob salua le garçon en portant une main à sa visière. Il demeura assis au volant. Mister les rejoignit sur le trottoir. Plantés un instant debout près du véhicule, le grand Black et le vieil aveugle et le môme avec sa guitare. Ils ne prononcèrent aucune parole à la légère, aucun serment qui induisît le risque de n'être pas respecté. Autant que Mister pouvait en juger sous l'éclairage diffus des lampadaires, l'ancêtre avait les yeux posés sur lui. Mais qui sait ce qui défilait réellement derrière cet écran opaque. Les ours sauvages, quoi qu'on en dise, sont une espèce en voie d'extinction.

Avec une brusquerie gauche, le pianiste s'empara de la main de Milosav. Il la coinça entre ses grosses pattes.

— Tu sais où me trouver, dit-il.

Le garçon acquiesça vigoureusement de la tête.

Les voitures passaient à quelques mètres d'eux. Des phares sur l'asphalte et des inconnus au volant. La portière de la Peugeot, côté passager, était restée ouverte. Le moteur tournait.

— Prends soin de toi, ajouta Mister. Et de lui.

Le garçon jeta un coup d'œil vers l'ancêtre, et son sourire, large, lumineux, réapparut soudain.

— Lui, pas de problème, dit-il. Lui, immortel !

Mister acquiesça à son tour. Il libéra la main du garçon et retourna à l'intérieur du taxi. Referma sa portière. À travers le pare-brise il les vit qui s'éloignaient : le passé et l'avenir, côte à côte. Clopin-clopant. Bob attendit qu'ils se fussent engouffrés dans la bouche de la station. Puis il passa la première en soupirant.

— Qu'est-ce qu'on fait, fils ?

Mister laissa errer son regard un peu plus loin, sur la surface moirée du fleuve. Il n'y avait qu'à suivre.

— Emmène-moi voir la mer, Bob.

DU MÊME AUTEUR

Aux Éditions Gallimard

Dans la Série Noire

LES HARMONIQUES, 2011, Folio Policier nº 678.

Aux Éditions Zulma

TOUTE LA NUIT DEVANT NOUS, 2008.

GARDEN OF LOVE, 2007, Folio Policier nº 589.

INTÉRIEUR NORD, 2005.

LA PART DES CHIENS, 2003, Folio Policier nº 519.

MON FRÈRE EST PARTI CE MATIN..., 2003, Folio 2 € nº 5351.

ET TOUS LES AUTRES CRÈVERONT, 2001.

Aux Éditions Fleuve Noir

CARNAGE, CONSTELLATION, 1998, Folio Policier nº 506.

LE LAC DES SINGES, 1997, Folio Policier nº 564.

LE DOIGT D'HORACE, 1996, Folio Policier nº 551.

Aux Éditions Atelier In8

CANNISSES, 2012.

Aux Éditions Le Bec en l'air

MORTES SAISONS, photographies de Cyrille Derouineau, 2012.

La Tengo éditions

IL EST MORT LE POÈTE, 2011.

Aux Éditions Baleine

LE VRAI CON MALTAIS, collection Le Poulpe, 1999.

Aux Éditions Six pieds sous terre

LE VRAI CON MALTAIS, illustrations de Jampur Fraize, 2002.

Aux Éditions du Seuil

CENT JOURS AVEC ANTOINE ET TOINE, 2000.

Aux Éditions Autrement

PLAGE DES SABLETTES, souvenirs d'épaves, photographies de Stéphanie Léonard, collection Noir Urbain, 2005.

Aux Éditions Syros Jeunesse

MON VAISSEAU TE MÈNERA JEUDI SUR UN NUAGE, 2011.

Ô CORBEAU, illustrations de Rémi Saillard, 2010.

SCARRELS, 2008.

LE CHAT MACHIN, illustrations de Candice Hayat, 2007.

LE CHAPEAU, illustrations de Rémi Saillard, 2007.

L'ÉCHELLE DE GLASGOW, collection Tempo +, 2007.

IL VA VENIR, collection Souris noire, 2005.

Aux Éditions Pocket Jeunesse

DE POUSSIÈRE ET DE SANG, 2007.

Aux Éditions Sarbacane

SOUS MA COUVERTURE VIT UNE TORTUE, illustrations d'Aurélie Guillerey, 2012.

SOUS MA COUVERTURE VIT UN OURS BLANC, illustrations d'Aurélie Guillerey, 2012.

LA CHANSON DE RICHARD STRAUSS, illustrations d'Alexandra Huard, 2012.

APPELLE-MOI CHARLIE, 2011.

COLLECTION FOLIO POLICIER

Dernières parutions

389.	Graham Hurley	*Coups sur coups*
390.	Thierry Jonquet	*Comedia*
391.	George P. Pelecanos	*Le chien qui vendait des chaussures*
392.	Ian Rankin	*La mort dans l'âme*
393.	Ken Bruen	*R&B – Le gros coup*
394.	Philip McLaren	*Tueur d'aborigènes*
395.	Eddie Little	*Encore un jour au paradis*
396.	Jean Amila	*Jusqu'à plus soif*
397.	Georges Simenon	*L'évadé*
398.	Georges Simenon	*Les sept minutes*
399.	Leif Davidsen	*La femme de Bratislava*
400.	Batya Gour	*Meurtre sur la route de Bethléem*
401.	Lamaison-Sophocle	*Œdipe roi*
402.	Chantal Pelletier	*Éros et Thalasso*
403.	Didier Daeninckx	*Je tue il...*
404.	Thierry Jonquet	*Du passé faisons table rase*
405.	Patrick Pécherot	*Les brouillards de la Butte*
406.	Romain Slocombe	*Un été japonais*
407.	Joe R. Lansdale	*Les marécages*
408.	William Lashner	*Vice de forme*
409.	Gunnar Staalesen	*La femme dans le frigo*
410.	Franz-Olivier Giesbert	*L'abatteur*
411.	James Crumley	*Le dernier baiser*
412.	Chuck Palahniuk	*Berceuse*
413.	Christine Adamo	*Requiem pour un poisson*
414.	James Crumley	*Fausse piste*
415.	Cesare Battisti	*Les habits d'ombre*
416.	Cesare Battisti	*Buena onda*
417.	Ken Bruen	*Delirium tremens*
418.	Jo Nesbø	*Les cafards*
419.	Batya Gour	*Meurtre au Kibboutz*
420.	Jean-Claude Izzo	*La trilogie Fabio Montale*

421. Douglas Kennedy — *Cul-de-sac*
422. Franco Mimmi — *Notre agent en Judée*
423. Caryl Férey — *Plutôt crever*
424. Carlene Thompson — *Si elle devait mourir*
425. Laurent Martin — *L'ivresse des dieux*
426. Georges Simenon — *Quartier nègre*
427. Jean Vautrin — *À bulletins rouges*
428. René Fregni — *Lettre à mes tueurs*
429. Lalie Walker — *Portées disparues*
430. John Farris — *Pouvoir*
431. Graham Hurley — *Les anges brisés de Somerstown*
432. Christopher Moore — *Le lézard lubrique de Melancholy Cove*
433. Dan Simmons — *Une balle dans la tête*
434. Franz Bartelt — *Le jardin du Bossu*
435. Reiner Sowa — *L'ombre de la Napola*
436. Giorgio Todde — *La peur et la chair*
437. Boston Teran — *Discovery Bay*
438. Bernhard Schlink — *Le nœud gordien*
439. Joseph Bialot — *Route story*
440. Martina Cole — *Sans visage*
441. Thomas Sanchez — *American Zazou*
442. Georges Simenon — *Les clients d'Avrenos*
443. Georges Simenon — *La maison des sept jeunes filles*
444. J.-P. Manchette & B.-J. Sussman — *L'homme au boulet rouge*
445. Gerald Petievich — *La sentinelle*
446. Didier Daeninckx — *Nazis dans le métro*
447. Batya Gour — *Le meurtre du samedi matin*
448. Gunnar Staalesen — *La nuit, tous les loups sont gris*
449. Matilde Asensi — *Le salon d'ambre*
450. Jo Nesbø — *Rouge-gorge*
451. Olen Steinhauer — *Cher camarade*
452. Pete Dexter — *Deadwood*
454. Keith Ablow — *Psychopathe*
455. Batya Gour — *Meurtre à l'université*
456. Adrian McKinty — *À l'automne, je serai peut-être mort*
457. Chuck Palahniuk — *Monstres invisibles*
458. Bernard Mathieu — *Otelo*
459. James Crumley — *Folie douce*

496.	James Hadley Chase	*Il fait ce qu'il peut*
497.	Thierry Bourcy	*La cote 512*
498.	Boston Teran	*Trois femmes*
499.	Keith Ablow	*Suicidaire*
500.	Caryl Férey	*Utu*
501.	Thierry Maugenest	*La poudre des rois*
502.	Chuck Palahniuk	*À l'estomac*
503.	Olen Steinhauer	*Niet camarade*
504.	Christine Adamo	*Noir austral*
505.	Arkadi et Gueorgui Vaïner	*La corde et la pierre*
506.	Marcus Malte	*Carnage, constellation*
507.	Joe R. Lansdale	*Sur la ligne noire*
508.	Matilde Asensi	*Le dernier Caton*
509.	Gunnar Staalesen	*Anges déchus*
510.	Yasmina Khadra	*Le quatuor algérien*
511.	Hervé Claude	*Riches, cruels et fardés*
512.	Lalie Walker	*La stratégie du fou*
513.	Leif Davidsen	*L'ennemi dans le miroir*
514.	James Hadley Chase	*Pochette surprise*
515.	Ned Crabb	*La bouffe est chouette à Fatchakulla*
516.	Larry Brown	*L'usine à lapins*
517.	James Hadley Chase	*Une manche et la belle*
518.	Graham Hurley	*Les quais de la blanche*
519.	Marcus Malte	*La part des chiens*
520.	Abasse Ndione	*Ramata*
521.	Chantal Pelletier	*More is less*
522.	Carlene Thompson	*Le crime des roses*
523.	Ken Bruen	*Le martyre des Magdalènes*
524.	Raymond Chandler	*The long good-bye*
525.	James Hadley Chase	*Vipère au sein*
526.	James Hadley Chase	*Alerte aux croque-morts*
527.	Jo Nesbø	*L'étoile du diable*
528.	Thierry Bourcy	*L'arme secrète de Louis Renault*
529.	Béatrice Joyaud	*Plaisir en bouche*
530.	William Lashner	*Rage de dents*
531.	Patrick Pécherot	*Boulevard des Branques*
532.	Larry Brown	*Fay*
533.	Thomas H. Cook	*Les rues de feu*
534.	Carlene Thompson	*Six de Cœur*

535.	Carlene Thompson	*Noir comme le souvenir*
536.	Olen Steinhauer	*36, boulevard Yalta*
537.	Raymond Chandler	*Un tueur sous la pluie*
538.	Charlie Williams	*Les allongés*
539.	DOA	*Citoyens clandestins*
540.	Thierry Bourcy	*Le château d'Amberville*
541.	Jonathan Trigell	*Jeux d'enfants*
542.	Bernhard Schlink	*La fin de Selb*
543.	Jean-Bernard Pouy	*La clef des mensonges*
544.	A. D. G.	*Kangouroad Movie*
545.	Chris Petit	*Le Tueur aux Psaumes*
546.	Keith Ablow	*L'Architecte*
547.	Antoine Chainas	*Versus*
548.	Joe R. Lansdale	*Le mambo des deux ours*
549.	Bernard Mathieu	*Carmelita*
550.	Joe Gores	*Hammett*
551.	Marcus Malte	*Le doigt d'Horace*
552.	Jo Nesbø	*Le sauveur*
553.	Patrick Pécherot	*Soleil noir*
554.	Carlene Thompson	*Perdues de vue*
555.	Harry Crews	*Le Chanteur de Gospel*
556.	Georges Simenon	*La maison du juge*
557.	Georges Simenon	*Cécile est morte*
558.	Georges Simenon	*Le clan des Ostendais*
559.	Georges Simenon	*Monsieur La Souris*
560.	Joe R. Lansdale	*Tape-cul*
561.	William Lashner	*L'homme marqué*
562.	Adrian McKinty	*Le Fils de la Mort*
563.	Ken Bruen	*Le Dramaturge*
564.	Marcus Malte	*Le lac des singes*
565.	Chuck Palahniuk	*Journal intime*
566.	Leif Davidsen	*La photo de Lime*
567.	James Sallis	*Bois mort*
568.	Thomas H. Cook	*Les ombres du passé*
569.	Mark Henshaw - John Clanchy	*L'ombre de la chute*
570.	Olen Steinhauer	*La variante Istanbul*
571.	Thierry Bourcy	*Les traîtres*
572.	Joe R. Lansdale	*Du sang dans la sciure*
573.	Joachim Sebastiano Valdez	*Puma qui sommeille*

574. Joolz Denby *Stone Baby*
575. Jo Nesbø *Le bonhomme de neige*
576. René Reouven *Histoires secrètes de Sherlock Holmes*
577. Leif Davidsen *Le dernier espion*
578. Guy-Philippe Goldstein *Babel Minute Zéro*
579. Nick Stone *Tonton Clarinette*
580. Thierry Jonquet *Romans noirs*
581. Patrick Pécherot *Tranchecaille*
582. Antoine Chainas *Aime-moi, Casanova*
583. Gabriel Trujillo Muñoz *Tijuana City Blues*
584. Caryl Férey *Zulu*
585. James Sallis *Cripple Creek*
586. Didier Daeninckx *Éthique en toc*
587. John le Carré *L'espion qui venait du froid*
588. Jeffrey Ford *La fille dans le verre*
589. Marcus Malte *Garden of love*
590. Georges Simenon *Les caves du Majestic*
591. Georges Simenon *Signé Picpus*
592. Carlene Thompson *Mortel secret*
593. Thomas H. Cook *Les feuilles mortes*
594. Didier Daeninckx *Mémoire noire*
595. Graham Hurley *Du sang et du miel*
596. Marek Krajewski *Les fantômes de Breslau*
597. François Boulay *Traces*
598. Gunnar Staalesen *Fleurs amères*
599. James Sallis *Le faucheux*
600. Nicolas Jaillet *Sansalina*
601. Jean-Bernard Pouy *Le rouge et le vert*
602. William Lashner *Le baiser du tueur*
603. Joseph Bialot *La nuit du souvenir*
604. Georges Simenon *L'outlaw*
605. Kent Harrington *Le serment*
606. Thierry Bourcy *Le gendarme scalpé*
607. Gunnar Staalesen *Les chiens enterrés ne mordent pas*
608. Jo Nesbø *Chasseurs de têtes*
609. Dashiell Hammett *Sang maudit*
610. Joe R. Lansdale *Vierge de cuir*
611. Dominique Manotti *Bien connu des services de police*
612. Åsa Larsson *Horreur boréale*
613. Saskia Noort *Petits meurtres entre voisins*

614.	Pavel Kohout	*L'heure étoilée du meurtrier*
615.	Boileau-Narcejac	*La vie en miettes*
616.	Boileau-Narcejac	*Les veufs*
617.	Gabriel Trujillo Muñoz	*Loverboy*
618.	Antoine Chainas	*Anaisthêsia*
619.	Thomas H. Cook	*Les liens du sang*
620.	Tom Piccirilli	*La rédemption du Marchand de sable*
621.	Francis Zamponi	*Le Boucher de Guelma*
622.	James Sallis	*Papillon de nuit*
623.	Kem Nunn	*Le Sabot du Diable*
624.	Graham Hurley	*Sur la mauvaise pente*
625.	Georges Simenon	*Bergelon*
626.	Georges Simenon	*Félicie est là*
627.	Ken Bruen	*La main droite du diable*
628.	William Muir	*Le Sixième Commandement*
629.	Kirk Mitchell	*Dans la vallée de l'ombre de la mort*
630.	Jean-François Vilar	*Djemila*
631.	Dashiell Hammett	*Moisson rouge*
632.	Will Christopher Baer	*Embrasse-moi, Judas*
633.	Gene Kerrigan	*À la petite semaine*
634.	Caryl Férey	*Saga maorie*
635.	James Sallis	*Le frelon noir*
636.	Gabriel Trujillo Muñoz	*Mexicali City Blues*
637.	Heinrich Steinfest	*Requins d'eau douce*
638.	Simon Lelic	*Rupture*
639.	Jenny Siler	*Flashback*
640.	Joachim Sebastiano Valdez	*Les larmes des innocentes*
641.	Kjell Ola Dahl	*L'homme dans la vitrine*
642.	Ingrid Astier	*Quai des enfers*
643.	Kent Harrington	*Jungle rouge*
644.	Dashiell Hammett	*Le faucon maltais*
645.	Dashiell Hammett	*L'Introuvable*
646.	DOA	*Le serpent aux mille coupures*
647.	Larry Beinhart	*L'évangile du billet vert*
648.	William Gay	*La mort au crépuscule*
649.	Gabriel Trujillo Muñoz	*Mezquite Road*
650.	Boileau-Narcejac	*L'âge bête*
651.	Anthony Bourdain	*La surprise du chef*

Composition: IGS-CP
Impression Novoprint
le 18 décembre 2012
Dépôt légal : décembre 2012

ISBN 978-2-07-045015-2./Imprimé en Espagne.

248057